ANNE GOLON

Angélique

Die junge Marquise

Anne Golon

Angélique

Die junge Marquise

Aus dem Französischen
von Nathalie Lemmens

blanvalet

Die Originalausgabe erschien 2006 unter dem Titel
»Angélique. Marquise des Anges« bei Éditions du Refuge, Lausanne.

Verlagsgruppe Random House FSC-DEU-0100
Das für dieses Buch verwendete FSC-zertifizierte Papier *Munken Premium*
liefert Arctic Paper Munkedals AB, Schweden.

2. Auflage

Satz: Uhl + Massopust, Aalen
Druck und Bindung: GGP Media GmbH, Pößneck
Printed in Germany
ISBN 978-3-7645-0290-4

www.blanvalet.de

Erster Teil

Monteloup

Kapitel 1

1646

Nounou«, fragte Angélique, »warum hat Gilles de Retz so viele kleine Kinder umgebracht?«

»Für den Satan, mein Kind. Gilles de Retz, der Menschenfresser von Machecoul, wollte der mächtigste Herr seiner Zeit sein. In seinem Schloss stand alles voller Destillierkolben, Phiolen und großen Kesseln mit roter Brühe, aus denen abscheuliche Dämpfe aufstiegen. Der Teufel verlangte als Opfergabe das Herz eines kleinen Kindes. Damit begannen die Verbrechen. Und die verzweifelten Mütter deuteten mit dem Finger auf den schwarzen Turm von Machecoul, um den ständig Raben kreisten, weil so viele Leichen unschuldiger Kinder in den Verliesen lagen.«

»Hat er die alle gefressen?«, fragte Angéliques jüngere Schwester Madelon mit zitternder Stimme.

»Nicht alle, das hätte er gar nicht geschafft«, antwortete die Amme.

Sie beugte sich über den Kessel, in dem Speck und Kohl vor sich hin köchelten, und rührte eine Weile schweigend in der Suppe. Hortense, Angélique und Madelon, die drei Töchter des Barons de Sancé de Monteloup, warteten, den Löffel neben ihren Suppenschalen erhoben, gespannt darauf, dass sie weitererzählte.

»Er tat Schlimmeres«, fuhr die Amme mit bitterer Stimme schließlich fort. »Zuerst ließ er das verschreckte, laut nach seiner Mutter rufende arme Ding zu sich bringen, während er selbst auf einem Bett lag und sich an seiner Angst weidete. Dann befahl er, das Kind an einer Art Halterung an der Wand aufzuhängen, die ihm die Brust und den Hals zuschnürte, sodass es kaum noch Luft bekam. Das Kind wehrte sich wie ein aufgehängtes Hühnchen, seine Schreie erstarben, die Augen traten ihm aus den Höhlen, es lief blau an. Und im großen Saal hörte man bloß das Lachen der grausamen Männer und das Stöhnen des kleinen Opfers. Dann ließ Gilles de Retz es wieder abnehmen. Er hob das Kleine auf seinen Schoß, drückte den Kopf des armen Engelchens an seine Brust und beruhigte es mit sanfter Stimme.

›Das war doch gar nicht so schlimm‹, sagte er. Sie hätten nur ein wenig Spaß haben wollen, aber jetzt wäre alles vorbei. Das Kind würde bunte Zuckermandeln bekommen, ein schönes Federbett und einen seidenen Anzug wie ein kleiner Page. Das Kind beruhigte sich. Freude glomm in seinen tränennassen Augen auf. Und in diesem Moment stieß ihm der Herr mit aller Kraft seinen Dolch in den Hals. Aber das Allerfurchtbarste geschah, wenn er junge Mädchen entführte.«

»Was machte er denn mit ihnen?«, fragte Hortense.

Da mischte sich der alte Guillaume ein, der neben dem Kamin saß und eine Tabakkarotte rieb.

»Seid doch still, verrückte Alte!«, brummte er in seinen gelblichen Bart. »Bei Eurem albernen Geschwätz wird sogar einem alten Soldaten wie mir ganz anders.«

Hitzig schwang die dralle Fantine Lozier zu ihm herum.

»Albernes Geschwätz …? Man merkt, dass Ihr nicht aus dem Poitou stammt, Guillaume Lützen, ganz gewiss nicht. Geht nur hoch Richtung Nantes, dann seht Ihr schon bald das verfluchte Schloss von Machecoul. Es ist jetzt zweihundert Jahre her, seit die Verbrechen begangen wurden, und die Menschen bekreuzigen sich immer noch, wenn sie in seine Nähe kommen. Aber Ihr seid ja nicht von hier, Ihr wisst nichts über die Ahnen dieser Gegend.«

»Schöne Ahnen, wenn sie alle so sind wie Euer Gilles de Retz!«

»Gilles de Retz war ein so großer Sünder, dass kein Landstrich außer dem Poitou sich rühmen kann, je einen solchen Verbrecher gekannt zu haben! Und als er starb, nachdem er in Nantes vor Gericht gestellt und verurteilt worden war, und dabei seine Sünden bekannte und Gott um Verzeihung anflehte, da legten all die Mütter, deren Kinder er gequält und gefressen hatte, Trauerkleidung an.«

»Das ist ja allerhand!«, rief der alte Guillaume.

»Ja, so sind wir hier im Poitou. Groß in der Sünde und groß im Vergeben!«

Unwirsch rückte die Amme ein paar Töpfe auf dem Tisch zurecht und küsste ungestüm den kleinen Denis.

»Sicher«, fuhr sie fort, »ich bin nicht lange zur Schule gegangen, aber ich kenne den Unterschied zwischen Ammenmärchen und Geschichten aus vergangenen Zeiten. Gilles de Retz hat wirklich gelebt. Vielleicht irrt seine Seele immer noch in der Nähe von Machecoul herum, aber sein Körper ist hier in dieser Erde verfault. Darum darf man auch nicht so leichfertig über ihn reden wie über die Feen und Kobolde, die um die großen, aufrecht stehenden Steine in den Feldern herumstreifen. Obschon man auch über diese bösen Geister nicht allzu sehr spotten sollte ...«

»Und was ist mit Gespenstern, Nounou, darf man über die spotten?«, wollte Angélique wissen.

»Besser nicht, Liebes. Gespenster sind zwar nicht böse, aber die meisten von ihnen sind traurig und verletzbar, und warum sollte man die Qualen dieser armen Geschöpfe durch Spott noch vergrößern?«

»Wieso weint denn die alte Dame, die hier im Schloss spukt?«

»Wer weiß? Als ich sie vor sechs Jahren zwischen dem alten Gardesaal und dem großen Flur zum letzten Mal gesehen habe, da hat sie nicht mehr geweint, glaube ich. Vielleicht wegen der Gebete, die euer Großvater für sie in der Kapelle hat sprechen lassen.«

»Ich habe ihre Schritte auf der Turmtreppe gehört«, behauptete Babette, die Dienerin.

»Das war bestimmt eine Ratte. Die alte Dame von Monteloup ist sehr diskret und will niemanden stören. Vielleicht war sie ja blind, weil sie immer eine Hand vorstreckt. Oder sie sucht etwas. Manchmal tritt sie an die Betten der Kinder, wenn sie schlafen, und streicht ihnen übers Gesicht.«

Fantines Stimme wurde leiser, düsterer.

»Vielleicht sucht sie ja nach einem toten Kind.«

»Gute Frau, Eure Fantasie ist grausiger als der Anblick einer Leichengrube«, protestierte der alte Guillaume erneut. »Mag ja sein, dass Euer Seigneur de Retz ein großer Mann gewesen ist und Ihr es nach zweihundert Jahren als eine Ehre betrachtet, seine Landsmännin zu sein … und womöglich ist auch die alte Dame von Monteloup eine höchst ehrenwerte Frau, aber ich sage Euch, es ist nicht gut, diese Herzchen hier in Angst und Schrecken zu versetzen, sodass sie vor lauter Furcht vergessen, ihre kleinen Mägen zu füllen.«

»Ach, Euch steht es gut an, den Empfindsamen zu spielen, Ihr unverschämter Soldat, Ihr gottloser Kriegsknecht! Wie viele Mägen solcher Herzchen habt Ihr denn mit Eurer Pike durchbohrt, als Ihr dem Kaiser von Österreich auf den Schlachtfeldern in Deutschland, dem Elsass und der Picardie gedient habt? Wie viele Hütten habt Ihr angezündet, nachdem Ihr die Tür hinter der ganzen Familie zugeschlagen hattet, damit sie darin verbrennen? Habt Ihr nie Bauern aufgeknüpft? So viele, dass die Äste unter ihrem Gewicht brachen? Und habt Ihr etwa keine Frauen und Mädchen geschändet, dass sie vor Scham zugrunde gingen?«

»Wie alle anderen auch, gute Frau, wie alle anderen auch. So ist nun mal das Soldatenleben. So ist der Krieg. Aber das Leben dieser kleinen Mädchen hier besteht aus Spielen und fröhlichen Geschichten.«

»Bis zu dem Tag, an dem Soldaten und Raubgesindel wie ein Heuschreckenschwarm übers Land kommen. Dann wird es ein Leben sein voller Soldaten, Krieg, Elend und Angst …«

Verbittert öffnete die Amme einen großen Steinguttopf mit Hasenpastete und bestrich damit Brote, die sie ringsum verteilte, ohne dabei den alten Guillaume zu vergessen.

»Ich, Fantine Lozier, ich will euch etwas erzählen, meine Kinder … hört gut zu.«

Hortense, Angélique und Madelon, die ihr kleines Wortgefecht genutzt hatten, um ihre Suppenschalen zu leeren, hoben erneut den Kopf, und Gontran, ihr zehnjähriger Bruder, verließ die dunkle Ecke, in der er bis dahin geschmollt hatte, und kam näher. Jetzt war die Stunde des Krieges und der Plünderungen, der alten Haudegen und der Räuber, umhüllt von rotem Feuerschein, Schwerterklirren und den Schreien der Frauen …

»Guillaume Lützen, kennt Ihr meinen Sohn, den Fuhrknecht unseres Herrn, des Barons de Sancé de Monteloup, hier im Schloss?«

»Den kenne ich, ein sehr hübscher Junge.«

»Nun denn! Alles, was ich Euch über seinen Vater sagen kann, ist, dass er zu den Truppen seiner Exzellenz des Kardinals Richelieu gehörte, als dieser sich auf den Weg nach La Rochelle machte, um die Protestanten auszurotten. Ich war keine Hugenottin, und ich hatte immer zur Jungfrau Maria gebetet, dass ich bis zu meiner Hochzeit unschuldig bleiben möge. Aber nachdem die Truppen unseres allerchristlichsten Königs Ludwig XIII. durch unsere Gegend gezogen waren, war das Mindeste, was man sagen konnte, dass ich keine Jungfrau mehr war. Und ich habe meinen Sohn Jean-la-Cuirasse genannt zur Erinnerung an all diese Teufel, von denen einer sein Vater ist und deren mit Nägeln beschlagene Kürasse das einzige Hemd zerrissen haben, das ich damals besaß.

Und was die Räuber und Banditen angeht, die der Hunger so oft auf die Straßen getrieben hat, da könnte ich Euch eine ganze Nacht lang wach halten und Euch erzählen, was sie im Stroh mit mir angestellt haben, während sie die Füße meines Mannes ins Herdfeuer hielten, damit er ihnen verriet, wo er sein Geld versteckt hatte. Und ich dachte bei dem Geruch noch, sie würden das Schwein braten.«

Daraufhin brach Fantine in Gelächter aus und schenkte sich einen Apfeltresterwein ein, um ihre Zunge anzufeuchten, die vom vielen Reden ganz trocken geworden war.

So begann das Leben von Angélique de Sancé de Monteloup im Zeichen des Menschenfressers, der Gespenster und der Räuber.

Sie alle riefen Fantine Lozier bei ihrem beruhigenden Kosenamen Nounou. Man mochte sich fragen, wo denn die Kinder von Fantine Lozier steckten, während sie selbst der Baronin de Sancé bei ihren zahlreichen Sprösslingen zur Hand ging, für die diese keine Milch hatte … Wahrscheinlich ebenfalls in der großen Küche, in der es von Geschichten summte und aus riesigen Kesseln nach köstlichen Suppen und Schmortöpfen duftete.

Und wo war dieser Mann, »ihr« Mann, dessen Füße so oft von den Räubern gebraten worden waren? Vielleicht auch in den Wirtschaftsgebäuden des Schlosses, wo ein paar Stallburschen die Pferde versorgten, Wasser und Holz heranschleppten und die Ställe des herrschaftlichen Anwesens ausmisteten.

In den Adern der Amme floss ein wenig von dem maurischen Blut, das die arabischen Eroberer, die Sarazenen, im achten Jahrhundert bis an die Grenzen des Poitou gebracht hatten.

Angélique war mit dieser Milch der Leidenschaft und Träume aufgezogen worden, in der der alte Geist ihrer Provinz verdichtet war, ein Land der Sümpfe und Wälder, offen wie eine Bucht zu den lauen Winden des Ozeans hin.

So hatte sie eine bunt gemischte Welt der Dramen und Märchen aufgesogen. Sie hatte Gefallen daran gefunden, und es hatte sie gegen die Angst gefeit. Mitleidig betrachtete sie die zitternde kleine Madelon oder ihre ältere Schwester Hortense, die mit verkniffener Miene dasaß, obwohl sie darauf brannte, die Amme zu fragen, was die Räuber denn im Stroh mit ihr angestellt hatten.

Die siebenjährige Angélique ahnte ziemlich genau, was in der Scheune passiert war. Oft genug hatte sie die Kuh zum Stier oder die Ziege zum Bock geführt. Und ihr Freund, der junge Hirte Nicolas, hatte ihr erklärt, dass Männer und Frauen es genauso machten, um Kleine zu bekommen. So war die Amme zu Jean-la-Cuirasse gekommen. Was Angélique jedoch verwirrte, war die Tatsache, dass die Amme von diesen Dingen manchmal in sehnsüchtigem, manchmal in verzücktem, manchmal aber auch in aufrichtig entsetztem Ton sprach. Doch man brauchte die Amme mit ihrem Schweigen und ihren Zornesausbrüchen gar nicht zu verstehen. Es genügte, dass sie da war, breit und wogend, mit ihren mächtigen Armen und dem unter dem Barchentkleid weit geöffneten Korb ihres Schoßes, in dem sie einen aufnahm wie ein kleines Vögelchen, um einem ein Wiegenlied zu singen oder von Gilles de Retz zu erzählen.

Einfacher war da der alte Guillaume Lützen, der mit langsamer Stimme und einem holprigen Akzent sprach. Es hieß, er sei Schweizer oder Deutscher. Vor einiger Zeit war er hinkend und barfuß über die Römerstraße gekommen. Er hatte am Schloss von Monteloup angeklopft und um eine Schale Milch gebeten. Seitdem war er geblieben, packte überall mit an, reparierte und werkelte herum. Der Baron de Sancé ließ ihn Briefe zu befreundeten Nachbarn bringen oder den Steuereinnehmer in Empfang nehmen, wenn dieser kam, um die Abgaben einzutreiben. Dann hörte der alte Guillaume den Einnehmer geduldig an, ehe er ihm in seinem Schweizer Bergdialekt oder hessischen Bauernplatt antwortete und sein Gegenüber entmutigt wieder abzog.

Auch er hatte seine Geschichten, mit denen er die Kinder verzauberte. Doch es war eher die Rückkehr des Sommers, die seine Erzählungen hervorbrachte, denn in der schönen Jahreszeit führen die Soldaten Krieg. Dann verlassen die hohen Generäle die Königshöfe, wo sie getanzt und das gute Leben genossen haben, und kehren zu ihren Armeen zurück, die aus ihren Winterquartieren kommen. Man wusste nie, gegen welchen Feind man in die Schlacht ziehen würde.

Lützen deutete nach Osten, in die Richtung der aufgehenden Sonne. Er erzählte von einem unbekannten Gebilde: den Kaiserlichen. Dahinter gab es einen Kaiser wie zu Zeiten der Römer, und noch weiter dahinter kamen die Türken. Er hatte einen Krieg erlebt, der sommers wie winters geführt wurde, und dieser Krieg dauerte immer noch an. Manche Landstriche waren so verwüstet, dass es dort inzwischen mehr Wölfe als Menschen gab. Er war lange gelaufen, bis er endlich ein Land gefunden hatte, in dem kein Krieg mehr herrschte.

Kam er von den Schlachtfeldern des Nordens oder denen des Ostens? Und durch welchen Zufall schien dieser fremde Söldner aus der Bretagne herabzukommen, als man ihn das erste Mal sah? Man wusste von ihm nur, dass er unter dem Feldherrn Wallenstein in Lützen gekämpft hatte und ihm die

Ehre beschieden gewesen war, den Wanst des dicken, glanzvollen Schwedenkönigs Gustav Adolf zu durchbohren, als dieser sich während der Schlacht im Nebel verirrt hatte und auf die österreichischen Pikeniere gestoßen war.

Auf dem Speicher, wo er lebte, funkelten zwischen Spinnweben sein alter Brustharnisch und der Helm in der Sonne, aus dem er immer noch seinen warmen Wein trank und manchmal auch seine Suppe aß. Mit seiner riesigen Pike, die dreimal so hoch war wie er selbst, schlug er im Herbst die Nüsse herunter. Aber mehr als alles andere beneidete ihn Angélique um seine kleine intarsiengeschmückte Tabakreibe aus Schildpatt, die er seine *grivoise* nannte nach Art der deutschen Soldaten in französischen Diensten, die selbst als *grivois* bezeichnet wurden.

In der großen Schlossküche öffneten sich den ganzen Abend hindurch die Türen. Hinaus in die Dunkelheit, aus der, umweht von strengem Stallgeruch, Knechte, Mägde und der Fuhrknecht Jean-la-Cuirasse hereinkamen, der ebenso schweigsam war wie seine Mutter redselig. Und auch die Hunde schlüpften herein: die beiden Windhunde Mars und Marjolaine und die bis zu den Augen verdreckten Bassets.

Aus dem Inneren des Schlosses hingegen kam die aufgeweckte Nanette, die sich in den Aufgaben eines Kammermädchens übte, in der Hoffnung, genügend gute Manieren zu lernen, um irgendwann ihre armen Herrschaften verlassen und ein paar Meilen entfernt beim Marquis du Plessis-Bellière in Dienst treten zu können. Auch die beiden Kleinmägde, denen das wirre Haar in die Augen hing, liefen ein und aus, um Holz in den großen Saal und Wasser in die Schlafzimmer zu bringen. Schließlich erschien die Baronin mit ihrem sanften, von der Landluft und den zahlreichen Niederkünften welk gewordenen Gesicht. Sie trug ein Kleid aus grauer Serge und ein schwarzwollenes Kopftuch, denn im großen Saal, wo sie zwischen dem Großvater und den beiden alten Tanten saß, war es feuchter als in der Küche.

Sie wollte wissen, ob der Kräutertee für den Baron bald fertig sei und ob das Kleine brav getrunken habe. Im Vorübergehen streichelte sie die Wange von Angélique, die schon halb eingeschlafen war und deren langes goldbraunes Haar über den Tisch gebreitet im Feuerschein funkelte.

»Es wird Zeit, ins Bett zu gehen, meine Mädchen. Pulchérie bringt euch nach oben.«

Und Pulchérie, eine der alten Tanten, kam gehorsam herein. Da sie mangels Mitgift weder einen Ehemann noch ein Kloster gefunden hatte, das bereit gewesen wäre, sie aufzunehmen, hatte sie die Rolle einer Gouvernante für ihre Nichten übernommen, und weil sie sich nützlich machte, statt den lieben langen Tag zu jammern und über ihrer Stickerei zu sitzen, behandelte man sie mit leiser Herablassung und weniger fürsorglich als die zweite Tante, die dicke Jeanne.

Pulchérie sammelte ihre Nichten um sich. Die Dienstmägde würden die Kleineren ins Bett bringen, und Gontran, der Junge ohne Hauslehrer, würde sich auf seinen Strohsack unterm Dach zurückziehen, wann es ihm beliebte.

Hortense, Angélique und Madelon folgten der mageren Tante in den großen Saal des Schlosses, wo es dem Feuer und drei Talgkerzen kaum gelang, die Schatten zu zerstreuen, die sich im Laufe der Jahrhunderte unter dem hohen mittelalterlichen Gewölbe angesammelt hatten. Einige vor die Mauern gehängte Wandteppiche versuchten, diese vor der Feuchtigkeit zu schützen, aber sie waren so alt und zerfressen, dass man von den Szenen, die darauf abgebildet waren, nichts mehr erkennen konnte außer den verstörten Augen fahler Gestalten, die einen vorwurfsvoll anblickten.

Die kleinen Mädchen verneigten sich vor ihrem Großvater. Er saß in seinem schwarzen, mit schäbigem Pelz besetzten weiten Umhang vor dem Feuer. Aber seine weißen Hände auf dem Knauf des Gehstocks waren königlich. Er trug einen breitkrempigen schwarzen Filzhut, und sein nach dem Vorbild des alten Königs Heinrich IV. rechteckig gestutzter Bart ruhte auf einer kleinen steifen Halskrause, die Hortense im Stillen furchtbar altmodisch fand.

Dann eine zweite Verneigung vor Tante Jeanne, deren schmollend verzogene Lippen nicht zu lächeln geruhten, und schon waren sie auf der großen Steintreppe, wo es so feucht war wie in einer Höhle. Die Schlafräume waren im Winter eisig, dafür aber im Sommer angenehm kühl. Man betrat sie nur, um sich hinzulegen. Das Bett der drei kleinen Mädchen thronte wie ein Monument in der Ecke eines ausgeplünderten Zimmers, dessen gesamtes Mobiliar über die vergangenen Generationen hinweg verkauft worden war. Der im Winter mit Stroh bedeckte Steinfußboden war an vielen Stellen gebrochen. Ins Bett gelangte man über eine dreistufige Trittleiter. Nachdem die drei Töchter des Barons de Sancé de Monteloup ihre Nachtjacken und -hauben angezogen und Gott kniend für seine Wohltaten gedankt hatten, kletterten sie hinauf zu ihrem kuscheligen Federbett und schlüpften unter die löchrigen Decken. Sofort suchte Angélique nach dem Loch im Laken, das zu dem in der Decke passte, steckte ihren rosigen Fuß hindurch und wackelte mit den Zehen, um Madelon zum Lachen zu bringen.

Die Kleine zitterte nach Nounous Geschichten stets schlimmer als ein Hase. Hortense genauso, aber sie verriet es den anderen nicht, denn sie war die Älteste. Nur Angélique genoss diese Angst mit einer schwelgerischen Freude. Das Leben bestand aus Geheimnissen und Entdeckungen. Sie hörten die Mäuse das Holz anknabbern und die Eulen und Fledermäuse mit schrillen Rufen in den Dachstühlen der beiden Türme herumflattern. Sie hörten die Bassets in den Höfen jaulen und ein

Maultier, das von der Weide kam, um sich am Fuß der Mauern den Grind abzuscheuern.

Manchmal hörten sie in Schneenächten auch das Heulen der Wölfe, die aus dem wilden Forst von Monteloup in die bewohnten Gegenden herunterkamen. Und zuweilen drangen ab den ersten Frühlingsnächten die Lieder der Bauern aus dem Dorf herüber, wo sie im Mondschein einen Rigaudon tanzten...

Kapitel 2

Manchmal weinte Pulchérie, wenn sie an Angélique dachte. In ihren Augen verkörperte ihre Nichte nicht nur das Scheitern dessen, was sie für eine traditionelle Erziehung hielt, sondern auch den Niedergang ihrer Familie und ihres Adels, der durch Armut und Elend seine ganze Würde verlor.

Schon im Morgengrauen rannte die Kleine mit wehendem Haar davon, in Hemd, Mieder und einem ausgebleichten Rock kaum besser gekleidet als ein Bauernmädchen, und ihre kleinen Füße, feingliedrig wie die einer Prinzessin, waren hart wie Horn, denn sie warf ihre Schuhe unbekümmert in den nächstbesten Busch, um ungehinderter laufen zu können. Wenn man sie zurückrief, drehte sie einem höchstens flüchtig das runde, von der Sonne golden gebräunte Gesicht zu, in dem zwei blaugrüne Augen von der gleichen Farbe funkelten wie die Angelika, jene Pflanze, die in den feuchten Sümpfen wuchs und ihren Namen trug.

»Sie gehört ins Kloster«, sagte Pulchérie oft.

Aber der schweigsame, sorgengeplagte Baron de Sancé zuckte nur mit den Schultern. Wie hätte er seine zweite Tochter ins Kloster geben sollen, wenn er nicht einmal die Älteste hinschicken konnte, weil er kaum viertausend Livres an jährlichen Einkünften hatte und fünfhundert davon bereits für die Erziehung seiner beiden älteren Söhne bezahlen musste, die bei den Augustinern in Poitiers die Schule besuchten?

Zu den Sümpfen hin hatte Angélique Valentin zum Freund, den Sohn des Müllers.

Auf der Waldseite hingegen war es Nicolas, eines der sieben Kinder eines Landarbeiters, das schon jetzt als Hirte in Diensten von Monsieur de Sancé stand.

Mit Valentin glitt sie in einem flachen Kahn die von Vergissmeinnicht, Minze und Angelika gesäumten Kanäle entlang. Valentin pflückte ganze Büschel dieser herrlich duftenden, hoch und dicht wachsenden Pflanze. Anschließend verkaufte er sie an die Mönche der Abtei von Nieul, die aus der Wurzel und den Blüten einen Kräuterlikör brauten und die Stängel in süße Naschereien verwandelten. Im Gegenzug erhielt er dafür Skapuliere und Rosenkränze, die er den Kindern aus den protestantischen Dörfern an den Kopf warf, woraufhin diese laut schreiend die Flucht ergriffen, als hätte ihnen der Teufel höchstpersönlich ins Gesicht gespuckt. Seinen Vater, den Müller, bekümmerte dieses seltsame Treiben. Er war zwar katholisch, plädierte aber für Toleranz. Und was musste sein Sohn überhaupt mit Angelika-Büscheln handeln, da er doch irgendwann das Amt des Müllers erben würde und sich bloß noch in der behaglichen Mühle niederzulassen brauchte, die auf Pfählen am Wasser errichtet worden war? Aber es war schwierig, Valentin zu verstehen. Er hatte eine kräftige Gesichtsfarbe und war für seine zwölf Jahre schon von geradezu herkulischer Gestalt. Darüber hinaus war er stumm wie ein Fisch und hatte einen leeren Blick. Und die Leute, die neidisch auf den Müller waren, behaupteten, er sei ein halber Idiot.

Nicolas, der redselige, großspurige Hirte, sammelte mit Angélique Pilze, Brombeeren und Heidelbeeren. Mit ihm suchte sie Esskastanien. Und er schnitzte ihr Flöten aus Nussbaumholz.

Die beiden Jungen waren sich spinnefeind und neideten einander jede von Angéliques Gunstbezeugungen. Sie war bereits so hübsch, dass sie bei der einfachen Bevölkerung als eine lebende Verkörperung der Feen galt, die im großen Dolmen auf dem Hexenfeld lebten.

Und sie hatte große Träume.

»Ich bin eine Marquise«, verkündete sie jedem, der es hören wollte.

»Ach ja? Und wie kommt das?«

»Weil ich einen Marquis geheiratet habe«, antwortete sie.

Der »Marquis« war abwechselnd Valentin, Nicolas oder einer der anderen friedfertigen kleinen Jungen, die sie durch Wiesen und Wälder hinter sich herschleppte.

»Ich bin Angélique, die Engelsgleiche«, sagte sie dann noch auf ihre entzückende Art, »und ich führe meine kleinen Engel in die Schlacht.«

So war sie zu ihrem Spitznamen gekommen: die kleine Marquise der Engel.

Fast jedes Jahr durchbrach die Ankunft der Hausierer die etwas träge Beschaulichkeit der Heckenlandschaft. Sie brachten den Menschen alles, was sie brauchten, um ihre Träume und geheimen Leidenschaften wieder anzufachen.

Es gab zwei von ihnen.

Der eine wurde der »Auvergner« genannt, da die Vertreter dieses Gewerbes häufig aus den Bergen stammten. Mit seinem von einem Esel oder Maultier gezogenen, abgedeckten Karren, auf dem er eine große Auswahl an Kurzwaren, Geschirr und Stoffen transportierte, zog er von Haus zu Haus und nahm so die Aufmerksamkeit eines ganzen Dorfes für einen guten Tag in Anspruch. Er brachte die jährlichen Almanache, sodass man beinahe sicher sein konnte, sein Fuhrwerk gegen Mitte Dezember auftauchen zu sehen. Manche Kunden kannte er nicht einmal bei ihrem Namen, sondern er wusste die Orte, wo sie üblicherweise anzutreffen waren, oder die Treffpunkte, an denen sich gute Geschäfte machen ließen.

Der andere, ebenfalls ein Mann aus den Bergen, ein Savoyarde vielleicht, war weniger verlässlich. Wenn die Tage verstrichen, griff allmählich eine gewisse Anspannung um sich. Doch irgendwann sah man schließlich ein Bauernmädchen über die Wiesen rennen und hörte es schreien: »Er hat seine Kiste dabei!«

Er war ein kleiner Mann mit kohlschwarzen Augenbrauen und dunkler Haut, und er kam immer zu Fuß.

Auf dem Kopf trug er einen Turban aus verwaschener Seide, in den er eine durch die Unbilden der Witterung arg zerrupfte Feder gesteckt hatte, die dennoch jedes Jahr aufs Neue ihr stolzes Aussehen wiedergewann. Sein Umhang reichte ihm bis zu den Knöcheln. Auf dem Rücken schleppte er einen Korb, der fast genauso hoch war wie er selbst und mit Nippes und ein paar Stoffstücken gefüllt war. Und an einem Tragriemen hing, unter den linken Arm geklemmt, die berühmte Kiste. Er war noch nie ohne seine Kiste gekommen, aber jedes Mal fürchtete man, er hätte durch irgendein Unglück, das einem für ein ganzes Jahr die Seele bekümmern würde, den Inhalt dieser Kiste bereits verkauft, ehe er nach Monteloup gelangte.

Mit der rechten Hand hielt der Hausierer die kleinen blauen Büchlein hoch, die er aus seiner Kiste zog, und ließ die Blätter im Wind flattern wie ein Aussätziger seine Klapper.

Doch statt die Menschen in die Flucht zu schlagen, lockte er sie damit in Scharen an. Und welches Glück er ihnen brachte …! Unter den Strohdächern der Hütten und den Gewölben der großen Schlossküchen begann eine Zeit der Entdeckungen, die alle Bewohner gefangen nahm.

Nun schlug Hortenses große Stunde. Sie saß am Tisch und las laut vor, während sich Angélique und Nanette zu beiden Seiten an sie drängten und stumm mitlasen. Und wie groß war der Beifall, wenn sie ein Buch öffnete, ein wenig darin herumblätterte und schließlich allen verkünden konnte, dass sie die Fortsetzung einer Geschichte hören würden, deren Anfang sie bereits gelesen hatte: Nicolette und Aucassin, das Heldenlied vom tapferen Roland und seinem Schwert Durendal, Karl der Große, König Artus, die Ritter der Tafelrunde …

Der Einband bestand aus jenem blauen Packpapier, mit dem die Spezereihändler ihre weißen Zuckerhüte vor dem Verkauf einwickelten. Vermutlich hatte ein ungenutzter Packen dieses Papiers, der vergessen in einem ihrer Läden herumlag, jenen Buchdrucker und -händler aus Troyes darauf gebracht, billige Heftchen für das bäuerliche Publikum aufzulegen, dessen Kindern Pfarrer und Lehrer jahrein, jahraus das Lesen beizubringen versuchten. Kindern, die, wenn sie älter wurden, niemals die Möglichkeit hatten, Zeitungen zu kaufen wie in den Städten oder gar gedruckte, in Leder gebundene Bücher, ein unerschwinglicher Luxus für die unablässig auf den Feldern schuftende und von den zahllosen Steuern ausgeblutete Landbevölkerung.

Anscheinend hatte der Drucker seinen Gehilfen die Wahl überlassen, mit welcher intellektuellen Nahrung er die Bögen zwischen dem blauen Einband füllen sollte, der von durch zwei Löcher gefädelten Hanfschnüren zusammengehalten wurde.

Was die Gehilfen in den Lagern der Buchhandlung ausgesucht hatten, wo alte, aus der Mode gekommene Ausgaben verstaubten, erwies sich als ein voller Erfolg. Ständig kamen die Kolporteure zurück, um sich mit Nachschub einzudecken und sich über Neuheiten zu informieren. Gleichzeitig brachten sie auch ganze Listen mit Lieblingsfiguren mit, die nach dem Willen der Leser wieder im Programm erscheinen sollten. So fanden sich darin all die alten Legenden und dazu, im fröhlichen Getöse riesiger gekreuzter Klingen, die Großtaten von Helden, von denen man träumen konnte, ohne befürchten zu müssen, von ihrer Feigheit enttäuscht zu werden oder zu sehen, wie sie sich als unwürdig erwiesen.

Und so spürten sie alle, gleichermaßen beruhigt und erregt von diesen märchenhaften Geschichten, wie in ihnen die kristallklare und diamantharte Seele der alten Provinzen aufblühte, und in dieser Stille wurden sie sich mit Wonne der dicken schützenden Mauern ringsum bewusst, der treuen Wehrhaftigkeit des alten Bauwerks, das wie eine schwarze felsige Insel in der Dunkelheit aufragte, zwischen den beiden ursprünglichen Elementen der Schöpfung, dem Wasser der Sümpfe in der einstigen Meeresbucht, aus der sich die brackigen Fluten des Ozeans zurückgezogen hatten, und dem sanften Kräuseln des riesigen keltischen Waldes, der die Landspitzen am Ende der Welt bedeckte.

Eine der stattlichen Mauern von Schloss Monteloup blickte zu den Sümpfen hin. Das war der älteste Teil, im zwölften Jahrhundert erbaut von einem fernen Seigneur de Ridoué de Sancé, einem Gefährten von Gottfried von Bouillon. Sie war flankiert von zwei dicken Türmen mit schindelgedeckten Wehrgängen, und wenn Angélique zusammen mit Gontran dort hinaufkletterte, machten sie sich einen Spaß daraus, durch die Maschikulis zu spucken, durch die die Soldaten im Mittelalter Eimer voll siedendem Öl auf ihre Angreifer geschüttet hatten. Die Mauern erhoben sich auf einem kleinen Kalksteinvorsprung, hinter dem die Sümpfe begannen. Zu Zeiten der ersten Menschen hatte sich das Meer bis hierher erstreckt. Bei seinem Rückzug hatte es ein Geflecht aus Bächen, Kanälen und Tümpeln hinterlassen, das inzwischen von Pflanzen und Weiden überwuchert war, ein Reich der Aale und Frösche, in dem sich die Bauern nur in Booten fortbewegten. Die Weiler und Hütten standen auf den Inseln der einstigen Bucht. Der Herzog von La Trémoille, der sich gerne exotisch gab, hatte diese wasserreiche Provinz, nachdem er sie eines Sommers als Gast des Marquis du Plessis durchstreift hatte, das »Grüne Venedig« genannt.

Das endlose Grün der Süßwassersümpfe erstreckte sich von Niort und Fontenay-le-Comte in Richtung Ozean. Kurz vor Marans, Chaillé und sogar Luçon trafen sie auf die immer noch salzigen Marschen. Und dahinter schließlich lag die Küste mit ihrem weißen Wall aus kostbarem Salz, um das die Zolleinnehmer und Schmuggler erbittert stritten.

Wenn die Amme keine Geschichten über die Zollhäscher und Salzschmuggler erzählte, die die Sümpfe begeisterten, so lag dies daran, dass sie selbst auf der Landseite lebte und diese Leute, deren Füße ständig im Wasser steckten und die darüber hinaus allesamt Protestanten waren, zutiefst verachtete.

Auf der Landseite wies Schloss Monteloup eine jüngere, von zahlreichen Fenstern durchbrochene Fassade auf. Lediglich eine alte Zugbrücke, auf deren verrosteten Ketten die Hühner und Truthähne hockten, trennte den Hauptzugang von den Maultierweiden. Zur Rechten lagen der grundherrschaftliche Taubenschlag mit seinem Dach aus runden Ziegeln und ein Meierhof. Die anderen Gehöfte befanden sich jenseits des Schlossgrabens. In der Ferne konnte man den Kirchturm des Dorfs Monteloup erkennen.

Und dann begann der Wald mit seinen Eichen und Kastanien. Falls einem der Sinn danach stand, ihn vollständig zu durchqueren, und man sich nicht vor Wölfen oder Räubern fürchtete, konnte man durch diesen Wald bis in den Norden der Gâtine und des Bocage vendéen gelangen, ja, fast bis an die Loire und nach Anjou, ohne auch nur auf eine Lichtung zu treffen.

Der näher gelegene Wald von Nieul gehörte zum Besitz des Marquis du Plessis. Die Leute von Monteloup schickten ihre Schweineherden hinein, was zu endlosen Querelen mit dem Sieur Molines, dem raffgierigen Verwalter des Marquis, führte. In diesem Wald lebten auch ein paar Holzschuhmacher und Kohlenbrenner und eine Hexe namens Mélusine. Nie würde Angélique den Tag vergessen, als sie ihr zum ersten Mal begegnet war. Sie tollte mit ihren kleinen Spielkameraden auf kriegerischen Feldzügen durch den Wald, bei denen zu allen Heldentaten bereite Ritter sich Schwerter aus Binsen und Schilfrohr bastelten. Das war schon lange her. Sie war damals sicher nicht älter als fünf oder sechs Jahre gewesen, war aber bereits behände genug, um Ast für Ast die Bäume hinaufzuklettern.

»Ein Nest, da oben …!«, hatte plötzlich einer ihrer Gefährten gerufen. Doch als sie gerade die Hand danach ausstreckte, erschallte eine gebieterische Stimme: »Hört auf! Hört auf, ihr bösen Kinder! Man darf die Natur nicht zerstören …«

Die Anweisung war im Dialekt ihrer Gegend erfolgt, doch als Angélique die von Licht umflorte Frau am Fuß des Baumes stehen sah, hatte sie im ersten Moment an eine Erscheinung aus dem Jenseits geglaubt – die Weiße Dame vielleicht. Die anderen Kinder, die mit ihr in den Bäumen herumkletterten oder unten auf dem Boden warteten, hatten laut schreiend Reißaus genommen: »Die Hexe …! Die Hexe …!«

Nachdem Angélique ebenfalls von ihrem Baum herabgestiegen war, war sie allein mit der Erscheinung zurückgeblieben. Sie erinnerte sich noch ganz genau. Die Frau hatte sie angelächelt. Sie hatte ihre beiden Hände ergriffen und mit ihrem langen weißen Finger über die Handflächen des kleinen Mädchens gestrichen, als wollte sie ein Symbol darauf zeichnen oder etwas darin lesen.

»Warum tust du das?«, hatte sie schließlich auf Französisch gefragt. »Siehst du nicht, wie ängstlich die armen Eltern da oben sind?« Und sie hatte ihr die beiden Vögel gezeigt, die verzweifelt piepsend um den Baum herumflatterten und auf die sie bis dahin überhaupt nicht geachtet hatte.

Von diesem Tag an hatte Angélique Mélusine gerne begleitet, denn sie verstand, was diese ihr beibrachte. Mit ihrem Namen machte die Hexe aus dem Wald Eindruck, und tatsächlich hatte sie etwas Seltsames an sich. Wenn man sie von Weitem die Lichtungen überqueren sah, hatte es den Anschein, als glitte sie über das Moos, ohne den Boden zu berühren. Manchmal kam sie im Winter an die Türen der Häuser und bat um eine Schale Milch im Austausch gegen ein paar Heilkräuter.

Von ihr lernte Angélique, Blumen und Wurzeln zu sammeln, die sie in einem geheimen Versteck, das nur der alte Guillaume kannte, trocknete, kochte, zerstampfte und in Beutel steckte, um sie aufzubewahren. Pulchérie konnte dann stundenlang nach ihr rufen, ohne dass sie wieder auftauchte.

Alles, was mit Mélusine zu tun hatte, ihre Begegnungen und Entdeckungen, hütete Angélique sorgfältig in einem Winkel ihrer Gedanken und ihres Herzens, wo es nur sie beide gab.

Mélusine, die Hexe.

Ihr Reich war der Kronwald.

Selbst als Marquise der Engel war Angélique mit ihrer Bande nie wirklich über die Grenzen dessen hinausgekommen, was man das Gemeinholz nannte, jenes weitläufige Gebiet, in dem es den Dörflern teilweise gestattet war, Holz für ihren Herd zu sammeln oder die Schweine fressen zu lassen. Weiter ging man nicht. Nur sie und Mélusine. Denn hinter diesem Forst lag der unbekannte Wald mit seinen moosbewachsenen Steinen, seinen trüben, unter langstieligen Wasserpflanzen verborgenen Tümpeln, jener Wald, in dem sich die epischen Erzählungen aus den Almanachen und den kleinen blauen Büchern abspielten.

Nie konnte man sicher sein, dort nicht einem geharnischten Ritter oder zumindest einem vergessenen Feuer speienden Drachen aus Merlins Zeiten zu begegnen. Bislang konnte sich die

Provinz in ihrem Kalender der heiligen Schutzpatrone noch keiner heldenhaften Jungfrauen in weißem Kleid rühmen, die den Drachen in Ketten legen und ihn weit fort oder wenigstens an den Rand eines Abgrunds bringen würden, in den er sich dann gütigerweise stürzen würde.

In diesen verbotenen Tiefen wandelte nur Mélusine.

Sie hatte Angélique dorthin mitgenommen. Und instinktiv hatte das Kind begriffen, dass es von diesen Ausflügen mit Mélusine niemandem etwas verraten würde.

Der alte Lützen kannte nur das Versteck in den Gewölben des Schlosses, wo sie wie ihre Freundin ihre Pflanzen trocknete und lagerte. Sie spürte, dass dies ein Geheimnis bleiben musste. Die einfachen Leute hatten große Angst vor der alten Frau. Sogar der Aufschneider Nicolas lief wie alle anderen davon, wenn er sie sah, und schrie lauthals: »Die Hexe! Die Hexe!« Was die Menschen jedoch nicht daran hinderte, sich heimlich, fast schon so, als wollten sie nicht gesehen werden, zum Rand jener Felswand zu schleichen, wo Mélusine in einer Höhle lebte, oder ein Kind hinzuschicken, um sie um eine Arznei zu bitten. Sie behaupteten auch, dass sie anders sei als die anderen Hexen und man nicht wisse, woher sie gekommen sei.

Manchmal schmückte sie das Band, mit dem sie ihr weißes Haar zusammenhielt, mit Blumen, was Angélique sehr hübsch fand! Sie sang häufig leise vor sich hin. Und wanderte lautlos über das Gras und zwischen den Bäumen hindurch, in der Hand ihren kleinen Korb aus geflochtenen Geißblattwurzeln, in den sie ein paar gepflückte Beeren, ein paar Blätter, ein paar Blüten legte. Nach einer Weile hatte sie das kleine Mädchen auch auf andere Streifzüge mitgenommen, ernsthaftere Suchen, die mit Geheimnissen und seltsamen Gebeten verbunden werden mussten.

Deshalb erzählte Angélique auch niemandem etwas von dem,

was sie mit Mélusine erlebte. Es war wie ein anderes Leben, in dem sie allein war mit der Hexe und den Pflanzen und Tieren des Waldes, ein Leben, das sie sorgsam in ihrem Inneren verbarg, wie in der »Wundertruhe«, wie in dem verbotenen Zimmer in dem verwunschenen Herrenhaus. Ein Leben, das nur ihr gehörte. Eines Tages würde sie genauso viel wissen wie Mélusine, und dann würde sie alle Menschen gesund machen.

Es war Tradition in diesem Landstrich, dass sich die Hexen Mélusine nannten.

Die Hexen selbst oder auch die einfachen Leute, die sich vor ihnen fürchteten, wandten sich Schutz suchend an die große berühmte, beinahe vergöttlichte Fee Mélusine, die die Provinzen des Westens seit unvordenklichen Zeiten mit ihren Wohltaten bedachte. Ihre tragische Geschichte erfüllte die Amme mit Wehmut, darum erzählte sie sie nur ungern.

Die Fee Mélusine war die Tochter eines gewissen Elinas, des Königs von Albany. Durch ihre Heirat mit dem Grafen Raymond de Forez wurde sie zu »la Mère des Lusignan«, zur Mutter derer von Lusignan, und mit der Zeit wandelte sich ihr Name in Merlusique und schließlich in Mélusine.

Nach Jahren des Glücks war die Katastrophe über sie hereingebrochen. Eine umso tragischere Katastrophe, als sie hätte vermieden werden können.

Die Amme behauptete, Mélusines Gemahl habe das Unglück seiner Familie, sein eigenes Unglück genauso wie das ewige Unglück seiner wunderschönen, angebeteten Gemahlin, nicht dadurch heraufbeschworen, dass er aufgehört hätte, sie zu lieben. Auch nicht, weil er sich in eine andere Frau verliebt hätte oder weil sie Gefühle für einen anderen Mann vor ihm geheim gehalten hätte oder weil er, wie allgemein angenommen wurde, einer unstillbaren Neugier erlegen sei. Nein, es lag einfach nur daran, dass dieser schöne, verliebte Mann ein gedankenloser Mensch gewesen war!

Und bei diesen Worten bedachte Fantine Lozier Angélique mit einem scharfen Blick aus ihren schwarzen Augen. Ein gedankenloser Mensch! Alles Unheil kann in diesem Begriff enthalten sein und sich über die Erde verbreiten wie der Inhalt der Büchse der Pandora!

Eines Abends war er in Begleitung einiger Freunde, die er unterwegs getroffen hatte und die er mit seiner prunkvollen Gastfreundschaft ehren wollte, in eines seiner wundervollen Schlösser zurückgekehrt, die er alle seiner wundervollen Gemahlin zu verdanken hatte. Und da hatte er einfach *vergessen*, dass sie ihm verboten hatte, samstags ihre Gemächer zu betreten... Er war hineingegangen... zusammen mit seinen Zechkumpanen... und ihnen hatte sich ein entsetzlicher Anblick geboten: Die herrliche Frau, die sich im Wasser eines großen Beckens tummelte, hatte einen Fischschwanz.

Als die monströse Frau erkannte, dass ihr Geheimnis gelüftet worden war, hatte sie einen furchtbaren Schrei – einen Todesschrei – ausgestoßen und war durch das Fenster geflohen, dass das Wasser spritzte, hinaus in die weite Nacht, wo sie von diesem Tag an bis in alle Ewigkeit würde umherstreifen müssen. Denn durch diese Entdeckung wurde nicht nur enthüllt, was hätte verborgen bleiben müssen, sondern darüber hinaus war sie nun dazu verdammt, keines natürlichen Todes mehr sterben zu können. Und was auch immer manche glauben mögen, ewig leben zu müssen ist das Schlimmste, was einem Menschen widerfahren kann!

Die Amme gab zwar zu, dass es bei genauerer Überlegung übertrieben und merkwürdig erscheinen könnte, dass ein so ruhmreicher Fürst wie Raymond de Forez, der erste Herr von Lusignan und des Poitou, so vergesslich gewesen sein sollte. Aber falls er das feierliche Versprechen, das er seiner Frau gegeben hatte, nicht wirklich vergessen hatte, dann hatte er es zumindest nicht ernst genommen und beschlossen, sich an jenem Abend einfach darüber hinwegzusetzen, um seine Freunde zu erfreuen. Und deshalb war er doch siebzig mal sieben Mal gedankenlos.

»Denn nichts schadet dem ehelichen Glück mehr, als die Empfehlungen einer Frau, die man liebt und an der man hängt, auf die leichte Schulter zu nehmen«, schloss die Amme.

Und dann fügte sie noch hinzu, dass die Fee Mélusine trotz ihres großen Unglücks auch weiterhin über ihre Lieblingsprovinz gewacht habe. Ihr hatte man die Schlösser von Parthenay, Morvant, Marmande und Issoudin ebenso zu verdanken wie die gute Gesundheit ihrer Nachkommen, hochadliger Familien wie der Lusignans natürlich, aber auch anderer Abkömmlinge, deren Namen hinter vorgehaltener Hand in der Gegend weitergegeben wurden.

Madame de Sancé hatte es auf ihrem Weg durch die Küche in den Gemüsegarten für ratsam gehalten, ein paar Einzelheiten über die Fee Mélusine richtigzustellen. Sicher, die Lusignans waren eine bedeutende Familie, aber man konnte doch nicht behaupten, dass sie von einer Fee abstammten, die sich darüber hinaus in eine Fisch-Frau verwandelte.

»Madame, sie waren Könige von Zypern und Jerusalem«, hatte ihr die Amme entgegengehalten, der, was die Familie Lusignan betraf, niemand etwas vormachen konnte.

»Ja schon, aber …«

»Und nach ihrer Heirat mit Raimondin wurde sie zur Ahnfrau der Häuser Lusignan, Luxemburg und Böhmen. Das steht in zahllosen Büchern, Madame, und zwar schon seit Jahrhunderten. Sogar in der blauen Bibliothek von Troyes wird das bestätigt.«

»Das ist doch keine Referenz«, entgegnete Madame de Sancé. »Und wie auch immer, Fantine, keine Familie, nicht einmal eine von allerhöchstem Adel, kann eine Fee zur Ahnfrau haben …«

»Madame möge mir verzeihen«, erwiderte die Amme, während sie sich würdevoll aufrichtete, »aber wenn Madame die Herkunft einer Familie leugnet, mit der, wie ich glaube, auch ihre eigene Familie verwandt ist, betrachtet sich Madame nicht als eine Tochter der Provinz Poitou ... Und schaut Euch doch nur mal das Mädchen an«, flüsterte sie mit einem raschen Seitenblick zu Angélique. »Wer kann denn mit Sicherheit sagen, dass sie nicht eine Fee unter ihren Vorfahren hat? Sogar im Dorf fangen sie schon an, sie die kleine Fee zu nennen ... Und immer mehr Leute behaupten, ihre Hände könnten auf wundersame Weise Schmerzen lindern. Wer an Kopfschmerzen leidet oder einen Säugling hat, bei dem die Zähne kommen, der ruft sie, und dann legt sie ihnen ihre kleine Hand auf die Stirn oder die Wange, und schon geht es ihnen besser ... Ihr braucht die Leute doch nur zu fragen, Madame ...«

Nach dieser Aufforderung betrachtete Madame de Sancé ihre Kinder, deren unschuldige Augen sie, ohne es zu wissen, baten, nicht an den Überzeugungen der Amme zu zweifeln, und unwillkürlich lächelte sie gerührt, denn in ihren Augen waren sie alle hübsch und bezaubernd. Mit einem leisen Seufzen griff sie wieder nach ihrem Korb und ihrem großen Gartenhut, denn sie war es, die die Geschicke des Obst- und Gemüsegartens lenkte, was sie viel Zeit und Mühe kostete, aber ihr trotz ihrer Armut erlaubte, ihrem großen Haushalt eine gesunde und abwechslungsreiche Kost vorzusetzen, und das war schließlich das Wichtigste.

In diesem Jahr begann Fantine von den ersten Sommertagen an, auf die Räuber und Soldaten zu warten. Die Umgebung wirkte zwar friedlich, doch die Amme, die so viele Dinge vorausahnte, »roch« die Räuber in der Hitze dieses schwülen Sommers. Man sah sie das Gesicht nach Norden wenden, zur

Straße hin, als trüge der staubige Wind ihren Geruch heran. Ihr genügten schon wenige Hinweise, um zu erkennen, was in der Ferne vor sich ging, nicht nur im weiteren Umland, sondern in der ganzen Provinz und bis hin nach Paris.

Wie üblich konnte Fantine Lozier, nachdem sie bei dem Kolporteur aus der Auvergne ein wenig Wachs und ein paar Bänder erstanden hatte, dem Baron die wichtigsten Neuigkeiten über den Lauf der Dinge im Königreich berichten. Eine neue Steuer sollte erhoben werden, in Flandern tobte eine Schlacht, die Königinmutter wusste nicht mehr, was sie sich noch ausdenken sollte, um Geld zu beschaffen und die gierigen Prinzen zufriedenzustellen. Sie selbst fühlte sich nicht wohl, und der König mit den blonden Locken trug zu kurze Hosen, genau wie sein jüngerer Bruder, der der Kleine Monsieur genannt wurde, weil ›Monsieur‹, sein Onkel Gaston d'Orléans, der Bruder von König Ludwig XIII., noch lebte.[1] Unterdessen häuft Kardinal Mazarin italienischen Nippes und Gemälde an. Die Königin liebt ihn. Das Pariser Parlament[2] ist nicht zufrieden. Es lauscht dem Schrei der armen Landbevölkerung, die unter der Last der Kriege und Steuern zusammenbricht. In ihren Karossen und ihren prächtigen hermelinbesetzten Gewändern fahren die Herren aus dem Parlament in den Louvre, wo der kleine König lebt und, eingerahmt vom schwarzen Kleid seiner spanischen Mutter und der roten Robe des italienischen Kardinals, bald sein zehntes Lebensjahr vollenden wird.

Die Richter führen ihnen vor Augen, dass das einfache Volk nicht mehr bezahlen kann, dass die Bürger keinen Handel mehr treiben können, dass die Menschen es leid sind, auf jeden noch so geringen Besitz Steuern entrichten zu müssen. Sollen sie etwa bald noch für den Napf bezahlen, aus dem sie essen?

Die Königinmutter lässt sich nicht erweichen. Monsieur Mazarin genauso wenig.

Sie wissen, was die Mitglieder des Parlaments dazu bringt,

sich so pedantisch über die Not des Volkes zu ereifern. Es sind die neuen Erlasse, die für vier Jahre die Bezüge aller Richter streichen. Bezüge, die eher einer Rente ähneln, welche ihnen allein dafür ausgezahlt wird, dass sie zusammenkommen und ihre viereckigen Barette aufsetzen.

Mit klangvoller, wenn auch ein wenig zögernder Stimme hält der kleine König all diesen ernsten Herren die auswendig gelernte Lektion entgegen, dass das Geld für die Armeen benötigt werde, für den Frieden, der unterzeichnet werden soll... Opfer sind unumgänglich. Eine neue Steuer wird erhoben. Die Steuerkontrolleure werden ihre Eintreiber aussenden. Die Eintreiber werden drohen, die guten Leute werden flehen, weinen, zu ihren Sensen greifen, um die Steuerboten und Steuereinnehmer zu töten, und sie werden auf die Straßen hinausziehen, um sich den führerlosen Soldaten anzuschließen. Die Räuber werden kommen...

Wenn man die Amme reden hörte, konnte man kaum glauben, dass dieser einfache Hausierer ihr so viel erzählt haben sollte. Man bezichtigte sie einer blühenden Fantasie, doch in Wirklichkeit verfügte sie über die Gabe der Voraussicht. Ein Wort, ein Schatten, der Besuch eines allzu dreisten Bettlers oder eines besorgten Händlers wies ihr den Weg zur Wahrheit.

»Fantine, können wir denn nicht wenigstens ein Jahr ohne die ständige Angst vor Katastrophen leben...?«, protestierte Baron Armand.

Die Amme verteidigte sich. Und tatsächlich gelangten über den Kolporteur sogar gute Nachrichten ins Schloss.

Kardinal Julio de Mazarin verließ Paris und sein rebellierendes Parlament und reiste auf die andere Seite des Rheins in eine Region mit Namen Westfalen, um dort das Ende des Dreißigjährigen Krieges zu besiegeln.

Unter dem Dach des Schlosses poliert der alte Lützen seinen Helm, spürt jedem Rostfleck auf seiner eisernen Pike nach.

Alle Kriege haben fürchterliche Seiten.

Derjenige, der nun enden wird, dieser Begleiter seines bisherigen Lebens, war die schrecklichste Harpyie von allen. Lützen kann es bezeugen. Mit gelegentlich aufleuchtenden Lichtblicken wie in allen Kriegen.

So wie im Dunst das blonde Haar des verirrten Königs aus dem Norden aufleuchtete.

An diesem Tag lag dichter Nebel über dem Schlachtfeld von Lützen, irgendwo in Sachsen. Auf seinem riesigen schweren Schlachtross war Gustav Adolf, König von Schweden, aufgetaucht, auch er groß und bereits zu dick! Guillaume würde den Anblick nie vergessen: Heruntergerissen von Händen, Haken und Piken, stürzt der König schwer zwischen seine Feinde. Darunter auch er, Wilhelm, wie er damals noch hieß, nicht Guillaume, wie ihn die Franzosen nun nennen, deutscher Söldner in den kaiserlichen Armeen, die besiegt wurden an jenem Tag in Lützen, trotz der Ergreifung und des Todes des Königs aus dem Norden.

Zu dick oder nicht, Gustav Adolf würde als guter Stratege und großer Eroberer in die Geschichte eingehen. Und niemand würde je seine furchterregenden schwedischen Recken vergessen. Bis nach Lothringen, Grenzland des deutschen Kaiserreichs nach Frankreich hin, hatte man sie umherstreifen sehen. Vor dem Hintergrund brennender Dörfer, gefolterter Bauern, aufgeschlitzter Frauenleiber und aufgespießter Kinder zeichneten sich riesenhafte Kriegergestalten ab, die mit der langen Pike ebenso gut umzugehen wussten wie die Schweizer.

Als Landsknecht unter dem Befehl eines großen Generals, des Freiherrn Franz von Mercy, hatte Guillaume in Diensten des Kurfürsten von Bayern gegen sie gekämpft.

Auf der anderen Seite standen große französische Generäle:

Monsieur de Turenne und dieser Herzog von Enghien, der bei Rocroi zum ersten Mal die spanischen Tercios in die Flucht geschlagen hatte.

»Alerheim!«

Wieder eine Niederlage. Das gehörte zum Beruf. Und wenn der Soldat gut gekämpft hat und mit dem Leben davonkommt, kann er sich sagen, dass er gewonnen hat.

Aber am nächsten Morgen war der Freiherr von Mercy seinen Verletzungen erlegen.

Es war der Instinkt, der alle kampfesmüden desertierten Söldner nach Westen trieb, zum Rand des Krieg führenden Europas hin, zum Rand der Welt, die am wogenden Meer, dem unbekannten Ozean, endet.

So wanderten sie auf die untergehende Sonne zu. Um sie herum wurden die deutschen Mundarten allmählich von den französischen abgelöst. Grünere, hügeligere Landschaften umgaben sie. Und im Westen erwiesen sich die Jahreszeiten als milder, ausgewogener, ohne Härten, wie ein Reigen rund ums Jahr.

Die kleine Angélique zählte sie gerne an den Fingern ab.

»März, April, Mai. Der Frühling, die Blumen.

Juni, Juli, August. Der Sommer, das Getreide wird eingebracht.

September, Oktober, November. Der Herbst, der Wald leuchtet golden, die Äpfel werden gepflückt, die Trauben gelesen, Kastanien gesammelt.

Dezember, Januar, Februar. Der Winter mit seinem weißen Kleid und peitschenden Hagelkörnern, die aussehen wie Zuckermandeln.«

Das Poitou.

Alte herzliche Behausungen. Heckenlandschaften, Wälder, geheimnisvolle Sümpfe, die niemand versteht, der nicht dort geboren ist. Der Ozean war nicht mehr fern.

Monteloup. Lützens Reise hatte ein Ende.

Kapitel 3

An jenem Abend hatte Angélique beschlossen, mit Nicolas, dem Hirten, Flusskrebse zu fangen. Ohne jemandem Bescheid zu sagen, war sie zum strohgedeckten Häuschen der Merlots gerannt. Der aus drei, vier ärmlichen Hütten bestehende Weiler, in dem sie lebten, lag am Rand des großen Waldes von Nieul. Trotzdem gehörte das Land, das sie bewirtschafteten, dem Baron de Sancé.

Als die Bauersfrau die Tochter des Herrn erkannte, hob sie den Deckel vom Kessel, der gerade über dem Feuer hing, und gab ein Stück Speck in die Suppe, um ihr etwas mehr Geschmack zu verleihen. Angélique legte ein Huhn auf den Tisch, das sie aus dem Hühnerhof des Schlosses stibitzt hatte. Es war nicht das erste Mal, dass sie sich einfach bei den Bauersleuten zum Essen einlud, und sie versäumte es nie, ihnen ein kleines Geschenk mitzubringen, denn als Grundherren waren die Schlossbewohner beinahe die Einzigen in der gesamten Umgebung, die das Recht hatten, einen Taubenschlag und einen Hühnerstall zu besitzen.

Neben dem Herdfeuer saß ein Mann und aß Schwarzbrot. Francine, das älteste der Kinder, kam und umarmte Angélique. Sie war zwei Jahre älter als das kleine Mädchen, aber da sie sich schon seit langem um ihre jüngeren Geschwister kümmern und auf dem Feld mithelfen musste, tollte sie nicht mehr draußen herum und fing Flusskrebse oder sammelte Pilze wie ihr herumstreunender Bruder Nicolas. Sie war freundlich und höflich und hatte hübsche rosige Wangen, und Madame de

Sancé wollte sie anstelle von Nanette zum Kammermädchen nehmen, deren freches Wesen sie irritierte.

Nach dem Essen zog Nicolas Angélique mit sich.

»Komm, wir holen die Lampe aus dem Stall.«

Sie liefen hinaus. Die Nacht war sehr dunkel, denn es hing immer noch ein Gewitter in der Luft. Angélique erinnerte sich später daran, dass sie von der alten Römerstraße her, die eine halbe Meile entfernt verlief, ein undeutliches Rumoren zu hören geglaubt hatte.

Im Wald war es noch finsterer.

»Du brauchst keine Angst vor Wölfen zu haben«, sagte Nicolas. »Im Sommer kommen sie nicht hierher.«

»Ich habe keine Angst.«

Bald erreichten sie den Bach und ließen ihre Reusen, in die sie zuvor ein Stück Speck gesteckt hatten, auf den Grund hinab. Ab und zu holten sie sie wieder hoch, triefend und mit einer ganzen Traube blauer Flusskrebse gefüllt, die vom Licht angelockt worden waren. Sie warfen sie in einen Tragkorb, den sie eigens dazu mitgebracht hatten. Angélique kam es überhaupt nicht in den Sinn, dass die Wachen vom Schloss Plessis sie überraschen könnten und es größten Ärger geben würde, wenn eine der Töchter des Barons de Sancé dabei erwischt würde, wie sie mit einem Bauernlümmel nachts im Laternenschein wilderte.

Plötzlich richtete sie sich auf, und Nicolas tat es ihr gleich.

»Hast du nichts gehört?«

»Doch, da hat jemand geschrien.«

Die beiden Kinder lauschten einen Augenblick, ohne sich zu rühren, und wandten sich dann wieder ihren Reusen zu. Aber sie waren beunruhigt, und bald darauf hielten sie wieder inne.

»Jetzt höre ich es genau. Da unten wird geschrien.«

»Das kommt vom Weiler her.«

Rasch sammelte Nicolas ihre Utensilien zusammen und nahm den Tragkorb auf den Rücken. Angélique griff nach der Laterne. Lautlos gingen sie über einen moosbewachsenen schmalen Weg zurück. Als sie an den Waldrand kamen, blieben sie abrupt stehen. Ein rosiges Licht schimmerte durch die Bäume und erhellte die Stämme.

»Das … das ist nicht das Morgengrauen«, flüsterte Angélique.

»Nein, das ist Feuer!«

»Mein Gott, vielleicht brennt es ja bei euch. Komm schnell.«

Aber er hielt sie zurück.

»Warte, das ist zu viel Geschrei für ein Feuer. Da muss noch etwas anderes sein.«

Hastig schlichen sie weiter, bis sie die letzten Bäume erreichten. Dahinter erstreckte sich eine lange, sanft abfallende Wiese bis zum ersten Häuschen, in dem die Merlots wohnten. Fünfhundert Meter weiter standen die drei anderen Häuser am Wegrand zusammen. Eines von ihnen brannte. Das Licht der Flammen, die aus seinem Dach schlugen, fiel auf umhereilende Männer, die laut schreiend durcheinanderliefen, in die Häuschen eindrangen und mit Schinken beladen oder Kühe und Esel hinter sich herziehend wieder herauskamen.

Von der Römerstraße her strömten sie wie eine dichte schwarze Flut durch den Hohlweg. Ein mit Knüppeln und Rapieren gespickter Schwall ergoss sich über den Hof der Merlots und setzte sich fort in Richtung Monteloup. Nicolas hörte seine Mutter schreien. Dann fiel ein Schuss. Es war sein Vater, der noch genug Zeit gehabt hatte, seine alte Muskete vom Haken zu nehmen und zu laden. Aber kurz darauf wurde er wie ein Sack in den Hof geschleift und mit Knüppeln erschlagen. Angélique sah, wie eine Frau im Hemd schreiend und schluchzend über den Hof eines Häuschens flüchtete. Ein paar Männer verfolgten sie. Die Frau versuchte, den

Waldrand zu erreichen. Angélique und Nicolas wichen zurück, packten sich bei den Händen und flohen, über dornige Ranken stolpernd, in den Schutz des Waldes. Doch bald beruhigten sie sich wieder und kehrten an den Waldrand zurück, wider Willen fasziniert vom Feuer und den lauten Rufen, die, zu einem gleichförmigen Schrei verschmolzen, in die Dunkelheit aufstiegen. Sie sahen, dass die Frau von ihren Verfolgern eingeholt worden war und diese sie nun über die Wiese schleiften.

»Das ist Paulette«, wisperte Nicolas.

Hinter dem Stamm einer gewaltigen Eiche aneinandergedrängt, beobachteten sie keuchend und mit weit aufgerissenen Augen das entsetzliche Schauspiel.

»Sie haben unseren Esel und unser Schwein gestohlen«, sagte er noch.

Der Morgen graute und dämpfte den Schein des allmählich verlöschenden Feuers. Die übrigen Häuser hatten die Räuber nicht angezündet. Die meisten hatten nicht einmal in diesem kleinen, belanglosen Weiler angehalten, sondern waren gleich weiter ins Dorf Monteloup gezogen. Diejenigen, die die vier Häuschen geplündert hatten, verließen nun nach und nach den Schauplatz ihrer Verbrechen. Angélique und Nicolas sahen ihre abgetragene Kleidung, ihre ausgezehrten, von dunklen Bärten bedeckten Gesichter. Ein paar von ihnen trugen breitkrempige Federhüte, und einer hatte sogar eine Art Helm auf dem Kopf, der ihn wie einen Soldaten erscheinen ließ. Aber viele waren in farb- und formlose, zerschlissene Lumpen gekleidet. Im morgendlichen Nebel, der aus den Sümpfen aufstieg, hörte man ihre Rufe. Inzwischen waren es bloß noch ein gutes Dutzend Männer. Ein kleines Stück hinter dem Haus der Merlots blieben sie stehen, um sich gegenseitig ihre Beute zu zeigen. Ihre Gesten und Diskussionen verrieten, dass sie sie recht kümmerlich fanden: ein paar Laken und Taschentücher aus den Wäschetruhen, Krüge, große Brote, Käselaibe. Aber einer von ihnen biss herzhaft in einen Schinken, den er am Knochen festhielt. Die gestohlenen Tiere waren schon fortgetrieben worden. Die letzten Plünderer packten ihre ärmlichen Beutestücke in zwei, drei Ballen und gingen davon, ohne sich noch einmal umzusehen.

Es dauerte lange, bis Angélique und Nicolas aus dem Schutz der Bäume hervorkamen. Die Sonne strahlte bereits am Himmel und ließ den Tau auf der Wiese funkeln, als sie sich zum Weiler hinabwagten, der inzwischen seltsam still dalag.

Als sie sich dem Hof der Merlots näherten, begann ein Säugling zu schreien.

»Das ist mein kleiner Bruder«, flüsterte Nicolas, »wenigstens er ist noch am Leben.«

Da sie fürchteten, einer der Räuber könnte zurückgeblieben sein, schlichen sie lautlos auf den Hof. Sie fassten einander an der Hand und hielten nahezu bei jedem Schritt inne. Als Erstes stießen sie auf die Leiche des Vaters Merlot, der mit dem Gesicht in seinem Misthaufen lag. Nicolas beugte sich zu ihm hinab und versuchte, den Kopf seines Vaters anzuheben.

»Sag, Papa, bist du tot?«

Er richtete sich wieder auf.

»Ich glaube, er ist tot. Sieh nur, wie weiß er aussieht, sonst ist er immer ganz rot im Gesicht.«

Im Haus brüllte sein Bruder wie am Spieß. Er saß auf dem zerwühlten Bett und fuchtelte verzweifelt mit seinen kleinen Händchen. Nicolas rannte zu ihm und nahm ihn in die Arme.

»Danke, Heilige Jungfrau, der Kleine hat nichts abbekommen.«

Mit vor Entsetzen geweiteten Augen starrte Angélique Francine an. Kreidebleich und mit geschlossenen Augen lag das Mädchen auf dem Boden. Ihr Kleid war bis zum Bauch hochgeschoben, und Blut lief zwischen ihren Beinen herunter.

»Nicolas«, wisperte Angélique mit erstickter Stimme, »was ... was haben sie mit ihr gemacht?«

Nicolas sah zu ihr hinüber, und ein schrecklicher Ausdruck ließ sein Gesicht mit einem Schlag furchtbar alt aussehen.

»Diese verfluchten Dreckskerle, diese verfluchten ...!«

Brüsk hielt er Angélique den Säugling hin.

»Nimm ihn.«

Dann kniete er neben seiner Schwester nieder und zog ihr züchtig den zerrissenen Rock herunter.

»Francine, ich bin es, Nicolas. Sag was. Du bist doch nicht tot, oder?«

Aus dem nebenan liegenden Stall drang ein Stöhnen. Wimmernd und zusammengekrümmt tauchte ihre Mutter auf.

»Bist du das, Nicolas? Ach, meine armen Kinder, meine armen Kinder! So ein Unglück! Sie haben den Esel und das Schwein mitgenommen und unsere kleine Geldreserve auch. Dabei habe ich dem Vater noch gesagt, er soll sie vergraben.«

»Maman, tut dir etwas weh?«

»Mit mir ist alles in Ordnung. Ich bin eine Frau, ich habe schon Schlimmeres durchgemacht. Aber Francine, die Ärmste, sie ist doch so sensibel. Womöglich haben sie sie mit ihrem Treiben noch umgebracht.«

Weinend wiegte sie ihre Tochter in ihren dicken Armen.

»Wo sind die anderen?«, fragte Nicolas.

Nach langem Suchen entdeckten sie drei weitere Kinder, einen Jungen und zwei Mädchen, in der Brotkiste, wo sie sich zusammengekauert hatten, nachdem die Plünderer das Brot geraubt hatten und sich anschließend daranmachten, ihre Mutter und ihre Schwester zu schänden.

Unterdessen kam ein Nachbar, um zu hören, wie es ihnen ergangen war. Die unglücklichen Bewohner des Weilers versammelten sich, um zusammenzuzählen, welches Leid über sie hereingebrochen war. Es gab nur zwei Tote zu beklagen: den

Vater Merlot und einen alten Mann, der ebenfalls versucht hatte, von seiner Muskete Gebrauch zu machen. Die anderen Bauern waren auf ihren Stühlen festgebunden und nur ein wenig mit Knüppeln bearbeitet worden. Keinem der Kinder war die Kehle durchgeschnitten worden, und einer der Bauern hatte es geschafft, seinen Kühen die Stalltür zu öffnen, woraufhin diese geflohen waren und zweifellos wiedergefunden werden würden. Aber so viel gute Wäsche und Kleidung hatten die Plünderer geraubt, so viel Zinngeschirr, das den Kamin geschmückt hatte, so viele Käselaibe und Schinken und sogar das kostbare, abgezählte Geld!

Paulette weinte und schrie immer noch.

»Zu sechst sind diese Kerle über mich hergefallen!«

»Sei still«, fuhr ihr Vater sie an. »So oft wie du mit den jungen Burschen im Gebüsch verschwindest, hat es dir wahrscheinlich noch gefallen. Aber unsere Kuh war trächtig! Die finde ich nicht so schnell wieder wie du einen Verehrer.«

»Wir müssen weg von hier«, sagte Nicolas' Mutter, die immer noch die ohnmächtige Francine im Arm hielt, »vielleicht kommen noch ein paar Nachzügler hinterher.«

»Lasst uns mit den restlichen Tieren in den Wald gehen. Das haben wir früher auch immer gemacht, wenn Richelieus Armeen durchgezogen sind.«

»Oder nach Monteloup.«

»Nach Monteloup? Dort sind sie doch bestimmt gerade!«

»Dann zum Schloss«, schlug jemand vor.

Alle stimmten ihm zu.

»Ja, lasst uns zum Schloss gehen.«

Der alte Instinkt trieb sie zum herrschaftlichen Schloss, in den Schutz der Mauern und Wehrtürme ihres Herrn, in deren Schatten sie jahrhundertelang geschuftet hatten.

Angélique, die immer noch den Säugling auf dem Arm trug, spürte, wie sich ihr Herz zusammenzog.

Unser Schloss, dachte sie bei sich. Es ist halb verfallen. Wie sollen wir diese armen Leute beschützen? Wer weiß, ob die Räuber nicht auch zu uns gekommen sind? Und der alte Guillaume mit seiner Pike hat sie bestimmt nicht am Eindringen hindern können.

»Ja«, sagte sie laut, »kommt mit ins Schloss. Aber wir dürfen nicht über die Straße gehen und auch nicht die Abkürzung durch die Felder nehmen. Wenn sich die Räuber wirklich dort herumtreiben, würden wir es nicht bis zum Tor schaffen. Der einzige Weg führt durch das trockengelegte Sumpfgelände und dann durch den großen Graben hintenherum ins Schloss. Es gibt da eine kleine Tür, die nie benutzt wird, aber ich weiß, wie man sie öffnet.«

Sie verschwieg, dass diese halb von den Trümmern eines unterirdischen Ganges versperrte Tür ihr mehr als einmal zur Flucht verholfen hatte und in einem der Verliese, die die gegenwärtigen Herren von Sancé schon fast vergessen hatten, das Versteck lag, in dem sie ihre Pflanzen trocknete und Liebestränke zubereitete wie die Hexe Mélusine.

Die Bauern hatten ihr vertrauensvoll zugehört. Manche hatten sie vorher noch gar nicht bemerkt, aber sie waren so sehr daran gewöhnt, Angélique als eine lebende Verkörperung der Feen zu betrachten, dass ihr plötzliches Auftauchen in dieser dunklen Stunde sie kaum verwunderte.

Eine der Frauen nahm ihr den Säugling ab. Danach führte Angélique die kleine Gruppe über einen langen Umweg durch die Sümpfe, unter der glühenden Sonne an dem steil aufragenden Felssockel entlang, der sich einst über das Wasser der Meeresbucht erhob. Das Gesicht von Staub und Schmutz verdreckt, ermunterte sie die Dörfler immer wieder zum Weitergehen.

Sie ließ sie durch die schmale, nicht mehr genutzte Tür ins Schloss. Dort empfing sie die wohltuende Kühle der unterirdischen Bereiche, aber in der Dunkelheit begannen die Kinder zu weinen.

»Ganz ruhig, keine Angst«, beruhigte sie Angélique. »Bald sind wir in der Küche, und Nounou Fantine gibt euch Suppe.«

Die Erwähnung von Nounou Fantine schenkte allen neuen Mut. Hinter der Tochter des Barons stolperten die wimmernden Bauern die halb eingestürzten Treppen hinauf und durchquerten mit Schutt angefüllte Säle, in denen Ratten vor ihnen die Flucht ergriffen. Angélique ging, ohne zu zögern, voraus. Das war ihr Reich.

Als sie die große Eingangshalle erreichten, hörten sie Stimmengewirr, das sie für einen Moment erschreckte. Aber genauso wenig wie die Bauern wagte Angélique sich vorzustellen, dass das Schloss angegriffen worden sein könnte. Je näher sie der Küche kamen, desto stärker wurde der Duft von Suppe und warmem Wein. Es mussten zweifellos viele Menschen dort versammelt sein, aber es waren keine Räuber, denn sie unterhielten sich leise, gemessen und sogar traurig. Andere Bauern aus dem Dorf und von den nahe gelegenen Meierhöfen hatten bereits Zuflucht in den alten, baufälligen Mauern gesucht.

Als die Neuankömmlinge hereinkamen, erhob sich ein entsetztes Geschrei, denn man hielt sie für Räuber. Doch als die Amme Angélique entdeckte, stürzte sie auf sie zu und riss sie in die Arme.

»Mein Herzchen! Sie lebt! Danke, Herr! Heilige Radegunde! Heiliger Hilarius! Danke.«

Zum ersten Mal in ihrem Leben versteifte sich Angélique gegen diese stürmische Umarmung. Sie hatte gerade »ihre« Leute durch die Sümpfe geführt. Stundenlang hatte sie diese erbarmungswürdige Herde hinter sich gespürt. Sie war kein Kind mehr! Fast grob befreite sie sich aus Fantine Loziers Armen.

»Gib ihnen zu essen«, sagte sie.

Später sah sie wie in einem Traum, wie ihre Mutter mit Tränen in den Augen ihre Wange streichelte.

»Mein Kleines, wir haben uns solche Sorgen um Euch gemacht!«

Auch Pulchérie kam heran, aufgezehrt wie eine Wachskerze, das Gesicht vom Weinen noch stärker gerötet als sonst, und ihr Vater und ihr Großvater …

Angélique fand diesen Marionettenaufmarsch äußerst lustig. Sie hatte eine große Schale warmen Wein hinuntergestürzt und war völlig betrunken. Wohlige Benommenheit erfüllte sie. Rings um sie herum berichteten die Leute von den Ereignissen dieser tragischen Nacht: dem Überfall auf das Dorf, den ersten in Brand gesteckten Häusern und davon, wie der Dorfschulze aus dem Fenster seines gerade erst errichteten ersten Stocks geworfen worden war, auf den er so stolz war. Außerdem war dieses gottlose Gesindel in die kleine Kirche eingedrungen, wo sie die geweihten Kelche gestohlen und den Pfarrer zusammen mit seiner Magd auf seinem eigenen Altar festgebunden hatten. Sie mussten vom Teufel besessen sein, um auf solche Gedanken zu kommen!

Vor Angélique wiegte eine alte Frau ihre Enkelin in den Armen, ein großes Mädchen mit vom Weinen verquollenen Zügen.

»Was haben sie bloß mit ihr gemacht! Was haben sie bloß mit ihr gemacht! Es ist nicht zu glauben …!«, wiederholte die unablässig mit dem Kopf nickende Großmutter immer wieder in einer Mischung aus Bewunderung und Entsetzen.

Überall war die Rede von zu Boden gerissenen Frauen, mit Knüppeln verdroschenen Männern, geraubten Kühen, mitgenommenen Ziegen. Der Küster hatte seinen Esel am Schwanz festgehalten, während zwei Räuber an dessen Ohren zerrten. Und am lautesten hatte bei diesem ganzen Theater natürlich das arme Tier geschrien!

Letztendlich war aber doch vielen Leuten die Flucht gelungen. Den einen in die Wälder, den anderen in die Sümpfe, den meisten jedoch ins Schloss. In den Höfen und Sälen gab es genug Platz, um die mit Müh und Not geretteten Tiere unterzubringen. Unglücklicherweise hatte ihre Flucht einige Plünderer in diese Richtung gelockt, und trotz der Muskete des Barons de Sancé hätte das Ganze böse ausgehen können, wenn nicht der alte Guillaume plötzlich einen genialen Einfall gehabt hätte. Indem er sich mit aller Kraft gegen die verrosteten Ketten der Zugbrücke gestemmt hatte, war es ihm gelungen, diese hochzuziehen. Wie grausame, aber ängstliche Wölfe waren die Räuber vor dem kümmerlichen, mit fauligem Wasser gefüllten Graben zurückgewichen.

Dann hatte man ein seltsames Schauspiel beobachten können: Der alte Guillaume stand dicht neben der Pforte, brüllte Verwünschungen in seiner Sprache und schüttelte die Faust gegen die Dunkelheit, in die sich die zerlumpten Gestalten zurückzogen. Plötzlich war einer der Männer da unten stehen geblieben und hatte ihm geantwortet. Es war ein eigentümlicher Dialog gewesen, durch die vom Feuerschein rot gefärbte Nacht, in dieser germanischen Sprache, die einem über die Wirbelsäule kratzte, dass man erschauerte.

Man wusste nicht genau, was Guillaume und sein Landsmann einander gesagt haben mochten. Jedenfalls waren die Räuber nicht mehr zurückgekommen, und beim Morgengrauen waren sie auch aus dem Dorf abgezogen. Alle betrachteten Guillaume als einen Helden, und die Menschen ruhten sich in seinem soldatischen Schatten aus.

Dieser Zwischenfall bewies jedoch, dass die Bande, von der man geglaubt hatte, sie bestünde aus verarmten Bauern und Bettelgesindel aus den Städten, auch Deserteure aus dem Norden zählte.

Alles war vertreten in diesen Armeen, die die Prinzen rekrutierten, um sie in den Dienst des Königs zu stellen: Wallonen, Italiener, Flamen, Lothringer, Lütticher, Spanier, Deutsche, eine ganze Welt, die sich die friedlichen Einwohner des Poitou kaum vorstellen konnten. Bald behaupteten manche, unter den Räubern sei sogar ein polnischer Reiter gewesen, einer jener Wilden, die der General Johann von Werth einst in die Picardie geführt hatte, um dort den Kindern an der Mutterbrust die Kehle durchzuschneiden. Man hatte ihn gesehen. Er hatte ein gelbes Gesicht, trug eine Pelzmütze und verfügte zweifellos über eine erstaunliche Manneskraft, denn am Ende des Tages schworen alle Frauen des Dorfes, ihn erduldet zu haben.

Die Menschen bauten die niedergebrannten Häuser wieder auf. Dazu brauchten sie nicht lange: Mit Stroh und Schilf vermischter Schlamm ergab einen recht haltbaren Stampflehm. Man brachte die Ernte ein, die nicht geplündert worden war, und sie war gut, was viele tröstete. Nur zwei junge Mädchen, eine davon Francine, erholten sich nicht von der Gewalt, die ihnen die Räuber angetan hatten. Sie bekamen hohes Fieber und starben.

Es hieß, die berittene Polizei von Niort habe ein paar Männer hinter der plündernden Bande hergeschickt, die isoliert und schlecht geführt zu sein schien.

So änderte der Überfall auf die Ländereien des Barons de Sancé nicht viel am gewohnten Leben im Schloss. Man hörte höchstens den alten Großvater häufiger über das Unheil schimpfen, das der Tod des guten Königs Heinrich IV. und die Aufmüpfigkeit der Protestanten mit sich gebracht hatten.

»Diese Leute verkörpern den Geist des Aufruhrs, mit dem sie ein Königreich zerstören. Ich habe einst Monsieur de Richelieus harte Haltung ihnen gegenüber missbilligt, aber in Wirklichkeit war er noch nicht hart genug.«

Angélique und Gontran, an diesem Tag das einzige Publikum für die Tiraden ihres Großvaters, wechselten einen verschwörerischen Blick. Der gute Großvater hatte nicht die leiseste Ahnung von der gegenwärtigen Lage des Landes! Alle seine Enkel liebten den greisen Baron, aber seine veralteten Ansichten teilten sie nur selten.

»Diese Räuber waren keine Hugenotten, Großvater«, wagte der kleine Junge, der demnächst zwölf Jahre alt werden würde, einen Einwand. »Das waren Katholiken, heißt es, Deserteure aus den ausgehungerten Armeen, Fremde, denen man keinen Sold gezahlt hatte, aber auch Bauern, die durch die Kämpfe ihr gesamtes Hab und Gut verloren haben.«

»Das ist noch lange kein Grund, hierher zu kommen. Und du kannst sagen, was du willst, du wirst mir nicht einreden, dass sie nicht von den Protestanten unterstützt worden sind. Zu meiner Zeit bezahlte die Armee ihre Truppen schlecht, das gebe ich zu, aber immerhin regelmäßig. Glaub mir, diese ganzen Unruhen werden von England oder Holland aus geschürt. Diese Leute treten immer häufiger öffentlich auf und rotten sich zusammen, vor allem, weil das Edikt von Nantes ihnen gegenüber viel zu nachsichtig gewesen ist, indem es ihnen nicht nur das Recht auf ihren Glauben zugesteht, sondern auch noch die gleichen bürgerlichen Ehrenrechte wie den Katholiken …«

»Was sind das für Rechte, die man den Protestanten gelassen hat, Großvater?«, fragte Angélique unvermittelt.

»Du bist noch zu jung, um das zu verstehen, kleines Mädchen«, antwortete der alte Baron. »Die bürgerlichen Ehrenrechte«, fügte er hinzu, »sind etwas, das man den Menschen nicht nehmen kann, ohne dass sie ihre Ehre verlieren.«

»Dann ist es also kein Geld«, entgegnete die Kleine.

Der alte Edelmann lobte sie.

»So ist es, Angélique, du verstehst wirklich vieles, für das du eigentlich noch nicht alt genug bist.«

Aber Angélique war der Meinung, dass dieses Thema noch einiger Erklärungen bedurfte.

»Also wenn die Räuber uns ganz und gar ausplündern und uns nackt zurücklassen, dann haben wir trotzdem immer noch unsere bürgerlichen Ehrenrechte?«

»Ganz genau, Kleines«, antwortete ihr Bruder.

Aber in seiner Stimme schwang eine leise Ironie mit, und sie fragte sich, ob er sich über sie lustig machte.

Niemand wusste so recht, wie man Gontran einschätzen sollte. Er redete wenig und lebte sehr zurückgezogen. Da sein Vater weder einen Hauslehrer einstellen noch ihn auf eine Klosterschule schicken konnte, beschränkte sich seine Ausbildung auf die wenigen Grundkenntnisse, die ihm der Dorfschullehrer und der Pfarrer beibrachten. Meistens zog er sich in sein Zimmer unterm Dach zurück, um dort rote Schildläuse zu zerquetschen, farbigen Ton zu kneten und eigenartige Kompositionen zu schaffen, die er »Gemälde« oder »Bildnisse« nannte. Obwohl er wie alle Kinder der Familie de Sancé recht nachlässig war, was seine Erscheinung betraf, warf er Angélique häufig vor, ein Wildfang zu sein und sich nicht ihrem Stand gemäß zu betragen.

»Du bist gar nicht so dumm, wie du aussiehst«, fügte er noch hinzu, was durchaus als Kompliment gemeint war.

Seit einer kleinen Weile horchte der alte Baron in den Hof hinaus, von wo laute Stimmen hereinschallten, die sich mit dem Gackern der aufgeschreckten Hühner vermischten. Dann folgten schnelle Schritte und noch lauteres Geschrei, in dem sie Guillaumes Akzent erkannten. Es war ein herrlicher Spätsommernachmittag, und alle übrigen Bewohner des Schlosses mussten draußen sein.

»Habt keine Angst, meine Kinder«, sagte der Großvater, »da wird sicher nur ein Bettler fortgejagt…«

Doch Angélique war bereits auf die Freitreppe hinausgestürmt und rief: »Der alte Guillaume wird angegriffen! Jemand will ihm Böses!«

Hinkend holte der Baron einen verrosteten Säbel, und Gontran kam mit einer Hundepeitsche in der Hand zurück. Als sie über die Schwelle traten, sahen sie ihren alten Diener mit seiner Pike bewaffnet, Angélique an seiner Seite.

Sein Gegner war ebenfalls nicht weit entfernt. Er stand außer Reichweite auf der anderen Seite der Zugbrücke, hatte den Kampf aber noch nicht aufgegeben. Es war ein großer, ausgehungert wirkender Bursche, aber gut gekleidet in einem dunklen Anzug. Er wirkte ausgesprochen zornig, doch gleichzeitig bemühte er sich um eine steife, offizielle Haltung.

Sobald Gontran ihn erblickte, senkte er die Peitsche und zog seinen Großvater zurück.

»Das ist der Steuereintreiber«, flüsterte er ihm zu. »Er ist schon mehrmals fortgejagt worden…«

Der so übel empfangene Staatsdiener wich zwar immer noch langsam zurück, doch als er sah, wie die neu Hinzugekommenen zögerten, wurde er wieder selbstsicherer. In respektvoller Entfernung blieb er stehen, zog ein durch das Handgemenge reichlich zerknittertes, aufgerolltes Schriftstück aus der Tasche und machte sich mit einem Seufzen daran, es liebevoll zu entrollen. Dann begann er mit affektiertem Gehabe einen Zahlungsbefehl vorzulesen, wonach der Baron de Sancé wegen ausstehender Steuern für seine Pachtbauern, des Zehnten der Einkünfte des Grundherrn sowie seiner Grundsteuer, Steuern auf das Beschälen von Stuten, »Staubabgabe« für die Benutzung der königlichen Straße durch die Viehherden und Strafe wegen verspäteter Zahlung unverzüglich die Summe von achthundertfünfundsiebzig Livres, neunzehn Sols und elf Deniers zu entrichten habe.

Der alte Baron lief vor Zorn dunkelrot an.

»Du unverschämter Haderlump, glaubst du etwa, ein Edelmann würde bloß auf dieses unsinnige Gewäsch des Steueramts hin zahlen wie ein gewöhnlicher Bauer?«

»Ihr wisst genau, dass Euer Sohn bis jetzt die jährlichen Steuern einigermaßen regelmäßig bezahlt hat«, entgegnete der Mann mit einer tiefen Verneigung. »Ich werde also wiederkommen, wenn er da ist. Aber ich warne Euch: Wenn er morgen um die gleiche Zeit zum vierten Mal nicht zugegen ist und zahlt, werde ich ihn unverzüglich vor Gericht laden. Dann werden Euer Schloss und all Eure Möbel verkauft, um Eure Schulden bei der königlichen Schatzkammer zu tilgen.«

»Sieh zu, dass du fortkommst, du Lakai dieser Staatswucherer!«

»Monsieur, ich mache Euch darauf aufmerksam, dass ich ein vereidigter Diener des Gesetzes bin und auch zum Vollstreckungsbefugten bestimmt werden kann.«

»Zur Vollstreckung bedarf es erst eines Urteils«, erwiderte der alte Adlige wütend.

»Glaubt mir, wenn Ihr nicht bezahlt, werdet Ihr Euer Urteil schneller bekommen, als Ihr ahnt …«

»Wie sollen wir Euch denn etwas geben, wenn wir nichts haben!«, rief Gontran, als er sah, dass der Greis unsicher wurde. »Ihr seid doch auch Gerichtsdiener, dann kommt doch herein und seht selbst, dass die Plünderer uns noch einen Esel, zwei Stuten und vier Kühe geraubt haben. Und Ihr müsst zugeben, dass bei dem, was Ihr von uns verlangt, der größte Teil auf die Steuern der Pächter meines Vaters entfällt. Er hat sie bislang immer für sie übernommen, weil diese armen Bauern nicht zahlen konnten, aber persönlich schuldet er Euch davon nichts. Außerdem haben unsere Bauern unter dem Überfall neulich noch mehr gelitten als wir, und nach dieser Plünderung kann mein Vater Eure Rechnung ganz sicher nicht begleichen …«

Diese vernünftigen Reden beruhigten den Steuerbüttel eher als die Beschimpfungen des alten Herrn. Guillaume nicht aus den Augen lassend, kam er wieder ein wenig näher und erklärte in sanfterem, fast schon mitleidigem, aber dennoch festem Ton, dass er auch bloß die von der Steuerbehörde erteilten Anweisungen entgegennehmen und zustellen könne. Seiner Ansicht nach gäbe es nur eine Möglichkeit, wie der Baron eine Pfändung hinauszögern könne, nämlich indem er über den Provinzintendanten in Poitiers ein Bittschreiben an den Generalsteuerintendanten richte.

»Unter uns«, fügte der Gerichtsbote hinzu, was den Großvater angewidert das Gesicht verziehen ließ, »kann ich Euch sagen, dass nicht einmal meine direkten Vorgesetzten wie der Prokurator oder der Steuerkontrolleur befugt sind, Euch Nachlass oder eine vollständige Befreiung zu gewähren. Aber da Ihr dem Adel angehört, seid Ihr doch sicher mit hochgestellten Persönlichkeiten bekannt. Darum gebe ich Euch einen freundschaftlichen Rat: Versucht es auf diesem Weg!«

»Ich werde mich sicher nicht rühmen, Euch einen Freund zu nennen«, versetzte der Baron de Ridoué scharf.

»Ich sage Euch das nur, damit Ihr es Eurem Sohn weitergebt. Kommt schon, alle Welt leidet doch gerade Not! Glaubt Ihr, es macht mir Spaß, überall wie ein Spukgespenst empfangen zu werden und mehr Prügel einzustecken als ein räudiger Hund? Also, gehabt Euch wohl und nichts für ungut!«

Er setzte seinen Hut wieder auf und ging leicht hinkend davon, wobei er kummervoll bemerkte, dass der Ärmel seines Uniformrocks bei dem Handgemenge zerrissen war.

In entgegengesetzter Richtung humpelte auch der alte Baron davon. Gontran und Angélique folgten ihm schweigend. Leise gegen imaginäre Feinde wetternd, brachte der alte Guillaume seine angejahrte Lanze zurück in seine mit historischem Gerümpel vollgestellte Höhle.

Zurück im Salon, begann der Großvater auf und ab zu gehen, und die Kinder wagten lange nicht, ein Wort zu sagen. Schließlich erklang die Stimme des kleinen Mädchens im abendlichen Dämmerlicht.

»Sag, Großvater, die Räuber haben uns zwar die bürgerlichen Ehrenrechte gelassen, aber hat dieser schwarze Mann sie jetzt nicht doch mitgenommen?«

»Geh zu deiner Mutter«, entgegnete der alte Mann, dessen Stimme zu zittern begonnen hatte.

Er kehrte zu seinem hohen Sessel mit dem abgenutzten Bezug zurück und setzte sich schweigend hinein.

Die Kinder verneigten sich vor ihm und gingen hinaus.

Als Armand de Sancé erfuhr, welchen Empfang man dem Steuereintreiber bereitet hatte, seufzte er und kratzte sich lange das kleine Bärtchen, das er nach der Art von Ludwig XIII. unter der Lippe trug.

Angélique liebte ihren Vater auf eine fast schon beschützende Art. Sie hätte ihm zu gerne geholfen, nicht mehr so sehr »von Sorgen geplagt« zu sein, wie er es ausdrückte.

Um seine zahlreichen Nachkommen großzuziehen, hatte dieser Sohn eines verarmten Aristokraten auf alle Annehmlichkeiten seines Standes verzichten müssen. Er reiste nur selten und ging nicht einmal mehr auf die Jagd, im Gegensatz zu seinen adligen Nachbarn, die kaum vermögender waren als er selbst, aber sich über ihr Elend hinwegtrösteten, indem sie ihr Leben damit zubrachten, Hirsche, Wildschweine, Hasen und junge Rebhühner zu jagen, wann immer sich ihnen die Gelegenheit bot.

Armand de Sancé widmete seine gesamte Zeit der Pflege seiner dürftigen Äcker. Er war kaum besser gekleidet als seine Bauern, und genau wie diese umwehte ihn ständig der stechende Geruch von Mist und Pferden. Er liebte seine Kinder.

Sie brachten ihn zum Lachen, und er war stolz auf sie. Sie waren sein wichtigster Lebensinhalt. Für ihn kamen seine Kinder an erster Stelle. Und gleich danach seine Maultiere. Eine Zeit lang hatte der Edelmann davon geträumt, eine kleine Zucht dieser Lasttiere aufzubauen, die nicht so empfindlich waren wie Pferde und schwerere Lasten tragen konnten als Esel. Aber nun hatten ihm die Räuber seinen besten Esel und zwei Stuten gestohlen. Es war eine Katastrophe, und er dachte kurz daran, seine letzten Maultiere und das Land zu verkaufen, das er bislang für ihre Aufzucht genutzt hatte.

Einen Tag nach dem Besuch des Steuereintreibers schnitt Baron Armand sorgfältig einen Gänsekiel zurecht und setzte sich an seinen Schreibtisch, um ein Schreiben an den König zu verfassen, in dem er darum bat, von seinen jährlichen Steuern befreit zu werden. In diesem Brief schilderte er seine Notlage.

Zunächst bat er ihn, zu entschuldigen, dass er nur neun lebende Kinder vorweisen könne, aber es würden zweifellos noch weitere zur Welt kommen, da »seine Frau und er selbst noch jung seien und gerne bereit, sie zu zeugen«. Er fügte hinzu, dass er zusätzlich für einen gebrechlichen, rentenlosen Vater zu sorgen habe, der es unter Ludwig XIII. bis zum Rang eines Obersten gebracht habe. Dass er selbst Hauptmann und für einen höheren Rang vorgeschlagen gewesen sei, den Dienst des Königs aber habe quittieren müssen, da sein Sold als Offizier der Königlichen Artillerie von siebzehnhundert Livres jährlich »es ihm nicht erlaubt habe, weiter im Dienst zu verbleiben«. Er erwähnte auch, dass er zwei alte Tanten zu Lasten habe, »die mangels Mitgift weder einen Ehemann noch ein Kloster gefunden hatten, das bereit gewesen wäre, sie aufzunehmen, und die bei bescheidenen Arbeiten dahinwelkten«. Dass er vier Domestiken beschäftige, darunter einen alten rentenlosen Soldaten, den er in seinen Diensten benötige. Seine beiden ältesten Söhne besuchten die Klosterschule, und ihre Ausbildung koste allein fünfhundert Livres. Eine Tochter müsse ebenfalls ins Kloster geschickt werden, aber dort verlange man wiederum dreihundert Livres.

Er schloss mit der Bemerkung, dass er seit Jahren die Steuern seiner Pachtbauern übernommen habe, um sie auf seinem Land zu halten, und dennoch sähe er sich bei der Steuerbehörde verschuldet, die allein für das laufende Jahr achthundertfünfundsiebzig Livres, neunzehn Sols und elf Deniers von ihm verlange. Jedoch beliefen sich seine gesamten Einkünfte auf kaum viertausend Livres im Jahr, wovon er neunzehn Personen ernähren und gleichzeitig ein standesgemäßes Leben führen müsse. Und nun hätte zu allem Unglück auch noch eine marodierende Räuberbande auf seinen Ländereien geplündert, gemordet und alles verwüstet und dadurch seine überlebenden Pächter in noch größeres Elend gestürzt. Zum Schluss erbat er vom König allergütigsten Erlass der verlangten Steuern und eine Unterstützung oder einen Vorschuss von mindestens tausend Livres. Außerdem ersuchte er um die »königliche Gunst«, seinen ältesten Sohn, der bei den Augustinerpatres – denen er im Übrigen ein Jahr Kostgeld schuldig sei – die Logikklasse besuche, als Fähnrich in seinen Dienst zu nehmen, wenn Schiffe nach Amerika oder Indien ausgerüstet würden.

Er fügte hinzu, dass er selbst jederzeit bereit sei, gleich welches Amt zu übernehmen, das mit seinem adligen Stand vereinbar sei, sofern es ihm ermögliche, die Seinen zu ernähren, da seine Ländereien ihm dies nicht einmal mehr erlauben würden, wenn er sie verkaufte …

Nachdem Armand de Sancé dieses lange Schreiben, das ihn mehrere Stunden Arbeit gekostet hatte, zum Trocknen mit Sand betreut hatte, verfasste er noch eine kurze Nachricht an seinen Gönner und Cousin, den Marquis du Plessis-Bellière, und beauftragte ihn, diese Bittschrift mit den entsprechenden Empfehlungen dem König persönlich oder der Königinmutter auszuhändigen, sodass man geneigt wäre, ihm seine Bitte zu gewähren.

»Ich würde mich freuen, Monsieur«, schloss er höflich, »Euch recht bald wiederzusehen und eine Möglichkeit zu finden, Euch in dieser Provinz nützlich zu sein, sei es mit einigen meiner schönen Maultiere oder mit Obst, Kastanien, Käse und Dickmilch für Eure Tafel.«

Ein paar Monate später konnte der unglückliche Baron de Sancé seiner Liste weiteren Verdruss hinzufügen.

Eines Abends hörte man den Hufschlag eines galoppierenden Pferds auf dem Weg und dann auf der wie üblich mit Truthähnen verzierten alten Zugbrücke. Im Hof bellten die Hunde. Angélique, die von Pulchérie nur mit Mühe in ihrem Zimmer festgehalten werden konnte, wo sie sich mit einigen Nadelarbeiten beschäftigen sollte, rannte ans Fenster.

Sie sah ein Pferd, von dem zwei groß gewachsene, magere, schwarz gekleidete Reiter absaßen, während im Durchgang ein von einem Bauernjungen geführtes, mit Truhen beladenes Maultier auftauchte.

»Tante! Hortense!«, rief sie. »Kommt schnell her. Ich glaube, es sind unsere Brüder Josselin und Raymond.«

Die beiden kleinen Mädchen und die alte Tante hasteten nach unten. Sie erreichten den Salon, als die beiden Schüler gerade ihren Großvater und Tante Jeanne begrüßten. Von überallher eilten die Bediensteten herbei. Man war bereits losgelaufen, um Baron Armand von den Feldern und Madame aus dem Gemüsegarten zu holen.

Die beiden Jungen reagierten äußerst unwirsch auf diesen Willkommenstrubel.

Sie waren fünfzehn und sechzehn Jahre alt, wurden aber häufig für Zwillinge gehalten, da sie gleich groß waren und einander sehr ähnlich sahen. Sie hatten beide den gleichen dunklen Teint, die gleichen grauen Augen und das gleiche schwarze, struppige Haar, das auf den zerknitterten, schmutzig weißen Kragen ihrer Schülertracht hinabhing. Nur ihr Gesichtsausdruck war unterschiedlich. Josselins Züge waren härter, die von Raymond eher verschlossen. Während sie einsilbig auf die Fragen ihres Großvaters antworteten, breitete die überglückliche Amme eine schöne Decke über den Tisch und brachte Pastetentöpfe, Brot, Butter und einen ganzen Kessel voll früher Kastanien herein. Die Augen der beiden jungen Burschen leuchteten auf. Ohne abzuwarten, setzten sie sich an den Tisch und aßen mit einer Gier, die Angélique mit Bewunderung erfüllte.

Trotzdem fiel ihr auf, dass sie hager und bleich aussahen und ihre Kleider aus schwarzer Serge an den Ellbogen und Knien fadenscheinig waren. Beim Reden senkten sie den Blick. Keiner von ihnen schien sie wiedererkannt zu haben. An Raymonds Gürtel hing ein hohles Horn. Sie fragte ihn, was das sei.

»Da kommt Tinte hinein«, antwortete er herablassend.

»Ich habe meines weggeworfen«, ergänzte Josselin.

Ihre Eltern kamen mit den Leuchtern herein. Trotz seiner Freude war der Baron ein wenig beunruhigt.

»Wieso seid Ihr hier, meine Söhne? Im Sommer seid Ihr nicht gekommen. Ist jetzt nicht eine seltsame Zeit für Ferien?«

»Wir sind im Sommer nicht gekommen«, erklärte Raymond, »weil wir keinen Sol hatten, um ein Pferd zu mieten oder auch nur einen Platz in der Postkutsche von Poitiers nach Niort zu bezahlen.«

»Und wenn wir jetzt hier sind, liegt das nicht daran, dass wir heute reicher wären …«, fügte Josselin hinzu.

»… sondern weil die Patres uns hinausgeworfen haben«, schloss Raymond.

Im Raum herrschte betretenes Schweigen.

»Beim heiligen Dionysius«, rief der Großvater, »was habt Ihr angestellt, meine Herren, dass man Euch einen solchen Schimpf antut?«

»Gar nichts, aber die Augustiner haben schon seit fast zwei Jahren kein Kostgeld mehr für uns bekommen. Sie haben uns zu verstehen gegeben, dass andere Schüler mit großzügigeren Eltern unsere Plätze benötigten ...«

Baron Armand begann auf und ab zu marschieren, bei ihm stets ein Zeichen für höchste Erregung.

»Aber das ist doch nicht möglich. Wenn Ihr Euch nichts habt zuschulden kommen lassen, können sie Euch nicht einfach so vor die Tür setzen: Ihr seid schließlich Adlige! Das wissen die Patres doch ...«

Josselin, der Ältere, verzog hämisch das Gesicht.

»Ja, das wissen sie ganz genau, und ich kann Euch sogar die Worte wiederholen, die uns der Ökonomus als einzige Wegzehrung mitgegeben hat: Er hat gesagt, die Adligen seien die schlechtesten Zahler, und wenn sie kein Geld hätten, müssten sie eben ohne Latein und Wissenschaften auskommen.«

Der alte Baron richtete seinen krummen Oberkörper auf.

»Es fällt mir schwer, zu glauben, dass Ihr mir die Wahrheit sagt: Vergesst nicht, dass Kirche und Adel zusammengehören und die Klosterschüler die zukünftige Zierde des Staates bilden. Das wissen die guten Patres besser als jeder andere!«

»Die Patres haben uns gelehrt, dass Gott die Seinen zu wählen wisse, und vielleicht hat er uns ja nicht für würdig befunden ...«, antwortete Raymond, der Jüngere von beiden, der in den geistlichen Stand eintreten wollte, den Blick starr auf den Boden gerichtet.

»Hör auf mit deinem blöden Geschwätz, Raymond«, sagte sein Bruder. »Das ist jetzt wirklich nicht der richtige Zeitpunkt dafür. Wenn du unbedingt ein elender Bettelmönch werden willst, meinetwegen! Aber ich bin der Älteste, und ich bin genau der gleichen Ansicht wie Großvater: Die Kirche schuldet uns Adligen Respekt! Wenn sie stattdessen die Söhne von gewöhnlichen Bürgern und Krämern vorzieht – soll sie doch. Sie hat ihren Untergang gewählt und wird zugrunde gehen!«

Die beiden Barone protestierten wie aus einem Mund.

»Josselin, du hast nicht das Recht, so gotteslästerliche Reden zu führen.«

»Ich lästere nicht, ich stelle bloß fest. In meiner Klasse, in der ich der Jüngste und der Zweitbeste von dreißig Schülern bin, gibt es ganz genau fünfundzwanzig Söhne von Bürgern und Beamten, die pünktlich zahlen, und fünf Adlige, von denen nur zwei regelmäßig das Kostgeld schicken …«

Armand de Sancé klammerte sich an diese letzte Ehrenrettung.

»Dann sind also noch zwei weitere Söhne von Adligen nach Hause geschickt worden?«

»Keineswegs. Die Eltern von denen, die nicht zahlen, sind hochstehende Herrschaften, vor denen die Patres Angst haben.«

»Ich verbiete dir, so über deine Erzieher zu reden«, entgegnete Baron Armand.

»Zum Glück ist unser guter König tot und muss solche Dinge nicht mehr erleben!«, schimpfte sein alter Vater unterdessen vor sich hin.

»Ja, zum Glück, Großvater, das sagt Ihr ganz richtig«, höhnte Josselin. »Auch wenn es ein tapferer Mönch war, der Heinrich IV. getötet hat.«

»Halt den Mund, Josselin«, mischte sich Angélique unvermittelt ein. »Reden ist nicht gerade deine Stärke, und wenn du sprichst, siehst du aus wie eine Kröte. Außerdem war es Heinrich III., der von einem Mönch umgebracht wurde, nicht Heinrich IV.«

Der junge Bursche zuckte zusammen und musterte verwundert das kleine Mädchen mit dem lockigen Haar, das ihn so ruhig zurechtwies.

»Ach, du bist das, Frosch, die Sumpfprinzessin! ›Marquise der Engel‹ … Und ich habe nicht einmal daran gedacht, dich zu begrüßen, kleine Schwester.«

»Warum nennst du mich Frosch?«

»Weil du mich eine Kröte genannt hast. Und verkriechst du dich etwa nicht ständig im Gras und Schilf der Sümpfe? Oder bist du jetzt genauso brav und hochnäsig geworden wie Hortense?«

»Ich hoffe nicht«, entgegnete Angélique bescheiden.

Ihr Einschreiten hatte die Anspannung gelockert.

Inzwischen hatten ihre Brüder aufgegessen, und die Amme räumte den Tisch ab.

Trotzdem blieb die Stimmung gedrückt. Ratlos grübelten alle über eine Lösung für diesen neuerlichen Schicksalsschlag. In der Stille hörte man das laute Weinen des jüngsten Säuglings. Die Mutter, die Tanten und sogar Gontran nutzten diesen Vorwand, »um nach ihm zu sehen«. Aber Angélique blieb bei den beiden Baronen und ihren älteren Brüdern, die in so kümmerlichem Aufzug aus der Stadt zurückgekommen waren.

Sie fragte sich, ob sie diesmal ihre Ehre verlieren würden. Am liebsten hätte sie danach gefragt, doch sie wagte es nicht. Ihre Brüder hingegen erfüllten sie mit einem Gefühl, das wie leicht geringschätziges Mitleid anmutete.

Der alte Lützen, der bei der Ankunft der Jungen nicht dabei gewesen war, brachte zu Ehren der Reisenden neue Kerzenleuchter. Er verschüttete ein wenig Wachs, als er den Älteren unbeholfen umarmte. Der Jüngere wehrte die ruppige Begrüßung verächtlich ab. Doch ohne sich davon aus der Fassung bringen zu lassen, tat der alte Soldat freimütig seine Ansicht kund: »Es wird ja auch höchste Zeit, dass Ihr nach Hause kommt! Wozu soll es überhaupt gut sein, lateinische Lektionen herunterzubeten und Eure eigene Sprache kaum schreiben zu können? Als Fantine mir erzählt hat, dass die jungen Herren endgültig nach Hause gekommen sind, habe ich mir gleich gesagt, dass Monsieur Josselin jetzt endlich zur See fahren kann …«

»Sergeant Lützen, muss ich dich an die alte Soldatendisziplin erinnern?«, unterbrach ihn der alte Baron scharf.

Guillaume beharrte nicht länger darauf und schwieg. Angélique war verblüfft über den hochmütigen, erregten Ton ihres Großvaters. Dieser wandte sich an den Ältesten.

»Ich hoffe, du hast diese Kinderträume endlich aufgegeben, Josselin, und willst nicht länger Seefahrer werden?«

»Warum sollte ich diesen Traum aufgeben, Großvater? Mir scheint sogar, dass es für mich jetzt gar keine andere Lösung mehr gibt.«

»Solange ich lebe, wirst du kein Seemann werden. Alles, aber nicht das!« Und der alte Mann hieb mit seinem Stock auf die schartigen Fliesen.

Josselin wirkte bestürzt über die plötzliche Unnachgiebigkeit seines Großvaters. Sein Wunsch, zur See zu fahren, hatte ihm dabei geholfen, den Rauswurf aus der Schule ohne allzu große Bitterkeit hinzunehmen.

»Jetzt ist es vorbei mit den Paternostern und den lateinischen Lektionen. Jetzt bin ich ein Mann und trete den Dienst auf einem Schiff des Königs an«, hatte er zu Raymond gesagt.

Armand de Sancé versuchte zu vermitteln.

»Aber, Vater, was soll denn diese starre Haltung? Diese Lösung wäre vielleicht ebenso gut wie jede andere. In dem Bittschreiben, das ich dem König vor einiger Zeit gesandt habe, habe ich sogar unter anderem darum gebeten, meinem ältesten Sohn den Dienst auf einem Kaper- oder Kriegsschiff zu ermöglichen.«

Aber der alte Baron rutschte zornig hin und her. Noch nie hatte Angélique ihn so wütend gesehen, nicht einmal an dem Tag, als er die Auseinandersetzung mit dem Steuereintreiber gehabt hatte.

»Ich habe etwas gegen Leute, denen auf dem Grund und Boden ihrer Väter die Füße verbrennen. Auf der anderen Seite der Meere werden sie nie goldene Berge finden, sondern nur nackte Wilde mit bemalten Armen. Der älteste Sohn eines Adligen dient in der Armee und Schluss.«

»Ich will ja gar nichts anderes, als dem König dienen, aber eben auf See«, erwiderte der Junge.

»Josselin ist sechzehn Jahre alt. Da ist es schließlich an der Zeit, dass er seine Bestimmung wählt«, erklärte sein Vater zögernd.

Ein schmerzlicher Ausdruck huschte über das faltige, von dem kurzen weißen Bart eingerahmte Gesicht. Der Greis hob die Hand.

»Es ist wohl wahr, dass in dieser Familie schon andere vor ihm ihre Bestimmung gewählt haben. Müsst Ihr mich denn wirklich auch enttäuschen, mein Sohn?«, fragte er traurig.

»Es liegt mir fern, schmerzliche Erinnerungen wachzurufen, Vater«, verteidigte sich Baron Armand. »Ich selbst habe niemals mit dem Gedanken gespielt, fortzugehen, und ich liebe diese Erde hier mehr, als ich überhaupt zu sagen vermag. Aber ich habe nicht vergessen, wie hart und schwierig meine Lage bei der Armee war. Selbst als Adliger wird man ohne die entsprechenden finanziellen Mittel nicht in einen höheren Rang berufen. Ich war hochverschuldet und manchmal gezwungen, meine gesamte Ausrüstung zu verkaufen, um zu überleben – mein Pferd, mein Zelt, meine Waffen … ja, ich musste sogar meinen eigenen Burschen vermieten. Erinnert Ihr Euch nicht mehr an all die guten Ländereien, die Ihr zu Geld machen musstet, um mich im Dienst zu halten?«

Angélique lauschte gebannt. Sie hatte noch nie einen Seemann gesehen, aber sie stammte aus einem Landstrich, in den durch die Täler der Sèvre und der Vendée der Lockruf des Ozeans wehte. Sie wusste, dass an der Küste, von La Rochelle über Les Sables-d'Olonne bis hinauf nach Nantes, Fischerboote in See stachen, hin zu fernen Ländern, wo man auf Menschen traf, die rot waren wie Feuer oder gestreift wie Frischlinge. Es hieß sogar, dass ein bretonischer Matrose aus der Gegend von Saint-Malo Wilde mit nach Frankreich zurückgebracht habe, denen wie den Vögeln Federn auf den Köpfen wuchsen.

Es dauerte lange, ehe Angélique an diesem Abend in ihrem großen Bett im Turmzimmer einschlief.

Ungeduld erfüllte sie. Groß werden! Groß werden!

Wenn sie größer wäre, würde sie nichts davon abhalten können, selbst zur See zu fahren, um die Wunder fremder Länder zu entdecken.

Kapitel 4

Madame de Sancé hatte gerade einen großen Strohhut auf ihr Kopftuch gesetzt und wollte hinaus in den Gemüsegarten gehen, als der Lärm einer Rauferei sie ins Speisezimmer lockte. Dort traf sie auf Gontran, der sich mit einem verdreckten Bauernjungen balgte. Angélique diente den beiden als Schiedsrichter. Der Schulverweis ihrer beiden ältesten Söhne lag ihr noch schwer auf dem Herzen, und so geriet die Baronin vor Zorn außer sich.

»Wie oft soll ich dir noch sagen, dass diese Bauernlümmel kein Umgang für dich sind, Gontran – und noch viel weniger für Angélique. Verschwinde hier, du Bengel!«

Der Junge bedachte die Schlossherrin, die ein Kleid von undefinierbarer Farbe trug und deren bloße Füße in abgelaufenen Schuhen steckten, mit einem höhnischen Blick. Dann kratzte er sich in aller Ruhe den struppigen Schopf.

»Erst muss ich mit dem Baron sprechen«, sagte er. »Der Verwalter vom Schloss hat mich geschickt. Er hat gesagt, es wäre eilig. Hier ist seine Nachricht.«

Er reichte ihr ein zerknittertes Stück Papier, das offensichtlich einmal ein doppelt gefaltetes Blatt gewesen war und weder in einem Umschlag steckte noch mit einem Siegel versehen war. Der Verwalter des benachbarten Schlosses, der Sieur Molines, bat den Baron de Sancé, ihn aufzusuchen, da er mit ihm über eine interessante und dringende Angelegenheit zu reden habe. Nervös knüllte die Baronin das Papier zusammen, ehe sie es wieder zu glätten versuchte.

Als der Junge fort war, ließ Madame de Sancé vor ihren Kindern ihrer Verbitterung freien Lauf.

»Ist es denn zu fassen, in welchen Zeiten wir leben? Müssen wir es tatsächlich dulden, dass so ein dahergelaufener bürgerlicher Nachbar, ein hugenottischer Verwalter wie dieser Molines, sich erdreistet, euren Vater, der von Gottfried von Bouillon persönlich abstammt, einfach zu sich zu bestellen? Ich höre meinen guten Armand schon sagen, dass ›dieser Besuch mit Geschäften zu tun habe, die Frauen nichts angehen‹, aber ich würde zu gerne wissen, welche ehrlichen Geschäfte ein Edelmann mit dem Verwalter des benachbarten Schlosses treiben könnte. Wahrscheinlich geht es schon wieder um diese Maultiere …! Ich könnte ja noch verstehen, wenn es eine Pferdezucht wäre. Meine Familie war immer sehr aufgeschlossen, und wir haben uns nie geschämt, vom seligen Claude Goufrier abzustammen, der im vergangenen Jahrhundert Stallmeister von König Heinrich II. war. Aber Maultiere und Esel!

Ich frage mich wirklich, ob es nicht besser für uns wäre, wenn euer Vater den König bäte, wieder in seinen Dienst aufgenommen zu werden. Am Hof kann man ein Vermögen machen, wenn man dem König gefällt. Das wäre allemal besser, als sich an diese Ländereien, diese Bauern und diese anmaßenden Pächter zu klammern, die glauben, sie könnten sich alles erlauben … Diesmal bin ich fest entschlossen, mit eurem Vater darüber zu reden.«

Angélique und Gontran lauschten ihrer Mutter verwundert. Sie waren es nicht gewohnt, sie so lange und mit solcher Entrüstung reden zu hören. Meistens war sie sanft, sogar zurückhaltend, und von nachsichtigem Wesen. Aber die Kränkung, die man ihren beiden ältesten Söhnen zugefügt hatte, hatte sie ihre Gelassenheit verlieren lassen und eine Bitterkeit wachgerufen, die sich im Laufe der Jahre, der Kümmernisse und der Schwierigkeiten in ihr angesammelt haben musste.

Plötzlich wurde es Madame de Sancé bewusst, dass sie sich vor ihrem Sohn und ihrer Tochter ereifert hatte. Ihre Augen füllten sich mit Tränen.

Verlegen wichen Gontran und Angélique ihrem Blick aus. Obwohl alle Kinder der Familie de Sancé als Wildfänge aufgewachsen waren, vermieden sie allzu offene Gefühlsäußerungen, und diese ungewohnten Vorwürfe ihrer Mutter waren ihnen unangenehm. Madame de Sancé bemühte sich, die Fassung wiederzugewinnen.

»Was macht ihr überhaupt hier drinnen, Kinder? Draußen scheint noch die Sonne. Ihr tätet besser daran, durch die Felder zu laufen …«

»Vor fünf Minuten habt Ihr uns noch vorgeworfen, uns wie Bauernlümmel zu benehmen, Mutter«, bemerkte Gontran gereizt, »und jetzt sollen wir plötzlich draußen mit den Hirten herumtoben.«

»Das ist mir immer noch lieber, als dass ihr untätig zu Hause herumhockt oder euch in eure Verstecke verkriecht, und ich nicht weiß, was ihr dort treibt. Diese Zurückgezogenheit tut in eurem Alter nicht gut.«

»Ich male und schnitze Skulpturen«, erklärte Gontran mit leisem Stolz.

Seine Augen leuchteten auf.

»Soll ich Euch meine Arbeiten zeigen?«

Ohne die Antwort abzuwarten, lief er hinaus in den Gang, und seine Mutter und seine Schwester folgten ihm mechanisch.

Gontran rannte zu seiner Truhe und holte ein Stück Holz und ein Blatt Papier heraus. Er hatte bisher noch nie angeboten, seiner Familie seine Kunstwerke zu zeigen. Aber die Worte seiner Mutter hatten ihn getroffen, auch wenn es ihm selbst nicht bewusst war, und er verspürte das Bedürfnis, sie auf andere Gedanken zu bringen.

»Schaut her, das ist der alte Guillaume.«

Als gute Mutter beugte sich die Baronin über das geschnitzte Stück Birnbaumwurzel, das ihr Sohn ihr hinhielt. Die Situation überforderte sie. Was sollte sie bloß mit diesen ungeduldigen, aufsässigen Kindern tun, die es nicht lassen konnten, eigene Vorstellungen von ihrer Zukunft zu entwickeln?

Sie musste zugeben, dass das Gesicht des alten Guillaume eine frappierende Ähnlichkeit mit dem ehemaligen Soldaten aufwies, aber warum wollte Gontran unbedingt Maler werden? Das war keine angemessene Beschäftigung für einen Edelmann, nicht einmal für einen jüngeren Sohn. Madame de Sancé wusste zwar, dass am Hof oder in Rom berühmte Künstler lebten, aber im Geiste stellte sie diese auf die gleiche Stufe wie Schauspieler und Kirmesgaukler. Sie kannte keinen einzigen Adligen, der Maler gewesen wäre.

»Und das hier ist ein Porträt von Angélique«, sagte der Junge und reichte ihr das Blatt Papier.

Die bunte Zeichnung zeigte einen Piraten mit jugendlichem, von einem flammenden Haarschopf eingerahmtem Gesicht und einem federgeschmückten Filzhut auf dem Kopf. In der einen Hand hielt er eine Pistole, und mit der anderen schwang er einen Säbel.

»Wie kannst du nur behaupten, dass sei deine Schwester?«, widersprach seine Mutter. »Angélique ist so hübsch. Wenn Gott will, wird sie vielleicht eine gute Partie finden und in eine angesehene Familie einheiraten.«

»Und was ist, wenn Gott beschließt, dass sie die Anführerin einer Räuberbande werden soll?«

»Gontran! Manchmal frage ich mich, ob du noch ganz bei Verstand bist. Angélique, hast du denn gar nichts gegen das einzuwenden, was dein Bruder hier behauptet?«

Angélique lächelte. In Wahrheit fühlte sie sich geschmeichelt, dass Gontran sie als Räuberhauptmann sah, aber sie wollte keine weitere Diskussion vom Zaun brechen, die ihre Mutter bekümmert hätte.

Sie drückte ihre Nase gegen das Fenster und hielt Ausschau nach ihrem Vater. Sobald sie ihn über den schlammigen Weg herankommen sah, auf den Gehstock mit dem silbernen Knauf gestützt, der seinen einzigen Luxus darstellte, lief sie in die Küche und schlüpfte in ihre Schuhe und ihren weiten Mantel. Dann ging sie zu ihrem Vater in den Stall, wo der Baron, der über Molines' Nachricht informiert worden war, eben sein Pferd satteln ließ.

»Darf ich Euch begleiten, Vater?«, bat sie mit ihrem entzückendsten Lächeln.

Es lag ein kleiner Hintergedanke in dieser Bitte, denn sie war schon immer vom Besitz des Marquis du Plessis fasziniert gewesen, den der Sieur Molines verwaltete, aber sie liebte auch die Gesellschaft ihres Vaters, dieses guten, schweigsamen Mannes mit der gebräunten Stirn, in die die täglichen Aufgaben tiefe Furchen gegraben hatten.

Er konnte nicht widerstehen und nahm sie vor sich auf den Sattel.

Angélique war seine Lieblingstochter. Er fand sie überaus hübsch, und manchmal träumte er davon, dass sie einen Herzog heiraten würde.

Es war ein klarer Herbsttag, und der nahe gelegene Wald, der sein Laub noch nicht verloren hatte, breitete unter dem Himmel sein rostfarbenes Blätterwerk aus.

Als sie am Gittertor von Schloss Plessis vorbeiritten, beugte Angélique sich vor, um am Ende der Kastanienallee einen Blick auf das herrliche weiße Gebäude zu erhaschen, das sich in seinem Teich spiegelte wie eine Traumwolke. Alles war still, und das im Renaissance-Stil erbaute Schloss, das seine Besitzer ungenutzt ließen, weil sie am Hof lebten, schien, vom Geheimnis seines Parks und seiner Gärten umgeben, zu schlafen. Durch die verlassenen Alleen spazierten die Hirschkühe aus dem unmittelbar dahinter liegenden Wald von Nieul …

Das Haus des Verwalters Molines lag eine halbe Meile weiter an einem der Zugänge zum Park. Es war ein hübsches kleines, mit blauem Schiefer gedecktes Gebäude aus roten Ziegeln, und in seiner bürgerlichen Robustheit wirkte es wie der besonnene Hüter jenes zerbrechlichen Bauwerks, dessen italienische Anmut die an massige Burgen mit Wohn- und Wehrtürmen gewohnten Menschen des Umlands immer noch verwunderte.

Der Verwalter war das Ebenbild seines Hauses. Nüchtern und wohlhabend, fest verankert in seinen Rechten und seiner Rolle, schien er der wahre Herr dieses riesigen Besitzes zu sein, dessen Eigentümer nur hin und wieder zu Besuch kamen. Vielleicht alle zwei Jahre, im Herbst zur Jagd oder im Frühling zur Maiglöckchenblüte, fiel ein Schwarm von edlen Damen und Herren mit ihren Karossen, ihren Pferden, ihren Windhunden und ihren Musikern im Schloss ein. Ein paar Tage lang wurde ein ununterbrochener Reigen von Festen gefeiert. Eine Zerstreuung folgte auf die andere, was die benachbarten Landadligen jedes Mal in helle Aufregung versetzte, während sie hauptsächlich deshalb eingeladen wurden, damit diese affektierte Gesellschaft sich über sie lustig machen konnte. Dann reisten sie alle wieder nach Paris, und das Schloss sank unter dem Schutz des strengen Verwalters wieder zurück in die alte Stille.

Vom Geräusch der Hufschläge angelockt, trat Molines hinaus in den Hof seines Hauses und verneigte sich mehrmals mit einer Geschmeidigkeit, die ihn keinerlei Überwindung kostete, da sie zu seinen Aufgaben gehörte. Angélique, die wusste, wie hart und arrogant dieser Mann sein konnte, schätzte seine übertriebene Höflichkeit nicht sonderlich, aber Baron Armand war offensichtlich äußerst angetan.

»Ich hatte heute Morgen keine weiteren Verpflichtungen und wollte Euch nicht unnötig warten lassen, Maître Molines.«

»Ich danke Euch, Baron. Ich fürchtete schon, Ihr könntet es ungehörig finden, dass ich Euch einfach so durch einen Knecht herbitten ließ.«

»Daran habe ich keinen Anstoß genommen. Ich weiß ja, dass Ihr es vermeidet, zu mir zu kommen, weil mein Vater in Euch immer noch einen gefährlichen Hugenotten sieht.«

»Ihr seid sehr scharfsichtig, Baron. In der Tat möchte ich weder Monsieur de Ridoué noch Eurer frommen Gemahlin Anlass zur Verstimmung geben. Daher ziehe ich es vor, hier bei mir mit Euch zu reden, und ich hoffe, dass Ihr und Eure kleine Tochter mir die Ehre erweisen werdet, mit uns zu Mittag zu essen.«

»Ich bin nicht mehr klein«, sagte Angélique verärgert. »Zu Hause kommen nach mir noch Madelon, Denis, Marie-Agnès, Albert und ein neues Kleines, das gerade erst geboren ist.«

»Mademoiselle Angélique möge mir verzeihen. Die Ältere zu sein verlangt in der Tat Urteilsvermögen und Reife. Ich wäre froh, wenn meine Tochter Bertille mit Euch Umgang pflegen würde, denn leider bestätigen mir die Erzieherinnen ihrer Schule, dass sie ein Spatzenhirn hat, aus dem nicht viel herauszuholen ist.«

»Ihr übertreibt, Monsieur«, widersprach Baron Armand höflich.

Ausnahmsweise war Angélique mit Molines einer Meinung. Sie hasste die Tochter des Verwalters, ein dunkelhaariges, dunkelhäutiges und in ihren Augen ziemlich hinterhältiges Mädchen.

Was den Verwalter betraf, waren ihre Gefühle nicht so eindeutig. Zwar fand sie ihn unsympathisch, aber dennoch flößte er ihr eine gewisse Achtung ein, die zweifellos auf das beruhigende Äußere seiner selbst und seines Hauses zurückzuführen war. Die stets dunkle Kleidung des Verwalters war aus schönem Tuch, und er musste sie weggeben oder wahrscheinlich eher verkaufen, bevor sie die ersten Spuren von Abnutzung aufweisen konnte. Nach der neuen Mode trug er Schnallenschuhe mit einem recht hohen Absatz.

Und in seinem Haus gab es ganz wunderbares Essen. Angélique schnupperte, als sie in den ersten mit Fliesen ausgelegten, blitzblanken Raum traten, der direkt an die Küche angrenzte. Madame Molines versank mit einem tiefen Knicks in ihre Röcke und kehrte sofort wieder zu ihrem Kuchen zurück.

Der Verwalter führte seine Gäste in ein kleines Arbeitszimmer, in das er frisches Wasser und eine Flasche Wein bringen ließ.

»Ich mag diesen Wein sehr gerne«, sagte er, nachdem er sein Glas in die Hand genommen hatte. »Er stammt von einem Hang, der lange brachgelegen hat und den ich im letzten Herbst mit viel Mühe zum ersten Mal ablesen konnte. Die Weine aus dem Poitou sind natürlich nicht so gut wie die der Loire, aber sie haben durchaus Finesse.«

Nach einer kurzen Pause fügte er hinzu: »Ich kann Euch gar nicht oft genug sagen, Monsieur, wie sehr ich mich freue, dass Ihr meiner Einladung persönlich gefolgt seid. Das zeigt mir, dass unser Gespräch erfolgreich verlaufen könnte.«

»Heißt das, Ihr habt mich mit dieser Aufforderung auf die Probe gestellt?«

»Habt die Güte, mir zu verzeihen, Baron. Ich bin kein sehr gebildeter Mann und habe lediglich eine einfache Dorfschule besucht. Aber ich will Euch gestehen, dass der Dünkel mancher Adliger mir nie als Beweis für ihre Intelligenz erschienen ist. Doch es bedarf einer gewissen Intelligenz, um über Geschäfte zu reden, und seien diese auch noch so bescheiden.«

Der Baron lehnte sich auf seinem gepolsterten Stuhl zurück und betrachtete den Verwalter neugierig. Er war ein wenig besorgt darüber, was ihm dieser Nachbar, der nicht den allerbesten Ruf genoss, wohl vorschlagen mochte. Es hieß, er sei sehr reich. Anfangs war er den Bauern und übrigen Pächtern gegenüber äußerst unnachgiebig gewesen, aber seit ein paar Jahren bemühte er sich, selbst mit den ärmsten Bauern freundlicher umzugehen. Man wusste nichts über die Gründe für diesen Sinneswandel und seine ungewohnte Großzügigkeit. Die Bauern misstrauten ihm, aber da er sich seitdem entgegenkommender zeigte, was die Steuern und andere Leistungen betraf, die das Gut dem König und dem Marquis du Plessis-Bellière schuldete, begegnete man ihm mit Respekt.

Böse Zungen behaupteten, er tue dies nur, um seinen ständig abwesenden Herrn zu verschulden. Und die Marquise und ihr gemeinsamer Sohn Philippe interessierten sich genauso wenig für die Ländereien wie der Marquis selbst.

»Wenn es stimmt, was man sich erzählt, sollt Ihr kurz davor sein, den gesamten Besitz selbst zu übernehmen«, bemerkte Armand de Sancé ein wenig barsch.

»Reine Verleumdung, Baron. Ich lege nicht nur Wert darauf, ein treuer Bediensteter des Marquis zu bleiben, ich sähe auch nicht den geringsten Sinn in einem solchen Erwerb. Um Eure Bedenken zu zerstreuen, will ich Euch verraten – aber das ist nun wirklich kein Geheimnis –, dass der gesamte Besitz bereits mit hohen Hypotheken belastet ist!«

»Schlagt mir jetzt nicht vor, ihn zu kaufen, dazu fehlt mir das Geld …«

»Dieser Gedanke liegt mir fern, Monsieur … Etwas Wein …?«

Von der Unterhaltung gelangweilt, huschte Angélique aus dem Arbeitszimmer und kehrte in den großen Raum zurück, wo Madame Molines in der Ecke auf einem Tisch mit dicker

Platte den Teig für einen riesigen Obstkuchen ausrollte. Lächelnd reichte sie dem kleinen Mädchen eine Dose, aus der ein köstlicher Duft aufstieg.

»Hier, probiert das, Liebes. Das ist kandierte Angelika, die Pflanze, die genauso heißt wie Ihr. Ich mache sie selbst, mit schönem weißem Zucker. Und sie ist viel besser als die der Patres aus der Abtei, die nur einfache Kassonade dazu nehmen. Wie sollen die Pariser Konditoren diese Zutat denn zu schätzen wissen, wenn sie ihr ganzes Aroma verloren hat, nachdem die Mönche sie stundenlang in den riesigen Kesseln ausgekocht haben, in denen sogar noch die Reste ihrer Suppen und Wurstfüllungen kleben?«

Während sie ihr zuhörte, knabberte Angélique genießerisch die zarten, klebrigen grünen Stängel. Das also wurde nach dem Pflücken aus diesen großen, starken Sumpfpflanzen, die im natürlichen Zustand bitter rochen. Bewundernd sah sie sich um. Die Möbel glänzten.

In der Ecke stand eine Uhr, jene Erfindung, die ihr Großvater teuflisch nannte. Um sie besser sehen und vor allem ihr leises Ticken hören zu können, ging sie wieder näher an das Arbeitszimmer heran, wo sich die beiden Männer unterhielten.

»Beim heiligen Dionysius, Molines, ich bin entsetzt«, hörte sie ihren Vater sagen. »Es wird ja vieles über Euch geredet, aber im Großen und Ganzen sind sich doch alle darin einig, dass Ihr recht vernünftig seid und über einen guten Riecher verfügt. Aber jetzt höre ich aus Eurem eigenen Mund, dass Ihr in Wahrheit die wildesten Utopien verfolgt.«

»Was findet Ihr denn an dem, was ich Euch gerade dargelegt habe, so unsinnig, Baron?«

»Also wirklich, denkt doch einmal nach. Ich wisst, dass ich mich mit Maultieren beschäftige und es mir gelungen ist, durch die Kreuzung von Eselhengst und Pferdestute eine hübsche Rasse zu züchten. Ihr schlagt mir vor, ich solle diese Zucht weiter ausbauen, woraufhin Ihr Euch um den Verkauf der Tiere kümmern würdet. Das ist ja auch schön und gut. Aber wo ich Euch nicht mehr folgen kann, ist Eure Absicht, einen langfristigen Vertrag mit … Spanien zu schließen. Wir stehen schließlich mit Spanien im Krieg, mein Freund.«

»Dieser Krieg wird nicht ewig dauern, Baron.«

»Das hoffen wir auch. Aber auf eine solche Hoffnung kann man kein ernsthaftes Geschäft gründen.«

Der Verwalter verzog das Gesicht zu einem flüchtigen herablassenden Lächeln, das der verarmte Edelmann jedoch nicht bemerkte.

»Wie wollt Ihr überhaupt mit einer Nation Handel treiben, gegen die wir Krieg führen?«, fuhr Armand de Sancé aufgebracht fort. »Erstens ist es verboten, und das ist nur recht und billig, denn Spanien ist unser Feind. Und zweitens sind die Grenzen geschlossen, und alle Verbindungswege und Zollstätten werden überwacht. Ich will gerne zugeben, dass einem Feind Maultiere zu liefern weit weniger schlimm ist, als ihm Waffen zu verkaufen, umso mehr, als die Kämpfe nicht mehr hier stattfinden, sondern auf fremdem Gebiet. Aber letztlich habe ich ohnehin zu wenig Tiere, als dass es einen Handel lohnen würde. Das würde viel Geld und jahrelange Vorbereitungen erfordern. Und für ein solches Experiment reichen meine finanziellen Mittel nicht aus.«

Aus Stolz verschwieg er, dass er sogar kurz davor stand, alle seine Tiere zu verkaufen und die Zucht ganz aufzugeben.

»Vergesst nicht, Baron, dass Ihr bereits vier hervorragende Eselhengste besitzt und es für Euch sehr viel einfacher sein wird, Euch noch viele weitere bei den Adligen des Umlands zu beschaffen, als es für mich der Fall wäre. Und Eselstuten findet man zu Hunderten je zehn oder zwanzig Livres das Stück. Aber ich schlage Euch ja gar nicht vor, Esel zu züchten. Uns interessieren nur Maultiere.«

»Fremde Stuten beschälen zu lassen ist teuer …«

»Und genau deshalb müsstet Ihr sie erwerben.«

»Das kostet ja noch mehr!«

»Nicht, wenn wir eine regelrechte Maultierproduktion aufbauen … In der Nähe von Luçon gibt es einen Züchter, der jene Zugpferde heranzieht, die heutzutage als Poitevins bekannt sind, obwohl sie ursprünglich aus Flandern stammen. Man hat sie vor über einem Jahrhundert hierhergeholt, um bei der Trockenlegung der Sümpfe zu helfen. Bei ihm werden wir uns die hübschen, leicht gefleckten hellgrauen Stuten beschaffen, die unsere feurigen Esel so sehr mögen.«

Von diesem Bild bezaubert, nickte Armand de Sancé eifrig mit dem Kopf.

»Baron«, fuhr Molines fort, »während Eurer Zeit in den Armeen des Königs habt Ihr die anderen Provinzen des Königreichs bereist. Und bei dieser Gelegenheit konntet Ihr feststellen, dass es nirgendwo sonst einen so außergewöhnlichen Einhufer gibt wie unseren großen Poitou-Esel mit seinen fächerförmigen Ohren und dem fast schon wolligen Fell, das ihn wie ein Umhang bedeckt. Darum sind auch die Maultiere, die aus seiner Kreuzung mit den schneegrauen Stuten hervorgehen, immer außergewöhnlich. Und ich brauche Euch wohl nicht an die weithin gerühmte Ausdauer dieser Bastarde zu erinnern.«

Daraufhin hörte Angélique, wie ihr Vater und der strenge Monsieur Molines sich gegenseitig darin überboten, die Qualitäten und Vorzüge zu preisen, die die Maultiere zu einer ausgesprochen widerstandsfähigen Rasse machten, die allen Widrigkeiten zu trotzen vermochte. Natürlich konnte das Maultier nicht wie die stolzen Streitrösser über die Schlachtfelder galoppieren, aber mit seinem schnellen, entschlossenen Trappeln legte es über Berg und Tal gewaltige Strecken zurück, trug Lasten und Menschen überallhin, selbst auf die höchsten Gipfel, und zog gerade in der Nähe der Schlachtfelder die Karren mit Proviant und Munition, die oft genug über das Schicksal der Armeen entschieden. Weder Regen noch Kälte oder Hunger fürchtend, begnügte sich das unermüdliche Maultier notfalls auch mit einer Distel am Wegrand.

Während das Pferd, wie jeder weiß, ein empfindliches Tier ist, das viel Pflege verlangt, widersteht das Maultier Krankheiten, Epidemien und Überlastung. Es ist zwar manchmal störrisch, aber von einer robusten Konstitution, was die Beständigkeit einer Zucht sichert, wenn man schon nicht auf eine schnelle Steigerung der Gewinne hoffen kann, da die Maultiere selbst wie alle Hybriden unfruchtbar sind.

»Zumindest brauchen sie sich im Gegensatz zu mir keine Sorgen um ihre zahlreichen Nachkommen zu machen«, bemerkte der Baron, der über dieses Thema gerne scherzte.

Angélique lauschte gespannt.

Gontran hatte ihr erzählt, dass der Poitou-Esel der Urahn aller anderen Esel sei und man bereits in alten Zeiten seine struppige, schwarze, galoppierende Gestalt an den Decken und Wänden der großen unterirdischen Höhlen sehen konnte, wo die ersten Menschen die Tiere zeichneten, die sie damals jagten. Einmal hatte Gontran sie mitgenommen und ihr diese geheimnisvollen Bilder gezeigt, und als sie von diesem Ausflug zurückkehrte, waren ihre Haare und Kleider voller Sand und Erde gewesen.

»Wo bist du denn jetzt schon wieder hineingekrochen …?«, hatte die arme Pulchérie gefragt und gar nicht mehr aufgehört zu jammern, aber Angélique hatte nichts verraten, da sie Gontran versprochen hatte, ihr Geheimnis für sich zu bewahren.

Die beiden Männer setzten ihr Gespräch fort.

»Durch ein paar zusätzliche Trockenlegungsarbeiten lassen sich mit wenig Aufwand die Weiden verbessern«, sagte Molines, »da Eure Maultiere, wie wir bereits sagten, recht robust sind. Ich würde sagen, zwanzigtausend Livres sollten reichen, um die Sache ernsthaft anzugehen, sodass in drei oder vier Jahren die ersten Erfolge zu erkennen sind.«

Dem armen Baron schien schwindelig zu werden.

»Meine Güte, Ihr habt ja große Pläne! Zwanzigtausend Livres! Haltet Ihr meine armen Maultiere, über die sich hier alle lustig machen, für so wertvoll? Zwanzigtausend Livres! Und woher soll ich die bekommen? Von Euch etwa?«

»Warum nicht?«, entgegnete der Verwalter gelassen.

Der Baron musterte ihn mit leichter Bestürzung.

»Weil es der reinste Irrsinn wäre, Molines! Ich will Euch nicht verhehlen, dass ich nicht einen einzigen Bürgen vorweisen kann.«

»Ich werde mich mit einem einfachen Gesellschaftsvertrag zu gleichen Anteilen, verbunden mit einer Hypothek auf die Zucht, begnügen, aber wir müssen ihn privat und in aller Stille in Paris abschließen.«

»Um die Wahrheit zu sagen, ich befürchte, es wird noch lange dauern, bis ich überhaupt die nötigen Mittel habe, um in die Hauptstadt zu reisen. Außerdem erscheint mir Euer Vorschlag viel zu unglaublich und riskant, und ich würde mich vorher gerne mit einigen Freunden darüber beraten …«

»Wenn das so ist, Baron, sollten wir es gleich dabei bewenden lassen. Denn der Schlüssel zu unserem Erfolg liegt in absoluter Verschwiegenheit. Sonst hat es keinen Sinn.«

»Aber ich kann mich doch nicht einfach so in ein Geschäft stürzen, ohne zuvor fremden Rat einzuholen, vor allem, wenn mir dieses Gewerbe auch noch gegen die Interessen meines eigenen Landes gerichtet zu sein scheint!«

»Es ist auch mein Land, Baron …«

»Das sollte man aber nicht meinen, Molines!«

»Dann lasst uns das Ganze einfach vergessen, Baron. Sagen

wir, ich habe mich getäuscht. Angesichts Eurer außergewöhnlichen Erfolge war ich der Ansicht, Ihr wärt als Einziger in diesem Landstrich fähig, unter Eurem eigenen Namen eine groß angelegte Zucht aufzubauen.«

Der Baron fühlte sich angemessen gewürdigt.

»Darum geht es doch gar nicht …«

»Dann werdet Ihr mir sicher erlauben, Euch darauf aufmerksam zu machen, wie sehr diese Frage Euer wichtigstes Anliegen berührt, nämlich die Sorge darum, Eure zahlreichen Nachkommen standesgemäß unterzubringen …«

»Ihr hättet es verdient, mit der Peitsche gezüchtigt zu werden. Diese Dinge gehen Euch nicht das Geringste an!«

»Wie Ihr wünscht, Baron. Doch obwohl meine finanziellen Mittel bescheidener sind, als manche zu glauben geneigt sind, hatte ich vor, Euch gleichzeitig – natürlich als Vorschuss auf unseren künftigen Gewinn – ein Darlehen in entsprechender Höhe anzubieten: Zwanzigtausend Livres, die es Euch erlauben würden, Euch unbehelligt von quälenden Gedanken wegen Eurer Kinder ganz um Eure Ländereien zu kümmern. Ich weiß aus eigener Erfahrung, dass einem die Arbeit nicht von der Hand geht, wenn man von Sorgen abgelenkt ist.«

»Und der Steuereinnehmer einem zusetzt«, fügte der Baron hinzu, der unter seiner Sonnenbräune leicht errötet war.

»Ganz genau! Und damit diese beiden Darlehen keinen Verdacht erregen, haben wir meiner Ansicht nach kein Interesse daran, unser Abkommen öffentlich zu machen. Ich bestehe darauf, dass Ihr, ganz gleich, wie Eure Entscheidung ausfällt, mit niemandem über unsere Unterhaltung redet.«

»Ich verstehe Euch sehr gut. Aber Ihr müsst einsehen, dass ich zumindest meiner Frau von Eurem Vorschlag erzählen muss. Es geht schließlich um die Zukunft unserer Kinder.«

»Verzeiht mir diese ungehörige Frage, Baron, aber wird Eure werte Gemahlin schweigen können? Ich habe noch nie gehört, dass eine Frau in der Lage gewesen wäre, ein Geheimnis für sich zu behalten.«

»Meine Frau steht in dem Ruf, nicht sehr geschwätzig zu sein. Darüber hinaus verkehren wir mit niemandem. Sie wird nicht darüber reden, wenn ich sie darum bitte.«

In diesem Moment bemerkte der Verwalter Angélique, die am Türrahmen lehnte und ihnen zuhörte. Der Baron drehte sich um und runzelte die Stirn, als er sie erblickte.

»Kommt her, Angélique«, befahl er streng. »Ich glaube, Ihr entwickelt die schlechte Angewohnheit, an Türen zu lauschen. Ihr taucht ständig in unpassenden Momenten auf, ohne dass man Euch kommen hört. Das ist ein ausgesprochen tadelnswertes Betragen.«

Molines musterte sie mit durchdringendem Blick, schien aber nicht so verärgert zu sein wie der Baron.

»Die Bauern behaupten, sie sei eine Fee«, bemerkte er mit einem Lächeln.

Ungerührt kam sie näher.

»Habt Ihr gehört, worüber wir gesprochen haben?«, wollte der Baron wissen.

»Ja, Vater! Molines hat gesagt, dass Josselin in die Armee eintreten und Hortense ins Kloster gehen könnte, wenn Ihr viele Maultiere züchtet.«

»Du hast eine seltsame Art, die Dinge zusammenzufassen. Aber jetzt hör mir gut zu. Du wirst mir versprechen, mit niemandem über diese Sache zu reden.«

Angéliques grüne Augen blickten zu ihm auf.

»Meinetwegen … Aber was bekomme ich dafür?«

Der Verwalter unterdrückte ein Lachen.

»Angélique!«, rief ihr Vater überrascht und enttäuscht.

Es war Molines, der ihr antwortete.

»Beweist uns erst Eure Verschwiegenheit, Mademoiselle Angélique. Wenn sich meine Hoffnung auf eine Zusammenarbeit mit Eurem Vater erfüllt, müssen wir abwarten, ob sich unser Geschäft ungehindert entwickelt, sodass wir sicher sein können, dass nichts von unseren Plänen nach außen gedrungen ist. Und dann werden wir Euch als Belohnung einen Ehemann geben …«

Sie verzog das Gesicht und schien darüber nachzudenken.

»Also gut, ich verspreche es«, sagte sie schließlich.

Dann ging sie wieder hinaus.

In der Küche scheuchte Madame Molines gerade ihre Küchenmägde zur Seite und schob ihren mit Sahne und Kirschen bedeckten Teigboden eigenhändig in den Ofen.

»Gibt es bald Essen, Madame Molines?«, fragte Angélique.

»Noch nicht, Liebes. Wenn Ihr großen Hunger habt, mache ich Euch rasch ein Brot.«

»Nein danke, ich wollte nur wissen, ob ich noch genug Zeit habe, zum Schloss hinüberzulaufen.«

»Aber sicher. Ich schicke einen Jungen, um Euch zu holen, wenn der Tisch gedeckt ist.«

Angélique rannte davon, und gleich hinter der ersten Wegbiegung zog sie ihre Schuhe aus und versteckte sie unter einem Stein, wo sie sie auf dem Rückweg wieder holen würde. Dann lief sie weiter, leichtfüßiger als ein Reh. Das Unterholz roch nach Pilzen und Moos. Von einem kurz zuvor niedergegangenen Regenschauer waren noch ein paar verstreute kleine Pfützen übrig, die sie mit einem Satz übersprang. Sie war glücklich. Monsieur Molines hatte ihr einen Ehemann versprochen. Sie war sich noch nicht sicher, ob es sich dabei um ein beachtliches Geschenk handelte. Was sollte sie damit machen …? Aber wenn er genauso nett wäre wie Nicolas, hätte sie immer einen Spielgefährten zur Hand, um mit ihm Flusskrebse zu fangen.

Sie bog in die Rosskastanienallee ein.

Als man diese offenbar über Konstantinopel aus Indien eingeführten oder aus den Gärten des Kaisers in Wien stammenden Bäume angepflanzt hatte, war das den hiesigen Bauern wie ein unvorstellbarer Luxus erschienen!

Die Plessis-Bellières hatten schon immer extravagante Ideen gehabt! Aber als sich im Frühjahr die großen sternförmigen Blätter mit hohen, weißen, wie duftende Kerzen anmutenden Blüten schmückten, strömten die Menschen herbei, um sie zu bewundern. Ihre Früchte hatten keinen besonderen Nutzen. Man nannte sie »Rosskastanien«, weil die Türken sie, wie es hieß, ihren Pferden gaben, damit diese beim Rennen gewannen. Angélique hatte sich angewöhnt, sie zu sammeln. Zum einen weil sie die glänzenden, schwarzbraunen Früchte in ihrer zarten grünen Hülle so schön fand, vor allem aber weil sie einen Teil davon zu Mélusine brachte, die daraus Fieberarzneien herstellte.

Doch an diesem Tag verzichtete sie darauf, ihre Taschen zu füllen. Sie hatte es eilig.

Jedes Mal nahm sie der gleiche Zauber gefangen.

Am Ende der Allee tauchte der Umriss des Schlosses auf. Weiß leuchtend hob es sich vor dem blauen Hintergrund des Himmels und dem dunkleren Blau des Teichs ab, in dem es sich spiegelte.

Das Schloss Plessis-Bellière war gewiss ein echtes Märchenschloss, denn in der ganzen Region gab es kein zweites, das ihm glich. Die anderen Adelssitze der Umgebung waren wie Monteloup – grau, moosbewachsen, fensterlos. Hier hingegen hatte ein italienischer Künstler im vergangenen Jahrhundert unzählige Fenster, Lukarnen und Portiken angebracht. Eine Miniaturzugbrücke führte über einen mit Seerosen bedeckten Wassergraben. Die Türmchen und Pfefferbüchsen an den Ecken dienten nur der Zierde. Dennoch waren die Linien des Gebäudes schlicht. Die Bögen, die die geschmeidigen Gewölbe miteinander verbanden, wirkten nicht überladen, sondern strahlten die natürliche Anmut von Pflanzen oder Girlanden aus. Nur über dem Haupteingang erinnerte ein Wappenschild mit einer aufgeprägten Flammen speienden Chimäre noch an den bizarren Schmuck der frühen Renaissance.

Mit erstaunlicher Gewandtheit kletterte Angélique auf die Terrasse. Von dort aus hangelte sie sich an den Verzierungen der Fenster und Balkone empor in den ersten Stock, wo sie auf einer breiten Regenrinne bequem stehen konnte. Dann drückte sie ihr Gesicht ans Fenster.

Sie war schon oft hierhergekommen und wurde dennoch nicht müde, dieses geheimnisvolle verschlossene Zimmer zu betrachten, wo sie im Halbdunkel den silbernen und elfenbeinernen Zierrat auf den mit Einlegearbeiten geschmückten Möbeln, die frischen orangeroten und blauen Farben der neuen Wandbehänge und den strahlenden Glanz der Gemälde an den Wänden funkeln sah. Im Hintergrund gab es einen Alkoven mit einem damastenen Bettüberwurf. In den schweren Bettvorhängen schimmerte die gleiche eingewebte goldene Seide. Über dem Kamin wurde ihr Blick von einem großen Gemälde angezogen, das Angélique jedes Mal aufs Neue mit verwirrtem Staunen erfüllte. Der Rahmen umschloss eine Welt, von der sie bislang kaum etwas geahnt hatte: das frivole Reich der Bewohner des Olymps mit ihrer heidnischen, freizügigen Grazie. Man sah einen Gott und eine Göttin, die sich unter dem Blick eines bärtigen Fauns umschlangen, und ihre herrlichen weißen, nackten Körper symbolisierten genau wie das Schloss selbst einen elysischen Frieden am Rand des wilden Forsts.

Eine Erregung erfasste Angélique, die ihr beinahe den Atem raubte.

Ich möchte diese Dinge so gerne berühren, dachte sie bei sich, ich möchte mit meinen Händen darüberstreichen. Ich möchte, dass sie eines Tages mir gehören …

Auf dem Rückweg war der Baron so tief in Gedanken versunken, dass er sein Pferd im Schritt gehen ließ. Angélique schwieg, und fast hatte er vergessen, dass sie vor ihm im Sattel saß.

Als sie die Kuppe einer kleinen Anhöhe erreichten, blieb das Pferd von allein stehen.

Der Baron hob den Blick und sah in der Ferne auf der großen Weide ein paar friedlich grasende Maultiere, und dann, im Profil vor dem wolkenverhangenen Himmel, einen seiner Hengste, ein herrliches Exemplar des Poitou-Esels, von dem Maître Molines gesprochen hatte. Groß wie ein junges Pferd, aber von klobigerer Gestalt, verlieh das Kleid aus langem dunkelbraunem Fell seinem struppigen Umriss einen urtümlichen Anschein aus längst vergangenen Zeiten.

»Er ist wirklich schön«, sagte der Baron.

»Er steht an der Hecke«, erwiderte Angélique. »Dort findet er das, was er am liebsten mag, stachelige Schlehdornzweige.«

Das Pferd hatte sich wieder in Gang gesetzt. Kurz darauf tauchten sie in das Halbdunkel eines Hohlwegs ein.

»Lass uns eine Pause machen.«

Das taten sie häufig bei ihren Ausritten.

Der Baron setzte sich auf einen moosbewachsenen Stein oder eine vorspringende Wurzel, die aus dem lehmigen Abhang hervorschaute. Das Pferd fraß ungehindert das zarte Gras am Wegrand. Manchmal setzte sich Angélique zu ihrem Vater. Manchmal sammelte sie aber auch ringsum auf, was diese Stelle an interessanten Schätzen zu bieten hatte: Früchte, Blumen, Wurzeln …

Diesmal holte sie aus ihrer kleinen Tasche einen kandierten Angelikastängel, den Madame Molines ihr als Nachmittagsimbiss mitgegeben hatte. Aber ehe sie zu essen begann, stellte sie sich vor ihren Vater hin und schaute ihn ernst an.

»Glaubt Ihr nicht, dass es gefährlich ist, Geschäfte mit

einem Protestanten zu machen, Vater? Nounou sagt, sie hätten in den Kirchen fürchterliche Dinge getan. Sie sagt, ihre Großmutter – oder die Großmutter ihrer Großmutter – hätte das Kästchen mit den Reliquien der heiligen Ursula gerettet, nachdem die Protestanten sie aus dem Altarstein gerissen hatten und sie gerade den Schweinen vorwerfen wollten. Sie hat das Kästchen jahrelang bei sich zu Hause aufbewahrt, bis man es wieder in eine unzerstörte Kirche bringen konnte. Ihr Haus ist gesegnet worden. Sie sagt, das war die Zeit, als sie den Pfarrer von Parthenay an sein großes Kruzifix über dem Altar gefesselt und ihn getötet haben, indem sie mit der Armbrust auf ihn schossen. Sie haben mit Knüppeln den Kopf des Jesuskinds der Statue von Notre-Dame du Bon Secours zerschlagen und das Bild der Heiligen Jungfrau, zu dem seit Jahrhunderten die Wallfahrer pilgern, falsch herum aufgehängt.

Sie haben behauptet, es seien Götzenbilder und wir Katholiken wären Heiden, weil wir uns vor ihnen verneigen.

Und warum können wir nicht mit unseren Nachbarn vom Schloss Rambourg spielen, bloß weil sie Protestanten sind? Sie scheinen doch gar nicht so gefährlich zu sein … Der eine, der etwas älter ist als Josselin, übt die ganze Zeit auf seinem Horn. Großvater wird dann immer furchtbar wütend, er sagt, sie wollten uns provozieren. Was meint Ihr denn dazu, Vater? Sind wir wirklich Heiden, weil wir in den Kirchen vor Statuen beten? Sind das wirklich Götzenbilder?«

Ihr Vater hatte ihr verwundert zugehört.

So unvermittelt aus seinen Gedanken gerissen, bemühte er sich um eine Antwort.

»Götzenbilder …? Ich weiß es nicht. Für sie anscheinend schon … Was willst du, jeder hat seine eigenen Ansichten«, entgegnete er, verblüfft über ihr Ungestüm, denn vergeblich hatte er versucht, sie zu unterbrechen.

»Das alles … die Bilderstürmer … das sind alte Geschichten.

Es ist Vergangenheit. Und man kann die Vergangenheit nicht ewig wieder hochholen. Der beste Weg, nicht mehr von diesen ganzen Erinnerungen behelligt zu werden, ist, nicht länger darüber zu reden. Das alles zu vergessen.

Ich habe ein paar hugenottische Pächter auf meinen Ländereien ... Die einzigen, die regelmäßig den Pachtzins zahlen ... Und unsere Nachbarn, die Rambourgs, bringen uns immer Wild, weil ich sie in unseren Wäldern jagen lasse ... Ich selbst hatte nie die Zeit, Falken oder Hunde abzurichten, und auch nicht genug Geld dafür ... Wir müssen vergessen. Sonst werden die alten Streitigkeiten nie enden.

Nounou Fantine erzählt euch zu viele unsinnige Geschichten. Die hat sie sicher aus dieser blauen Bibliothek der Kolporteure. Aber das ist keine exakte Literatur. Ich meine ... das entspricht nicht der Wirklichkeit ... Verstehst du? Es sind alte Erzählungen, die die Menschen zu Heldentaten anregen sollten. Na ja, ich weiß ja nichts darüber ... aber das sagen zumindest deine Mutter und Pulchérie. Wie auch immer, Molines ist zwar Hugenotte, aber er ist ein Mann unserer Zeit ... und er kennt sich mit Maultieren aus ...«

Ihm gingen die Argumente aus, und er verstummte.

Angélique hatte ihm aufmerksam zugehört.

Sie nickte mehrmals mit zustimmendem Lächeln und begann ihre Leckerei zu essen. Sie hütete sich aus zwei Gründen, weiter nachzufragen. Zum einen beschlich sie die Sorge, ihr Vater könnte verbieten, dass ihnen noch mehr von diesen kleinen blauen Büchern und den schönen Almanachen ins Haus kamen, die voller Bilder von Monden, Sternen und Sonnen waren, voller volkstümlicher Weisheiten und Sinnsprüche, voller Legenden und Wunder, und in denen die Monate eines jeden Jahres als mit den wundervollsten Verheißungen beladene blumengeschmückte Wagen dargestellt waren.

Und außerdem entsprach die etwas naive Antwort des Barons genau dem, was sie von ihm hatte hören wollen. Sie teilte seine Ansicht. All diese Beschuldigungen und Klagen über zerbrochene Statuen und geschändete Reliquien betrafen sie nicht mehr. Es gab im Leben Wichtigeres zu tun, als immer wieder darauf herumzureiten – Maultiere zu züchten, beispielsweise …

Der Baron war über sich selbst erstaunt, dass er auf Angéliques direkte Fragen eine so klare Position bezogen hatte. Und im Grunde war ihm erst durch das Gespräch mit ihr bewusst geworden, dass es für sein Widerstreben, ein Abkommen mit einem Anhänger der Reformierten Religion zu schließen, keine anderen ernsthaften Gründe gab als die alten Reflexe überkommenen Grolls, die noch aus den entsetzlichen Religionskriegen des vergangenen Jahrhunderts stammten. Bruderkriege, in denen sich beide Seiten gleich schrecklicher Verbrechen und Gräueltaten schuldig gemacht hatten, wenn man etwas genauer hinsah.

Angélique knabberte weiter ihre klebrigen, grünen süßen Stängelchen. Nach einer Weile war sie völlig verschmiert, sah dabei aber so zufrieden und sorglos aus, dass er ein Lächeln nicht unterdrücken konnte. Sie war noch ein Kind. Zum Glück! Angélique sang leise vor sich hin und blickte hinauf zum Blätterdach. Er war überrascht von der Farbe und der außergewöhnlichen Klarheit ihrer Iris.

Sie hat tatsächlich grüne Augen, dachte er.

Alle glaubten, sie wäre sein Liebling, weil sie die Hübscheste von allen war, und das sei der Grund, warum er sie auf seine Ausritte mitnähme. Aber so war es nicht. Sie selbst war schon als ganz kleines Kind zu ihm gerannt und hatte ihn angefleht, sie vor sich aufs Pferd zu nehmen. In Wahrheit war sie die Einzige von all seinen Kindern, die sich dafür zu interessieren schien, was er, der Vater, sagte, ob es dabei nun um Maultiere ging oder um seine ewigen Geldsorgen. Stets bemühte sie sich, ihn zu verstehen.

Wenigstens sie begreift, was ich ihr erkläre…, dachte ihr Vater bei sich, während er zusah, wie sie von einem Fuß auf den anderen hüpfte und dabei die Melodie einer Bourrée vor sich hin summte. Und das, obwohl sie noch so jung ist.

Sie würde ihm fehlen, wenn sie ins Kloster gehen würde, falls er tatsächlich mit Molines ins Geschäft kommen sollte. Aber wenigstens brauchte er sich dann keine Sorgen mehr um ihre Erziehung und Ausbildung zu machen.

Und auch Angélique war mit dem Verlauf der Unterhaltung zufrieden. Sie hatte ihren Vater schon lange nach seiner Meinung über diese Dinge fragen wollen, und jetzt war sie beruhigt.

Es wäre eine gute Sache, wenn er mit Molines zusammenarbeiten würde. Der Verwalter der Plessis-Bellières kannte sich mit so vielen Dingen aus und vermittelte den Eindruck, als wüsste er, was alle anderen, Reiche und Arme, Katholiken und Protestanten, Adlige und Bauern, dachten. Er war der eigentliche Herr dieses Landstrichs.

Und ohne je den Anschein zu erwecken, war er auch der Herr dieser gedankenlosen Grundherren, in deren Diensten er stand, jener närrischen Höflinge aus Paris, der Plessis-Bellières, die so selten ihr wunderschönes weißes Traumschloss besuchten, das sich im Seerosenteich spiegelte.

Kapitel 5

Im Mai stecken sich in diesem Landstrich die jungen Burschen eine grüne Ähre an den Hut, die Mädchen schmücken sich mit Flachsblüten, und gemeinsam ziehen sie los zum Tanz um die Dolmen, jene großen Steintische, die in alten Zeiten in den Feldern aufgestellt wurden. Auf dem Rückweg verteilen sich die Pärchen über die Wiesen und das nach Maiglöckchen duftenden Unterholz.

Im Juni verheiratete der alte Saulier seine Tochter, und es wurde ein großes Fest gefeiert. Er war der einzige Pächter des Barons de Sancé, der seinen Pachthof nicht selbst bewirtschaftete, sondern weiterverpachtete.

Darüber hinaus war er auch der Schenkwirt des Dorfes und recht wohlhabend.

Die kleine romanische Kirche wurde mit Blumen und armdicken Wachskerzen geschmückt. Der Baron höchstselbst führte die Braut zum Altar. Beim mehrere Stunden dauernden Hochzeitsschmaus quollen die Tische über von Weißwürsten, Blutwürsten, Kaldaunenwürstchen, Rindswürsten und Käse. Dazu gab es Wein.

Nach dem Essen überreichten die Frauen des Dorfes dem Brauch gemäß der Braut die Geschenke.

Diese saß in ihrem neuen Heim auf einer Bank vor einem großen Tisch, auf dem sich bereits Porzellan- und Zinngeschirr, Laken sowie kupferne und gusseiserne Kessel stapelten. Ihr rundes, etwas stumpfes Gesicht strahlte vor Freude unter einem riesigen Margeritenkranz.

Madame de Sancé war es fast schon peinlich, dass sie nur ein bescheidenes Geschenk für sie hatte: ein paar Teller aus schönem Porzellan, die sie für solche Anlässe zurückgelegt hatte. Mit einem Mal kam Angélique der Gedanke, dass sie im Schloss aus den gleichen Näpfen aßen wie die Bauern. Diese Unlogik empörte und verletzte sie zugleich. Wie waren die Menschen doch merkwürdig! Konnte man nicht jetzt schon darauf wetten, dass auch die Dörflerin diese Teller nicht benutzen, sondern sie sorgsam in einer Truhe verstauen würde, um weiterhin aus ihrem Napf zu essen? Und auf Schloss Plessis gab es so viele wunderbare Gegenstände, die einfach ungenutzt herumstanden wie in einem Grab …!

Angéliques Gesicht verschloss sich, und sie küsste die junge Frau nur widerstrebend.

Unterdessen versammelten sich die jungen Leute des Dorfes scherzend um das große Ehebett.

»Oh, meine Hübsche«, rief einer von ihnen, »wenn man dich und deinen Gemahl so sieht, möchte man wetten, dass euch die Brautsuppe morgen früh sehr willkommen sein wird.«

»Maman«, fragte Angélique, als sie wieder hinausgingen, »was ist diese Brautsuppe, von der bei Hochzeiten immer alle reden?«

»Das ist ein Brauch der einfachen Leute, genau wie die Geschenke oder der Tanz«, antwortete ihre Mutter ausweichend.

Diese Erklärung reichte ihrer Tochter nicht aus, und so nahm Angélique sich fest vor, dabei zu sein, wenn den Brautleuten die »Brautsuppe« gebracht wurde.

Auf dem Dorfplatz unter der großen Ulme wurde immer noch nicht getanzt. Die Männer saßen noch an den Tischen, die im Freien auf Böcken aufgebaut waren.

Angélique hörte das Schluchzen ihrer älteren Schwester, die ins Schloss zurückkehren wollte, weil sie sich für ihr einfaches, ausgebessertes Kleid schämte.

»Pah!«, rief Angélique. »Du machst dir das Leben ganz schön kompliziert, meine Ärmste. Beklage ich mich vielleicht über mein Kleid, und dabei ist es zu eng und zu kurz. Und meine Schuhe tun mir wirklich weh. Aber ich habe einfach meine Holzschuhe mitgebracht, und die ziehe ich zum Tanzen an. Ich bin fest entschlossen, heute Spaß zu haben!«

Doch Hortense ließ nicht locker. Sie klagte, ihr sei zu warm und sie fühle sich nicht wohl, und deshalb wolle sie nach Hause. Madame de Sancé ging zu ihrem Mann, der zwischen den Honoratioren des Dorfes saß, und erklärte ihm, sie ziehe sich zurück, lasse aber Angélique bei ihm. Das kleine Mädchen blieb eine Weile bei seinem Vater. Sie hatte viel gegessen und fühlte sich schläfrig.

Um sie herum saßen der Pfarrer, der Dorfschulze, der Schullehrer, der bei Bedarf auch als Vorsänger in der Kirche, Bader und Barbier oder als Glöckner fungierte, und einige Bauern, die man »Landwirte« nannte, weil sie einen Ochsenpflug besaßen und mehrere Feldarbeiter beschäftigten. Eine kleine Aristokratie des Dorfes also. Zu ihrer Gruppe gehörte auch Arthème Callot, der Feldmesser des benachbarten Marktfleckens, der vorübergehend hierher abgestellt worden war, um bei der Trockenlegung des Sumpfs zu helfen, und der ein wenig als weitgereister Gelehrter galt, obwohl er auch bloß aus dem Limousin stammte. Und schließlich machte sich am Tisch noch der Brautvater persönlich breit, Paul Saulier, seines Zeichens Züchter von Hornvieh, Pferden und Eseln. Tatsächlich war dieser korpulente Poiteviner Bauer der bedeutendste Meier des Umlands, und obwohl Armand de Sancé der »Herr« war, war sein Pächter mit Sicherheit reicher als er.

Als Angélique ihren Vater mit gefurchter Stirn dasitzen sah, erriet sie mühelos seine Gedanken. Das ist ein weiteres Zeichen für den Niedergang des Adels, sinnierte er wahrscheinlich gerade wehmütig.

Da erhob sich plötzlich ein Tumult auf dem Platz rings um die große Ulme, und man sah zwei Männer, die jeder eine Art weißen, bereits prall gefüllten Sack unter dem Arm trugen und auf zwei Fässer stiegen. Es waren die Sackpfeifer. Dazu gesellte sich noch ein Schalmeibläser.

»Der Tanz geht los!«, rief Angélique und rannte hinüber zum Haus des Schulzen, wo sie bei ihrer Ankunft ihre Holzschuhe versteckt hatte.

Ihr Vater sah, wie sie, von einem Fuß auf den anderen springend, zurückkam und dabei den Takt der Balladen und Rundtänze klatschte, die bald getanzt werden würden. Ihr goldbraunes Haar hüpfte auf ihren Schultern. Vielleicht lag es an ihrem zu kurzen und zu engen Kleid, dass ihm mit einem Mal bewusst wurde, wie sehr sie sich im Laufe der letzten Monate plötzlich entwickelt hatte. Während sie bis dahin immer sehr schmächtig gewesen war, hatte es nun fast den Anschein, als sei sie schon zwölf Jahre alt; ihre Schultern waren breiter geworden, und ihre Brust wölbte sich sacht unter dem abgenutzten Sergestoff ihres Kleids. Eine gesunde Durchblutung verlieh ihren sonnengebräunten Wangen einen roten Schimmer, und ihre halb geöffneten, feuchten Lippen gaben beim Lachen den Blick auf perfekte kleine Zähne frei.

Wie die meisten jungen Mädchen hatte sie einen großen Strauß gelber und lilafarbener Schlüsselblumen in den Ausschnitt ihres Mieders gesteckt.

Auch den anwesenden Männern fiel ihre lebenssprühende, frische Erscheinung auf.

»Eure Tochter wird ein sehr hübsches Mädchen«, bemerkte der alte Saulier mit schmeichlerischem Lächeln und einem vielsagenden Blick hin zu seinen Nachbarn.

Der Stolz des Barons färbte sich mit Sorge.

Sie ist mittlerweile zu alt, um sich noch länger unter diese

Bauernlümmel zu mischen, dachte er bei sich. Nicht Hortense, vielmehr sie müsste man ins Kloster schicken ...

Unbekümmert um die Blicke und Überlegungen, die sie hervorrief, gesellte sich Angélique fröhlich zu den jungen Mädchen und Burschen, die von allen Seiten in Gruppen oder Paaren herbeieilten. Um ein Haar wäre sie mit einem Jungen zusammengestoßen, der so edel gekleidet war, dass sie ihn auf den ersten Blick gar nicht erkannte.

»Meine Güte, Valentin«, rief sie im Dialekt der Gegend, den sie fließend beherrschte, »siehst du heute aber gut aus, mein Lieber!«

Das Gewand des Müllerssohns musste in der Stadt geschneidert worden sein, und der Stoff war von so guter Qualität, dass seine Rockschöße wie gestärkt wirkten. Der Rock war genau wie die Weste mit mehreren Reihen blitzender vergoldeter kleiner Knöpfe geschmückt. Metallene Spangen zierten seine Schuhe und den Filzhut, und als Strumpfbänder trug er Schleifen aus blauem Satin. Der junge Bursche wirkte recht linkisch und gehemmt in seinem Aufzug, aber sein Gesicht strahlte vor Zufriedenheit. Angélique, die ihn wegen dieser Reise in die Stadt, die er mit seinem Vater unternommen hatte, ein paar Monate lang nicht gesehen hatte, bemerkte, dass sie ihm kaum noch bis zur Schulter reichte, und fühlte sich fast ein wenig eingeschüchtert. Um ihre Verlegenheit zu vertreiben, griff sie nach seiner Hand.

»Komm tanzen!«

»Nein! Nein!«, wehrte er ab. »Ich will meinen schönen Anzug nicht verderben. Ich setze mich lieber zu den Männern und trinke mit ihnen«, fügte er selbstgefällig hinzu und ging auf die Gruppe der Honoratioren zu, bei denen sich sein Vater gerade niedergelassen hatte.

»Los, tanz mit!«, rief ein Junge und schlang die Arme um Angéliques Taille.

Es war Nicolas. Seine kastanienbraunen Augen blitzten ausgelassen.

Sie stellten sich einander gegenüber und begannen zum schrillen Klang der Sackpfeifen und der Schalmei rhythmisch mit den Füßen zu stampfen. Ein instinktives Rhythmusgefühl verlieh diesen Tänzen, die schwerfällig und monoton hätten erscheinen können, eine außerordentliche Harmonie. Neben den Sackpfeifen und der Schalmei war das wichtigste Instrument ebendieser dumpfe Schlag der Holzschuhe, die in vollkommenem Gleichklang auf den Boden trafen, und die komplizierten, sekundengenau ausgeführten Figuren verliehen der Perfektion des ländlichen Balletts eine zusätzliche Anmut.

Es wurde Abend. Die Kühle erfrischte die schweißüberströmten Gesichter. Angélique ging ganz in ihrem Tanz auf. Sie war glücklich, und alle Gedanken waren von ihr abgefallen. Ihre Kavaliere wechselten einander ab, und in ihren funkelnden, fröhlichen Augen las sie etwas, das sie in eine leise Erregung versetzte.

Der Staub wirbelte hoch wie ein von der Abendsonne geröteter Pastellhauch. Der Schalmeispieler blies die Wangen auf wie zwei Bälle, und vor lauter Anstrengung traten ihm die Augen aus den Höhlen. Er musste eine Pause einlegen und ging hinüber zu den mit Krügen vollgestellten Tischen, um etwas zu trinken.

»Woran denkt Ihr, Vater?«, fragte Angélique, als sie sich neben den Baron setzte, dessen Stirn sich immer noch nicht geglättet hatte.

Ihr Gesicht war gerötet, und sie war außer Atem. Fast hätte er ihr übelgenommen, dass sie so unbeschwert und fröhlich war, während er so viele Sorgen hatte, dass er nicht einmal mehr wie früher ein Fest im Dorf genießen konnte.

»An meine Steuern«, antwortete er mit einem finsteren

Blick zu dem Mann, der ihm gegenübersaß, ausgerechnet der Steuereintreiber Corne, der schon so oft aus dem Schloss gejagt worden war.

»Ihr solltet nicht an so etwas denken, während sich alle anderen amüsieren«, ermahnte ihn Angélique. »Schaut Euch nur unsere Bauern an. Glaubt Ihr, sie denken heute an die Steuern? Und dabei sind sie es, die am meisten zu zahlen haben. Nicht wahr, Monsieur Corne?«, rief sie gut gelaunt über den Tisch. »Stimmt es nicht, dass an einem solchen Tag niemand an die Steuern denken sollte, nicht einmal Ihr …?«

Diese Worte lösten schallendes Gelächter aus. Man begann zu singen, und der Vater Saulier stimmte das Lied vom »räuberischen Einnehmer« an, das der Steuereintreiber mit einem gutmütigen Lächeln anhörte. Doch bald würden auch die weniger harmlosen Lieder erklingen, die bei allen Hochzeiten geduldet wurden, und zunehmend besorgt über das Verhalten seiner Tochter, die einen Becher nach dem anderen leerte, beschloss Armand de Sancé, sich zurückzuziehen.

Er wies Angélique an, ihm zu folgen, um sich zu verabschieden, ehe sie zusammen ins Schloss zurückkehren würden. Raymond und die jüngeren Kinder, die von der Amme beaufsichtigt wurden, waren schon nach Hause gegangen. Nur Josselin, der Älteste, war noch da, einen Arm um die Taille eines der hübschesten Mädchen der Gegend geschlungen. Der Baron verzichtete darauf, ihn zur Ordnung zu rufen. Er freute sich darüber, dass der magere, bleiche Schüler in den Armen von Mutter Natur wieder zu gesünderen Farben und Ansichten zurückfand. In seinem Alter hatte er schon längst mit einer drallen Schäferin aus dem benachbarten Weiler im Heu gelegen. Wer weiß? Vielleicht würde das seinen Ältesten in der Heimat halten?

In dem Glauben, Angélique sei hinter ihm, begann der Schlossherr sich ringsum zu verabschieden.

Doch seine Tochter hatte andere Pläne.

Schon seit mehreren Stunden suchte sie nach einer Möglichkeit, an der Zeremonie der Brautsuppe teilzunehmen, die bei Sonnenaufgang stattfinden sollte. Und so nutzte sie ein Gedränge, um sich unbemerkt davonzustehlen. Sie nahm ihre Holzschuhe in die Hand und lief auf den Rand des Dorfes zu, das völlig verlassen dalag. Nicht einmal die Großmütter waren in den Häusern geblieben. Ihr Blick fiel auf die Leiter einer Scheune. Flink kletterte sie hinauf und fand sich im weichen, duftenden Heu wieder.

Der Wein und die Erschöpfung nach dem Tanz ließen sie gähnen.

Ich will ein bisschen schlafen, dachte sie. Und wenn ich wach werde, kann ich sehen, was bei der Brautsuppe passiert.

Dann fielen ihr die Augen zu, und sie sank in einen tiefen Schlaf.

Sie erwachte mit einem wohligen, angenehmen Gefühl. In der Scheune war es stockfinster und warm. Es war noch Nacht, und in der Ferne hörte sie die Rufe der feiernden Bauern.

Angélique verstand nicht so recht, was mit ihr geschah. Große Behaglichkeit erfüllte ihren Körper, und sie verspürte den Wunsch, sich zu strecken und zu seufzen. Plötzlich fühlte sie eine Hand, die langsam über ihre Brust strich und dann an ihrem Körper hinab zu ihren Beinen glitt. Abgehackte, heiße Atemstöße brannten auf ihrer Wange. Ihre ausgestreckten Finger trafen auf steifen Stoff.

»Bist du das, Valentin?«, flüsterte sie.

Er antwortete nicht und rückte stattdessen näher heran.

Die Auswirkungen des Weins und der sanfte Taumel der Dunkelheit betäubten Angéliques Denken. Sie hatte keine Angst. Sie erkannte Valentin an seinem schweren Atem, seinem Geruch und seinen so oft am Schilfrohr und den Sumpfgräsern zerschnittenen Händen, deren raue Berührung auf ihrer Haut sie erschauern ließ.

»Hast du keine Angst mehr, deinen schönen Anzug zu verderben?«, murmelte sie mit einer Unschuld, die nicht ganz frei war von unbewusster Koketterie.

Er brummte etwas, und sein Gesicht presste sich an den zierlichen Hals des jungen Mädchens.

»Du riechst gut«, seufzte er, »du riechst so gut wie eine Angelikablüte.«

Er versuchte sie zu küssen, aber sein suchender, feuchter Mund war ihr unangenehm, und so stieß sie ihn zurück. Daraufhin verstärkte er seinen Griff und schob sich auf sie. Diese unvermittelte Grobheit weckte Angélique endgültig auf und ließ sie wieder klar denken. Sie wehrte sich und versuchte sich aufzurichten. Aber der keuchende Junge hielt sie fest umschlungen. Da schlug sie ihn voller Zorn mit den Fäusten mitten ins Gesicht und schrie: »Lass mich los, du Bauerntölpel, lass mich los!«

Endlich gab er sie frei, und sie glitt vom aufgeschichteten Heu herunter und kletterte die Leiter hinab in die Scheune. Sie war zornig, aber gleichzeitig auch traurig, ohne zu wissen, warum… Draußen näherten sich durch die Dunkelheit laute Rufe und Lichter.

Die Farandole!

Hand in Hand tanzten die Jungen und Mädchen in einer langen Kette an ihr vorbei; Angélique wurde mitgerissen. Die Farandole schlängelte sich durch die Gassen, sprang über Gatter und stürmte im Dämmerlicht des Morgengrauens die Felder hinab. Ständig stolperten sie, von Trauben- und Apfelwein berauscht, und kullerten unter schallendem Gelächter übereinander. Es ging zurück zum Dorfplatz; Tische und Bänke waren umgeworfen; die Farandole sprang darüber hinweg. Die Fackeln verloschen.

»Die Brautsuppe! Die Brautsuppe«, forderten nun laute Stimmen. Man klopfte an die Tür des Dorfschulzen, der irgendwann zu Bett gegangen war.

»He, wach auf, Bürger! Wir wollen die Brautleute stärken!«

Angélique, der es mit schmerzenden Armen gelungen war, sich aus der Kette loszureißen, sah daraufhin einen seltsamen Zug herankommen.

Vorneweg gingen zwei komische, wie einst die alten Hofnarren in Lumpen gekleidete und mit Schellen geschmückte Gestalten. Dann kamen zwei junge Burschen mit einem riesigen Kessel, den sie an einem über ihre Schultern gelegten Stock trugen. Ihre Gefährten umringten sie mit Weinkrügen und Bechern in der Hand. Dahinter folgten alle Bewohner des Dorfes, die sich noch auf den Beinen halten konnten, und zusammen bildeten sie eine recht große Schar.

Ohne große Umstände drangen sie in die Hütte der Brautleute ein.

Angélique fand sie nett, wie sie da Seite an Seite in ihrem großen Bett lagen. Die junge Frau war ganz rot im Gesicht. Dennoch tranken sie ohne Widerrede den gewürzten warmen Wein, den man ihnen reichte. Aber einer der Feiernden, der noch betrunkener war als die Übrigen, wollte das Laken wegreißen, das sie züchtig bedeckte. Der Ehemann wehrte ihn mit einem Fausthieb ab. Daraufhin kam es zu einer Prügelei, und durch den Tumult hindurch hörte man die Schreie der armen jungen Frau, die sich krampfhaft an ihre Decken klammerte. Hin und her gestoßen von diesen wogenden Körpern, halb erstickt vom Geruch nach Wein und ungewaschener Haut, wäre Angélique um ein Haar zu Boden gerissen und getreten worden. Nicolas befreite sie schließlich und half ihr nach draußen.

»Oh«, seufzte sie, als sie endlich wieder an der frischen Luft waren. »Eure Brautsuppe ist aber gar nicht lustig. Sag, Nicolas, warum bringen sie den Brautleuten eigentlich warmen Wein?«

»Na, weil sie sich nach der Hochzeitsnacht stärken müssen.«

»Ist die denn so anstrengend?«

»Anscheinend...«

Unvermittelt begann er zu lachen. Seine Augen blitzten, und seine schwarzen Locken fielen ihm in die gebräunte Stirn. Sie sah, dass er genauso betrunken war wie die anderen. Plötzlich streckte er die Arme nach ihr aus und kam schwankend auf sie zu.

»Angélique, du bist so süß, wenn du so redest, weißt du das... Du bist so süß, Angélique.«

Er schlang die Arme um ihren Nacken. Stumm machte sie sich los und ging davon.

Über dem verwüsteten Dorfplatz ging die Sonne auf. Das Fest war endgültig zu Ende. Mit unsicheren Schritten und bitteren Gedanken nachhängend, wanderte Angélique zurück zum Schloss.

Jetzt hatte sich nach Valentin auch noch Nicolas so ein seltsames Betragen herausgenommen. Sie hatte sie beide gleichzeitig verloren. Sie hatte das Gefühl, als sei ihre Kindheit gestorben, und bei dem Gedanken, dass sie nie mehr mit ihren früheren Spielkameraden in die Sümpfe oder den Wald zurückkehren würde, hätte sie am liebsten geweint.

So entdeckten sie der Baron de Sancé und der alte Guillaume, die sich auf die Suche nach ihr gemacht hatten: mit schwankendem Gang, zerrissenem Kleid und die Haare voller Heu.

»Mein Gott!«, rief Guillaume und blieb entsetzt stehen.

»Wo kommt Ihr her?«, fragte der Schlossherr Angélique.

Aber als der alte Soldat sah, dass sie nicht in der Lage war, ihm zu antworten, nahm er sie auf den Arm und trug sie nach Hause.

Besorgt dachte Armand de Sancé, dass er unbedingt eine

Möglichkeit finden müsse, seine zweite Tochter bald ins Kloster zu schicken. Er hatte sich noch nicht entschieden, ob er auf Molines' Angebot eingehen sollte, denn noch hoffte er, dass ihm von anderer Seite die Hilfe gewährt werden würde, die ihm zustand.

Angélique kam erst am nächsten Tag wieder zu sich, nachdem sie fast vierundzwanzig Stunden geschlafen hatte.

Sie war hellwach und hatte nicht das geringste schlechte Gewissen, und trotzdem schmerzte tief drinnen in ihrem Herzen eine Wunde. Sie musste daran denken, dass sie sich mit Valentin und vielleicht auch mit Nicolas zerstritten hatte – was waren die »Männer« doch alle dumm! Außerdem musste sie zugeben, dass das alles nicht passiert wäre, wenn sie auf ihren Vater gehört und das Fest mit ihm zusammen verlassen hätte. Zum ersten Mal räumte sie ein, dass es vielleicht ganz sinnvoll sein könnte, auf die Erwachsenen zu hören, und sie nahm sich vor, von jetzt an vernünftiger zu werden.

Beim Anziehen musterte sie aufmerksam ihren Busen. Er war in diesem Jahr deutlich gewachsen. Ihre Brüste begannen sich abzuzeichnen. Irgendwann werde ich einen Busen haben wie Nanette, dachte sie bei sich. Sie wusste nicht, ob sie stolz darauf war oder ob diese Vorstellung ihr eher Angst einjagte. All diese Veränderungen verwunderten sie, vor allem aber hatte sie das Gefühl, dass irgendetwas zu Ende ging. Ihr freies, vertrautes Leben war bedroht. Es würde sie in eine andere Welt führen, von der sie jetzt noch nichts ahnte.

Pulchérie hat mir vor einer Weile gesagt, ich würde bald ein junges Mädchen sein, dachte sie verwirrt. Aber ich habe Angst, dass ich mich dann furchtbar langweilen werde.

Der Hufschlag eines galoppierenden Pferds lockte sie ans Fenster. Sie sah, wie ihr Vater vom Hof ritt, und wagte nicht, ihm nachzurufen und ihn zu bitten, sie mitzunehmen. Er reitet bestimmt zu Molines, dachte sie. Es wäre so schön, wenn diese ewigen Geldsorgen ein Ende hätten und er nicht länger auf die Hilfe des Königs zu warten brauchte. Hortense könnte sich anständig anziehen und in eine gute Familie einheiraten, statt zu Hause herumzusitzen und zu schmollen. Und Josselin könnte in die Armee eintreten, statt wie der Teufel mit den Söhnen von Baron de Chaillé zu jagen. Ich hasse diese ungehobelten Kerle, mit denen er sich herumtreibt. Wenn sie herkommen, zwicken sie mich so fest, dass ich noch eine Woche danach blaue Flecken habe. Und Vater wäre glücklich. Er könnte den ganzen Tag lang seine Maultiere anschauen...

So träumte das kleine Mädchen vor sich hin, ohne zu ahnen, welche Veränderungen dieser zweite Besuch beim Verwalter Molines mit sich bringen würde. Sie zweifelte nicht daran, dass ihr Vater das Darlehen annehmen würde, das er brauchte, um die Maultierzucht aufzubauen. Doch als sie später die verschlossene, angespannte Miene ihrer Mutter sah, erriet sie, dass diese ihn hatte schwören lassen, über seine obskuren Geschäfte absolutes Stillschweigen zu bewahren, damit ihre adligen Nachbarn sie nicht beschuldigen könnten, ihrem Stand zuwiderzuhandeln und sich in die Hände eines Wucherers begeben zu haben. Da sie auch Maître Molines besser kannte, ahnte Angélique, dass er den Baron hartnäckig bedrängen würde, die zusätzlichen zwanzigtausend Livres als persönlichen Vorschuss anzunehmen, aber ihr Vater war hart geblieben, denn es war nie mehr die Rede davon, dass seine Töchter ins Kloster kommen sollten.

Doch für die Maultierzucht kündigten sich bessere Zeiten an.

Bauern kamen ins Schloss und brachten bald eine Stute, bald einen Esel. Der Baron prüfte das Gebiss und die Hufe der

Tiere, erkundigte sich nach ihrem Stammbaum und kaufte nur wenige.

Er wartete. Auf dem Markt von Fontenay-le-Comte, der in drei Wochen abgehalten wurde, würde er mehr und bessere Tiere finden. Er schien viel Geld zur Verfügung zu haben, denn er rief die Einwohner von Monteloup zusammen und erklärte ihnen, dass es Arbeit für alle gäbe und darüber hinaus im Umland Holzfäller, Schreiner, Zimmerleute, Steinmetzen und Maurer gesucht werden müssten.

Innerhalb kurzer Zeit veränderte sich das Aussehen der Ställe hinter dem Schloss. Auch wurden weitere Wiesen in Weiden umgewandelt. Der alte Guillaume gab seine wichtigste Aufgabe, die Bewachung des Gartens und des Schlosshofs, auf und betätigte sich als Aufseher der Arbeiten. Dabei verjüngte er sich zusehends und hörte sogar fast auf zu hinken.

»Als die Soldaten von den Römern bis hin zu Karl dem Großen nichts anderes zu tun hatten, als Straßen zu pflastern und Bauwerke zu errichten, gab es weniger Elend in dieser Welt«, erklärte der Söldner jedem, der es hören wollte.

»Und ich dachte immer, Soldaten verstünden sich am besten darauf, zu zerstören«, erwiderte die Amme.

»Barbarische oder ungläubige Soldaten, ja, die können nichts außer morden und plündern. Aber die anderen wünschen sich immer nur Frieden«, antwortete der Deutsche, ohne auf ihre Ironie einzugehen.

Angélique liebte den alten Soldaten, aber sie bedauerte ein wenig die Verwandlung, die mit ihrem guten Freund vorgegangen war. Natürlich waren all diese friedlichen Werke wundervoll, aber doch lange nicht so sehr wie die Geschichten über Kriege und Schlachten, die er früher so gerne erzählt hatte und die ihn seine neue Leidenschaft ganz vergessen ließ. Wie alle Anhänger der lutherischen Religion war er ein wenig predigerhaft veranlagt, und so ging er sogar so weit, sich gegen

Kardinal Mazarin zu ereifern, der nicht bereit gewesen war, den Krieg zu beenden, und damit den Unwillen des Volkes erregt hatte.

Das Maultiergestüt machte große Fortschritte.

Als Schutz vor Überschwemmungen hatte man für die Fundamente ganze Karrenladungen Granit kommen lassen, und die Gebäude waren mit hellgelben und blassrosa Ziegeln gedeckt. Mehr als fünfhundert Stuten und fünfzig Esel würde man darin unterbringen können.

Währenddessen entwickelte der Landmesser ein neues System zur Entwässerung des Geländes unterhalb des Schlosses. Der Baron wollte den größten Teil des Sumpfs trockenlegen lassen, der in alten Zeiten die Verteidigung des Schlosses sichergestellt hatte. Als Fee lehnte sich Angélique insgeheim gegen diese Entweihung ihres Reichs auf, aber seit der Hochzeit hatte Valentin sie nicht mehr eingeladen, mit dem Boot hinauszufahren. Er ließ sie im Stich. Und dann konnte der Sumpf mit seinen Bächen und Kanälen ja ruhig auch verschwinden! Nur Nicolas war wieder aufgetaucht, mit einem breiten Lachen, dass seine weißen Zähne blitzten, und ohne die geringste Verlegenheit. Mit ihm machte die Kindheit noch einmal ihre Rechte geltend. Die Natur gewährte ihr einen Aufschub – es endete doch nicht alles zur gleichen Zeit. Der Baron strahlte. Er wollte dem bürgerlichen Molines ein für allemal beweisen, dass auch ein Adliger mit Arbeit Erfolg haben konnte. Bald würde er das Schloss und seine Familie unterhalten können, ohne irgendjemandem Geld zu schulden.

All diese Arbeiten bescherten den Bauern ein wenig Wohlstand, und als Folge davon herrschte auf dem Schloss ein Überfluss an Lebensmitteln. Ein Schritt war getan, auch wenn sich das Leben nur wenig änderte. Immer noch spazierten die Hühner durch die Räume, die Hunde verdreckten ungeniert die Fliesen, und der Regen tropfte in die Zimmer. Madame de Sancés Hände waren gerötet, weil sie sich keine neuen Handschuhe leisten konnte. Josselin jagte Wild und Mädchen nach und glich mehr denn je einem Wolf, während Raymond, der sich in seine Bücher vergrub, einer der herunterbrennenden Kerzen ähnelte, die seine strebsamen Nächte erhellten.

Nur die Kleinen, die sich in der warmen Küche und auf dem Schoß der Amme zusammenkuschelten, klagten nicht. Aber Madelon weinte häufig und wurde schwermütig. Auch für sie wäre es gut, aus dem Schloss fortzukommen. Angélique hatte sie unter ihre Fittiche genommen und hielt sie ganze Nächte hindurch in den Armen. Madelon wusste, dass Angélique stark war und sich weder vor Wölfen noch vor Geistern fürchtete. Angélique selbst jedoch hatte ihre alte Lebensfreude verloren. Diese neuen Entwicklungen waren interessant, aber trotzdem wurde sie das Gefühl nicht los, dass die meisten Leute langweilig und ein wenig einfältig geworden waren.

Eines Tages machte sich Angélique auf die Suche nach Mélusine.

Es war lange her, seit sie sie zum letzten Mal gesehen hatte. Die Vorfreude auf das große Hochzeitsfest und die Arbeiten an den Stallungen hatten sie abgelenkt.

Sie begann ihre Suche am Waldrand. Nachdem sie sich von ihrem Zechgelage erholt hatte, wunderte sie sich, dass sie Mélusine einfach vergessen hatte. Und wenn schon, sie hatte sich im Dorf gut amüsiert! Wenn auch nicht so sehr wie in den vergangenen Jahren oder bei anderen Festen, dem Tanz um den Maibaum etwa oder dem Aalmarkt. »Sie« hatten ihr den Spaß verdorben mit ihrer Brautsuppe und »ihrer« Art, als würden sie sich jedes Mal über sie lustig machen, wenn sie etwas wissen wollte …

Angélique ging durch das Gras und den Niederwald und erfreute sich am herrlichen Geruch der neuen Blüten.

Auf Lichtungen und im Unterholz suchte sie nach Mélusines Spur. Wenn die Hexe morgens bei Sonnenaufgang zu ihrer ersten Sammelrunde aufbrach, knickte sie hier ein Zweiglein ab und verknotete dort einen Grashalm, um ihren Weg zu markieren. So fand Angélique sie immer wieder, entweder mit kleinen Schritten durch den Wald eilend, immer noch emsig bei der Arbeit, oder manchmal auch beinahe unsichtbar dasitzend. Denn genau wie die Tiere des Waldes besaß Mélusine die Gabe, sich zu verbergen, indem sie mit dem Gewirr der Zweige und den verschiedenen Farben verschmolz, mit denen die Jahreszeiten Laub und Moos überzogen. Doch nie überraschte Angélique sie schlafend oder auch nur den Anschein erweckend, dass sie sich ausruhte. Ihre Augen blieben immer offen, funkelnd und auf der Hut, und oft waren sie das Erste, was Angélique im Halbdunkel entdeckte, während Mélusine, die sie noch gar nicht sehen konnte, sie lächelnd mit ihrer leisen, immer fröhlichen Stimme begrüßte: »Ich habe dich erwartet … Lass uns gehen …!«

Aber an diesem und auch am folgenden Tag streifte Angélique vergeblich durch den Wald. Ohne Mélusines Wegweiser wagte sie nicht, allzu weit zu gehen, und nach ihr rufen mochte sie auch nicht, da die Hexe sie stets ermahnt hatte, nie so laut zu reden, dass jemand auf sie aufmerksam würde.

Schließlich gelangte sie an den oberen Rand der Felswand, in der sich der Eingang zur Höhle der Hexe befand. Doch heute war zwischen den Gräsern dort oben keine Spur vom »Teufelsqualm« zu sehen, der die Vorüberkommenden so erschreckte, dass sie davonliefen. Aber es war ja auch mitten im Sommer, und es herrschte eine drückende Hitze, bei der niemand sein Herdfeuer brennen ließ.

Sorge beschlich Angélique. Was, wenn Mélusine krank war?

Sie hatte niemanden, der sich um sie kümmerte. Die Einsamkeit der alten Frau erschien ihr so grenzenlos, dass sie wie eine gefährliche tödliche Krankheit anmutete. Wenn man niemanden hat, der sich um einen kümmert, nicht einmal jemanden, der an einen denkt, dann kann der geringste Anlass zum Tod führen, sagte sich Angélique. Mélusine ist gestürzt und kann sich nicht mehr bewegen, vielleicht liegt sie irgendwo im Wald oder in ihrer Höhle, und sie hat nicht mehr viel Zeit … dann wird sie verhungern. »Das Leben ist so zerbrechlich …«, hatte Mélusine oft zu ihr gesagt, während sie ihr erklärte, wie wenig es brauchte, um dieses zerbrechliche Dasein zu bewahren, aber wie unerlässlich dieses Wenige gleichzeitig auch war. Und Angélique wunderte sich, fühlte sie sich doch so kräftig, so voller Leben.

Mélusine hatte niemanden.

Wenn sie im Winter mit ihrem kleinen Pflanzenkorb in die Weiler kam, wagte sich nur selten eine Frau vor die Tür, rannte zu ihr hin und brachte ihr im Austausch gegen ein paar Heilkräuter eine Schale Milch oder ein Stück Brot, ehe sie hastig wieder die Flucht ergriff.

Angélique näherte sich dem Rand der Felswand, und nach einem prüfenden Blick in die Tiefe machte sie sich an den Abstieg, wobei sie sich an Ranken und den kümmerlichen Wacholdersträuchern festhielt. Im Hang war eine in unebenen Stufen verlaufende Spur zu erkennen, zweifellos der steile Weg, den die Bewohnerin der Höhle jeden Tag zurücklegte. Unter sich erkannte sie ein grasbewachsenes Sims, das sich direkt vor dem Eingang der Höhle befinden musste, welche halb hinter einem Vorhang aus Zweigen und Laub verborgen war.

Etwas bewegte sich, und Angélique, die den Abstieg erst halb hinter sich gebracht hatte, sah Mélusines Gesicht, die ihr, von den Geräuschen angelockt, von unten mit spitzbübischer Miene entgegensah.

»Mélusine! Ich dachte schon, du wärst krank.«

Die Hexe lachte ihr schalkhaftes Lachen, das sie wie ein kleines Mädchen erscheinen ließ.

»Krank, ich! Warum machst du dir Sorgen? Ich habe doch alles, was ich brauche, um mich wieder gesund zu pflegen.«

»Aber du hast niemanden, der dir deine Kräutertees aufbrüht, wenn du zu schwach dazu bist. Wenn man krank ist, braucht man immer jemanden, der einem hilft.«

Mélusine sah sie immer noch verschmitzt an.

»Hast du Angst?«, fragte sie schließlich.

»Nein, ich habe keine Angst.«

»Hast du Angst davor, dem Widerwärtigen, dem Bösen, dem Zeichen des Teufels ins Gesicht zu sehen?«

»Nein, ich habe keine Angst«, versicherte Angélique, die sich immer noch an ein paar Wurzeln festklammerte und kleine Kiesel unter ihren Füßen hinunterkollern hörte. Was sollten diese Fragen?

Wenn Mélusine bei ihr war, hatte sie vor nichts Angst.

»Dann komm«, sagte die Hexe. »Du kannst mir helfen… Und mach mir meine Treppe nicht kaputt.«

Sie ging zurück in die Höhle und winkte Angélique heran, die ihr ins Innere folgte. Es war ein recht weitläufiger Raum mit dunklen Ecken voller Truhen, Weidenkörbe, Möbelstücke aus Schilfrohr, irdener Töpfe, Krüge und Fläschchen.

Im Halbdunkel unter der Decke erkannte sie undeutlich die Eule, von der sie schon gehört hatte und die dort oben, geschützt vor dem grellen Tageslicht, schlafend auf einem verkrümmten Ast saß. Nur die Katze war nirgends zu sehen. Wie sie vermutet hatte, brannte das Feuer nicht. Aber die Luft war erfüllt vom durchdringenden Geruch der Arzneien, die Mélusine in Kesseln und Töpfen zubereitet hatte.

Am Ende der Höhle, dort, wo es am dunkelsten war, bemerkte sie einen schlafenden Mann, der wie ein Paket auf das Farnlager geworfen dalag. Er war nicht sehr groß, eher stämmig und in ärmliche dunkle Lumpen gekleidet, die ihm zu groß waren. Seine nackten Füße ragten aus der zerfetzten Hose, es waren die knotigen, aufgeschürften Füße eines Armen. Ein Stück weiter sah sie seine mit dicken Nägeln beschlagenen Wanderschuhe, noch nicht zu sehr abgelaufen, wenn auch deutlich abgenutzt. Sein tiefer Schlaf musste auf die kundigen Mixturen zurückzuführen sein, die die Hexe ihm eingeflößt hatte. Sein Gesicht konnte Angélique nicht sehen, da es mit einem dicken Umschlag aus weißem Tuch bedeckt war.

»Ist das jemand aus unseren Dörfern?«, wollte sie wissen.

Die Hexe lachte desillusioniert.

»Glaubst du wirklich, ich könnte einen dieser frommen armen Teufel hierherbringen, und sei es auch nur, um ihm das Leben zu retten? Dann wäre doch jetzt schon längst das ganze Dorf auf den Beinen, um den Wald nach ihm abzusuchen, weil sie glaubten, ich hätte ihn entführt, um ihn im Kessel des Satans zu kochen …«

Beim Gedanken an so viel menschliche Dummheit zuckte sie die Schultern, dann kniete sie neben ihrem Patienten nieder. Angélique folgte ihrem Beispiel. Halb über den reglos daliegenden Mann gebeugt, betrachtete die Hexe ihn lange, als lauschte sie auf das, was sich in seinem Körper zusammenbraute.

»So geht das schon seit ein paar Tagen«, sagte sie schließlich, »aber bald wird sich alles vollenden, das spüre ich.«

Sie schaute Angélique an und griff nach ihren Händen.

»Du bist noch sehr klein, aber deine Hände sind stark und heilend … Ich habe den Krebs eingeschläfert, der ihm unter der Haut das Gesicht zerfressen hat«, fügte sie in vertraulichem Ton hinzu.

Sie schloss einen Moment die Augen.

»Er muss ans Tageslicht gebracht werden …«, fuhr sie feierlich fort. »Der Mann darf sich nicht bewegen, sonst wacht der Krebs auf … Du wirst seinen Kopf halten.«

»Jetzt?«

Die Hexe lachte und schüttelte ihr schneeweißes Haar.

»Nein … Wir müssen noch warten … Noch eine Nacht. Der Mond nimmt zu. Er zieht die Kräfte der Erde an und wird die meiner Hände steigern. Komm morgen in der Abenddämmerung wieder. Dann ist es so weit.«

Angélique, die glaubte, sie würde die ganze Nacht über bleiben müssen, hatte schon angefangen, darüber nachzudenken, wie sie es anstellen sollte, das Schloss zu verlassen, ohne dass Hortense die ganze Familie zusammenschrie, wenn sie aufwachte. Mélusine, die ihre Gedanken erriet, lachte, ehe sie gerührt mit dem Kopf nickte.

»Du bist mutig, das ist gut … Und zu allem bereit, um das Los deines Nächsten zu erleichtern!«

Als sie am nächsten Tag zurückkehrte, sank die orangefarbene Sonne zum Horizont hinab und erfüllte das Innere der Höhle mit schwefelgelbem Licht.

Ein beschwörendes Murmeln drang durch Mélusines halb geschlossene Lippen.

Sie bedeutete ihr, sich ebenfalls neben den Mann zu knien. Angélique wusste, was von ihr erwartet wurde. Sie hatte ihre Hände schon häufiger auf den Kopf eines Kranken gelegt, um ihm die Schmerzen zu nehmen, aber diesmal musste sie dafür sorgen, dass der Patient still liegen blieb. Um ganz sicher zu sein, sich nicht zu rühren, nicht einmal zu zittern, beschloss Angélique, sich nicht ablenken zu lassen und trotz ihrer glühenden Neugier nicht zu beobachten, was die Heilerin tat. Stattdessen richtete sie ihre Aufmerksamkeit auf einen Punkt an der gegenüberliegenden Wand. Trotzdem war sie sich stets der Bewegung von Mélusines Händen bewusst, die auf dem Umschlag lagen, scheinbar gehalten von dem seltsamen, unartikulierten schwingenden Ton, der von den Lippen der in Trance gefallenen Frau ausging. Manchmal hatte es sogar den Anschein, als käme dieser Gesang gar nicht von ihr, sondern dränge von draußen herein.

Die Töne wurden leiser. Mit einem Mal erschien ihr der Kopf, den sie in den Händen hielt, leichter als zuvor.

»Sieh her.«

Und was sie auf dem aufgeschlagenen weißen Tuch erblickte, sah nicht aus wie ein Krebs, sondern vielmehr wie eine riesige schwarze Spinne mit einem roten Schnabel in der Mitte und sternförmig davon ausgehenden Verzweigungen.

Mélusine blieb mit gesenktem Kopf sitzen und musterte das Gebilde aufmerksam.

»Es ist alles herausgekommen«, sagte sie schließlich leise. »Er wird wieder gesund.«

An diesem Abend half Angélique der Hexe noch, einen neuen Umschlag auf die angeschwollene Wange zu legen. Intensiver Balsamduft hing in der Luft. Dampfschwaden erfüllten die Höhle, sodass sie kaum atmen konnte, und zweifellos entwichen sie durch die Kaminöffnung nach draußen, wo sie über die Heide zogen und die Vorübergehenden in Angst und Schrecken versetzten.

Nach und nach verbrannte Mélusines Feuer all die Umschläge und salbengetränkten Verbände … Angélique hatte die Zeit vergessen. Mélusine musste sie daran erinnern, dass die Nacht hereingebrochen war.

Zum Glück war es nicht das erste Mal, dass sie spät von ihren Ausflügen zurückkehrte. Nounou Fantine hatte ihre Suppe warm gehalten. Noch zwei weitere Tage kehrte sie zu Mélusines Höhle zurück und half ihr, die Verbände zu wechseln und Salben zu mischen. Der Mann rührte sich immer noch nicht, eingeschlossen in seinem totenähnlichen Schlaf wie in einem fernen Land.

Eines Tages war er fort. Geheilt hatte er sich wieder auf den Weg gemacht.

»Wer war er?«, fragte Angélique noch einmal.

»Ein Wanderer! Ein glückloser Hausierer ... Mit der Zeit wären die Menschen vor ihm geflohen. Man hätte ihn für einen Aussätzigen gehalten und mit Steinen nach ihm geworfen ...«

Die Hexe betrachtete Angélique mit einem sanften, verschwörerischen Blick.

»Wir haben den Tod aufgeschoben, sagte sie.

Zweiter Teil

Der Duft der weiten Welt

Kapitel 6

Nach jenen außergewöhnlichen Erlebnissen in der Höhle der Hexe wurde Angélique allmählich disziplinierter. Sie fand Gefallen am Lernen.

Von nun an nahm sie sich zusammen und blieb im Schloss, wo sie den Unterweisungen lauschte, die Pulchérie ihren Nichten und Neffen je nach Alter und Lerneifer erteilte. Ihr war es zu verdanken, dass Gontran lesen konnte.

Angélique fragte sich, ob sie bei Mélusine nicht Zeugin eines Wunders geworden war. Einer Gnade des Himmels, von denen in der Kirche immer die Rede war. Sie dachte, aus Dankbarkeit dafür sollte sie sich bemühen, ihrer frommen Tante endlich ein Trost zu sein.

Diese traute ihren Augen nicht, wenn sie Angélique züchtig über eine Näharbeit, eine Stickerei oder ihre Schreibübungen gebeugt sah, und begann zu glauben, zu hoffen, dass ihre Gebete erhört worden waren. Und dies umso mehr, als sich ihre Ahnungen bestätigten, dass ihre flatterhafte Nichte in allen Bereichen die Begabteste sei. Angélique stickte sehr hübsch und mühelos. Für das Nähen begeisterte sie sich weniger, aber auch dieser Tätigkeit widmete sie sich mit Geschick und flinken Händen. Was ihr jedoch schwerfiel, war, stundenlang still sitzen zu bleiben. Das geringste Geräusch, das von draußen hereindrang, lockte sie ans Fenster. Der Schlosshof war ihr schon immer wie eine Theaterbühne erschienen, auf der von einem Tag auf den anderen, manchmal sogar von einer Stunde zur nächsten, die unterschiedlichsten Stücke aufgeführt wurden.

Als Angélique eines Tages durch das Fenster dem Regen zuschaute, bemerkte sie verblüfft eine große Zahl von Reitern und rumpelnden Kutschen, die sich auf dem schlammigen Weg der Zugbrücke näherten. Lakaien in Livreen mit gelben Aufschlägen ritten den Kutschen und einem Karren voraus, der anscheinend mit Gepäck, Kammermädchen und Dienern beladen war. Schon sprangen die Kutscher von ihren hohen Böcken, um ihr Gespann durch den schmalen Durchgang zu führen. Hinten auf der ersten Karosse postierte Lakaien stiegen ab und öffneten die Türen, deren lackglänzende Seiten mit einem rot-goldenen Wappen verziert waren.

Angélique flog die Turmtreppe hinab und erreichte die Freitreppe gerade rechtzeitig, um beobachten zu können, wie ein prächtig aussehender Edelmann über den Mist im Hof stolperte und sein federgeschmückter Filzhut zu Boden fiel. Ein kräftiger Stockhieb auf den Rücken eines Lakaien und ein Schwall von Flüchen begleitete den Vorfall.

Auf den Spitzen seiner eleganten Schuhe von Pflasterstein zu Pflasterstein springend, erreichte der Edelmann schließlich die schützende Eingangshalle, wo Angélique und ein paar ihrer jüngeren Geschwister ihm entgegensahen.

Ein ebenso erlesen gekleideter Jüngling von etwa fünfzehn Jahren folgte ihm.

»Beim heiligen Dionysius, wo ist mein Cousin?«, rief der Ankömmling, während er sich empört umschaute.

»Beim heiligen Hilarius«, entfuhr ihm, als er Angélique erblickte, »da steht das genaue Ebenbild meiner Cousine de Sancé, als ich ihr zur Zeit ihrer Vermählung in Poitiers begegnet bin. Erlaubt, dass ich alter Onkel Euch umarme, Kleines.«

Er hob sie hoch und küsste sie herzlich. Das intensive Parfüm, mit dem die Kleidung des Edelmanns besprengt war, kitzelte sie so sehr in der Nase, dass sie zweimal herzhaft nieste, nachdem er sie wieder auf den Boden zurückgestellt hatte.

Sie wischte sich mit dem Ärmel die Nasenspitze ab, ehe ihr blitzartig einfiel, dass Pulchérie sie deswegen getadelt hätte, aber sie errötete nicht, denn Scham oder Verwirrung war ihr fremd. Liebenswürdig machte sie vor dem Besucher, in dem sie inzwischen den Marquis du Plessis-Bellière erkannt hatte, einen Knicks. Dann trat sie vor, um ihren jungen Cousin Philippe zu küssen.

Dieser wich einen Schritt zurück und warf dem Marquis einen entsetzten Blick zu.

»Vater, muss ich diese … äh … diese junge Person tatsächlich küssen?«

»Aber sicher doch, Grünschnabel, nutzt die Gelegenheit, solange noch Zeit dazu ist!«, rief der vornehme Herr und brach in schallendes Gelächter aus.

Vorsichtig berührte der Jüngling Angéliques runde Wangen mit den Lippen, ehe er hastig ein besticktes, duftendes Taschentuch aus seinem Wams zog, mit dem er um sein Gesicht herumwedelte, als wollte er Fliegen verscheuchen.

Bis zu den Knien mit Schlamm verkrustet, kam Baron Armand herbeigerannt.

»Mein lieber Marquis, welch eine Überraschung! Warum habt Ihr keinen Boten vorgeschickt, um mir Euer Kommen anzukündigen?«

»Um die Wahrheit zu sagen, lieber Cousin, wollte ich eigentlich gleich nach Plessis fahren, aber unsere Reise war nicht frei von Ärgernissen: In der Nähe von Neuchaut brach uns eine Achse, wodurch wir viel Zeit verloren. Es wird schon dunkel, und wir sind halb erfroren. Als wir an Eurem Schloss vorbeifuhren, kam mir der Gedanke, Euch ohne viel Umstände um Eure Gastfreundschaft zu bitten. Wir haben unsere eigenen Betten und Kleidertruhen dabei, die unsere Diener in den Zimmern aufstellen können, die Ihr ihnen zuweist. Und wir beide haben auf diese Weise das Vergnügen, ohne weitere Verzögerung ein wenig miteinander plaudern zu können. Philippe, begrüßt Euren Cousin de Sancé und die entzückende Schar seiner Erben.«

Auf diese Aufforderung hin trat der schöne Jüngling schicksalsergeben vor und neigte seinen blonden Schopf zu einem tiefen Gruß, der angesichts des bäuerlichen Aussehens des Adressaten leicht übertrieben wirkte. Dann machte er sich gehorsam daran, die runden, schmutzigen Wangen seiner jungen Verwandten zu küssen, woraufhin er erneut sein Spitzentaschentuch hervorzog und mit hochmütiger Miene daran schnupperte.

»Mein Sohn ist ein affektierter Höfling, der das Landleben nicht gewohnt ist«, erklärte der Marquis. »Er beherrscht nichts anderes, als auf der Gitarre herumzuzupfen. Ich hatte ihn als Pagen in den Dienst von Monsieur de Mazarin gegeben, aber ich fürchte, dort lernt er bloß, auf die italienische Art zu lieben. Findet Ihr nicht auch, dass er jetzt schon eher wie ein hübsches Mädchen aussieht…? Ihr wisst doch, was es bedeutet, auf italienische Art zu lieben?«

»Nein«, antwortete der Baron treuherzig.

»Ich werde es Euch irgendwann erzählen, wenn diese unschuldigen Ohren nicht in der Nähe sind. Aber in Eurer Halle erfriert man ja, mein Lieber. Dürfte ich nun meine reizende Cousine begrüßen…?«

Der Baron entgegnete, er vermute, die Damen seien beim Anblick der Equipagen in ihre Gemächer geeilt, um sich anzukleiden, aber sein Vater, der alte Baron, werde höchst erfreut sein, ihn zu sehen.

Angélique bemerkte den verächtlichen Blick, mit dem ihr junger Cousin den heruntergekommenen, düsteren Salon bedachte. Philippe du Plessis hatte sehr helle blaue Augen, aber sie waren kalt wie Stahl. Der gleiche Blick, der über die verschlissenen Tapisserien, das kümmerliche Feuer im Kamin und sogar über den alten Großvater mit seiner altmodischen Halskrause gestrichen war, richtete sich auf die Tür, und die blonden Augenbrauen des Jünglings hoben sich, während ein spöttisches Lächeln auf seinen Lippen erschien.

Madame de Sancé kam in Begleitung von Hortense und den beiden Tanten herein. Sie hatten ihre besten Kleider angezogen, aber diese mussten in den Augen des jungen Edelmanns äußerst lächerlich erscheinen, denn er begann in sein Taschentuch zu prusten.

Angélique, die ihn nicht aus den Augen ließ, verspürte den wilden Drang, ihn anzuspringen und ihm das Gesicht zu zerkratzen. War nicht vielmehr er derjenige, der hier lächerlich aussah, mit seinen bauschigen Spitzen, der Flut von Bändern auf seiner Schulter und den von den Achseln bis zu den Handgelenken geschlitzten Ärmeln, damit das feine Hemd darunter sichtbar wurde?

Sein weniger affektierter Vater verneigte sich vor den Damen, wobei er mit seiner schönen geschwungenen Feder über den Steinboden fegte.

»Meine liebe Cousine, verzeiht meinen bescheidenen Aufzug. Ich schneie unversehens herein und bitte Euch für eine Nacht um Eure Gastfreundschaft. Das hier ist mein Sohn, Philippe. Er ist gewachsen, seit Ihr ihn zuletzt gesehen habt, aber das macht den Umgang mit ihm nicht einfacher. Ich werde ihm demnächst ein Obristenamt erstehen, die Armee und der Kampf werden ihm guttun. Die heutigen Pagen bei Hof kennen keine Disziplin mehr.«

Plötzlich trat der Marquis ein paar Schritte zurück, hob in freudiger Überraschung die Hände, und zum ersten – und vielleicht letzten – Mal sahen die Kinder, wie jemand ihre Mutter bewundernd anschaute.

Denn sein Blick galt der Baronin de Sancé.

»Meine liebe Cousine, Ihr ahnt nicht, wie sehr es mich

freut, die einzigartige Farbe der Augen Eurer Familie wiederzusehen. Sie erscheinen wie klares Wasser. Aber Lusignan ist ja auch nicht fern, wo die Fee Mélusine, die Ahnfrau des Geschlechts dieser großen Fürsten und Könige von Zypern und Jerusalem, die Gemahlin von Raymond de Forez, dem ersten Herrn von Lusignan, das schönste ihrer Schlösser bauen ließ. Ich entsinne mich, dass die Familie Mayeraie, der Ihr entstammt, sich rühmt, zu den Nachfahren unserer berühmten Fee zu gehören …«

Er drehte sich zu Angélique um.

»Und mir scheint, Ihr habt diese einzigartige Farbe an eine Eurer Töchter weitergegeben.«

»Aber mit mehr Glanz, Marquis, dem Glanz der Jugend«, entgegnete die Baronin, die einst eine geistreiche Frau gewesen war und sich die Reflexe ihrer gesellschaftlichen Erziehung bewahrt hatte, die einen lehrte, niemals eine Bemerkung unerwidert zu lassen, wie unpassend sie auch sein möge.

Doch ein leises Rot hatte ihren blassen Teint dunkler gefärbt.

»Meine liebe Cousine, Ihr seid zu bescheiden.«

»Und Ihr, mein lieber Cousin, wart schon immer zu galant.«

»V … Vater«, mischte sich der vor Überraschung stotternde Philippe ein. »Wollt … wollt Ihr etwa behaupten, die Ahnfrau dieser … dieser Leute … sei eine … eine Fee gewesen …?«

»Aber ja doch! Also fühlt Euch geehrt, ihre Bekanntschaft zu machen. Denn im Dunkel der Zeiten heiratete Mélusine Raimondin de Forez und wurde dadurch nicht nur zur Wurzel der Hauses Lusignan, sondern auch zur Mutter der Häuser Luxemburg und Böhmen …«

Philippe riss vor Staunen die blauen Augen auf.

»Aber das ist … das ist lächerlich …«

»Spielt Euch nicht so auf, mein Junge. Man merkt, dass Ihr nicht in dieser Provinz geboren seid, sonst würdet Ihr Euch nicht so tölpelhaft aufführen. Eure Mutter hat nicht gut daran getan, Euch nur mit Pariser Milch aufzuziehen. Daraus erwachsen hysterische Gestalten ohne jeden Verstand, genau wie dieser Pöbel, der Barrikaden errichtet hat, um das Parlament zu verteidigen …«

»Barrikaden …!«, erklang ein allgemeiner Aufschrei.

»O ja! Ich will Euch erklären, wie das geht. Ihr rollt alle leeren Weinfässer herbei, die Ihr finden könnt, füllt sie mit Erde oder Pferdemist, bindet sie mit Ketten zusammen und legt sie quer über die Straßen. Und schon habt Ihr Barrikaden … Paris ist mittlerweile vollkommen unpassierbar, und die Pariser sind die Herrscher über die Hauptstadt.«

Darauf folgte allgemeines Schweigen. Man wusste nicht so recht, ob das eine gute oder eine schlechte Nachricht war. Die stets aufmerksame und um das Wohlergehen ihrer Gäste besorgte Pulchérie ergriff das Wort. »Ihr mögt doch sicher etwas trinken. Einen Apfeltresterwein vielleicht oder etwas Dickmilch? Ich sehe, Ihr habt einen weiten Weg hinter Euch.«

»Danke. Wir nehmen gerne einen Schluck Traubenwein mit Wasser.«

»Traubenwein haben wir leider nicht mehr«, antwortete Baron Armand, »aber ich lasse gleich eine Magd zum Pfarrer schicken, um welchen zu holen.«

Unterdessen nahm der Marquis Platz. Während er mit seinem mit einer Satinschleife verzierten Ebenholzstock spielte, erzählte er, dass er geradewegs aus Saint-Germain komme und die Straßen die reinsten Kloaken seien. Noch einmal entschuldigte er sich für seinen bescheidenen Aufzug.

Wie sähe er denn aus, wenn er prächtig gekleidet wäre, fragte sich Angélique im Stillen.

Der Großvater hatte genug von diesem ewigen Kleidergerede und tippte ärgerlich mit der Spitze seines Stocks an die Stiefelstulpen seines Besuchers.

»Nach der ganzen Spitze an Euren Stiefeln und Eurem Kragen zu schließen, ist das Edikt, mit dem Kardinal Richelieu 1633 solches Flitterwerk verboten hat, wohl in Vergessenheit geraten.«

»Puh!«, seufzte der Marquis. »Leider noch nicht genug. Die Regentin ist arm und streng. Ein paar von uns stürzen sich in den Ruin, um diesem frömmlerischen Hof wenigstens ein bisschen Eleganz zu bewahren. Monsieur Mazarin findet Gefallen an prunkvollem Auftreten, aber er trägt die Kardinalsrobe. Seine Finger sind beladen mit Diamanten, aber sobald die Prinzen ihr Wams auch nur mit ein paar Bändern schmücken, wettert er wie sein Vorgänger. Die Stiefelstulpen … ja …«

Er überkreuzte die Füße und musterte sie genauso aufmerksam wie Baron Armand seine Maultiere.

»Ich glaube, diese Mode, die Stiefel mit Spitze zu verzieren, wird bald ein Ende haben«, erklärte er. »Einige junge Herren tragen inzwischen Stulpen, die so breit sind wie die Manschette einer Fackel und deren Rand so schwer steif zu halten ist, dass sie mit gespreizten Beinen laufen müssen, als litten sie an einer unanständigen Krankheit … Wenn eine Mode schrecklich wird, verschwindet sie von ganz allein wieder. Seid Ihr nicht auch dieser Ansicht, liebe Cousine?«, fragte er, an Hortense gewandt.

Sie antwortete mit einer Kühnheit und Spontaneität, die man dieser mageren Libelle gar nicht zugetraut hätte.

»Ach, lieber Cousin, ich glaube, dass eine Mode immer recht hat, solange sie noch nicht verschwunden ist. Doch zu diesem speziellen Punkt kann ich Euch keine Meinung sagen, da ich noch nie solche Stiefel wie die Euren gesehen habe. Ihr seid ganz zweifellos der modernste von all unseren Verwandten.«

»Ich stelle mit Freude fest, Mademoiselle, dass die Abgeschiedenheit Eurer Provinz Euch nicht davon abhält, ihrem

Geist und ihrer Etikette voraus zu sein, denn wenn Ihr mich schon für modern haltet, solltet Ihr wissen, dass zu meiner Zeit ein junges Mädchen niemals als Erste ein Kompliment gemacht hätte. Aber so verhält es sich nun einmal in der neuen Generation … und das ist ganz und gar nicht unangenehm, im Gegenteil. Wie heißt Ihr?«

»Hortense.«

»Hortense, Ihr müsst unbedingt einmal nach Paris kommen und in den Kreisen unserer gelehrten und preziösen Damen verkehren. Philippe, mein Sohn, seht Euch vor, womöglich bekommt Ihr es bei Eurem Besuch auf unseren Ländereien im Poitou mit einem starken Gegner zu tun.«

»Beim Schwert des Béarners[3]«, rief der alte Baron. »Ich beherrsche Latein und ein wenig Englisch, behelfe mich leidlich im Deutschen und habe auch meine eigene Sprache, das Französische, studiert, und trotzdem muss ich gestehen, Marquis, dass ich nicht das Geringste von dem verstehe, was Ihr gerade zu diesen Damen gesagt habt.«

»Die Damen haben es verstanden, und das ist das Wichtigste, wenn von Spitzen die Rede ist«, entgegnete der Edelmann fröhlich. »Und was ist mit dem Rest der Stiefel? Wie findet Ihr die?«

»Warum sind sie vorn so lang und haben eine viereckige Spitze?«, fragte Madelon.

»Warum? Das weiß niemand, kleine Cousine, aber es ist der letzte Schrei. Und das ist wahrlich einmal eine sinnvolle Mode! Kürzlich nutzte Monsieur de Rochefort die Gelegenheit, dass Monsieur de Condé mit Feuereifer redete, und schlug ihm jeweils einen Nagel durch beide Schuhspitzen. Als der Prinz weitergehen wollte, stellte er fest, dass er am Boden festgenagelt war. Stellt Euch nur vor, seine Schuhe wären nicht so lang gewesen, dann wären seine Füße durchbohrt worden.«

»Schuhwerk wurde nicht dazu geschaffen, dass manche

Leute sich einen Spaß daraus machen, anderen Nägel durch die Füße zu treiben«, schimpfte der Großvater vor sich hin. »Das sind doch Albernheiten.«

»Wisst Ihr übrigens, dass der König in Saint-Germain ist?«, fragte der Marquis.

»Nein«, antwortete Armand de Sancé. »Und warum sollte diese Nachricht so außergewöhnlich sein?«

»Aber mein Lieber, wegen der Fronde natürlich.«

Dieses Geplauder amüsierte die Damen und Kinder, aber die beiden an ländliche Behäbigkeit gewöhnten Provinzadligen fragten sich, ob ihr redseliger Verwandter sich nicht wie üblich über sie lustig machte.

»Wegen der Fronde? Dem Kinderspielzeug[4]?«

»Ein Spielzeug! Ihr seid ja vielleicht gut, Cousin. Was wir am Hof die Fronde nennen, ist nichts anderes als die Revolte des Pariser Parlaments gegen den König. Habt Ihr so etwas schon jemals gehört? Seit mehreren Monaten streiten diese Herren bereits mit der Regentin und ihrem italienischen Kardinal herum … Es geht um irgendwelche Steuern, die ihre Privilegien nicht einmal berühren. Aber sie gebärden sich als Beschützer des Volkes und überreichen ihr Remonstration über Remonstration. Und die Regentin wird allmählich ungehalten. Ihr müsst doch zumindest von den Unruhen letzten August gehört haben?«

»Nur flüchtig.«

»Der Anlass war die Verhaftung des Parlamentsrates Broussel. Die Regentin ließ ihn eines Morgens festnehmen, nachdem er gerade seine Medizin genommen hatte. Da sich der Pöbel auf die Schreie einer Dienerin hin zusammengerottet hatte, konnte Comminges, der Hauptmann der Garde, nicht warten, bis er sich angezogen hatte, und schleifte ihn im Nachthemd von Kutsche zu Kutsche. Schließlich gelang ihm die aufgetragene Verhaftung, doch es kostete ihn nicht wenig Mühe. Später hat er mir anvertraut, dass er diesen wilden Ritt durch die aufgebrachte Menge sehr amüsant gefunden hätte, wenn er eine hübsche junge Dame hätte entführen sollen und nicht einen verzweifelten Greis, der nicht wusste, wie ihm geschah.

Jedenfalls begann der enttäuschte Pöbel Barrikaden in den Straßen zu errichten. Wie Ihr wisst, ist das ein beliebtes Spiel der Pariser, um ihren Zorn auszudrücken.«

»Und was ist mit der Königin und dem kleinen König?«, fragte die gefühlsselige Pulchérie angstvoll.

»Was soll ich Euch sagen? Sie empfing die ehrenwerten Richter äußerst herablassend und gab schließlich nach. Seitdem haben sie sich mehrmals gestritten und wieder versöhnt. Aber glaubt mir, seit ein paar Monaten erscheint mir Paris wie ein vor Leidenschaften brodelnder Hexenkessel. Es ist eine freundliche Stadt, aber in ihren Tiefen kriecht unzähliges notleidendes, kriminelles Gesindel herum, das man nur loswürde, wenn man alles auf einen Haufen werfen und wie Ungeziefer verbrennen würde.

Ganz zu schweigen von diesen Flugschriftenschreibern und verdreckten Poeten, deren Feder schmerzhafter sticht als der Stachel einer Biene. Paris ist überschwemmt von Schmähschriften, die in Versen und Prosa unablässig das Gleiche fordern: ›Weg mit Mazarin! Weg mit Mazarin!‹ Mittlerweile werden sie sogar schon als ›Mazarinaden‹ bezeichnet.

Die Königin findet sie überall, selbst in ihrem Bett, und nichts ist besser dazu angetan, einem die Nacht zu verleiden und einen gelblichen Teint zu bescheren, als diese unschuldig anmutenden Papierchen.

Kurzum, es kam zum Eklat. Die Richter hatten es schon lange geahnt. Weil sie unablässig fürchteten, die Königin könnte den kleinen König aus Paris fortschaffen, kamen sie jeden Abend dreimal in großer Zahl angerannt und baten darum, das schöne Kind beim Schlafen bewundern zu dürfen, obwohl sie sich in Wahrheit bloß vergewissern wollten, dass es noch da war. Aber die Spanierin und der Italiener sind schlau. Am Dreikönigstag haben wir am Hof fröhlich getrunken und geschlemmt und ohne Hintergedanken den traditionellen Dreikönigskuchen gegessen. Als ich gegen Mitternacht gerade mit ein paar Freunden in die Schenken ziehen wollte, erhalte ich doch tatsächlich den Befehl, meine Männer und meine ganze Ausrüstung zu sammeln und mich zu einem der Tore von Paris zu begeben. Von da aus soll ich nach Saint-Germain reiten, und dort finde ich die schon zuvor eingetroffene Königin und ihre beiden Söhne, ihre Hofdamen und Pagen, die ganze feine Gesellschaft, in dem alten zugigen Schloss auf Stroh gebettet. Zu guter Letzt taucht dann auch noch Monsieur Mazarin auf.

Seitdem wird Paris vom Prinzen von Condé belagert, der sich an die Spitze der königlichen Armeen gestellt hat. In der Hauptstadt hingegen ruft das Parlament immer noch zum Widerstand auf, aber es befindet sich dabei in einer recht misslichen Lage. Gondi, der Koadjutor von Paris, der gerne Mazarins Platz einnehmen würde, hat sich ebenfalls den Aufständischen angeschlossen. Ich selbst bin Monsieur de Condé gefolgt.«

»Das freut mich zu hören«, entgegnete der alte Baron. »Zu Zeiten von Heinrich IV. hätte man niemals ein solches Durcheinander erlebt. Parlamentsräte und Prinzen, die sich gegen den König erheben, daran erkennt man doch wieder einmal den Einfluss des englischen Gedankenguts. Soll nicht auf der anderen Seite des Kanals das Parlament ebenfalls einen Aufstand gegen seinen König angezettelt und es sogar gewagt haben, ihn einzusperren?«

»Sie haben sogar seinen Kopf auf den Richtblock gelegt. Seine Majestät Charles I. ist vergangenen Monat in London hingerichtet worden.«

»Wie grauenvoll!«, riefen die Anwesenden bestürzt.

»Wie Ihr Euch vorstellen könnt, hat diese Neuigkeit am französischen Hof, wo sich übrigens die unglückliche Witwe des englischen Königs mit ihren beiden Kindern aufhält, nicht gerade zur Beruhigung beigetragen. Deshalb wurde beschlossen, hart und unnachgiebig gegen Paris vorzugehen. Aus diesem Grund bin ich auch als Bevollmächtigter von Monsieur de Saint-Maur hierher geschickt worden, um im Poitou Truppen zu rekrutieren. Und es müsste doch mit dem Teufel zugehen, mein lieber Cousin, wenn ich auf meinen und Euren Ländereien nicht wenigstens ein Regiment zusammenbekäme, das ich meinem Sohn geben könnte. Also schickt Eure Faulpelze und Taugenichtse zu meinen Werbern, Baron. Wir werden Dragoner aus ihnen machen.«

»Müsst Ihr denn schon wieder von Krieg reden?«, entgegnete Baron Armand mit schleppender Stimme. »Man hätte doch meinen können, dass endlich Ruhe einkehrt. Wurde nicht erst im Herbst in Westfalen ein Vertrag unterzeichnet, mit dem die Niederlage Österreichs und des deutschen Kaiserreichs bestätigt wird ...? Wir hofften, endlich ein wenig aufatmen zu können. Und dabei braucht sich unsere Region nicht einmal zu beklagen, wenn ich da an die Feldzüge in der Picardie und in Flandern denke, wo noch immer die Spanier stehen, und das seit über dreißig Jahren ...«

»Die Menschen dort haben sich daran gewöhnt«, entgegnete der Marquis leichthin. »Der Krieg ist ein notwendiges Übel, mein Lieber, und es grenzt an Gotteslästerung, einen Frieden einzufordern, den Gott uns armen Sündern nicht bestimmt hat. Die Hauptsache ist, zu denen zu gehören, die Krieg führen, und nicht zu denen, die darunter leiden ... Ich für meinen Teil würde immer die erste Lösung wählen, wozu mir mein Stand auch das Recht gibt. Das Ärgerliche an der ganzen Sache ist bloß, dass meine Gemahlin in Paris geblieben ist ... Auf der anderen Seite, jawohl, beim Parlament. Ich glaube nicht, dass sie einen Liebhaber unter diesen glanzlosen, schulmeisterlichen Magistraten hat. Aber diese Damen schmieden nun einmal für ihr Leben gerne Komplotte, und sie sind von der Fronde geradezu entzückt. Sie haben sich um die Tochter von Gaston d'Orléans geschart, dem Bruder von Ludwig XIII. Sie tragen blaue Schals um den Hals und sogar kleine Schwerter mit einem Wehrgehänge aus Spitze. Das ist ja alles recht hübsch, aber ich bin trotzdem besorgt um die Marquise …«

»Sie könnte zu Schaden kommen«, warf Pulchérie erschreckt ein.

»Nein. Ich halte sie für etwas überspannt, aber vorsichtig. Meine Sorgen sind anderer Art, und wenn jemand zu Schaden kommen sollte, dann wird es eher mich treffen, fürchte ich. Ihr versteht, was ich meine? Solche Trennungen sind verhängnisvoll für einen Ehemann, der nicht teilen mag. Was mich angeht …«

Der Rest ging in einem heftigen Hustenanfall unter, denn ein kurzerhand zum Kammerdiener beförderter Stallknecht hatte, um das Feuer wieder anzufachen, ein großes Büschel feuchtes Stroh in den Kamin geworfen. In den Rauchschwaden, die daraufhin den Raum erfüllten, hörte man eine ganze Weile nur lautes Husten.

»Sapperlot, Cousin«, rief der Marquis, als er wieder Luft bekam, »jetzt verstehe ich, warum Ihr gerne ein wenig aufatmen wollt. Euer Rindvieh hier verdient eine anständige Tracht Prügel.«

Er nahm die Sache mit Humor, und Angélique fand ihn trotz seiner gönnerhaften Art recht angenehm. Seine Plaudereien hatten sie fasziniert. Es kam ihr so vor, als sei das alte, verschlafene Schloss aufgewacht und hätte seine Tore zu einer fremden Welt voller Leben geöffnet. Außerdem glaubte er wenigstens daran, dass die Fee Mélusine die Ahnfrau ihrer Familie war, und wenn er von Raymond de Forez sprach, dem unbesonnenen Gemahl der Fee, nannte er ihn vertraulich Raimondin, wie es sich nur jemand erlauben konnte, der im Poitou geboren war.

Sein Sohn hingegen blickte immer mürrischer drein. Stocksteif auf seinem Stuhl sitzend, die blonden Locken sorgfältig über den breiten Spitzenkragen gelegt, warf er Josselin und Gontran entsetzte Blicke zu. Als die beiden bemerkten, welche Wirkung sie mit ihrem flegelhaften Benehmen erzielten, verstärkten sie dieses noch und gingen so weit, mit dem Finger in der Nase zu bohren oder sich am Kopf zu kratzen. Ihr Treiben brachte Angélique völlig aus der Fassung und erfüllte sie mit solchem Unwohlsein, dass ihr beinahe übel wurde. Tatsächlich fühlte sie sich schon seit einer ganzen Weile nicht gut, sie hatte Bauchschmerzen, und Pulchérie hatte ihr verboten, rohe Möhren zu essen, wie sie es sonst immer tat. Aber an diesem Abend hatte sie trotz der Aufregung und Ablenkung, die die ungewöhnlichen Besucher ins Schloss brachten, das Gefühl, ernstlich krank zu werden. Jedes Mal, wenn sie ihren Cousin Philippe du Plessis ansah, schnürte ihr etwas die Kehle zusammen, und sie wusste nicht, ob es Abscheu war oder Bewunderung. Noch nie hatte sie einen so schönen Jungen gesehen.

Sein Haar, das ihm in seidigem Schwung in die Stirn fiel, schimmerte so golden, dass ihre eigenen Locken dagegen regelrecht braun wirkten. Er hatte vollkommen ebenmäßige Züge. Sein mit Spitzen und blauen Bändern geschmücktes Gewand aus feinem grauem Tuch passte wundervoll zu seinem hellen, rosigen Teint. Ohne die Kälte in seinem Blick, die so gar nichts Weibliches an sich hatte, hätte man ihn für ein Mädchen halten können.

»Wo waren wir stehen geblieben?«, fuhr der Marquis fort, als sich der Rauch allmählich auflöste. »Ach ja, ich erzählte Euch gerade von all diesen verrückten Frauenzimmern, die meine Gattin in die Fronde hineingezogen haben … die Herzogin von Montbazon, die Herzogin von Chevreuse, Madame de Bouillon, die Prinzessin von Condé, also die Gemahlin von Prinz Louis II., und seine Schwester, die Herzogin von Longueville … Im Grunde hat ja der Prinz von Marcillac den ganzen Ärger ausgelöst …«

»Ist das nicht der Gouverneur des Poitou?«

»Das war er früher einmal, aber jetzt nicht mehr. Denn der Prinz von Marcillac und Herzog von La Rochefoucauld, hat beschlossen …«

»Obacht«, fiel ihm der pedantische Großvater ins Wort, »Herzog von La Rochefoucauld! Noch ist er das nicht. Sein Vater, mein Zeitgenosse, weilt noch unter den Lebenden, soweit ich weiß.«

»Ja, ja, und das ist ja das ganze Unglück! Marcillac, der am Hof gut angesehen ist, nachdem er der Regentin mehr als einmal zu Diensten gewesen ist, hat um die Ehre eines ›Schemels‹ für seine Gemahlin ersucht. Ihr wisst doch, was ein Schemel bedeutet: dass eine Dame das Recht hat, sich in Gegenwart der Königin hinzusetzen. Diese Ehre wird für gewöhnlich nur Herzoginnen gewährt, und da Marcillac zu diesem Zeitpunkt, wie Ihr so zutreffend bemerktet, noch kein Herzog war, wurde sie ihm verwehrt. Doch der Gipfel der Demütigung war, dass Kardinal Mazarin, den die Königin liebt, wie Ihr wisst, zur gleichen Zeit den Schemel sechs anderen Damen des Hofes zugestand, die auch keinen höheren Rang bekleideten als die Prinzessin … Glaubt Ihr, einen solchen Affront könne man ohne Widerspruch hinnehmen?«

»Ganz sicher nicht«, riefen die Damen wie aus einem Mund.

»Und das hat Marcillac auch nicht getan. Er hat sich der Parlamentsfronde in Paris angeschlossen und sein Schwert in ihren Dienst gestellt. Und nach Paris mitgenommen hat er – oder er wurde von ihr mitgenommen, so leicht ist das nicht zu entscheiden – seine Mätresse, die Herzogin von Longueville und Schwester des Prinzen von Condé...«

Der Marquis du Plessis verstummte, als sei ihm zwischen Wand und Decke eine Vision erschienen, während seinen Zuhörern unwillkürlich der Gedanke kam, dass Monsieur de Marcillac eine recht merkwürdige Art habe, die Ehre seiner Frau zu rächen.

»Seine Mätresse...«, wiederholte der Marquis in verzücktem Ton. »Was soll ich Euch über sie sagen? Anne-Geneviève de Condé, die Herzogin von Longueville... Alles an ihr erinnert an einen Engel! Ihr blassgoldenes Haar ist der reinste Heiligenschein. Ihr perlmuttschimmernder, rosiger Teint, diese Leichtigkeit in ihrem Gang und eine leise Schwermut in all ihren Gesten, die einen hoffen lässt, dass ihr in Euren Armen die Sinne schwinden... Und ihre Augen...«

Die Hände des Marquis flatterten ausdrucksvoll, und die Diamanten an seinen Ringen blitzten im Halbdunkel des Salons.

»Ihre Augen sind... türkis, ja, das ist es. Türkis. Sie ist von engelsgleicher Sanftheit, und dennoch... Eure Augen... Eure sind smaragdgrün«, erklärte er, an die Baronin gewandt. »Die ihren... türkis! Anne-Geneviève de Condé, Herzogin von Longueville...«, fuhr er fort. »Was ihre Männergeschichten angeht: Beaufort, der Marschall de Lamotte... was weiß ich...«

»Aber«, wandte Pulchérie, die sich bemühte, in diesen verwickelten Leidenschaften den Überblick zu bewahren, zögerlich ein, »bei dieser hübschen Person, die mit Monsieur de Marcillac... zusammen ist, handelt es sich doch um eine Prinzessin von Geblüt, also eine Verwandte der königlichen Familie.«

»Ja, und das sogar zweifach, denn die Longuevilles sind ebenfalls Prinzen von Geblüt.«

Er schien mit den Fingern in den Seiten seines unfehlbaren Gedächtnisses zu blättern.

»Sie stammen von Jean d'Orléans ab, dessen Erben alle höchste Ämter bekleidet haben. Sie gewannen Schlachten und erhielten den Herzogstitel. Léonor de Longueville erwirkte von Karl IX. schließlich die Verleihung des Titels Prinzen von Geblüt für die Herzöge von Longueville.

Das Letzte, was ich aus der Hauptstadt gehört habe, ist, dass die Herzoginnen von Longueville und Bouillon am Tag nach ihrer Ankunft im Rathaus erschienen, um dort zu logieren und das Geschehen in die Hand zu nehmen… Die Place de Grève war voller Menschen, die lautstark ihre Freude und Bewunderung kundtaten… Die Ratsherren waren zunächst dagegen. Aber sie zogen trotzdem ins Rathaus, und innerhalb weniger Stunden haben sie eine alte Kammer, die man ihnen überließ, in einen Salon verwandelt, in dem sich beim Klang von Geigen prächtig gekleidete Damen und Harnisch tragende Männer versammelten.

Und dort brachte die Prinzessin einige Tage darauf auch einen Sohn zur Welt, der mit Sicherheit unseren Poiteviner Marcillac zum Vater hat. Die Stadt hat um die Ehre gebeten, Patin des Kindes zu werden, und so wurde er Charles-Paris genannt. Getauft hat ihn Paul de Gondi, der Seigneur de Retz, obwohl er La Rochefoucauld hasst und der Herzogin von Longueville den Hof macht. Und der Herzog von Longueville, der wie jeder gute Ehemann vollkommen ahnungslos ist, hat ihm den Titel des Grafen de Saint-Pol verliehen, der seiner Familie gehört. Das ist der reinste Roman!«

»Das ist ein Skandal!«, rief der Großvater.

In dem folgenden Schweigen hörte man ein Schluchzen.

»Warum weinst du, Madelon?«

Angélique wusste, was ihre jüngere Schwester so bestürzt hatte.

»Weil Ihr den Namen eines Seigneur de Retz erwähnt habt, der in dieser Gegend als ein großer Schurke bekannt ist.«

»Ach so! Ich verstehe. Es handelt sich aber nicht um den gleichen Mann. Der, den ich meine, ist der Koadjutor des Erzbischofs von Paris. Er gehört zur Familie Gondi, die ein Anrecht auf den Titel de Retz hat, da die Region um das berühmte Schloss von Tiffauges zu ihrer Apanage gehört. Aber eigentlich könnte man durchaus behaupten, dass er ebenfalls ein ziemlicher Schurke ist.«

»Der Koadjutor des Erzbischofs! Ein Schurke!«, rief Pulchérie und schlug die Hände zusammen.

»Aber sicher. Und er scheut sich nicht, offen kundzutun, dass dieses Amt für ihn bloß ein weiterer Grund für sein lasterhaftes Leben sei, da er nie nach dem geistlichen Stand gestrebt habe. Man hat ihn dazu gezwungen, um die Stellung seines Onkels zu festigen, des Erzbischofs von Paris, der sich Legat von Retz nannte, und unser guter François de Gondi hat sich gefügt. Er ist ein fantastischer Prediger, und seine Beredsamkeit war ihm eine große Hilfe dabei, das Volk in die Fronde zu führen, denn durch die Verteilung großzügiger Almosen hat er die Zuneigung der Armen und des Gesindels aus den üblen Vierteln gewonnen.«

»Und Monsieur le Prince, der ja seit dem Tod seines Vaters nicht mehr der Herzog von Enghien[5] ist«, fragte Baron Armand, der nicht zurückstehen wollte, »wie verhält er sich in dem ganzen Durcheinander?«

»Nun, wie ich bereits vorhin sagte, hat er sich, obwohl er Mazarin nicht leiden kann, für den König ausgesprochen und ist dem Hof nach Saint-Germain gefolgt…«

»Ah! Wenigstens das!«

»Er wird sicherlich keine Schwierigkeiten haben, die vom Parlament aufgestellte Armee in die Flucht zu schlagen, auch wenn sich Turenne in ihre Dienste gestellt hat. Aber man darf nicht vergessen, dass sich sein jüngerer Bruder, der Prinz von Conti, bereits auf die Seite der Aufständischen und vor allem der betörenden Sirene Anne-Geneviève de Condé, der Herzogin von Longueville, geschlagen hat. Wird er den Lockrufen aus Paris widerstehen können …? Jeder weiß, dass die beiden Brüder bis über beide Ohren in ihre Schwester verliebt sind …«

»Oh!«, entfuhr es den schockierten Damen.

»Und Ihr, lieber Cousin«, fragte Armand, »was werdet Ihr tun, wenn Monsieur le Prince sich zu seinen Geschwistern gesellt und sich der Pariser Fronde anschließt?«

»Dann werde ich ihm selbstverständlich folgen.«

»Aber das ist Verrat!«, protestierte der Großvater entrüstet.

Der Marquis du Plessis-Bellière rechtfertigte sich mit der ganzen Unschuld eines Mannes, der sich an heilige Eide und feierliche Versprechen gebunden sah.

»Mir bleibt keine andere Wahl! Ich gehöre zu seinen Gefolgsleuten …«

»Verrat!«, wiederholte der alte Baron, während er sich empört in seinem Sitz aufrichtete.

Die Anwesenden waren wie vor den Kopf geschlagen, teils verblüfft und entzückt über all diese Geschichten, teils bemüht, einen nahezu unbeherrschbaren Lachreiz zu unterdrücken … oder auch den Drang zu weinen, als sie sahen, wie der Greis zornig mit seinem Stock auf den Steinboden klopfte.

Darauf bedacht, es nicht zu einem Eklat kommen zu lassen, verkündete die Schlossherrin, dass man sich nun zu Tisch begeben würde.

Armand stürzte vor, um den Arm seines Vaters zu nehmen und ihn zu stützen. Der Marquis bot seinen Arm der Baronin, und man stellte sich in einer Reihe auf. Philippe warf Angélique einen spöttischen Blick zu und forderte Hortense auf, die vor Stolz beinahe platzte. Josselin schnappte sich Angélique und flüsterte ihr zu, sie solle still sein. Die anderen Kinder fassten sich bei der Hand und wanderten jeweils zu zweit hinter ihnen her. Und Raymond bildete mit der übertriebenen Förmlichkeit eines Familienkaplans den Schluss.

So gelangten sie ins Speisezimmer, wo alle rings um den Tisch Platz nahmen. Die Tatsache, dass zumindest der Etikette Genüge getan wurde, hatte den Großvater wieder besänftigt. Man konnte dem Marquis mit seiner unerschütterlichen guten Laune einfach nicht böse sein. Er war in der Stimmung, sich über alles zu amüsieren.

Die Miene seines Sohnes hingegen verfinsterte sich immer mehr, und er hörte nicht auf, sich kritisch umzuschauen. Seinetwegen wurden der Abend und das Essen für Angélique zur Qual. Jedes Versehen der Knechte, jede Unannehmlichkeit quittierte der Jüngling mit einem Seitenblick oder einem spöttischen Lächeln.

Jean-la-Cuirasse, der das Amt des Haushofmeisters versah, trug die Serviette über der Schulter, als er das Essen hereinbrachte. Der Marquis brach in schallendes Gelächter aus und erklärte, diese Art, die Serviette zu tragen, sei lediglich an der Tafel des Königs und der Prinzen von Geblüt üblich. Er fühle sich geschmeichelt über die Ehre, die man ihm erweise, aber er werde sich gerne damit begnügen, mit der Serviette über dem Unterarm bedient zu werden. Bereitwillig mühte sich der Fuhrknecht daraufhin ab, das schmutzige Tuch um seinen behaarten Arm zu wickeln, aber seine Ungeschicktheit und seine Seufzer verstärkten die Heiterkeit des Marquis nur noch, und es dauerte nicht lange, bis sein Sohn in sein Gelächter einstimmte.

»Diesen Mann sähe ich eher als einen Dragoner denn als Lakaien«, bemerkte der Marquis, während er Jean-la-Cuirasse zuschaute. »Was hältst du davon, Junge?«

Der eingeschüchterte Fuhrknecht antwortete mit einem Brummen, das eher einem Bären zur Ehre gereicht hätte als der flinken Zunge seiner Mutter. Die aus einem feuchten Wandschrank geholte Tischdecke dampfte unter den heißen Suppentellern. Einer der Diener putzte in seinem Übereifer ununterbrochen die wenigen Kerzen, wobei er sie mehrere Male löschte.

Angélique litt unter ihrem unterdrückten Zorn. Philippe rächte sich für den Vorfall in der Halle, als sein Vater ihn zurechtgewiesen hatte, dass er nichts über die Traditionen des Poitou wisse, weil er nicht glauben wollte, dass die Fee Mélusine die Ahnfrau des Geschlechts der Lusignan war.

Zu allem Unglück kam auch noch der Bursche, den man ins Pfarrhaus geschickt hatte, um Wein zu holen, zurück und berichtete, sich am Kopf kratzend, dass der Pfarrer fortgegangen sei, um in einem benachbarten Weiler Ratten zu exorzieren, und seine Magd Marie-Jeanne sich geweigert habe, ihm auch nur das kleinste Fässchen zu geben.

»Macht Euch darüber keine Gedanken, liebe Cousine«, mischte sich der Marquis du Plessis galant ein, »dann trinken wir eben Apfeltresterwein, und wenn mein Herr Sohn sich daran nicht gewöhnen kann, dann soll er das Trinken eben lassen. Aber sagt mir doch, was habe ich da eben gehört? Ich habe den Dialekt dieser Gegend selbst ein wenig mit meiner Amme gesprochen, und ich beherrsche ihn gut genug, um verstanden zu haben, was dieser Bauernjunge gesagt hat. Der Pfarrer soll fortgegangen sein, um Ratten zu exorzieren… Was ist das denn für eine Geschichte?«

»Nichts Verwunderliches, lieber Cousin. Die Bewohner eines nahen Weilers klagen tatsächlich schon seit einiger Zeit über eine Rattenplage. Die Biester fressen ihnen die Kornspeicher leer. Der Pfarrer muss wohl zu ihnen gegangen sein, um Weihwasser zu versprengen und die passenden Gebete zu sprechen. So werden die bösen Geister ausgetrieben, von denen die Tiere besessen sind, und diese hören mit ihren Untaten auf.«

Der Marquis schaute Armand de Sancé verblüfft an, dann lehnte er sich auf seinem Stuhl zurück und begann leise zu lachen.

»So etwas Komisches habe ich ja noch nie gehört. Das muss ich unbedingt Madame de Beaufort schreiben; um die Ratten unschädlich zu machen, besprengt man sie also mit Weihwasser …?«

»Was ist denn daran so lächerlich?«, protestierte Baron Armand. »Alles Übel ist das Werk böser Geister, die heimlich in den Körper von Tieren fahren, um den Menschen zu schaden. Im letzten Jahr wurde eines meiner Felder von Raupen befallen. Ich habe die Dämonen vom Pfarrer austreiben lassen.«

»Und daraufhin sind die Raupen verschwunden?«

»Ja. Kaum zwei oder drei Tage später.«

»Als sie auf Eurem Feld nichts mehr zu fressen fanden.«

Obwohl es zu Madame de Sancés Grundsätzen gehörte, dass eine Frau sittsam zu schweigen habe, konnte sie sich nicht zurückhalten, das Wort zu ergreifen, um ihren vermeintlich angegriffenen Glauben zu verteidigen.

»Ich wüsste nicht, mein lieber Cousin, wieso geheiligte Verrichtungen keinen Einfluss auf schädliche Tiere haben sollten. Steht nicht im Evangelium geschrieben, dass unser Herr selbst Dämonen in eine Schweineherde fahren ließ? Unser Pfarrer misst solchen Gebeten eine große Bedeutung bei.«

»Und wie viel bezahlt Ihr ihm für jeden Exorzismus?«

»Er verlangt nicht viel, und er ist stets bereit zu kommen, wenn man ihn ruft.«

Diesmal bemerkte Angélique den verschwörerischen Blick, den der Marquis du Plessis mit seinem Sohn wechselte. Diese armen Leute, schien er zu sagen, sind wirklich unfassbar naiv.

»Über diese ländlichen Gebräuche muss ich unbedingt mit Monsieur Vincent reden«, sprach der Marquis weiter. »Der arme Mann wird sich krank darüber ärgern, wo er doch einen Orden gegründet hat, der eigens damit beauftragt ist, die Priester auf dem Land weiterzubilden. Seine Missionare haben sich unter den Schutz des heiligen Lazarus gestellt und nennen sich die Lazaristen. Zu dritt ziehen sie durch die Lande, predigen und bringen den Pfarrern in unseren Dörfern bei, die Messe nicht mit dem Paternoster zu beginnen und nicht bei ihrer Magd zu schlafen. Es ist ein recht unerwartetes Ansinnen, aber Monsieur Vincent ist ein Verfechter der Reform der Kirche durch die Kirche selbst.«

»Das ist ja nun ein Wort, das ich gar nicht leiden kann!«, rief der alte Baron. »Reform! Immer wieder Reform! Eure Worte haben einen hugenottischen Klang, Cousin. Ich fürchte, von da bis zum Verrat am König ist es nur noch ein kleiner Schritt. Und was Euren Monsieur Vincent betrifft, so gehört er zwar dem geistlichen Stand an, aber nach allem, was darüber berichtet wird, hat sein Vorgehen etwas Ketzerisches, vor dem sich Rom in Acht nehmen sollte.«

»Trotzdem wollte König Ludwig XIII. ihn kurz vor seinem Tod an die Spitze des Gewissensrats berufen.«

»Was ist das denn schon wieder?«

Mit leichtem Zupfen bauschte Monsieur du Plessis seine Ärmel aus feinstem Stoff.

»Wie soll ich Euch das erklären? Es ist immens. Das Gewissen des Königreichs. Ja, Monsieur Vincent de Paul ist das Gewissen des Königreichs, so einfach ist das. Er sieht die Königin beinahe jeden Tag und wird von allen Prinzen empfangen. Dabei ist er der einfachste und fröhlichste Mensch, den man sich nur denken kann. Er geht davon aus, dass die Armut heilbar ist und die Großen dieser Welt ihm dabei helfen müssen, sie zu mindern.«

»Reine Utopie!«, fiel ihm Tante Jeanne bissig ins Wort. »Die Armut ist, genau wie Ihr es vorhin über den Krieg sagtet, ein

Übel, das Gott zur Strafe für die Erbsünde über uns gesandt hat. Sich gegen seine Pflicht zu erheben kommt einer Auflehnung gegen die göttliche Zucht gleich!«

»Monsieur Vincent, meine liebe Cousine, würde Euch erwidern, dass ›Ihr‹ für all die Übel ringsum verantwortlich seid. Ohne lange Worte würde er Euch zu den ärmsten Eurer Bauern schicken, um ihnen Arznei und Essen zu bringen. Und falls Ihr sie, um seinen Ausdruck zu benutzen, zu ›grob und irdisch‹ fändet, würde er entgegnen, dass Ihr nur die Medaille umzudrehen braucht, um dahinter das Antlitz des leidenden Christus zu erblicken. Auf diese Weise ist es diesem Teufelskerl gelungen, fast alle hochrangigen Persönlichkeiten des Königreichs in seine mildtätigen Reihen einzugliedern. Wie Ihr mich hier vor Euch seht«, fügte der Marquis mit kläglicher Miene hinzu, »habe ich selbst, als ich noch in Paris war, zweimal in der Woche das Hospital besucht, um Suppe auszuschenken und sie den Kranken zu reichen.«

»Ihr werdet wohl nie aufhören, mich zu verblüffen!«, rief der Greis erregt. »Offensichtlich wissen Edelleute wie Ihr gar nicht mehr, was sie sich noch alles einfallen lassen sollen, um ihrem Wappen Schande zu machen. Ich muss feststellen, dass sich die Welt inzwischen verkehrt herum dreht. Man schafft Priester, um Priestern das Evangelium zu verkünden, und dann muss auch noch ein ausschweifender, frivoler Mensch wie Ihr daherkommen und einer ehrlichen, gesunden Familie wie der unseren Moralpredigten halten. Das ist zu viel für mich!«

Erneut außer sich, stand der alte Baron auf, und da das Essen beendet war, folgten alle seinem Beispiel. Entschuldigend eilte der Marquis zu dem alten Baron hin, griff nach seinem Arm und überschüttete ihn mit Beteuerungen.

Wie dem auch sei, nun herrsche ja die Fronde, also Krieg, sagte er. Monsieur Vincent war in Saint-Germain beim Hof, die Prinzen reisten durchs ganze Land, um Armeen aufzustellen, und man hatte anderes im Kopf, als sich darüber Gedanken zu machen, wer den Armen ihre Suppe reichen sollte, da es den Armen bald ohnehin mehr denn je an Suppe mangeln würde.

Die Gesellschaft kehrte in den großen Salon zurück.

Angélique, die keinen Bissen hinuntergebracht hatte, schlüpfte aus dem Raum und floh auf die Wendeltreppe im Turm, wo man sich in den Winkeln verbergen konnte, die auf jedem Absatz für die Schießscharten eingerichtet worden waren.

Merkwürdigerweise war ihr kalt, und eisige Schauer schüttelten sie. Nach der Euphorie und Begeisterung, die die Erzählungen des Marquis und vor allem die Einzelheiten über die Fronde in ihr geweckt hatten, verflog nun ihre Erregung und ließ sie erschöpft zurück. Bilder zogen vor ihrem inneren Auge vorbei: der König im Stroh, das rebellierende Parlament, die hohen Adligen, die den Armen Suppe reichten, Paris, eine Welt voller Leben und Verlockungen. Verglichen mit all diesen Leidenschaften und diesem Ungestüm hatte sie das Gefühl, selbst wie tot zu sein und in einem Grab zu leben. Immer wieder kehrten ihre Gedanken zu Philippe zurück.

Morgen würde er fort sein. Morgen würden die beiden Herren Plessis erreichen, wo der Sieur Molines, ihr dienstfertiger Verwalter, dafür gesorgt hatte, dass das Schloss zu ihrem Empfang von einer großen Dienerschar geöffnet und geheizt worden war. In diesem Märchenschloss, auf das die prächtige Rosskastanienalle zuführte, wäre Philippe »zu Hause« … Und danach würde er nach Paris reiten, als Oberst seines eigenen Regiments. An der Spitze des schönen Spielzeugs, das ihm seine Eltern geschenkt hatten, würde er sich auf seinem tänzelnden Pferd in der Bewunderung sonnen und sich von all den »Frondeusen« umschmeicheln lassen, diesen wunderschönen verrückten, kampflustigen Frauen, die ihm, eine Blume oder einen Strohhalm am Hut oder Mieder, einen triumphalen

Empfang bereiten würden. Ihm würde der Ruhm zufliegen, ihm und diesen von allen beweihräucherten Frauen in ihren herrlichen Kleidern, von denen er sich umflattern lassen würde wie von einem Schwarm riesiger Schmetterlinge, bis ihm schwindelig wäre…

Er würde zwischen ihnen leben…! Er würde all das erleben… den Krieg, den Ruhm, die Schmeichelei.

Plötzlich drängte sie sich tiefer in den Winkel eines Treppenabsatzes. Ihr Cousin Philippe ging an ihr vorbei, ohne sie zu sehen. Sie hörte, wie er in den ersten Stock hinaufstieg und nach seinen Dienern rief, die im Schein einiger Handleuchter die Zimmer ihrer Herren herrichteten.

Zornig erhob sich die Stimme des Jünglings.

»Ich kann nicht glauben, dass keiner von euch beim letzten Halt daran gedacht hat, Kerzen mitzunehmen. Ihr hättet euch doch denken können, dass die angeblichen Adligen in diesen verlorenen Nestern nicht viel besser sind als ihre Bauern. Ist denn wenigstens Wasser für mein Bad geheizt worden?«

Der Mann antwortete etwas, das Angélique nicht verstand.

»Meinetwegen«, erwiderte Philippe ärgerlich. »Dann wasche ich mich eben an einem Kübel! Zum Glück hat mein Vater mir erzählt, dass Plessis über zwei florentinische Badezimmer verfügt. Ich kann es kaum erwarten, dorthin zu kommen. Ich habe das Gefühl, der Gestank dieser Bande hier wird mir nie mehr aus der Nase gehen.«

Diesmal soll er dafür bezahlen, nahm sich Angélique vor.

Im Licht der Laterne, die auf der Konsole im Vorzimmer stand, sah sie ihn wieder herunterkommen. Als er dicht vor ihr war, trat sie aus dem Schatten auf die Treppe.

»Wie könnt Ihr es wagen, zu Lakaien so unverschämt über uns zu reden?«, fragte sie mit klarer Stimme, die unter den Gewölben widerhallte. »Habt Ihr denn gar keinen Sinn für die Würde des Adels? Aber das liegt bestimmt daran, dass Ihr von einem Königsbastard abstammt, während unser Blut rein ist.«

»Mag ja sein, dafür ist Eure Haut umso schmutziger«, entgegnete der junge Mann eisig.

Unvermittelt ging Angélique auf ihn los. Doch der Jüngling verfügte bereits über die Kraft eines Mannes. Er packte ihre Handgelenke und stieß sie von sich, dass sie gegen die Wand prallte. Dann ging er ruhigen Schrittes davon.

Angélique war wie betäubt, sie spürte das wilde Klopfen ihres Herzens. Ein unbekanntes Gefühl, eine Mischung aus Scham und Verzweiflung, schnürte ihr die Luft ab. Ich hasse ihn, dachte sie, und eines Tages werde ich mich rächen. Dann wird er sich vor mir verneigen und mich um Verzeihung bitten müssen.

Doch vorläufig war sie nur ein unglückliches kleines Mädchen im dämmrigen Licht eines feuchten alten Schlosses.

Eine Tür quietschte, und Angélique erkannte den alten Guillaume, der mit zwei Eimern heißem Wasser für das Bad des jungen Herrn heraufkam. Als er sie bemerkte, blieb er stehen.

»Wer ist da?«

»Ich bin es«, antwortete Angélique auf Deutsch.

Wenn sie mit dem alten Soldaten allein war, unterhielten sie sich immer in seiner Muttersprache, die er ihr beigebracht hatte.

»Was macht Ihr denn hier?«, fragte Guillaume. »Es ist kalt. Geht wieder zurück in den Salon und hört Euch die Geschichten Eures Onkels an. Da gibt es genug, um Euch für das ganze nächste Jahr zu unterhalten.«

»Ich hasse diese Leute«, entgegnete Angélique lediglich. Sie hatte ganz vergessen, wie entzückt sie über ihre Ankunft und ihre ersten Geschichten gewesen war. »Sie sind unverschämt und viel zu verschieden von uns. Sie zerstören alles, was sie anfassen, und lassen uns danach allein und mit leeren Händen zurück, während sie selbst in ihre schönen Schlösser mit all den herrlichen Dingen zurückkehren.«

»Was ist denn los, mein Kleines?«, fragte der alte Lützen behutsam. »Seid Ihr etwa nicht über ein paar Spötteleien erhaben?«

Angéliques Unwohlsein verstärkte sich. Kalter Schweiß bedeckte ihre Schläfen.

»Guillaume, du warst doch noch nie an einem Fürstenhof, also sag mir: Wenn man gleichzeitig einem bösen und einem feigen Menschen begegnet, was soll man dann tun?«

»Eine seltsame Frage für ein Kind! Da Ihr sie mir stellt, will ich Euch sagen, dass man den Bösen töten und den Feigen laufen lassen soll. Aber Euer Cousin Philippe ist weder böse noch feige«, fuhr er nach kurzer Überlegung fort. »Ein wenig jung, das ist alles ...«

»Du verteidigst ihn also auch«, rief Angélique mit schriller Stimme, »du auch! Weil er schön ist ... weil er reich ist ...«

Ein bitterer Geschmack erfüllte ihren Mund. Sie schwankte, und ohnmächtig glitt sie an der Mauer entlang zu Boden.

Angéliques Krankheit erwies sich als das Natürlichste von der Welt.

Madame de Sancé hatte sie über ihre Auswirkungen, die das Kind ein wenig ängstigten, beruhigt und ihr gesagt, dass es ihr von nun an bis zu einem vorgerückten Alter jeden Monat so ergehen werde.

»Werde ich dann auch jeden Monat in Ohnmacht fallen?«, wollte Angélique wissen, verwundert darüber, dass sie diese angeblich unvermeidlichen Ohnmachten der Frauen in ihrer Umgebung nicht häufiger beobachtet hatte.

»Nein, das war nur ein Zufall. Ihr werdet Euch wieder erholen und dann sehr gut mit Eurem neuen Zustand zurechtkommen.«

»Und wenn schon! Es dauert noch so lange, bis ich in einem vorgerückten Alter bin«, seufzte das Mädchen. »Und dann ist es zu spät, um wieder auf Bäume zu klettern.«

»Ihr könnt durchaus weiter auf Bäume klettern«, entgegnete Madame de Sancé, die bei der Erziehung ihrer Kinder sehr viel Zartgefühl bewies und Angéliques Kummer zu verstehen schien. »Aber wie Ihr selbst erkennt, wäre dies in der Tat eine gute Gelegenheit, Spiele aufzugeben, die nicht länger mit Eurem Alter und dem hohen Ansehen Eurer Familie vereinbar sind.«

Sie fügte einen kurzen Vortrag hinzu, in dem von den Freuden des Gebärens und der Erbsünde die Rede war, die durch die Schuld unserer Mutter Eva auf den Frauen lastete.

Als würden Armut und Krieg nicht reichen, seufzte Angélique. Wie sie dort unter ihren Laken lag und dem draußen fallenden Regen lauschte, verspürte sie eine unbestimmte Traurigkeit, eine leise Angst ohne genauen Anlass, ein Bedauern wie über ein unerwartetes Scheitern, während man sich kurz vor dem Sieg wähnte. Hin und wieder dachte sie an Philippe und biss die Zähne zusammen.

Ich werde mich rächen. Dafür soll er bezahlen.

Nachdem ihr schwarz vor Augen geworden war, hatte man sie ins Bett gebracht, wo Pulchérie über sie wachte. So hatte sie nicht bemerkt, wie der Marquis und sein Sohn am nächsten Morgen abgereist waren.

Man erzählte ihr, dass sie sich nicht unnötig lange in Monteloup aufgehalten hätten. Philippe habe sich über die Wanzen beschwert, die ihn nicht hätten schlafen lassen.

»Und was ist mit meinem Bittgesuch an den König?«, hatte der Baron de Sancé gefragt, als sein glanzvoller Verwandter gerade in seine prächtige Kutsche steigen wollte. »Hattet Ihr Gelegenheit, es ihm zu überreichen?«

»Mein armer Freund, ich habe es ihm überreicht, aber ich

glaube nicht, dass Ihr Euch viel davon erhoffen solltet; das königliche Kind ist gegenwärtig ärmer als Ihr und hat gewissermaßen nicht einmal mehr ein Dach über dem Kopf.«

Ein wenig verächtlich fügte er hinzu: »Ich habe gehört, dass Ihr Euch die Zeit damit vertreibt, recht hübsche Maultiere zu züchten. Verkauft doch ein paar davon.«

»Ich werde über Euren Vorschlag nachdenken«, erwiderte Armand de Sancé ungewohnt ironisch. »Für einen Edelmann ist es im Augenblick sicherlich sinnvoller, sich auf eigene Arbeit zu verlassen als auf die Großzügigkeit seiner Standesgenossen.«

»Arbeit! Pfui! Was für ein grässliches Wort«, entgegnete der Marquis mit einer koketten Handbewegung. »Nun denn, lebt wohl, mein lieber Cousin. Schickt Eure Söhne zur Armee und Eure kräftigsten Bauernlümmel in das Regiment meines Jungen. Lebt wohl. Ich küsse Euch tausendmal.«

Und rumpelnd war die prächtige Kutsche davongefahren, während eine zarte Hand durch das Türfenster winkte.

»Nicht weinen, meine kleine Fee, nicht weinen! Du bist noch zu jung, um deine Lebenskraft an Liebeskummer zu verschwenden!«

»Aber ich liebe ihn doch nicht«, protestierte Angélique. »Im Gegenteil, ich hasse ihn!«

Sobald sie sich wieder besser fühlte und eine Gelegenheit gefunden hatte, Pulchéries Aufsicht zu entkommen, hatte sich Angélique eilig auf die Suche nach Mélusine gemacht. Nachdem sie das Schloss durch einen der unterirdischen Geheimgänge verlassen hatte, um nicht zufällig gesehen zu werden, hatte sie alle Verlängerungen dieses Ganges ausprobiert, die sie finden konnte und von denen nicht einmal Gontran etwas wusste. Eine davon, die sie auf allen Vieren unter einem Schauer von

Erde und Kieseln entlangkroch, ließ sie wie ein Kaninchen, das aus seinem Bau lugte, unweit des Waldrands herauskommen. Sie richtete sich hastig auf und rannte unter die schützenden Bäume. Es regnete zwar nicht mehr, aber ringsum raschelte es immer noch von den Regentropfen, die nach dem gerade erst zu Ende gegangenen Schauer von Blatt zu Blatt rollten.

Angélique vermutete, dass die Hexe in ihrer Höhle sein würde, deren Eingang im Felshang hinter einem Vorhang aus dichten Kletterpflanzen verborgen war. Sie wollte so schnell wie möglich zu ihr, denn sie war sich sicher, dass Mélusine sie verstehen würde und ihr das zurückgeben könnte, was der Besuch der Plessis-Bellières ihr geraubt hatte: Ruhe und Seelenfrieden … Nachdem sie sich von ihrem Schwächeanfall wieder erholt hatte, hatte die Erinnerung an Philippes verächtliche Bemerkungen den Gedanken an die Unannehmlichkeiten, von denen ihre Mutter ihr erzählt hatte, vorübergehend in den Hintergrund gedrängt.

Mélusine kniete vor ihrem kleinen Kohlenfeuer, auf das sie einen rußverkrusteten Wasserkessel stellte.

Angélique war schon früher aufgefallen, dass selbst bei größter Kälte in der Höhle eine angenehme Wärme herrschte, als nähmen die mit einem sandigen Strohputz überzogenen Wände alle Feuchtigkeit auf. Mélusine pflegte freundschaftliche Beziehungen zur ganzen Natur.

Es hatte den Anschein, als wüsste die Hexe bereits, warum ihre Besucherin auftauchte. Dennoch lauschte sie Angéliques erbitterten Erklärungen aufmerksam und mit einem leisen Lächeln auf den blassen Lippen, während sie nach und nach Blütenblätter und Pülverchen in ihren Wasserkessel fallen ließ.

»Nicht weinen, meine kleine Fee. Wenn du ein wenig älter bist, werde ich dich alle Geheimnisse lehren, damit dir die Liebe nicht zum Feind wird.«

Ihr Lächeln verschwand.

»Aber das bedeutet nicht, dass sie dir geschenkt werden wird.«

Durch den wohlriechenden Dampf hindurch glaubte Angélique zu sehen, wie sich ein strenger, trauriger Ausdruck über das Gesicht ihrer Freundin legte. Eine neue Angst verdrängte den Zorn und die Bitterkeit, die seit einiger Zeit in ihr brodelten.

»Was muss ich denn tun, damit mir Liebe geschenkt wird?«, fragte sie.

Mélusine fand zu ihrer üblichen Fröhlichkeit zurück und lachte.

»Die Liebe ist eine Wissenschaft«, sagte sie leise.

Angélique hatte das Gefühl, dass ihre Fragen und naiven Überlegungen ihr Mitleid weckten.

»Du musst sein! Lebe! Das ist alles. Auch das Leben ist eine Wissenschaft.«

»Lebe ich denn?«, fragte Angélique ängstlich.

»O ja! Du lebst mehr als alle anderen, die mir hier in diesem Wald begegnen.«

Gehorsam trank Angélique das Gebräu, das die Hexe für sie zubereitet hatte. Würde sie dadurch vergessen können?

»Ich muss dir noch vieles beibringen, mein Kind. Komm von jetzt an öfter. Du hast ein wunderbares Gedächtnis. Sei nicht faul. Du kannst alles lernen, was du willst … wenn du es willst …«

Diese aus Mélusines Zuneigung entsprungenen Worte erschienen Angélique ein wenig übertrieben, aber sie freute sich darüber. Das war immer noch besser als das hilflose Seufzen und die Klagen, die ihr Vater und Pulchérie ausstießen, wenn sie an sie dachten.

Der Besuch des Marquis du Plessis und seines Sohnes wiederholte sich nicht. Man hörte, dass sie andere Landadlige aus der

Nachbarschaft eingeladen hatten, um sie aufzufordern, Monsieur de Condé in den Dienst des Königs zu folgen. Sie hatten ein, zwei Feste mit großem Bankett veranstaltet und waren dann mit ihrer nagelneuen Armee zur Île-de-France zurückgekehrt. Ihre Werber waren auch nach Monteloup gekommen.

Im Schloss hatten sich Jean-la-Cuirasse und ein Hofknecht von der ruhmreichen Zukunft locken lassen, die den Dragonern des Königs winkte. Die Amme Fantine vergoss bittere Tränen beim Aufbruch ihres ältesten Sohnes.

»Er war kein schlechter Junge, und jetzt wird er ein Soldat wie Ihr«, sagte sie zu Guillaume Lützen.

»Das liegt ihm im Blut, meine Gute. Soll sein Vater nicht auch ein Kriegsmann gewesen sein?«

Um die Tage zu bezeichnen, gewöhnte man sich an, zu sagen, es sei »vor« oder »nach dem Besuch des Marquis du Plessis« gewesen.

Das Gebräu der Hexe brachte Vergessen.

Etwas war geschehen, und das alte Schloss bewahrte sich danach im frühlingshaften Licht eine gewisse lauernde Neugier. Doch in diesem Jahr blieb der Hausierer aus, und Angéliques heftige Reaktionen wurden schwächer wie ein Bild, das allmählich verblasst.

Ohne ihre regelmäßigen Ausflüge in die Sümpfe zu vernachlässigen, ging sie von da an häufiger zu Mélusine. Manchmal dachte sie, dass die Frau, die sie dort in den Tiefen der Erde besuchte, gar kein menschliches Wesen sei, sondern vielmehr eine Art Engel, der ihr in Zeiten größter Verzweiflung Beistand versprochen hatte.

Von diesem Tag an bemühte sie sich, so viel wie möglich über die vielfältigen Schätze zu lernen, die von den Wurzeln der Bäume bis hinauf in die Wipfel ihrer majestätischen Kronen enthalten waren, in den Gräsern auf den Wiesen und entlang der Bachläufe und vor allem im Reichtum der wimmelnden Welt der Hecken, die die Wiesen dieser Gegend umschlossen. Schätze, die durch ihre den gewöhnlichen Sterblichen verborgenen Eigenschaften Macht über das Leben und das Glück verliehen.

»Ich habe dir gesagt, dass ich dich alle Geheimnisse lehren werde, damit die Liebe dir nicht zum Feind wird.«

Und sie zeigte ihr die Pflanzen, die bei der Niederkunft halfen, aber auch jene, die vor einem Kind bewahrten. »Vor allem wenn es mit Gewalt gezeugt wurde … denn viel zu oft ziehen Soldaten durch die Lande! Wir brauchen keine verfluchten Kinder«, erklärte Mélusine.

Undeutlich ahnte Angélique, dass das, was Mélusine ihr beibrachte, sie vor den heimtückischen Fallen bewahren konnte, die bereits jetzt aufgestellt waren, um sie ins Verderben zu stürzen. Wenigstens offenbarte ihr die Hexe zu ihrer Verteidigung alle Möglichkeiten, die die geheimnisvolle, gütige Natur unter die Füße der Menschen gesät hatte.

Kapitel 7

Ein paar Monate später kam der »schwarze Besucher«.

An diesen erinnerte sich Angélique deutlicher und länger. Er zerstörte und verletzte nicht, wie es die vorherigen Besucher getan hatten, sondern brachte mit seinen seltsamen Worten eine Hoffnung, die sie ihr ganzes Leben hindurch begleiten sollte. Eine so tief verwurzelte Hoffnung auf ein Anderswo, dass sie in den Phasen der Verzweiflung, die sie später durchleben sollte, nur die Augen zu schließen brauchte, um diesen vom sanften Raunen des Regens erfüllten Frühlingsabend wieder vor sich zu sehen, an dem er gekommen war.

Angélique hatte ihre frühere Selbstsicherheit und Entdeckungsfreude wiedergefunden. Von Mélusines Worten und Kräutertees beruhigt, war sie zufrieden damit, eine neue Erfahrung gemacht zu haben, die ihr die schillernde Welt des Hofes, seiner Feste und seiner Intrigen so nah gebracht hatte. Die Welt, in der sie eines Tages leben würde, denn in den Märchen ist es ja immer ein König oder Königssohn, der die Prinzessin in ihrem alten Schloss aufstöbert.

Mit fortschreitender Zeit erwies sich das Jahr als äußerst regnerisch. Das war zwar gut für die Felder, schränkte aber ihre Ausflüge in den Wald oder die Sümpfe ein.

Außerhalb der Stunden, in denen sie von Pulchérie unterrichtet wurde, suchte Angélique Zuflucht in ihrer geliebten Küche. Um sie herum spielten Denis, Marie-Agnès und der kleine Albert. Das Jüngste lag in seiner Wiege neben dem Kamin. Die Küche war der angenehmste Raum im ganzen

Schloss. Das Feuer brannte dort ununterbrochen und fast ohne Rauch, denn der riesige Kamin besaß einen hohen Rauchfang. Der Schein dieses ewigen Feuers tanzte durch den Raum und spiegelte sich in den roten Böden der kupfernen Kochtöpfe und Becken, die die Wände zierten. Der menschenscheue, verträumte Gontran saß manchmal stundenlang davor und beobachtete diese Lichtreflexe, in denen er seltsame Visionen erblickte, während Angélique in ihnen die Schutzgeister von Monteloup erkannte.

An diesem Abend bereitete Angélique eine Hasenpastete zu. Sie hatte den Teig bereits in Form gebracht und hackte gerade das Fleisch. Fantine, die ihr half, schimpfte dabei misstrauisch vor sich hin.

»Was soll das, mein Herzchen? Es ist nicht deine Aufgabe, dich um den Haushalt zu kümmern. Findest du mein Essen nicht mehr gut genug?«

»Doch, aber ich muss auf alles vorbereitet sein.«

»Wieso das denn?«

»Letzte Nacht«, antwortete Angélique, »habe ich geträumt, ich wäre eine Dienstmagd und würde für ein paar Kinder kochen. Das hat mir Freude gemacht, denn sie saßen alle um den Tisch versammelt und sahen mir mit leuchtenden Augen zu. Was soll ich denn machen, wenn ich irgendwann eine Dienstmagd bin und nicht einmal für die Kinder meines Herrn kochen kann?«

»Wie kommst du bloß auf solche Ideen?«, rief die Amme aufrichtig entrüstet. »Du wirst niemals eine Dienstmagd sein, und zwar aus dem einfachen Grund, weil du eine Adlige bist. Du wirst einen Baron oder Grafen heiraten … vielleicht sogar einen Marquis«, fügte sie lachend hinzu.

Raymond, der in einer Ecke saß, hob den Kopf.

»Deine Zukunftspläne haben sich geändert, wie ich sehe. Ich hatte gehört, du wolltest Räuberhauptmann werden?«

»Das eine schließt das andere ja nicht aus«, erwiderte sie, während sie fortfuhr, energisch das Fleisch kleinzuhacken.

»Ich bitte dich, Angélique, du solltest nicht solche… solche entsetzlichen Dinge reden!«, mischte sich die gute Pulchérie ein, die in der Zwischenzeit ebenfalls in der Küche Zuflucht gesucht hatte, weniger, um der Kälte im Salon zu entfliehen, sondern um den scharfen Bemerkungen ihrer Schwester Jeanne zu entkommen.

»Ich glaube nicht, dass Angélique so unrecht hat«, entgegnete Raymond in gemessenem Ton. »Eine der schwersten Sünden auf Erden ist der Hochmut, und man darf keine Gelegenheit versäumen, dagegen anzukämpfen. Sich zu erniedrigen und die Arbeit eines Dienstboten zu verrichten, ist dem Menschen zweifellos höchst dienlich.«

»So ein Unsinn«, erwiderte Angélique unverblümt. »Ich werde mich ganz bestimmt nicht erniedrigen. Ich will nur in der Lage sein, für Kinder, die ich liebe, zu kochen. Wirst du von meiner Pastete essen, Marie-Agnès? Und was ist mit dir, Albert?«

»Ja! Ja…«, schrien die beiden Kleinen und rannten herbei.

Draußen hörte man den Hufschlag eines galoppierenden Pferdes.

»Da kommt euer Vater zurück«, sagte Tante Pulchérie. »Angélique, ich glaube, es wäre angemessen, dass wir im Salon erscheinen.«

Doch nach einer kurzen Stille, in der der Reiter vom Pferd gesprungen sein musste, ertönte die Türglocke.

»Ich gehe«, rief Angélique.

Ohne sich um ihre hochgekrempelten Ärmel und ihre mehlweißen Arme zu kümmern, rannte sie hinaus.

Durch den Regen und den abendlichen Nebel hindurch erkannte sie einen großen, hageren Mann in einem triefenden Umhang.

»Habt Ihr Euer Pferd untergestellt?«, rief sie. »Hier holen sich die Tiere schnell eine Erkältung. Es gibt zu viel Nebel wegen der Sümpfe.«

»Ich danke Euch, Mademoiselle«, antwortete der Fremde, während er seinen breitkrempigen Filzhut abnahm und sich verneigte. »Ich habe mir erlaubt, nach alter Sitte der Reisenden mein Pferd und mein Gepäck gleich in Euren Stall zu bringen. Da ich feststellen musste, dass ich heute Abend noch zu weit von meinem eigentlichen Ziel entfernt bin, kam mir, als ich in die Nähe von Schloss Monteloup gelangte, der Gedanke, den Baron de Sancé für eine Nacht um seine Gastfreundschaft zu bitten.«

Anhand seines lediglich mit einem schlichten weißen Kragen verzierten Gewandes aus grobem schwarzem Tuch schloss Angélique, dass es sich um einen kleinen Kaufmann oder einen Bauern in seinem Sonntagsstaat handeln müsse. Doch sein Akzent, der nicht dem Dialekt dieser Gegend entsprach und ein wenig fremd klang, verwirrte sie ebenso wie seine gewählte Ausdrucksweise.

»Mein Vater ist noch nicht zurück, aber kommt doch herein ins Warme. Wir schicken einen Knecht in den Stall, um Euer Pferd trocken zu reiben.«

Als sie, gefolgt von dem Besucher, in die Küche zurückkehrte, war ihr Bruder Josselin gerade durch die Gesindetür von draußen hereingekommen. Über und über mit Schlamm bedeckt, das Gesicht gerötet und schmutzig, hatte er ein Wildschwein auf die Steinfliesen geschleift, das er mit seinem Spieß erlegt hatte.

»Eine erfolgreiche Jagd, Monsieur?«, erkundigte sich der Fremde höflich.

Josselin warf ihm einen unfreundlichen Blick zu und antwortete mit einem einsilbigen Knurren. Dann ließ er sich auf einen Schemel fallen und streckte die Füße in Richtung Kamin. Bescheiden setzte sich der Besucher ebenfalls ans Feuer und nahm von Fantine dankend einen Teller Suppe entgegen.

Er erklärte, dass er ursprünglich aus der Region stamme und in der Nähe von Secondigny geboren sei, aber da er lange Jahre auf Reisen verbracht habe, spreche er mittlerweile seine eigene Muttersprache nur noch mit einem starken Akzent. Doch das würde sich bald legen, behauptete er. Er sei ja gerade erst vor einer Woche in La Rochelle von Bord gegangen.

Bei diesen Worten hob Josselin den Kopf und sah ihn mit leuchtenden Augen an. Die Kinder scharten sich um ihn und begannen ihn mit Fragen zu löchern.

»In welchem Land seid Ihr gewesen?«

»Ist das weit von hier?«

»Welchen Beruf habt Ihr?«

»Ich habe keinen Beruf«, antwortete der Unbekannte. »Vorläufig würde es mir gefallen, durch Frankreich zu reisen und den Menschen von meinen Abenteuern und Reisen zu erzählen.«

»Wie ein Dichter, ein Troubadour des Mittelalters?«, wollte Angélique wissen, die trotz allem einiges von Tante Pulchéries Unterweisungen behalten hatte.

»So ungefähr, obwohl ich weder singen noch dichten kann. Aber ich könnte sehr hübsche Dinge über die Länder erzählen, in denen man Weinreben nicht zu pflanzen braucht. Die Trauben hängen im Wald an den Bäumen, aber die Bewohner dieser Länder verstehen sich nicht darauf, Wein zu keltern. Das ist auch besser so, denn Noah ward trunken, und der Herr hat nicht gewollt, dass sich alle Menschen in Schweine verwandeln. Es gibt immer noch unschuldige Völker auf dieser Erde.«

Er schien etwa vierzig Jahre alt zu sein, aber in seinem in die Ferne gerichteten Blick lag etwas Starres, Leidenschaftliches.

»Muss man denn übers Meer reisen, um in diese Länder zu gelangen?«, fragte der schweigsame Josselin misstrauisch.

»Sie liegen jenseits des Ozeans. Und im Landesinneren gibt es dort Flüsse und Seen. Die Bewohner dieses Landes haben eine kupferrote Haut. Sie schmücken ihren Kopf mit Vogelfedern und fahren in Kanus, die sie aus Rinde oder Tierhäuten nähen. Ich war auch auf Inseln, wo die Menschen vollkommen schwarz sind. Sie ernähren sich von armdickem Schilfrohr, das Zuckerrohr genannt wird, und tatsächlich kommt von dorther auch der Zucker. Aus diesem Sirup wird auch ein Getränk hergestellt, das stärker ist als Kornbranntwein, aber weniger berauscht und Fröhlichkeit und Kraft verleiht: Man nennt es Rum.«

»Habt Ihr etwas von diesem wundersamen Getränk mitgebracht?«, fragte Josselin.

»Ich habe ein Fläschchen davon in meinen Sattelhalftern. Und ich habe ein paar Fässer bei meinem Cousin gelassen, der in La Rochelle lebt und sich einen guten Gewinn davon verspricht. Aber das ist seine Sache. Ich bin kein Kaufmann. Ich bin bloß ein Reisender, neugierig auf fremde Länder und begierig, jene Orte kennenzulernen, wo niemand Hunger und Durst leidet und die Menschen frei sind. Dort habe ich erkannt, dass alles Übel vom weißen Mann kommt, weil er nicht auf das Wort des Herrn gehört, sondern es ins Gegenteil verkehrt hat. Denn der Herr hat nicht befohlen, zu töten und zu zerstören, sondern einander zu lieben.«

Es wurde still. Die Kinder waren so seltsame Reden nicht gewohnt.

»Das Leben in Amerika ist also vollkommener als in unseren Ländern, wo Gott schon so lange herrscht?«, erklang plötzlich Raymonds gelassene Stimme.

Er war ebenfalls näher gekommen, und Angélique entdeckte in seinem Blick einen ähnlichen Ausdruck wie in dem des Fremden. Dieser musterte ihn aufmerksam.

»Es ist schwer, den unterschiedlichen Grad der Vollkommenheit einer alten und einer neuen Welt gegeneinander abzuwägen, mein Sohn. Was soll ich sagen? In Amerika lebt man ganz anders als hier. Unter den Weißen herrscht eine große Gastfreundschaft. Niemals ist die Rede davon, zu bezahlen, in manchen Gegenden gibt es nicht einmal Geld, und die Menschen leben ausschließlich von der Jagd, vom Fischfang und dem Tausch von Fellen und Glasperlen.«

»Und was ist mit Ackerbau?«

Fantine hatte die Frage gestellt, etwas, das sie in Gegenwart ihrer erwachsenen Herrschaften niemals gewagt hätte. Aber ihre Neugier war genauso groß wie die der Kinder.

»Ackerbau? Auf den Antillen betreiben die Schwarzen ein wenig davon. Die Rothäute in Amerika bestellen keine Felder, sondern sammeln Früchte und junge Triebe. Es gibt andere Regionen, wo man Kartoffeln anbaut, die in Europa ›Tartuffeln‹ genannt werden, die man hier aber noch nicht anzupflanzen weiß. Dort gibt es vor allem Früchte: eine Art Birnen, die in Wahrheit voller Butter sind, und Bäume, aus denen man einen wunderbar nahrhaften Saft zapft.«

»Und wie machen sie ihr Brot?«, rief Fantine.

»Das kommt darauf an. Dort gibt es vor allem sehr viel Mais, der Indianischer Weizen genannt wird. In anderen Regionen kauen die Leute Rinden oder Nüsse, durch die man den ganzen Tag über weder Hunger noch Durst spürt. Man kann sich auch von einer Art Bohne, dem Kakao, ernähren, der mit Cassonade vermischt wird. In den wüstenartigeren Landstrichen gewinnt man Palm- oder Agavensaft. Es gibt Tiere …«

»Kann man in diesen Ländern Küstenhandel betreiben?«, fiel ihm Josselin ins Wort.

»Einige Männer aus Dieppe betreiben dort Küstenschifffahrt, und auch ein paar aus dieser Gegend hier. Mein Cousin arbeitet für einen Reeder, der hin und wieder Schiffe zur Franziskanischen Küste ausrüstet, wie man zu Zeiten von Franz I. sagte.«

»Ich weiß, ich weiß«, unterbrach ihn der ungeduldige Josselin erneut. »Ich weiß auch, dass ab und an Seeleute aus Les Sables-d'Olonne nach Neufundland segeln und Männer aus dem Norden nach Neufrankreich, aber das sollen kalte Landstriche sein, und das würde mir nicht sonderlich gefallen.«

»Ja, Ihr habt recht, Champlain wurde schon 1603 nach Neufrankreich entsandt, und es gibt dort viele französische Siedler. Aber es ist in der Tat ein kaltes Land, und das Leben dort ist hart.«

»Warum?«

»Das ist schwer zu erklären. Vielleicht weil es dort bereits französische Jesuiten gibt.«

»Ihr seid Protestant, nicht wahr?«, fragte Raymond schroff.

»Ganz recht. Ich bin sogar Pastor, wenn auch ohne eigene Pfarrei, aber vor allem bin ich ein Reisender.«

»Das trifft sich aber schlecht, Monsieur.« Josselin lachte höhnisch. »Ich habe den Verdacht, dass sich mein Bruder stark von der Disziplin und den spirituellen Übungen der Gesellschaft Jesu angezogen fühlt, die Ihr hier angreift.«

»Es läge mir fern, ihm deswegen Vorwürfe zu machen«, entgegnete der Hugenotte mit einer abwehrenden Geste. »Ich bin in Amerika so manches Mal den Jesuitenpatres begegnet, die mit bewunderungswürdigem christlichem Mut und Selbstverleugnung ins Landesinnere vorgedrungen sind. Für manche Stämme Neufrankreichs gibt es keinen größeren Helden als den berühmten Pater Jogues, den Märtyrer der Irokesen. Aber jeder ist frei in seinem Gewissen und seinen Überzeugungen.«

»Na ja«, bemerkte Josselin, »ich kann mich schlecht ausführlicher mit Euch über diese Themen unterhalten, denn ich fange allmählich an, mein Latein zu vergessen. Aber mein Bruder spricht es vorzüglicher als Französisch und …«

»Und genau das ist eines der größten Übel hier in unserem Land«, rief der Pastor. »Das man zu seinem Gott, was sage ich, dem Gott der Welten, nicht einmal mehr in seiner Muttersprache und mit seinem Herzen beten kann, sondern dass man sich lateinischer Beschwörungsformeln bedienen soll …«

Angélique bedauerte, dass die Flutwellen und Schiffe nicht mehr zur Sprache kamen und die außergewöhnlichen Tiere, Schlangen etwa oder riesige Eidechsen mit Hechtzähnen, die ein Rind töten konnten, oder jene Wale, die so groß waren wie ein Schiff, all diese Wunder, über die sie manchmal gesprochen hatten, wenn von Amerika die Rede war. Sie hatte nicht bemerkt, dass die Amme den Raum verlassen hatte. Dabei hatte sie die Tür einen Spalt offen stehen lassen. Und so hörten sie plötzlich ein Flüstern und die Stimme von Madame de Sancé, die sich unbelauscht wähnte.

»Protestant oder nicht, meine Liebe, dieser Mann ist unser Gast, und er wird so lange hierbleiben, wie es ihm beliebt.«

Kurz darauf betrat die Baronin, gefolgt von Hortense, die Küche.

Der Besucher verneigte sich äußerst höflich vor ihr, jedoch ohne Handkuss oder höfische Reverenz. Angélique dachte bei sich, dass er zweifellos ein Bürgerlicher sein musste, zwar Hugenotte, aber dennoch kultiviert, wenn auch ein klein wenig überspannt.

»Pastor Rochefort«, stellte er sich vor. »Ich bin auf dem Weg nach Secondigny, wo ich geboren wurde, aber der Weg dorthin ist noch weit, und so hoffte ich, mich unter Eurem gastfreundlichen Dach ein wenig ausruhen zu können, Madame.«

Die Hausherrin versicherte ihm, dass er ihnen willkommen sei. Sie seien zwar alle praktizierende Katholiken, aber das hindere sie nicht daran, Toleranz zu üben, wie es der gute König Heinrich IV. empfohlen hatte.

»Das wagte ich auch zu hoffen, als ich dieses Schloss betrat, Madame«, antwortete der Pastor und verneigte sich noch tiefer als zuvor, »denn ich muss Euch gestehen, dass Freunde mir verraten haben, dass Ihr seit einigen Jahren einen alten Dienstboten bei Euch habt, dessen deutsche Herkunft vermuten lässt, dass er der reformierten, wahrscheinlich der lutherischen Religion angehört. Daher habe ich ihn als Erstes aufgesucht, und es war dieser Guillaume Lützen, der mich hat hoffen lassen, dass ich heute Nacht bei Euch Zuflucht finden könnte.«

»Dessen könnt Ihr Euch sicher sein, Monsieur, und auch noch die nächsten Tage, wenn es Euch beliebt.«

»Mir beliebt es nur, dem Herrn zu Diensten zu sein, wie ich es am besten kann. Und wieder einmal hat er mich gut geführt, denn ich muss Euch weiter gestehen, dass es vor allem der Baron de Sancé, Euer Gemahl, ist, Madame, den ich zu sprechen wünschte, denn ich habe …«

»Ihr habt eine Nachricht für meinen Mann?«, unterbrach ihn Madame de Sancé verwundert.

»Keine Nachricht, vielleicht eher ein Ansinnen. Aber erlaubt, dass ich darüber mit ihm selbst rede.«

»Selbstverständlich, Monsieur. Da höre ich auch schon sein Pferd.«

Und bald darauf kam Baron Armand ebenfalls in die Küche. Jemand musste ihn über den unerwarteten Besuch informiert haben. Er begrüßte den Gast jedoch nicht mit seiner gewohnten Herzlichkeit, sondern wirkte gezwungen und fast schon ein wenig ängstlich.

»Trifft es zu, Monsieur, dass Ihr aus Amerika kommt?«, erkundigte er sich, nachdem die üblichen Begrüßungen ausgetauscht waren.

»Ja, Baron. Und ich wäre froh, wenn ich mich kurz unter vier Augen mit Euch unterhalten könnte, um Euch von Ihr wisst schon wem zu berichten.«

»Psst!«, zischte Armand de Sancé darauf, während er einen besorgten Blick zur Tür warf.

Hastig fügte er hinzu, dass ihr Haus Monsieur Rochefort zur Verfügung stehe und dieser die Kleinmägde lediglich anweisen solle, ihm alles zu bringen, was zu seiner Bequemlichkeit erforderlich sei. In einer Stunde werde zu Abend gegessen. Der Pastor dankte ihm und bat, sich zurückziehen zu dürfen, um sich »ein wenig zu waschen«.

Hat ihm der Regen denn noch nicht gereicht, fragte sich Angélique. Seltsame Leute, diese Hugenotten! Es stimmt schon, wenn immer behauptet wird, sie seien nicht wie alle anderen. Ich muss Guillaume fragen, ob er sich auch andauernd wäscht. Das gehört sicher zu ihren Riten. Darum wirken sie auch so oft schuldbewusst oder empfindlich wie Lützen. Ihre Haut ist sicher aufgescheuert, und das tut ihnen weh ... Genau wie dieser Philippe, der sich ständig waschen will. Diese ewige Reinlichkeit wird ihn bestimmt auch irgendwann zum Ketzer werden lassen. Vielleicht wird man ihn sogar verbrennen, und das würde ihm recht geschehen!

Als der Besucher sich zur Tür wandte, um in das Zimmer hinaufzugehen, das Madame de Sancé ihm zeigen wollte, packte ihn Josselin in seiner gewohnt brüsken Art am Arm und hielt ihn zurück.

»Eines noch, Pastor. Wenn man in den Ländern Amerikas arbeiten will, muss man doch sicher ziemlich reich sein, um ein Fähnrichspatent oder zumindest das irgendeines Handwerkers zu erwerben?«

»Mein Sohn, Amerika ist ein freies Land. Dort verlangt niemand etwas von einem, aber man muss hart und fleißig arbeiten und sich selbst verteidigen.«

»Wer seid Ihr, Fremder, dass Ihr Euch erdreistet, diesen jungen Mann in Gegenwart seines Vaters und Großvaters Euren Sohn zu nennen?«

Es war die höhnische Stimme des alten Barons.

»Ich bin Pastor Rochefort, aber ohne eigene Pfarrei und lediglich auf der Durchreise. Zu Euren Diensten, Baron.«

»Ein Hugenotte!«, knurrte der Greis. »Und zu allem Überfluss auch noch aus diesen verfluchten Ländern …«

Er stand auf der Schwelle, zwar auf seinen Stock gestützt, aber zu seiner vollen Größe aufgerichtet. Er hatte den weiten schwarzen Umhang abgelegt, den er im Winter stets zu tragen pflegte. Sein Gesicht erschien Angélique ebenso weiß wie sein Bart. Ohne zu wissen, warum, bekam sie Angst und beeilte sich einzugreifen.

»Großvater, dieser Mann war völlig durchnässt, und wir haben ihn eingeladen, sich zu trocknen. Er hat uns Geschichten von seinen Reisen erzählt …«

»Wie dem auch sei. Ich will nicht verhehlen, dass ich Mut zu schätzen weiß, und mir ist bewusst, dass dem Feind Achtung gebührt, wenn er einem mit offenem Visier gegenübertritt.«

»Monsieur, ich komme nicht als Feind.«

»Erspart uns Eure ketzerischen Predigten. Ich habe mich niemals an Auseinandersetzungen beteiligt, von denen ein alter Soldat nicht genug versteht. Aber ich will Euch sagen, dass Ihr in diesem Haus keine zu bekehrenden Seelen finden werdet.«

Der Pastor seufzte fast unhörbar.

»Ich bin auch nicht aus Amerika zurückgekehrt, um hier zu predigen oder jemanden zu bekehren. In unserer Kirche kommen die Frommen und Neugierigen aus freien Stücken zu uns. Ich weiß ganz genau, dass die Mitglieder Eurer Familie glühende Katholiken sind und es sehr schwierig ist, Menschen zu bekehren, deren Religion von uraltem Aberglauben bestimmt ist und die sich als Einzige für unfehlbar halten.«

»Dann gebt Ihr also zu, dass Ihr Eure Anhänger nicht unter den guten Menschen sucht, sondern bei den Unentschlossenen, den enttäuschten Ehrgeizlingen und den abtrünnigen Mönchen, die froh darüber sind, dass ihre Ausschweifungen plötzlich den Geboten ihrer neuen Kirche entsprechen?«

»Ihr seid vorschnell in Eurem Urteil, Baron«, entgegnete der Pastor mit schneidender Stimme. »Vornehme Persönlichkeiten und hohe Geistliche der katholischen Welt haben sich bereits unseren Lehren zugewandt.«

»Ihr verratet mir nichts, was ich nicht schon weiß. Hochmut kann die besten Männer schwach werden lassen. Aber wir Katholiken haben den Vorteil, uns auf die Gebete der gesamten Kirche, der Heiligen und unserer Verstorbenen zu stützen, während Ihr in Eurem Hochmut diese Fürsprache ablehnt und behauptet, unmittelbar mit Gott selbst zu reden.«

»Die Papisten bezichtigen uns des Hochmuts, aber selbst wollen sie unfehlbar sein und nehmen sich das Recht zu Gewalt heraus. Ich habe Frankreich 1629 verlassen«, fuhr der Pastor mit dumpfer Stimme fort, »nachdem ich kurz zuvor, als halbes Kind noch, der entsetzlichen Belagerung von La Rochelle durch die Horden von Monsieur de Richelieu entgangen war. Man unterzeichnete den Frieden von Alès, mit dem den Protestanten das Recht genommen wurde, befestigte Städte zu besitzen.«

»Das wurde auch höchste Zeit. Ihr wurdet zu einem Staat im Staat. Gebt doch zu, dass es Euer Ziel war, die gesamten westlichen und zentralen Gebiete Frankreichs dem Einfluss des Königs zu entreißen.«

»Das weiß ich nicht. Ich war damals noch zu jung, um solch weitreichende Pläne zu hegen. Ich habe nur verstanden, dass diese neuen Entscheidungen dem Edikt von Nantes widersprachen, das König Heinrich IV. erlassen hatte. Jetzt, da ich zurück bin, muss ich zu meiner Verbitterung feststellen, dass man in der Zwischenzeit nicht müde geworden ist, die einzelnen Punkte mit einer Unerbittlichkeit anzufechten und zu verfälschen, der nur noch das Misstrauen der Kasuisten und Richter gleichkommt. Man nennt dies die Mindesteinhaltung des Edikts. So werden die Protestanten etwa gezwungen, ihre Toten des Nachts zu begraben. Warum? Weil im Edikt nicht ausdrücklich vermerkt ist, dass die Bestattung eines Protestanten tagsüber stattfinden darf. Also soll es nachts geschehen.«

»Das dürfte Eurer Demut doch gefallen«, höhnte der alte Adlige.

»Und wie hat man den Artikel achtundzwanzig angewandt, der es den Protestanten erlaubt, an allen Orten, an denen ihnen die Ausübung ihrer Religion gestattet ist, Schulen zu eröffnen? Da im Edikt weder von den unterrichteten Fächern noch von der Anzahl der Lehrer oder der Größe der Klassen die Rede ist, hat man einfach beschlossen, dass es pro Schule und Marktflecken nur einen protestantischen Lehrer geben darf. So habe ich in Marennes sechshundert protestantische Kinder gesehen, denen nur ein einziger Lehrer zustand. Da sieht man doch, zu welch hinterhältigem Treiben die falsche Dialektik der alten Kirche geführt hat«, rief der Pastor mit dröhnender Stimme.

Darauf folgte ein betroffenes Schweigen, und Angélique erkannte, dass ihr im Grunde aufrechter und gerechter Großvater von der Schilderung dieser ihm nicht unbekannten Fakten ein wenig aus der Fassung gebracht worden war.

Doch plötzlich erklang wieder Raymonds ruhige Stimme: »Monsieur Rochefort, ich vermag nicht zu beurteilen, ob das, was Ihr in diesem Land an missbräuchlichen Auslegungen durch manche unbelehrbare Eiferer beobachten konntet, zutrifft. Und ich bin Euch dankbar, dass Ihr nicht noch die erkauften Konvertierungen von Erwachsenen und Kindern erwähnt habt. Dennoch sollt Ihr wissen, dass Seine Heiligkeit der Papst persönlich wegen dieser unbestreitbaren Exzesse mehrmals beim hohen französischen Klerus und beim König interveniert hat. Offizielle, aber auch geheime Kommissionen reisen durch das Land, um erwiesenes Unrecht wiedergutzumachen. Und wenn Ihr selbst nach Rom reisen und dem Pontifex maximus einen Bericht über konkrete Beobachtungen überreichen würdet, bin ich davon überzeugt, dass die meisten der darin verzeichneten Missstände behoben würden …«

»Junger Mann, es ist nicht meine Aufgabe, Eure Kirche zu reformieren«, entgegnete der Pastor scharf.

»Auch gut, Monsieur Rochefort, dann werden wir es selbst tun. Und ob es Euch gefällt oder nicht«, rief der Jüngling in jähem Ungestüm, »Gott wird uns erleuchten.«

Angélique sah ihren Bruder verwundert an. Nie hätte sie vermutet, dass hinter seinem farblosen, ein wenig heuchlerischen Äußeren so viel Leidenschaft schwelte. Nun war es der Pastor, der aus der Fassung geriet. Um die peinliche Situation zu retten, bemerkte Baron Armand lachend und ohne boshafte Absicht: »Eure Diskussion erinnert mich daran, dass ich in der letzten Zeit häufiger bedauert habe, kein Hugenotte zu sein. Denn anscheinend bietet man einem Adligen bis zu dreitausend Livres, wenn er zum Katholizismus konvertiert.«

Zornig fuhr der alte Baron auf.

»Mein Sohn, erspart mir Eure plumpen Scherze. Sie sind in Anwesenheit eines Gegners nicht angebracht.«

Der Pastor hatte seinen feuchten Umhang vom Stuhl genommen.

»Ich bin keineswegs als Gegner hergekommen. Ein Auftrag

hat mich ins Schloss de Sancé geführt. Eine Botschaft aus fernen Ländern. Ich hätte gerne mit Baron Armand unter vier Augen darüber geredet, aber ich sehe, dass es bei Euch üblich ist, Eure Angelegenheiten offen vor der gesamten Familie zu klären. Ich mag diese Einstellung. So hielten es die Patriarchen und auch die Apostel.«

Angélique bemerkte, dass ihr Großvater genauso weiß geworden war wie der elfenbeinerne Knauf seines Gehstocks und er sich gegen den Türrahmen lehnen musste. Mitleid erfüllte sie. Am liebsten hätte sie die Worte, die nun folgen würden, aufgehalten, aber da sprach der Pastor auch schon weiter.

»Monsieur Antoine de Ridoué de Sancé, Euer Sohn, dem zu begegnen ich in Virginia das Vergnügen hatte, hat mich gebeten, das Schloss aufzusuchen, in dem er geboren wurde, und mich nach seiner Familie zu erkundigen, damit ich ihm bei meiner Rückkehr von ihr berichten könne. Hiermit ist meine Aufgabe erfüllt …«

Der alte Baron war mit kleinen Schritten auf ihn zugegangen.

»Hinaus«, befahl er mit tonloser, keuchender Stimme. »Solange ich lebe, wird der Name meines Sohnes, der sich von seinem Gott, seinem König und seinem Vaterland losgesagt hat, in diesem Haus nicht mehr genannt werden. Hinaus, sage ich. Ich dulde keinen Hugenotten unter meinem Dach!«

»Ich gehe«, antwortete der Pastor ruhig.

»Nein!«

Erneut erklang Raymonds Stimme.

»Bleibt, Monsieur. Ihr könnt bei diesem Regen nicht hinaus in die Nacht. Kein Einwohner von Monteloup wird Euch Obdach gewähren, und das nächste protestantische Dorf ist viel zu weit entfernt. Ich bitte Euch, die Gastfreundschaft meines Zimmers anzunehmen.«

»Bleibt«, sagte auch Josselin mit seiner rauen Stimme. »Ihr müsst mir noch von Amerika und dem Meer erzählen.«

Der Bart des alten Barons zitterte.

»Armand«, rief er mit einer Verzweiflung, die Angélique das Herz brach, »hier also hat der rebellische Geist Eures Bruders Antoine Zuflucht gefunden. In diesen beiden Jungen, die ich liebte. Gott will mir auch nichts ersparen. Ich habe wohl schon zu lange gelebt.«

Er schwankte. Es war Guillaume, der ihn auffing.

»Antoine … Antoine …«, murmelte er vor sich hin, während er, auf den alten lutherischen Soldaten gestützt, hinausging.

Ein paar Tage darauf starb der alte Großvater. Niemand konnte sagen, an welcher Krankheit. Im Grunde schlief er einfach ein, während alle glaubten, er habe sich von der Aufregung über den Besuch des Pastors wieder erholt.

So blieb ihm der Schmerz über Josselins Fortgehen erspart.

Denn eines Morgens kurz nach seiner Beerdigung hörte Angélique im Schlaf, wie jemand mit halblauter Stimme ihren Namen rief: »Angélique! Angélique!«

Als sie die Augen öffnete, sah sie Josselin an ihrem Bett stehen. Sie bedeutete ihm mit einer Geste, ihre Schwestern nicht aufzuwecken, und folgte ihm hinaus in den Flur.

»Ich gehe weg«, flüsterte er. »Versuch, dafür zu sorgen, dass sie es verstehen.«

»Wo willst du denn hin?«

»Zuerst nach La Rochelle und von da aus auf einem Schiff nach Amerika. Pastor Rochefort hat mir von den Ländern dort erzählt, den Antillen und den Kolonien: Virginia, Maryland und die Neuen Niederlande. Ich werde schon einen Ort finden, wo man mich haben will.«

»Hier will man dich doch auch haben«, sagte sie traurig.

Sie zitterte in ihrem verschlissenen Nachthemd.

»Nein«, entgegnete er, »in dieser Welt gibt es keinen Platz für mich. Ich bin es leid, einer Klasse anzugehören, die zwar über Privilegien verfügt, aber von keinerlei Nutzen mehr ist. Reich oder arm, die Adligen wissen überhaupt nicht mehr, wozu sie da sind. Sieh dir nur unseren Vater an. Er weiß nicht, was er tun soll. Er erniedrigt sich und züchtet Maultiere, wagt es aber nicht, diese demütigende Lage so weit auszunutzen, durch Reichtum seinem Adelstitel wieder zu altem Glanz zu verhelfen. Letztlich verliert er auf beiden Seiten. Man zeigt mit dem Finger auf ihn, weil er arbeitet wie ein Rosstäuscher, und auf uns, weil wir trotzdem nicht mehr sind als adlige Bettler. Zum Glück hat mir Onkel Antoine, Vaters älterer Bruder, den Weg gezeigt. Er ist zum Protestantismus konvertiert und hat den Kontinent verlassen.«

»Du willst doch wohl nicht deinem Glauben abschwören?«, flehte sie erschrocken.

»Nein. Ich habe dir doch gesagt, dieses frömmlerische Getue interessiert mich nicht. Ich will leben.«

Er küsste sie flüchtig und wandte sich ab. Doch nachdem er ein paar Stufen die Treppe hinuntergegangen war, drehte er sich wieder um und musterte seine halbnackte Schwester mit dem Blick eines erfahrenen Mannes.

»Du wirst schön und stark, Angélique. Sieh dich vor. Du solltest auch weggehen. Sonst findest du dich eines Tages mit einem Stallknecht im Heu wieder. Oder du wirst an einen fetten Krautjunker in der Nachbarschaft verschachert.«

Plötzliche Zärtlichkeit klang aus seiner Stimme, als er fortfuhr.

»Glaub der Erfahrung eines bösen Jungen, Kleines. So ein Leben wäre furchtbar für dich. Sieh zu, dass du auch aus diesem alten Gemäuer fortgehst. Ich jedenfalls werde Seemann.«

Und mit ein paar langen Sätzen, immer zwei Stufen auf einmal nehmend, war der junge Mann verschwunden.

Kapitel 8

Der Tod des Großvaters, der Fortgang von Josselin und der Rat, den dieser ihr zum Abschied gegeben hatte – »Sieh zu, dass du auch fortgehst« –, berührten Angélique zutiefst, und das in einem Alter, in dem die äußerst empfindsame Natur zu allen Überschwängen bereit ist ... Unbemerkt erwies sich auch das seelische Beben, das der Besuch von Pastor Rochefort in ihr ausgelöst hatte, als folgenreich, denn es hatte Spuren in ihr hinterlassen, die sich im Laufe der folgenden Tage ausbreiteten wie jene Kreise, die von einem in einen Teich geworfenen Stein ausgehen. Kreise, die immer größer und perfekter werden, bis sie ans Ufer stoßen und an diesem Wall aus Schlamm und Gräsern brechen, dort, wo die Menschen beim Vorübergehen alles zertreten.

Sie dachte nicht daran, ihre liebevolle Familie um Hilfe zu bitten. Und Mélusine konnte nichts für sie tun. Die Welt war bereits erschüttert genug. Schon vor langer Zeit hatte die Bosheit der Menschen dafür gesorgt, dass Mélusine nun in Gefilden wandelte, die womöglich noch ferner und dunkler waren als die, zu denen Josselin aufgebrochen war.

Reglos stand Angélique am Ufer der schlafenden Tümpel und Kanäle, die schwarz glänzend unter der Wasserlinsendecke aufblitzten, als diese unvermittelt unter dem Aufprall des Kiesels aufriss, und beobachtete, wie die schönen, vollkommenen Wellen, denen nie ein anderes Los beschieden war, als zu brechen und zu verschwinden, schwächer wurden und sich im wirren Gestrüpp der Ufer verloren.

Angélique riss sich von ihren düsteren Betrachtungen los, wandte den Blick von den Sümpfen ab und sah zum Wald. In diese Richtung musste Josselin gegangen sein, denn es hieß, hinter diesem Wald liege der große Hafen von La Rochelle. Dort war der riesige Ozean, über den man in die neue Welt gelangte. Das Meer. Angélique wurde von dem brennenden Wunsch erfasst, das Meer zu sehen, das richtige Meer. Hinter dem unendlichen, reglosen Grün des Waldes lag eine andere endlose Weite, diese jedoch wogend und lebendig, das Meer, auf dem Schiffe in die verschiedensten Länder segelten.

Dieser Gedanke setzte sich in ihr fest und ließ sie nicht mehr los. Sie musste ihn unbedingt in die Tat umsetzen. Wegen ihres Großvaters, wegen ihres Onkels Antoine. Wegen ihres Schicksals, hätte sie sich sagen können, wenn sie dazu veranlagt gewesen wäre, über ihre spontanen Impulse nachzudenken. Aber sie war noch ein Kind, das von niemandem in der Lehre des Denkens und der Kunst der Logik unterwiesen worden war.

Und so machte sich Angélique de Sancé de Monteloup in den ersten Sommertagen mit einer Bande kleiner Bauernlümmel, die sie rekrutiert und für ihre Reisepläne gewonnen hatte, auf den Weg nach Amerika. Noch lange sprach man in der Region davon, und viele Leute sahen darin einen weiteren Beweis für ihre Abstammung von einer Fee.

Um die Wahrheit zu sagen, kam die Expedition nicht über den Wald von Nieul hinaus.

Angélique kam wieder zur Vernunft, als es allmählich dunkel wurde und das Sonnenlicht rot zwischen den riesigen Stämmen des alten Waldes hindurchfiel. Seit Tagen hatte sie wie in einem Fieber gelebt. Hatte sich ausgemalt, wie sie nach La Rochelle gelangte, als Schiffsjunge auf einem der ablegenden Schiffe anheuerte und zu unbekannten Ländern in See stach, wo freundliche Wesen sie, die Hände voller Weintrauben, empfangen würden. Nicolas war rasch überzeugt. »Matrose werden, das gefällt mir besser, als hier das Vieh zu hüten. Ich wollte schon immer etwas von der Welt sehen.« Ein paar andere kleine Bengel, die lieber durch die Wälder toben wollten, als auf den Feldern zu bleiben, bettelten darum, mitgenommen zu werden. Insgesamt waren sie zu acht, und Angélique, das einzige Mädchen, war ihre Anführerin. Voller Vertrauen in sie wurden die Kinder nicht einmal unruhig, als die Dunkelheit sich auf den Wald herabzusenken begann. Blumen in den Händen und die Nasen mit Brombeersaft verschmiert, gefiel ihnen dieser erste Teil ihrer Expedition ausgesprochen gut. Sie waren seit dem Morgen unterwegs, aber gegen Mittag hatten sie am Ufer eines kleinen Baches haltgemacht, um ihren mitgebrachten Proviant, bestehend aus Käse und Graubrot, zu vertilgen.

Doch Angélique spürte, wie sie ein Schauer durchlief, und plötzlich überfiel sie die Erkenntnis, welche Dummheit sie begangen hatte, mit einer solchen Wucht, dass ihr Mund ganz trocken wurde.

Wir können die Nacht nicht im Wald verbringen, dachte sie. Hier gibt es Wölfe.

»Nicolas«, sagte sie laut, »findest du es nicht auch komisch, dass wir noch immer nicht in Naillé angekommen sind?«

Der Junge wurde nachdenklich.

»Vielleicht haben wir uns verirrt. Ich war einmal mit meinem Vater in Naillé, als er noch lebte, und wenn ich mich recht erinnere, sind wir damals nicht so lange gelaufen.«

Angélique spürte, wie sich eine kleine schmutzige Hand in die ihre schob. Sie gehörte dem jüngsten Kind, das gerade erst sechs Jahre alt war.

»Es wird dunkel«, jammerte der Junge. »Vielleicht haben wir uns ja verlaufen.«

»Aber vielleicht sind wir auch schon ganz in der Nähe«, beruhigte Angélique den Jungen. »Lasst uns noch ein Stück weitergehen.«

Schweigend machten sie sich wieder auf den Weg. Zwischen dem Geäst wurde der Himmel blasser.

»Ihr braucht keine Angst zu haben, wenn wir das Dorf nicht erreichen, bevor es ganz dunkel wird«, sagte Angélique. »Dann klettern wir zum Schlafen eben auf die Eichen. Da oben können uns die Wölfe nicht sehen.«

Doch trotz ihres gelassenen Tons war ihr ängstlich zumute. Da drang mit einem Mal der silberne Klang einer Glocke an ihr Ohr, und sie seufzte erleichtert auf.

»Das ist das Angelusläuten aus dem Dorf!«, rief sie.

Sie rannten los. Der Weg fiel allmählich ab, und die Bäume standen nicht mehr ganz so dicht beieinander. Plötzlich gelangten sie an den Waldrand und blieben auf der Kuppe eines Abhangs stehen, wie bezaubert von der Erscheinung, die vor ihren Augen aufgetaucht war.

In einer grünen Senke lag sie da, ein stilles Wunder im Herzen des Waldes: die Abtei von Nieul. Die untergehende Sonne tauchte ihre zahlreichen mit blassroten Ziegeln gedeckten Dächer, ihre Glockentürme, ihre fahlen, von Lukarnen und Kreuzgängen durchbrochenen Mauern und ihre großen, verlassenen Höfe in ein goldenes Licht. Die Glocke läutete. Einen Eimer in jeder Hand, ging ein Mönch auf den Brunnen zu.

Von einer unbestimmten religiösen Ehrfurcht erfasst, gingen die Kinder schweigend den Weg hinab zum großen Eingangstor. Die hölzerne Pforte stand ein Stück offen. Sie schlüpften hindurch und gelangten in einen Torvorbau. Ein alter Mönch in einer groben braunen Kutte saß schlafend auf einer Bank, sein weißes Haar wirkte wie eine kleine Schneekrone, die jemand behutsam auf seinen blanken Schädel gesetzt hatte.

Nach der ganzen Aufregung, die hinter ihnen lag, brachen

die kleinen Streuner bei seinem Anblick in nervöses Gelächter aus.

Das lockte einen dicken, gutmütigen Mönch an die Schwelle einer Tür.

»He, ihr Schlingel«, rief er ihnen im Dialekt der Gegend zu, »was ist das für ein ungehobeltes Benehmen!«

»Ich glaube, das ist Bruder Anselme«, flüsterte Nicolas.

Bruder Anselme wanderte hin und wieder mit seinem Esel durch die Umgebung und tauschte Rosenkränze und kleine Fläschchen mit Angelikalikör gegen Weizen und Speck ein. Das war verwunderlich, da in der Abtei kein Bettelorden lebte und sie in Anbetracht der Einkünfte aus ihren Ländereien als sehr reich galt.

Gefolgt von ihrer treuen Schar, ging Angélique auf ihn zu. Sie wagte nicht, ihm zu gestehen, dass sie ursprünglich vorgehabt hatten, sich nach Amerika einzuschiffen. Außerdem hatte Bruder Anselme bestimmt noch nie von Amerika gehört. So erzählte sie ihm lediglich, dass sie aus Monteloup kämen und im Wald Erdbeeren und Himbeeren gesammelt und sich dabei verlaufen hätten.

»Meine armen Kleinen«, entgegnete der rechtschaffene Bruder Anselme, »das kommt davon, wenn man sich der Völlerei hingibt. Eure Mütter werden weinen und nach euch suchen, und ich vermute stark, dass euch der Hosenboden brennen wird, wenn ihr nach Hause kommt. Aber vorerst bleibt euch nichts anderes übrig, als euch dorthin zu setzen. Ich hole euch eine Schale Milch und etwas Graubrot. Ihr könnt in der Scheune schlafen, und morgen spanne ich den Esel vor den Karren und bringe euch nach Hause; ich wollte sowieso in diese Gegend, um Almosen zu sammeln.«

Der Plan klang vernünftig.

Angélique und ihre Gefährten waren den ganzen Tag über gelaufen. Sie wusste, dass man selbst mit einem Karren Monteloup erst spät in der Nacht erreichen würde, denn es gab keine Straße quer durch den Wald, nur die schmalen Waldwege, denen die Kinder gefolgt waren. Man musste den sehr viel längeren Umweg über die Dörfer Naillé und Varrout nehmen, von denen sie hier weit entfernt waren.

Der Wald ist wie das Meer, dachte Angélique, man müsste sich darin nach einem Kompass richten, wie Josselin es immer erklärt hat, sonst läuft man blind herum. Mutlosigkeit erfasste sie. Sie konnte sich kaum vorstellen, ein zweites Mal auf die Reise zu gehen, dann aber mit komplizierten Geräten, von denen sie nicht einmal wusste, wo sie sich diese beschaffen sollte.

Und waren ihre »Männer« nicht kurz davor, sie im Stich zu lassen? Das Mädchen schwieg, während die anderen in der lauen Wärme, mit der die Dämmerung die weiten Höfe erfüllte, am Fuß der Mauer hockten und aßen.

Die Glocke läutete immer noch. Schwalben stießen am rosig gefärbten Himmel schrille Rufe aus, und auf einem Haufen aus Stroh und Mist gackerten Hühner.

Seine Kapuze über den Kopf ziehend, eilte Bruder Anselme an ihnen vorbei.

»Ich gehe zur Komplet. Seid ja brav, sonst koche ich euch nachher in meinem Kessel.«

Braune und weiße Gestalten huschten durch die Bögen eines Kreuzgangs. Der alte Bruder neben der Tür schlief immer noch. Bestimmt war er vom Chorgebet befreit …

Angélique wollte nachdenken und stand auf, um ein wenig herumzuspazieren.

In einem der Höfe sah sie eine wunderschöne wappengeschmückte Karosse, die auf ihren Deichselstangen ruhte. Im Stall fraßen reinrassige Pferde ihren Hafer. Ohne dass sie wusste, warum, weckte dieses Detail ihre Neugier. Mit kleinen Schritten ging sie weiter durch die Stille, bezaubert vom

Charme dieses weitläufigen Bauwerks inmitten der Bäume. Wenn die Nacht sich auf den Wald herabsenkte und die Wölfe draußen herumstrichen, würde die Abtei im Schutz ihrer dicken Mauern und schweren Tore ihr abgeschiedenes, geheimes Leben fortführen, von dem Angélique sich nicht das Geringste vorstellen konnte. In der Ferne stiegen leise Kirchengesänge auf. Von der Musik geleitet, lief sie die ersten Stufen einer steinernen Treppe hinauf. Noch nie hatte sie einen so lieblichen Klang gehört, denn die Kirchenlieder, die der Pfarrer und der Dorfschullehrer in der Kirche von Monteloup grölten, erinnerten nicht gerade an die himmlischen Heerscharen.

Plötzlich hörte sie das Rascheln eines Rocks, und als sie sich umdrehte, sah sie im Halbdunkel der überdachten Galerie im ersten Stock eine wunderschöne, prächtig gekleidete Dame näher kommen.

So kam es ihr zumindest vor. Weder ihre Mutter noch ihre beiden Tanten hatte Angélique jemals in einem mit silbernen Blumen bestickten schwarzen Samtkleid gesehen. Wie hätte sie auch ahnen sollen, dass dies ein ausgesprochen schlichtes Gewand war, das jene frommen Damen trugen, die sich in die Stille einer Abtei zurückzogen. Das kastanienbraune Haar der Frau war mit einer Mantille aus schwarzer Spitze bedeckt, und in der Hand hielt sie ein dickes Gebetbuch. Als sie Angélique erreichte, warf sie ihr einen verwunderten Blick zu.

»Was machst du hier, Kind? Jetzt werden keine Almosen verteilt.«

Angélique wich zurück und bemühte sich, den einfältigen Gesichtsausdruck eines verschüchterten Bauernmädchens aufzusetzen.

Im Schatten der Gewölbe erschien ihr der Busen der Dame unglaublich weiß und prall. Lediglich ein dünner Spitzenschleier bedeckte die wundervollen Rundungen, die ihr bestickter Brusteinsatz darbot wie ein Füllhorn seine Früchte.

Wenn ich groß bin, will ich auch so einen Busen haben, dachte Angélique, während sie die Wendeltreppe wieder hinabstieg. Sie strich über ihren für ihren Geschmack noch zu mageren Oberkörper und bemerkte, wie sie von Verwirrung erfasst wurde. Klappernde Sandalen kamen die Treppe herauf, und hastig zog sie sich hinter einen schützenden Pfeiler zurück.

Ein Mönch streifte sie mit seiner groben weißen Kutte. Sie erhaschte einen flüchtigen Blick auf ein sehr schönes, sorgfältig rasiertes Gesicht und kluge blaue Augen, die unter der Kapuze hervorblitzten. Er verschwand aus ihrem Blickfeld, doch dann hörte sie seine männliche, sanfte Stimme.

»Man hat mich gerade erst über Eure Ankunft informiert, Madame. Ich saß in der Bibliothek über ein paar alten Schwarten zu den griechischen Philosophen. Aber der Saal ist weit entfernt, und meine Brüder sind reichlich wehleidig, vor allem bei einer solchen Hitze. Obwohl ich der Abt bin, erfuhr ich von Eurer Anwesenheit erst, als es Zeit für die Komplet wurde.«

»Ihr braucht Euch nicht zu entschuldigen, Pater. Ich kenne die Örtlichkeiten und habe mich schon selbst eingerichtet. Ach, was habt Ihr hier doch für eine gute Luft! Ich bin gestern auf meinem Besitz in Richeville eingetroffen und konnte es kaum erwarten, nach Nieul zu kommen. Seit sich der Hof nach Saint-Germain zurückgezogen hat, ist die Stimmung dort abscheulich. Es herrscht ein entsetzliches Durcheinander, und alles ist so trist und ärmlich. Um die Wahrheit zu sagen, mir gefällt es nur in Paris ... oder in Nieul. Außerdem kann Monsieur de Mazarin mich nicht leiden. Dieser Kardinal hat sogar ...«

Der Rest des Gesprächs verklang. Die Plaudernden gingen davon.

Angélique fand ihre kleinen Gefährten in der riesigen Klosterküche, wo sich Bruder Anselme mit einer weißen Schürze um den Bauch zu schaffen machte, unterstützt von zwei, drei verschmitzten jungen Burschen in zu langen Kutten, den Novizen der Abtei.

»Das gibt ein festliches Mahl heute Abend«, sagte der Küchenbruder. »Die Gräfin de Richeville ist gekommen. Ich habe Anweisung, in den Keller hinunterzugehen und die edelsten Weine auszuwählen, sechs Kapaune zu braten und mir irgendetwas einfallen zu lassen, um ein Fischgericht auf den Tisch zu bringen. Das alles natürlich entsprechend gewürzt«, fügte er mit einem vielsagenden Zwinkern zu einem seiner Brüder hinzu, der am anderen Ende des Holztischs saß und ein Glas Likör trank.

»Die Zofen der Dame sind recht hübsch und aufgeweckt«, antwortete dieser, ein fetter, rotgesichtiger Mann, dessen Bauch nur mühsam von einem verknoteten Strick, an dem ein Rosenkranz hing, im Zaum gehalten wurde. »Ich habe den drei reizenden Mädchen geholfen, das Bett, die Truhen und den Kleiderschrank der Gräfin hinauf in die Zelle ihrer Herrin zu bringen.«

»Ha, ha, ha!«, höhnte Bruder Anselme. »Ich sehe Euch schon vor mir, wie Ihr die Truhen und einen Kleiderschrank schleppt, Bruder Thomas. Ihr bringt es doch nicht einmal fertig, Euren eigenen Wanst zu heben.«

»Ich habe sie mit meinem Rat unterstützt«, entgegnete Bruder Thomas würdevoll.

Mit seinen blutunterlaufenen Augen blickte er durch den Raum, wo das Feuer unter den Bratspießen und riesigen Kesseln funkelte und knisterte.

»Was sind denn das für kleine Bauernlümmel, die Ihr in Euren Vorratskammern untergebracht habt, Bruder Anselme?«

»Ein paar Kinder aus Monteloup, die sich im Wald verirrt haben.«

»Ihr solltet sie in Euren Fischsud stecken«, entgegnete Bruder Thomas und verdrehte furchterregend die Augen.

Zwei der kleinen Jungen begannen erschrocken zu weinen.

»Na, na«, sagte Bruder Anselme und öffnete eine Tür. »Geht diesen Flur entlang, dann kommt ihr in eine Scheune. Legt euch dort hin und schlaft. Ich habe heute Abend keine Zeit, mich um euch zu kümmern. Zum Glück hat ein Fischer mir einen schönen Hecht gebracht, sonst hätte mir unser Pater Abt vor Ärger womöglich noch drei Stunden Bußübungen mit verschränkten Armen auferlegt. Und für so etwas bin ich mittlerweile etwas zu alt …«

Als Angélique sicher war, dass ihre kleinen Gefährten im duftenden Heu eingeschlafen waren, ließ sie ihren Tränen freien Lauf.

»Nicolas«, wisperte sie, »ich glaube, wir werden es nie nach Amerika schaffen. Ich habe nachgedacht. Wir brauchen einen Kompass.«

»Mach dir keine Gedanken«, antwortete der Junge gähnend. »Diesmal hat es nicht geklappt, aber wenigstens hatten wir unseren Spaß.«

»Das war ja klar«, fauchte Angélique zornig, »du bist wie ein Eichhörnchen. Einfach nicht fähig, große Pläne umzusetzen. Und außerdem ist es dir völlig egal, dass wir unverrichteter Dinge nach Monteloup zurückkehren. Dein Vater wird dich nicht verdreschen, der ist ja tot, aber die anderen werden sich eine gehörige Tracht Prügel einfangen!«

»Mach dir um die keine Gedanken«, wiederholte Nicolas im Halbschlaf, »die haben ein dickes Fell.«

Drei Sekunden später schnarchte er geräuschvoll.

Angélique glaubte, ihre Sorgen würden sie die ganze Nacht wach halten, aber nach und nach wurde die Stimme von Bruder Anselme, der seine Novizen ausschalt, immer undeutlicher, und sie schlief ein.

Sie erwachte, weil es im Heu zu warm war. Die anderen Kinder schliefen immer noch, und ihr regelmäßiges Atmen erfüllte die Scheune.

Ich will draußen ein bisschen frische Luft schnappen, dachte sie.

Sie tastete nach der Tür zu dem schmalen Flur, der in die Küche führte. Sobald sie sie geöffnet hatte, drang lautes Stimmengewirr und derbes Gelächter an ihre Ohren. Immer noch tanzte der Feuerschein über die Wände. Im Reich von Bruder Anselme schien sich eine große Gesellschaft zusammengefunden zu haben.

Das kleine Mädchen ging weiter, bis es die Schwelle erreichte.

Sie erblickte ein knappes Dutzend Mönche am großen Tisch, der mit Tellern und Zinnkrügen gedeckt war. Auf den Tellern lagen Geflügelknochen. Der Geruch von Wein und Fett vermischte sich mit dem feineren Duft einer geöffneten Flasche Likör, von dem jeder der Anwesenden ein Glas vor sich hatte. Drei als Kammerzofen verkleidete Bauernmädchen feierten mit. Zwei von ihnen lachten laut und wirkten schon völlig betrunken. Die dritte, züchtigere, setzte sich gegen die lüsternen Hände von Bruder Thomas zur Wehr, der sie an sich zu ziehen versuchte.

»Komm schon, komm schon, Herzchen«, sagte der fette Mönch, »sei nicht zimperlicher als deine erhabene Herrin. Glaub mir, um diese Zeit unterhält sie sich mit unserem Pater Abt auch nicht mehr über griechische Philosophie. Du wärst die Einzige, die sich heute Nacht in der Abtei nicht amüsiert.«

Unangenehm berührt schaute die Dienerin sich enttäuscht um. Sie war zweifellos weniger schreckhaft, als sie den Anschein erwecken wollte, aber das hochrote Gesicht von Bruder Thomas erschien ihr offenbar nicht gerade verlockend.

Einer der anderen Mönche erkannte das, richtete sich abrupt auf und legte den Arm einladend um die Taille des jungen Mädchens.

»Beim heiligen Bernhard, dem Schutzpatron unseres Klosters«, rief er, »die Kleine ist viel zu zart für Euch fettes Schwein. Was meinst du?«, fragte er, während er mit einem Finger das Kinn der Widerspenstigen anhob. »Habe ich nicht schöne Augen, wenn schon keine schönen Haare da sind? Außerdem war ich früher Soldat und weiß, was Mädchen Spaß macht.«

Er hatte in der Tat fröhliche schwarze Augen und ein verschmitztes Gesicht. Die Kammerzofe lächelte ihn an. Darauf folgte ein kurzes Handgemenge, da der beleidigte Bruder Thomas nicht gewillt war, sich einfach so beiseiteschieben zu lassen. Ein Zinnkrug fiel um, die Frauen protestierten.

»Seht doch! Da! Ein Engel …!«, rief plötzlich jemand.

Alle drehten sich zur Tür, wo Angélique stand. Sie wich nicht zurück, denn sie war von Natur aus nicht ängstlich. Außerdem hatte sie genug Dorffeste besucht, um sich nicht vor lauten Stimmen und den Tumulten zu fürchten, zu denen es unweigerlich kam, wenn der Alkohol allzu reichlich floss. Trotzdem lehnte sich etwas in ihr auf. Dieser Anblick passte nicht zu dem, was sie von der Kuppe des Abhangs aus gesehen hatte, als die Abtei als Zuflucht und Hafen der Stille im goldenen Abendlicht plötzlich vor ihnen lag.

»Die Kleine hat sich im Wald verlaufen«, erklärte Bruder Anselme.

»Das einzige Mädchen in einer ganzen Bande von Jungen«, übertrumpfte ihn Bruder Thomas. »Das lässt hoffen. Vielleicht hat sie ja auch gerne ihren Spaß? Komm her und trink das«, rief er Angélique zu sich und hielt ihr ein Glas Likör hin. »Das schmeckt gut, es ist süß. Wir machen es hier selbst, mit Angelika aus den Sümpfen.«

Angélique folgte seiner Aufforderung. Weniger aus Naschhaftigkeit, sondern aus Neugier probierte sie diese Medizin, die ihren Namen trug und von der sie schon so viel Gutes gehört hatte. Das goldgrüne Gebräu schmeckte köstlich, stark und samtig zugleich, und nachdem sie getrunken hatte, breitete sich eine angenehme Wärme in ihrem Körper aus.

»Bravo!«, grölte Bruder Thomas. »Du verstehst es wenigstens, einen zu heben!«

Er zog sie auf seinen Schoß. Sein nach Wein riechender Atem und der Wollfettgestank, der aus seiner groben Kutte aufstieg, widerten Angélique an, aber der Alkohol machte sie benommen. Die Hand von Bruder Thomas tätschelte in einer vermeintlich väterlichen Geste ihr Knie.

»Die ist ja mächtig süß, die Kleine.«

»Mein Bruder, lasst dieses Kind in Frieden«, erklang plötzlich eine Stimme von der Tür her.

Auf der Schwelle stand wie eine Erscheinung ein weiß gekleideter Mönch mit seiner Kapuze auf dem Kopf, die Hände in seine weiten Ärmel geschoben.

»Ah! Da kommt unser Spielverderber«, knurrte Bruder Thomas missmutig. »Ihr braucht Euch uns ja nicht anzuschließen, wenn gutes Essen Euch nicht lockt, Bruder Jean. Aber lasst wenigstens die anderen sich in Ruhe daran erfreuen. Noch seid Ihr nicht unser Pater Abt.«

»Darum geht es nicht«, antwortete der andere Mann mit gepresster Stimme. »Ich empfehle Euch lediglich, dieses Kind in Frieden zu lassen. Sie ist die Tochter des Barons de Sancé, und es wäre nicht gut, wenn sie sich bei ihm über Euren Lebenswandel beklagen müsste, statt Eure Gastfreundschaft zu preisen.«

Darauf folgte ein überraschtes, verlegenes Schweigen. Bruder Thomas' Hände sanken herab.

»Kommt, mein Kind«, sagte der Mönch mit fester Stimme.

Angélique folgte ihm. Sie überquerten den Hof.

Als sie den Blick hob, sah sie über dem Kloster den unbeschreiblich klaren Sternenhimmel. Hinter ihrem Führer her gelangte sie in einen weitläufigen Kreuzgang. In der den Bögen gegenüberliegenden Wand öffnete sich eine Reihe von Türen.

»Kommt herein«, forderte Bruder Jean sie auf, während er eine der hölzernen, mit einer kleinen Klappe versehenen Türen öffnete. »Das ist meine Zelle. Hier könnt Ihr bis morgen unbehelligt ausruhen.«

Es war ein sehr kleiner Raum mit kahlen Wänden, die als einzigen Schmuck ein Kruzifix und ein Bild der Jungfrau Maria aufwiesen. In einer Ecke gab es eine niedrige Schlafstatt, kaum mehr als ein Brett mit groben Laken und einer Decke. Unter dem Kruzifix stand ein hölzerner Betstuhl, auf dessen Ablage mehrere Gebetbücher lagen. Es herrschte eine angenehme Kühle im Raum, die sich jedoch im Winter in eine entsetzliche Kälte verwandeln musste. Das Rundbogenfenster wurde mit einem einzigen Fensterladen geschlossen, der an diesem Abend offen stand. Von draußen wehten die Gerüche des nächtlichen Waldes, der Duft von Moos und Pilzen herein. Auf der linken Seite führte eine Stufe zu einer kleinen Kammer, in der ein Nachtlicht brannte. Ein mit Pergamenten und Töpfchen bedecktes Pult füllte sie beinahe ganz aus.

Der Mönch deutete auf sein Schlaflager.

»Legt Euch dort hin und schlaft ohne Furcht, mein Kind. Ich werde mich weiter meiner Arbeit widmen.«

Er ging hinüber in die Kammer, setzte sich auf einen Hocker und beugte sich über die Pergamente.

Angélique saß auf der Kante der harten Matratze und verspürte nicht die geringste Lust zu schlafen. Sie hatte nicht geahnt, dass es so merkwürdige Orte gab. Sie stand auf und ging ans Fenster, um hinauszuschauen. Unter sich sah sie undeutlich ein paar Reihen kleiner, sehr schmaler Gärten, die durch hohe Mauern voneinander getrennt waren. Jeder Mönch hatte seinen eigenen Garten, in den er jeden Tag ging, um ein wenig Gemüse anzubauen und sein Grab auszuheben.

Auf Zehenspitzen schlich sie zu der kleinen Kammer, in der Bruder Jean arbeitete. Das Nachtlicht beleuchtete sein halb unter der Kapuze verborgenes noch junges Profil. Sorgfältig kopierte er eine alte Miniatur. Seine mit Rot, Goldpuder oder Blau getränkten Pinsel, die er aus den Farbtöpfen zog, bildeten geschickt das Flechtwerk aus Blumen und Ungeheuern nach, mit dem die alten Künstler gerne die Gebetbücher geschmückt hatten.

»Schlaft Ihr nicht?«

»Nein.«

»Wie ist Euer Name?«

»Angélique.«

Plötzliche Erschütterung zeigte sich auf dem von Entbehrungen und Askese gezeichneten Gesicht.

»Angélique! Tochter der Engel. Das ist es«, murmelte er.

»Ich bin froh, dass Ihr gekommen seid, Pater. Dieser dicke Mönch war mir unangenehm.«

»Mit einem Mal«, sagte Bruder Jean mit eigenartig leuchtenden Augen, »sprach eine Stimme in mir: ›Steh auf, lass ab von deiner friedlichen Arbeit. Wache über meine verlorenen Schafe …‹ Von ich weiß nicht welchem Impuls getrieben, habe ich meine Zelle verlassen. Mein Kind, warum seid Ihr nicht brav unter dem Dach Eurer Eltern, wie es sich für ein Mädchen von Eurem Alter und Stand geziemt?«

»Ich weiß es nicht«, antwortete Angélique leise und senkte verwirrt den Kopf.

Der Mönch hatte seine Pinsel zur Seite gelegt. Er stand auf und trat, die Hände in seine weiten Ärmel geschoben, ans Fenster, wo er lange zum Sternenhimmel aufblickte.

»Seht«, sagte er mit gesenkter Stimme, »die Nacht liegt noch über der Erde.

Die Bauern schlafen in ihren Hütten und die Herren in ihren Schlössern. Im Schlaf vergessen sie ihre menschlichen Sorgen. Aber die Abtei schläft nie. Hier sind der Geist Gottes und der Geist des Bösen in endlosem Kampf verstrickt ...

Ich habe die Welt sehr früh verlassen und mich hinter diese Mauern zurückgezogen, um Gott im Gebet und im Fasten zu dienen. Doch neben größter Gelehrsamkeit und erhabenster Mystik habe ich hier die schändlichsten, verderbtesten Sitten vorgefunden. Fahnenflüchtige oder kriegsversehrte Soldaten erhoffen sich im Kloster unter grobem mönchischem Tuch ein träges, gesichertes Dasein; und mit sich bringen sie ihre lasterhaften Gewohnheiten.

Die Abtei ist wie ein großes, vom Sturm geschütteltes Schiff, das überall knarzt. Aber sie wird nicht untergehen, solange es in ihren Mauern noch betende Seelen gibt. Einige wenige von uns sind fest entschlossen, hier um jeden Preis das büßende, nach Heiligkeit strebende Leben zu führen, zu dem wir bestimmt waren. Ach! Aber das ist nicht leicht. Was lässt sich der Satan nicht alles einfallen, um uns von unserem Weg abzubringen ... Wer nie hinter Klostermauern gelebt hat, hat dem Satan niemals ins Gesicht geblickt.

Er möchte so gerne Herr sein im Haus Gottes! Und als sei er der Ansicht, die Versuchungen der Verzweiflung genügten nicht oder jene, die er uns durch die Frauen schickt, die innerhalb unserer Mauern geduldet werden, kommt er selbst des Nachts, klopft an unsere Türen, weckt uns auf und prügelt auf uns ein ...«

Er zog seinen Ärmel hoch und zeigte ihr einen mit blauen Flecken übersäten Arm.

»Seht«, klagte er, »seht nur, was Satan mir angetan hat.«

Angélique lauschte ihm mit wachsender Angst.

Er ist verrückt, dachte sie bei sich.

Aber mehr noch fürchtete sie, dass er nicht verrückt sein könnte. Sie spürte die Wahrheit in seinen Worten, und vor Angst standen ihr die Haare zu Berge. Wann war diese drückende, trostlose Nacht endlich vorüber …?

Der Mönch war auf dem harten, kalten Boden auf die Knie gesunken.

»Herr«, flehte er, »hilf mir. Hab Erbarmen mit meiner Schwäche. Vertreibe den Satan von diesem Ort!«

Angélique war auf die Bettkante zurückgekehrt. Sie spürte, wie ihr Mund trocken wurde von einem unbestimmten Schrecken. Die Worte »unheilvolle Nacht« kamen ihr in den Sinn, mit denen die Amme gerne ihre Geschichten schmückte. In ihrer Nähe gab es etwas Unerträgliches, das sie nicht näher beschreiben konnte und das ihr den Atem raubte, bis sie beinahe in Panik geriet.

Endlich klang der leise Schlag einer Glocke durch die Dunkelheit und durchbrach die tiefe Stille des Klosters.

Bruder Jean richtete sich auf. Angélique sah glitzernde Schweißspuren auf seinen Schläfen, als läge ein anstrengender körperlicher Kampf hinter ihm.

»Jetzt ist Zeit für die Matutin«, sagte er. »Es ist noch dunkel, aber ich muss mit meinen Brüdern in die Kapelle. Ihr könnt hierbleiben, wenn Ihr wollt. Ich komme Euch holen, wenn die Sonne aufgegangen ist.«

»Nein, ich habe Angst«, protestierte Angélique, die sich am liebsten an die grobwollene Kutte ihres Beschützers geklammert hätte. »Kann ich nicht mit Euch in die Kirche kommen? Ich will auch beten.«

»Wenn Ihr mögt, mein Kind. Früher wäre es niemandem eingefallen, ein kleines Mädchen zur Matutin mitzunehmen«, fügte er mit einem traurigen Lächeln hinzu, »aber inzwischen begegnen wir in unseren Mauern so vielen Menschen, die hier nichts zu suchen haben, dass nichts mehr verwundert. Darum habe ich Euch auch in meine Zelle gebracht, wo Ihr sicherer wart als in einer Scheune.«

Ernst fuhr er fort: »Ich möchte Euch bitten, außerhalb des Klosters niemandem zu erzählen, was Ihr hier gesehen habt, Angélique.«

»Ich verspreche es Euch«, sagte sie und sah mit ihrem klaren Blick zu ihm auf.

Sie gingen hinaus in den Flur, wo mit dem Nahen des Morgengrauens kalte Feuchtigkeit aus den alten Steinen zu quellen schien.

»Warum ist da diese kleine Klappe an Eurer Tür?«, wollte Angélique wissen.

»Früher waren wir ein Eremiten-Orden. Die Patres verließen ihre Zelle nur zu den Chorgebeten, und selbst das war ihnen während der Fastenzeit verboten. Die Laienbrüder stellten vor diesen Klappen ihre Mahlzeiten ab. Und jetzt seid still, meine Kleine, und verhaltet Euch so unauffällig wie möglich, tut mir den Gefallen.«

Unter Umhängen verborgene Gestalten kamen an ihnen vorbei, und sie hörte das Klappern der Rosenkränze und gemurmelte Gebete.

Angélique kauerte sich in einem Winkel der Kapelle zusammen und versuchte zu beten, aber die monotonen Gesänge und der Geruch der brennenden Wachskerzen schläferten sie ein.

Als sie aufwachte, war die Kapelle wieder verlassen, doch von den gerade erst gelöschten Kerzen stiegen noch Rauchfäden hinauf in das dunkle Gewölbe.

Sie trat ins Freie. Die Sonne ging auf. In ihrem purpurnen Licht hatten die Ziegeldächer die Farbe von Goldlack. Tauben gurrten im Garten neben einem steinernen Heiligen. Angélique streckte sich ausgiebig und gähnte. Sie fragte sich, ob sie das alles nicht bloß geträumt hatte …

Der herzliche, aber behäbige Bruder Anselme spannte sein Maultier erst nach dem Mittagessen vor den Karren.

»Macht euch keine Sorgen, ihr Schlingel«, sagte er fröhlich. »Das schiebt nur eure Tracht Prügel auf. Wir werden erst nach Einbruch der Dunkelheit in eurem Dorf ankommen. Dann sind Eure Eltern müde von ihrem Tagwerk und wollen schlafen.«

Wenn sie nicht draußen auf den Feldern sind und nach ihren Sprösslingen suchen, dachte Angélique mit schlechtem Gewissen. Sie hatte den Eindruck, innerhalb weniger Stunden plötzlich gealtert zu sein. Ich werde nie wieder Dummheiten machen, nahm sie sich mit einer Entschlossenheit vor, in die sich ein Hauch Wehmut mischte.

Aus Respekt vor ihrem Stand ließ Bruder Anselme sie neben sich auf den Sitz klettern, während die kleinen Jungen sich hinten auf dem Karren drängten.

»Hü! Mein liebes Maultier, mein gutes Maultier«, sang der Mönch vor sich hin, während er die Zügel schwang.

Doch das Tier hatte es nicht eilig. Als es Abend wurde, befanden sie sich immer noch auf der Römerstraße.

»Ich werde eine Abkürzung nehmen«, sagte der Mönch. »Das Ärgerliche daran ist, dass wir dann in der Nähe von Vauloup und Chaillé vorbeikommen, und das sind protestantische Dörfer. Gebe Gott, dass es bis dahin ganz dunkel geworden ist und diese Ketzer uns nicht bemerken. Meine Kutte wird dort nicht gerne gesehen.«

Er stieg ab, um das Maultier auf einen ansteigenden Seitenweg zu ziehen. Angélique, die sich ein wenig die Beine vertreten wollte, gesellte sich zu ihm und spazierte neben ihm her. Überrascht sah sie sich um, als ihr klar wurde, dass sie noch nie in dieser Gegend gewesen war, obwohl sie doch nur drei Meilen von Monteloup entfernt waren. Der Pfad verlief quer über eine Art Geröllhalde, die beinahe wie ein aufgegebener Steinbruch anmutete.

Und als Angélique sich genauer umsah, erkannte sie tatsächlich ein paar Ruinen. Ihre nackten Füße rutschten auf geschwärzter Schlacke aus.

»Das sind ja seltsame Steine«, sagte sie und bückte sich, um den schweren Stein aufzuheben, an dem sie sich verletzt hatte.

»Das ist eine alte Bleimine aus der Zeit der Römer«, erklärte der Mönch. »Sie taucht in unseren alten Schriften unter dem Namen Argentum auf, weil man hier anscheinend auch Silber förderte. Im dreizehnten Jahrhundert hat man versucht, sie wieder in Betrieb zu nehmen, und die wenigen aufgegebenen Schmelzöfen, die Ihr hier seht, stammen vor allem aus dieser jüngeren Zeit.«

Sie hörte interessiert zu.

»Und das Erz, aus dem das Blei gewonnen wurde, ist bestimmt diese erstarrte, schwere schwarze Lava hier?«

Bruder Anselmes Stimme nahm einen belehrenden Ton an.

»Nein, nein! Das Erz ist dieser gelbliche Boden in großen Blöcken. Es heißt, daraus könne man auch Gifte auf Arsenbasis herstellen, also hebt bloß nichts davon auf! Aber wartet einen Moment, hier gibt es noch silbern glänzende, zerbrechliche Würfel, die dürft Ihr anfassen.«

Der Mönch suchte eine Weile, dann rief er Angélique zu sich, um ihr auf einem Felsen eine Art geometrisches Relief aus schwarzem Gestein zu zeigen. Er kratzte ein wenig davon ab, und darunter kam eine funkelnde silberfarbene Oberfläche zum Vorschein.

»Aber wenn das hier massives Silber ist«, sagte die praktisch veranlagte Angélique, »warum sammelt es dann niemand auf? Das muss doch sehr wertvoll sein, zumindest genug, um damit die Steuern zu bezahlen.«

»So einfach ist das nicht, edle Mademoiselle. Zunächst einmal ist nicht alles Silber, was glänzt, und was Ihr hier seht, ist in Wahrheit ein weiteres Bleierz. Es enthält zwar Silber, aber das ist sehr schwer daraus herauszulösen; nur die Spanier und Sachsen kennen die entsprechenden Verfahren. Offenbar muss man es zermahlen und mit Kohle und Harz zu Blöcken vermischen, die in heißem Feuer geschmolzen werden. Dann erhält man einen Bleibarren. Früher goss man das geschmolzene Blei durch die Maschikulis an Eurem Schloss auf die anstürmenden Feinde. Aber daraus Silber zu gewinnen ist etwas für hochgelehrte Alchemisten, und ich bin höchstens ein halber.«

»Ihr habt ›Euer Schloss‹ gesagt, Bruder Anselme; warum unser Schloss?«

»Bei Gott! Weil dieser verlassene Winkel zu Eurem Besitz gehört, natürlich, auch wenn er durch die Ländereien des Marquis du Plessis davon getrennt ist.«

»Davon hat mein Vater mir nie etwas erzählt …«

»Das Gelände hier ist klein und schmal, und man kann nichts darauf anbauen. Was soll Euer Vater schon damit anfangen?«

»Aber das Blei und das Silber …?«

»Pah! Die Mine ist sicher längst erschöpft. Außerdem habe ich das, was ich Euch gerade erzählt habe, von einem alten sächsischen Mönch. Er war geradezu besessen von Steinen und alten Zauberbüchern. Ich glaube, er war ein bisschen verrückt.«

Das Maultier hatte den Karren allein weitergezogen und erreichte nun am Ende der Steigung eine flachere Stelle. Angélique und Bruder Anselme eilten ihm nach und kletterten wieder auf den Bock. Es wurde rasch dunkel.

»Ich zünde die Laterne nicht an«, flüsterte Bruder Anselme, »damit man uns nicht bemerkt. Wenn ich in diese Dörfer komme, sollte ich lieber nackt herumlaufen als in meiner Kutte und mit meinem Rosenkranz am Gürtel. Aber … sind das dahinten nicht Fackeln?«, fragte er plötzlich und zog die Zügel an.

Und tatsächlich, kaum eine Viertelmeile von ihnen entfernt sahen sie viele kleine, sich bewegende Lichtpunkte, die nach und nach immer mehr wurden. Der Nachtwind trug einen fremdartigen traurigen Gesang heran.

»Heilige Jungfrau steh uns bei!«, rief Bruder Anselme und sprang wieder vom Karren. »Das sind die Hugenotten von Vauloup, die ihre Toten begraben. Die Prozession kommt hier vorbei. Wir müssen umkehren.«

Er griff nach den Zügeln des Maultiers und versuchte es dazu zu bringen, auf dem schmalen Weg kehrtzumachen. Aber das störrische Tier weigerte sich. Der Mönch geriet in Panik und begann zu fluchen. Keine Rede mehr vom »lieben Maultier«, jetzt war es das »verdammte Biest«. Angélique und Nicolas eilten zu ihm und versuchten ebenfalls, das Tier zu überzeugen. Die Prozession kam näher.

Der Gesang wurde lauter: »Der Herr ist unser Beistand in größter Seelenpein …«

»Oje! Oje!«, stöhnte Bruder Anselme.

Die ersten Fackelträger kamen um die Biegung. Das Licht fiel auf den Karren, der inzwischen fast quer auf dem Weg stand.

»Was ist das?«

»Ein Helfershelfer des Satans, ein Mönch …«

»Er versperrt uns den Weg.«

»Reicht es denn nicht, dass man uns zwingt, unsere Toten nachts zu begraben wie Hunde? Jetzt will er sie auch noch durch seine Gegenwart entweihen.«

»Verbrecher! Liederlicher Kerl! Papistenhund! Schwein!«

Die ersten Steine schlugen auf das Holz des Karrens. Die

Kinder begannen zu weinen. Angélique stürzte mit ausgestreckten Armen vor.

»Hört auf! Hört auf, das sind Kinder!«

Als sie so unvermittelt und mit wirrem Haar auftauchte, gerieten die Männer erst recht in Rage.

»Ein Mädchen, natürlich! Eine von ihren Konkubinen!«

»Und das da auf dem Karren sind ihre mit Weihwasser besprengten Bastarde.«

»Die sind sicher auch ohne Sünde gezeugt worden!«

»Und durch das Wirken des Heiligen Geistes!«

»Das sind unsere Kinder, die sie geraubt haben, um sie vor ihren Götzenbildern zu opfern!«

»Tötet die Bastarde des Teufels!«

»Rettet unsere Kinder!«

Die schwarz gekleideten Männer mit ihren hasserfüllten Gesichtern zogen sich am Karren hoch. Die Teilnehmer der Prozession, die nicht wussten, was vor sich ging, sangen weiter: »O schütz uns, Herr, in unsrer Not…!« Aber immer mehr Menschen drängten sich um sie.

Mit einer Wendigkeit, die man seinem dicken Körper gar nicht zugetraut hätte, schaffte es Bruder Anselme, unter Schlägen und Beschimpfungen zwischen ihnen durchzuschlüpfen und über die Felder zu flüchten. Nicolas hingegen bemühte sich immer noch, das panische Maultier zum Umdrehen zu bewegen, während die Männer auf ihn einprügelten. Hände wie Klauen griffen nach Angélique. Sie wand sich wie eine Natter und entwischte ihnen, glitt die Wegbefestigung hinunter und begann zu rennen. Einer der hugenottischen Jungen verfolgte sie. Es war ein sehr junger Bursche, kaum älter als sie, dessen Jugend seinen fanatischen Eifer zweifellos noch verstärkte.

Kämpfend rollten sie ins Gras. Mit einem Mal wurde Angélique von wildem Zorn erfasst. Sie kratzte, biss und grub ihre Zähne mit aller Kraft in sein Fleisch, bis das salzige Blut über ihre Zunge lief. Endlich spürte sie, wie die Kräfte ihres Gegners erlahmten, und konnte erneut fliehen.

Vor dem Karren hatte sich inzwischen ein hochgewachsener Mann zu seiner vollen Größe aufgerichtet.

»Hört auf! Hört auf, ihr Unglückseligen!«, gebot er den anderen mit den gleichen Worten Einhalt wie kurz zuvor Angélique. »Das sind Kinder.«

»Kinder des Teufels! Ja! Und was haben sie mit unseren Kindern gemacht? Aus den Fenstern haben sie sie geworfen in der Bartholomäusnacht, hinaus auf die wartenden Piken.«

»Das ist Vergangenheit, meine Söhne. Zügelt euren rächenden Arm. Haltet ein, meine Söhne, hört auf euren Pastor.«

Angélique hörte das Knirschen des Karrens, der sich wieder in Bewegung setzte, nachdem Nicolas es endlich geschafft hatte, ihn zu wenden. Sie schlich hinter den Hecken entlang bis zur nächsten Wegbiegung, wo sie wieder zu den anderen stieß.

»Ohne den Pastor wären wir vermutlich jetzt alle tot«, flüsterte der Junge mit klappernden Zähnen.

Angéliques ganzer Körper war mit Schrammen übersät. Sie versuchte, ihr zerrissenes, schlammverkrustetes Kleid um sich zu wickeln. Die Männer hatten so fest an ihren Haaren gezogen, dass es sich anfühlte, als hätte man ihr die Kopfhaut abgerissen, und es tat fürchterlich weh.

Ein Stück weiter entfernt hörten sie ein gedämpftes Rufen, und Bruder Anselme kam aus dem Gebüsch hervor.

Sie mussten wieder zurück auf die Römerstraße. Zum Glück war inzwischen der Mond aufgegangen. Die Kinder erreichten Monteloup erst am frühen Morgen. Dort erfuhren sie, dass die Bauern seit dem Vortag den Wald von Nieul nach ihnen absuchten. Da sie dort nur Mélusine vorgefunden hatten, die auf einer Lichtung Heilkräuter pflückte, hatten sie die Hexe beschuldigt, ihre Kinder fortgezaubert zu haben, und sie kurzerhand am Ast einer Eiche aufgeknüpft.

Kapitel 9

»Mélusine!« Angéliques Schrei hallte unter den Gewölben des alten Schlosses wider.

»Mélusine ...!!«

Pulchérie stürzte vor, umklammerte Angélique und hielt sie mit ihrer ganzen kümmerlichen, zitternden Kraft zurück, als sie hinausstürmen und zur verborgenen Höhle ihrer Freundin laufen wollte. Sie konnte nicht glauben, was man ihr gerade verkündet hatte: Die nach ihren verlorenen Kindern suchenden Bauern hatten Mélusine aufgehängt.

Als sie sich mit wirrem Haar, über und über verdreckt und beinahe in Fetzen gehüllt in die Eingangshalle des Schlosses geschlichen hatte, war dort ihre gesamte Familie bis hin zu den Bediensteten versammelt gewesen, und sie hatten ihr von der Katastrophe berichtet, an der sie ihr die Schuld gaben.

Man hatte die Hexe aufgehängt.

Reglos sahen sie zu, wie Angélique sich unter ersticktem Geschrei und verzweifelten Rufen gegen Pulchéries Griff wehrte: »Mélusine! Mélusine ...!«

Dazwischen hörte sie Hortenses hochnäsige Stimme, die mit der Eintönigkeit von Rosenkranzgesätzen Beschuldigungen aneinanderreihte.

»Das ist deine Schuld, Angélique! Es ist deine Schuld! Warum hast du die Bauernkinder so weit weggeführt? Warum bist du nicht zurückgekommen, als es dunkel wurde? Warum hast du nicht daran gedacht, dass die Eltern sich Sorgen machen würden? Dass wir uns Sorgen machen würden«, fügte sie salbungsvoll hinzu. »Du hast nichts im Kopf und ein kaltes Herz!«

Angélique beruhigte sich allmählich und wehrte sich nicht länger gegen Pulchérie, die sie dennoch nicht loszulassen wagte. Sie streckte die Arme nach ihrem Vater aus und sah ihn mit ergreifendem Blick an.

»Warum? Warum haben sie das getan?«

Der arme Baron betrachtete seine jüngere Tochter niedergeschlagen. Mit ihrem wirren goldblonden Haar, das ihren Kopf wie ein Heiligenschein einrahmte, erschien sie ihm wie ein Lichtwesen aus einer anderen Welt, während alles um sie herum, auch er und seine Familie, so dunkel und gewöhnlich waren. Er fühlte sich außerstande, ihr zu antworten. Was die Bewohner seiner Ländereien getan hatten, entsetzte ihn, aber da er wusste, wie grausam und irrational sie reagierten, wenn die Furcht vor dem bösen Blick, vor bösen Geistern, vor dem Eindringen des Satans in ihr Leben sie erfasste, hatte es ihn nicht überrascht.

»Weil sie eine Hexe war!«, erklärte die Amme in belehrendem Ton.

»Hexen sind gefährlich«, ergänzte Tante Jeanne, die ausnahmsweise hinter ihrem Stickrahmen hervorgekommen war, mit ihrer selten gehörten, an eine rostige Ratsche erinnernden Stimme. »Sie haben Macht über die Geburt, das Leben, den Tod…«

»Und die Liebe!«, fügte die Amme hinzu.

»Aber sie war eine gute Hexe!«, rief Angélique.

»Das sind die schlimmsten«, erwiderte Tante Jeanne, und ihre Harpyienstimme klang noch schriller als zuvor. »Das steht im Buch der Inquisitoren, dem *Malleus Maleficarum*, das von den ›geliebten Söhnen‹ von Papst Innozenz VIII., den Dominikanermönchen Sprenger und Kramer, geschrieben wurde.«

Und mit unerbittlicher Stimme zitierte sie:

»... *Unter Hexen verstehen wir nicht allein diejenigen, die quälen und töten, sondern auch und vor allem jene, die als gute Hexen betrachtet werden, welche nichts Böses tun, welche weder besudeln noch zerstören, sondern heilen und vom Bösen erlösen... Es wäre besser für uns alle, wenn die Erde von all diesen Hexen gereinigt wäre, vor allem von den guten Hexen.*«

»Das reicht, Jeanne! Genug!«, rief Madame de Sancé.

Ihre Züge waren angespannt, und sie hatte tiefe Schatten unter den Augen, denn Angéliques Verschwinden hatte für lange bange Stunden in ihrer Familie gesorgt, aber genau wie ihr Mann erkannte sie, wie sinnlos es wäre, Angéliques Schmerz durch Vorwürfe noch zu vergrößern.

»Seid still, Jeanne. Ihr tätet besser daran, in den Salon zurückzugehen und Euch an Eure Stickerei zu setzen. Nounou, bringt das Kind in die Küche und gebt ihm einen Teller heißer Suppe.«

Immer noch schaute Angélique ihren Vater stumm fragend an: Warum? Warum? Doch das Einzige, was sie in seinen Augen lesen konnte, war eine unwiderrufliche Entscheidung.

Diesmal, mein Kind, kommst du nicht darum herum. Du gehst ins Kloster... Und mir bleibt nichts anderes übrig, als Molines' Angebot anzunehmen.

Mehrere Stunden saß Angélique reglos und stumm neben dem Feuer, fast wie an manchen Abenden der alte Lützen, der sie an diesem Tag ebenfalls wortlos beobachtete.

Von Weitem hatte sie gehört, wie ihre Mutter Tante Jeanne energisch zurechtgewiesen hatte, weniger wegen ihrer Einmischung in ihre Erziehung, sondern wegen der Zitate aus einem Buch, von dem die Baronin vollkommen sicher war, dass es sich nicht in ihrer Bibliothek befand, die ohnehin recht kümmerlich war und genau wie der Rest des Schlosses unter der Feuchtigkeit litt. Der *Malleus Maleficarum*? Wo hatte sie das bloß gelesen?

Tante Jeanne krümmte sich wie eine angestupste Spinne und verschwand schließlich wieder hinter ihrem Stickrahmen und ihren wollenen Fäden in jener Ecke des Salons, in der sie meistens allein saß, seit der Großvater gestorben war. Den Fragen ihrer Schwägerin begegnete sie mit einer herablassenden, wissenden Miene, die eine ganze Fülle theologischer Kenntnisse andeutete, welche viel zu erhaben und kompliziert waren, um sie gewöhnlichen Sterblichen zu enthüllen.

Madame de Sancé erkundigte sich bei der Amme nach diesem Buch.

Hatte Jeanne es vielleicht von einem der Kolporteure gekauft? Schwer vorstellbar, dass sie zwischen ihren kleinen blauen Büchern und den bunten Bändern ein an Inquisitoren gerichtetes mittelalterliches Werk zur Dämonologie mitschleppten, das von zwei fanatischen Mönchen verfasst worden war.

Außerdem war der Kolporteur in diesem Jahr noch gar nicht gekommen. Vielleicht hatte er keine Möglichkeit gefunden, zwischen all den Kriegen hindurchzuschlüpfen, die hier und da aufflammten wie die Flecken eines immer stärker hervortretenden Hautausschlags. Ihre Unterhaltung wandte sich den aktuellen Gerüchten über das Königreich zu, das zur Zeit noch recht ruhig erschien. Um den ungestümen Prinzen von Marcillac dafür zu bestrafen, dass er zusammen mit seiner Mätresse Anne-Geneviève de Longueville die Adelsfronde ausgelöst hatte, hatte die Regentin Anna von Österreich befohlen, sein Schloss in Verteuil zu zerstören. Über das Schicksal seiner Gemahlin, die durch den kürzlichen Tod ihres Schwiegervaters zur Herzogin von La Rochefoucauld geworden war, aber von nun an mit ihren sechs Kindern ohne Obdach dazustehen drohte, war nichts bekannt.

Angélique nutzte die Gelegenheit, um sich aus dem Schloss zu schleichen. Draußen regnete es. Die Dämmerung war noch nicht angebrochen, aber es war grau und düster. Sie wollte zu Mélusines Höhle hinabklettern, um zu sehen, was aus ihren Schätzen und ihren Tieren, der Katze und der Eule, geworden war… Aber als sie näher kam, glaubte sie im Nebel herumstreifende Gestalten zu erkennen, die die Gegend um den Steilhang bewachten.

Mit wild klopfendem Herzen wich sie in die Tiefen des Unterholzes zurück. Sie lief durch das nasse Gras, ohne zu bemerken, wie das Wasser von den Zweigen auf sie tropfte. Immer noch spürte sie rings um sich die Gegenwart argwöhnischer, sogar hasserfüllter Schemen und war erleichtert, als sie schließlich das Schloss erreichte.

In den folgenden Tagen herrschte schönes Wetter. Sie wollte noch einmal spazieren gehen, doch diesmal, Illusion oder Realität, erschien ihr alles verlassen.

Vielleicht ging man ihr aus dem Weg?

Auf ihrer ziellosen Wanderung erspähte sie plötzlich im Schatten eines Hohlwegs einen Mann, der in nachdenklicher Haltung auf einem Baumstumpf saß. Als sie näher kam, erkannte sie ihren Vater. Sein Pferd graste in der Nähe.

Baron Armand hob den Kopf.

Angélique setzte sich neben ihn. Das Herz war ihr schwer.

»Weißt du eigentlich«, fragte der Baron, »wie viele Sorgen und Ärgernisse mich euretwegen plagen, und deinetwegen ganz besonders…?«

»Ist irgendetwas mit den Maultieren, Vater?«

»Nein, denen geht es gut. Aber ich komme gerade von Molines. Verstehst du, Angélique, nach deinem unüberlegten

Ausflug in den Wald hat deine Tante Pulchérie deiner Mutter und mir eindringlich vor Augen geführt, dass wir dich unmöglich noch länger bei uns im Schloss behalten können. Wir müssen dich ins Kloster schicken. Darum habe ich mich zu einem äußerst demütigenden Schritt durchgerungen, den ich mir am liebsten um jeden Preis erspart hätte. Ich war eben bei Molines, um ihn zu bitten, mir den für meine Familie bestimmten Vorschuss zu geben, den er mir vor einiger Zeit angeboten hat.«

Er sprach mit leiser, trauriger Stimme, als sei etwas in ihm zerbrochen, als sei ihm etwas widerfahren, das noch schmerzlicher war als der Tod seines Vaters oder der Fortgang seines ältesten Sohnes.

»Armer Papa!«, sagte Angélique leise.

»Aber so einfach ist das nicht«, sprach der Baron weiter. »Wenn es nur damit getan wäre, einem Bürgerlichen die Hand zu reichen, wäre es schon schwer genug. Was mich jedoch wirklich beunruhigt, ist, dass ich keine Ahnung habe, welche Ziele Molines verfolgt. Er hat dieses zweite Darlehen nämlich an merkwürdige Bedingungen geknüpft.«

»Was für Bedingungen denn?«

Er betrachtete sie nachdenklich, streckte die schwielige Hand aus und streichelte ihr herrliches dunkelgoldenes Haar.

»Eigenartig... Es fällt mir leichter, mich dir anzuvertrauen als deiner Mutter. Du bist ein verrückter Wildfang, aber es scheint jetzt schon fast so, als könntest du alles verstehen. Natürlich habe ich bereits geahnt, dass Molines sich aus dem Maultierhandel einen erheblichen finanziellen Gewinn verspricht, aber ich habe nie so recht verstanden, warum er sich dafür gerade an mich gewandt hat und nicht an einen gewöhnlichen Rosshändler aus der Umgebung. Jetzt weiß ich, was ihn wirklich interessiert: Es ist mein Adelsstand. Er hat mir heute gesagt, dass er von mir erwartet, mit Hilfe meiner Bekannten oder Verwandten die vollständige Befreiung von allen Steuern, Zöllen und Staubabgaben für ein Viertel unserer Maultiere zu erwirken und dazu noch das verbriefte Recht, dieses Viertel nach England oder Spanien auszuführen, wenn der Krieg mit den Spaniern zu Ende ist…«

Der Baron dachte nach.

»…Zumindest besteht die Aussicht, dass ich Monsieur de Trémant, den Oberintendanten unserer Provinz, dazu bewegen kann, mir diese Befreiungen zu gewähren. Es würde ihn nichts kosten, und wir sind weitläufig miteinander verwandt, was ich ihm bei der Gelegenheit noch einmal in Erinnerung rufen werde.«

»Das ist doch ausgezeichnet«, sagte Angélique erfreut. »Wirklich eine geschickt eingefädelte Partnerschaft. Auf der einen Seite Molines, ein gerissener Bürgerlicher, und auf der anderen Ihr, ein Adliger…«

»Und nicht gerissen«, ergänzte ihr Vater lächelnd.

»Das meinte ich nicht. Eher… nicht so ganz auf dem Laufenden. Aber Ihr verfügt über Beziehungen und Titel. Zusammen müsst Ihr einfach Erfolg haben. Ihr habt selbst neulich gesagt, dass es Euch unmöglich erscheint, Maultiere ins Ausland zu schaffen, bei dem ganzen Wege- und Brückengeld und all den Stadtzöllen, die die Kosten in die Höhe treiben. Und bei einem Viertel der Tiere kann der Oberintendant doch nichts dagegen einzuwenden haben! Was habt Ihr denn mit dem Rest vor?«

»Das ist es ja gerade: Der Militärintendanz wird ein Vorkaufsrecht für die Maultiere zum aktuellen Jahrespreis auf dem Markt von Poitiers eingeräumt.«

Angélique nickte.

»Es sieht ganz so aus, als hätte Molines an alles gedacht. Er ist ein kluger Mann! Solltet Ihr nicht auch Monsieur du Plessis aufsuchen und vielleicht an den Herzog von La Trémoille schreiben? Aber wie man hört, sollen all die hohen Herren sowieso bald herkommen, um ihre Fronde voranzutreiben.«

»Ja, davon ist die Rede«, antwortete der Baron missmutig. »Aber beglückwünsche mich lieber nicht zu früh. Ob die Fürsten nun kommen oder nicht, es ist nicht sicher, dass es mir gelingen wird, ihre Zustimmung zu erhalten. Und das Erstaunlichste habe ich dir noch gar nicht erzählt.«

»Was denn?«

»Molines will unsere alte Bleimine in der Nähe von Vauloup wieder in Betrieb nehmen.«

Der Baron seufzte versonnen.

»Manchmal frage ich mich, ob dieser Mann noch ganz bei Verstand ist, und ich muss zugeben, dass ich so verwickelte Geschäfte nicht wirklich durchschaue … Wenn es denn Geschäfte sind. Um es kurz zu machen, er hat mich aufgefordert, beim König um die Erneuerung des alten Privilegs meiner Vorfahren zu ersuchen, aus unserer Mine Blei und Silber zu fördern und zu Barren einzuschmelzen. Du kennst doch die verlassene Mine von Vauloup?«, fragte Armand de Sancé.

Angélique nickte.

Die quälenden Erinnerungen an ihren unerfreulichen Ausflug, bei dem Bruder Anselme ihr die Mine gezeigt hatte, kamen wieder hoch.

»Ich wüsste zu gerne, was sich dieser Teufelskerl von einem Verwalter von diesen alten Kieseln verspricht«, fuhr ihr Vater beunruhigt fort. »Denn natürlich wird die Wiederinbetriebnahme der Mine unter meinem Namen vonstattengehen, aber er will für alle Kosten aufkommen. Wir werden einen geheimen Vertrag schließen, in dem ihm das Recht zugestanden wird, die Bleimine für zehn Jahre zu pachten, wodurch meine Verpflichtungen aus dem Grundbesitz und dem Abbau des Erzes auf ihn übergehen. Ich soll nur beim Oberintendanten die gleiche Steuererleichterung auf ein Viertel der künftigen

Produktion und die gleichen Ausfuhrgarantien erwirken wie für die Maultiere. Das erscheint mir alles recht kompliziert.«

Abermals stieß er einen tiefen Seufzer aus.

»Nun ja, wir sollten uns nicht beklagen ... Es ist nur gerecht, dass die vielen Steuerpächter und Finanziers, die mit Geld umzugehen wissen, den Adel unterstützen, während dieser sein Leben in den Kriegen des Königs hingibt. Ich selbst und dein Großvater haben unseren Teil dazu beigetragen, und es geht nicht an, dass wir unser Leben in Armut beschließen. Dieses zweite Darlehen ermöglicht dir und Hortense eine gute Ausbildung. Das ist an sich schon eine Art Mitgift, die es uns erlauben wird, gute Ehemänner für euch zu finden. Deine Mutter und ich werden die Ursulinen in Poitiers anschreiben und nachfragen, ob sie Platz haben, um euch aufzunehmen, und falls ja, welche Ausstattung für euch zusammengestellt werden muss. Das wird wohl eine gewisse Zeit in Anspruch nehmen. Und bis dahin möchte ich dich bitten, nicht länger deinen unschicklichen Launen zu folgen. Es wird Zeit, dass du aufhörst, durch die Felder zu tollen und Blumen zu pflücken ... Kannst du mir das versprechen, Angélique?«

Angélique schwieg.

Für ein paar Augenblicke hatte sie sich wieder wie ein Kind gefühlt, das am Rand des Hohlwegs neben seinem Vater saß, und die bleierne Last der unverständlichen Katastrophe war ein wenig leichter geworden.

Das Leben ging weiter und schloss sie ein mit seinen Verpflichtungen, aber auch mit der Hoffnung auf Veränderung.

Und sie verstand, dass die Tage wie ein nie versiegender Sturzbach waren und dass sie selbst, genau wie ihre Eltern, keine andere Wahl hatte, als sich von ihm mitreißen zu lassen.

»Versprich es mir«, beharrte der Baron.

Sie senkte den Kopf.

Und sie versprach es ihm.

Dritter Teil

Die Götter des Olymps

Kapitel 10

Es verging eine recht lange Zeit, ehe die hin und her geschickten Schreiben bestätigten, dass die Ursulinen aus Poitiers Platz für die neuen Zöglinge hatten, und nach all der Furcht, ihrer Bitte könne wieder nicht entsprochen werden, freuten sich Monsieur und Madame de Sancé mitsamt der ganzen Familie, Angélique eingeschlossen, über das, was ihnen lange wie ein schmerzliches und vielleicht sogar sinnloses Opfer erschienen war.

Angélique machte sich also daran, ihre Ausstattung zusammenzupacken. Hortense und Madelon würden auch mitkommen. Raymond und Gontran würden sie nach Poitiers begleiten und, nachdem sie ihre Schwestern bei den Ursulinen abgeliefert hatten, zu den Jesuitenpatres gehen, von deren erzieherischen Fähigkeiten man sich wahre Wunder erzählte. Wieder war es Molines gewesen, der, obwohl doch Hugenotte, den Baron darauf aufmerksam gemacht hatte, dass der Unterricht bei den Jesuiten umsonst war, was kaum jemand wusste.

Es war sogar die Rede davon, den kleinen neunjährigen Denis auf diesen Massenexodus mitzunehmen. Aber dagegen begehrte die Amme auf. Nachdem man ihr erst die Sorge um zehn Kinder aufgehalst hatte, wollte man ihr jetzt auf einen Schlag alle wegnehmen. Sie halte nichts von solch extremem Gebaren, schimpfte sie. Also blieb Denis im Schloss. Zusammen mit Marie-Agnès, Albert und einem kleinen Jungen von zwei Jahren, den alle nur »den Kleinen« nannten, würde das ausreichen, um Fantine Lozier in ihrer »Freizeit« zu beschäftigen. Nachdem das geklärt war, kam das Schloss wieder zur Ruhe. Sie sollten erst im Herbst abreisen. Vielleicht würde ja in der Zwischenzeit etwas passieren, was das Schreckbild des Klosters verscheuchen würde, und tatsächlich geschah etwas, das beinahe den Lauf von Angéliques Schicksal verändert hätte.

Eines Vormittags kehrte Monsieur de Sancé höchst geschäftig von Schloss Plessis zurück.

»Angélique«, rief er, als er ins Speisezimmer kam, wo die versammelte Familie auf ihn wartete, um sich zu Tisch zu setzen. »Angélique, bist du da?«

»Ja, Vater.«

Er musterte seine Tochter mit einem kritischen Blick. In den vergangenen Monaten war sie noch mehr gewachsen, ihre Hände waren sauber, und ihr Haar war ordentlich gekämmt. Alle waren sich einig, dass Angélique allmählich vernünftig wurde.

»Das wird gehen«, murmelte er vor sich hin.

»Stellt Euch vor«, wandte er sich dann an seine Frau, »gerade ist die ganze Sippschaft du Plessis, der Marquis und die Marquise mitsamt Sohn, Pagen, Knechten und Hunden auf ihrem Besitz eingefallen. Sie haben einen illustren Gast, den Prinzen von Condé und seinen gesamten Hof. Ich bin mitten unter sie geraten, eine ausgesprochen unangenehme Situation, sage ich Euch! Aber mein Cousin war sehr freundlich. Er hat mich zu sich gerufen und sich nach Eurem Befinden erkundigt, und wisst Ihr, worum er mich gebeten hat? Ich soll Angélique zu ihm bringen, um eine der Ehrenjungfern der Marquise zu ersetzen. Sie musste fast all die aufgeblasenen Gänschen, die ihr die Frisur richten, ihr die Zeit vertreiben und für sie Laute spielen, in Paris zurücklassen. Die Ankunft des Prinzen von Condé hat sie in Verlegenheit gebracht; sie behauptet, sie brauche unbedingt anmutige kleine Kammerzofen, um ihr zur Hand zu gehen.«

»Und warum nicht mich?«, rief Hortense empört.

»Weil er ›anmutig‹ gesagt hat«, versetzte ihr Vater ohne Umschweife.

»Der Marquis fand mich sehr geistreich.«

»Aber die Marquise möchte hübsche Gesichter um sich haben.«

»So eine Gemeinheit!«, schrie Hortense und stürzte sich kampflustig auf ihre Schwester.

Aber diese hatte den Angriff vorausgesehen und wich ihr geschickt aus. Mit klopfendem Herzen ging sie hinauf in das große Zimmer, das sie inzwischen nur noch mit Madelon teilte. Durch das Fenster rief sie einen der jungen Knechte und wies ihn an, ihr einen Eimer Wasser und einen Zuber zu bringen.

Sie wusch sich sehr sorgfältig und bürstete lange ihr herrliches Haar, das ihr über die Schultern fiel wie eine seidige Haube. Pulchérie brachte ihr das schönste Kleid, das man für ihren Eintritt in die Klosterschule hatte anfertigen lassen. Angélique liebte dieses Kleid, obwohl es von recht glanzloser grauer Farbe war. Aber der Stoff war neu, eigens für diesen Anlass bei einem großen Stoffhändler in Niort gekauft, und es hatte einen hübschen weißen Kragen. Es war ihr erstes langes Kleid. Freudig zog sie es an. Die Tante schlug gerührt die Hände zusammen.

»Meine kleine Angélique, du siehst aus wie eine richtige junge Dame. Vielleicht sollten wir dir die Haare hochstecken?«

Doch Angélique lehnte ab. Ihr weiblicher Instinkt warnte sie davor, den Glanz ihres einzigen Schmucks zu mindern.

Sie bestieg ein hübsches rotbraunes Maultier, das ihr Vater für sie hatte satteln lassen, und machte sich an seiner Seite auf den Weg zum Schloss Plessis!

Das Schloss war aus seinem Zauberschlaf erwacht. Der Baron und seine Tochter hatten ihre Reittiere beim Verwalter Molines gelassen, und als sie nun die Hauptallee entlanggingen, wehte ihnen Musik entgegen. Windhunde und hübsche Griffons tollten über die Rasenflächen. Herren mit lockigem Haar und Damen in schimmernden Kleidern flanierten durch die Alleen. Manche von ihnen warfen dem in dunkles grobes Tuch gewandeten Provinzedelmann und seiner wie eine Klosterschülerin gekleideten Tochter verwunderte Blicke zu.

»Lächerlich, aber ganz hübsch«, bemerkte eine der Damen, während sie mit ihrem Fächer spielte.

Angélique fragte sich, ob damit wohl sie gemeint war. Warum bezeichneten sie sie als lächerlich? Sie musterte die prächtigen Roben mit ihren lebhaften Farben und ihrem Spitzenbesatz genauer und begann ihr graues Kleid unpassend zu finden.

Baron Armand teilte die Verlegenheit seiner Tochter nicht. Er war in Gedanken bei der Unterredung, um die er den Marquis du Plessis bitten wollte. Im Grunde sollte es für einen Angehörigen des höheren Adels, zu dem auch der gegenwärtige Baron de Ridoué de Sancé de Monteloup gehörte, ein Leichtes sein, eine vollständige Steuerbefreiung auf ein Viertel der Erzeugnisse einer Maultierzucht und einer Bleimine zu erhalten. Aber der arme Landjunker erkannte, dass das Leben fernab des Hofes ihn ebenso linkisch hatte werden lassen wie einen einfachen Bürgerlichen, und er fand sich kaum zurecht zwischen all den Damen und Herren, deren gepudertes Haar, parfümierter Atem und lautes Geschnatter ihn völlig verwirrten. Wehmütig dachte er an die Zeit von Ludwig XIII. zurück, als man, wie er sich zu erinnern glaubte, noch mehr Wert auf Schlichtheit legte, und rief sich vergangene Freundschaften ins Gedächtnis, während er sich, gefolgt von Angélique, einen Weg durch die bändergeschmückte Gesellschaft bahnte.

Auf einem kleinen Podest saßen Musiker und entlockten

ihren Drehleiern, Lauten, Oboen und Flöten helle, liebliche Töne. In einem großen, mit Spiegeln geschmückten Saal erblickte Angélique tanzende junge Leute. Sie fragte sich, ob ihr Cousin Philippe wohl bei ihnen war.

Unterdessen hatte der Baron de Sancé den letzten der aneinandergereihten Salons erreicht und verneigte sich, wobei er seinen alten Filzhut mit der schäbigen Feder abnahm. Diese Geste verursachte Angélique beinahe körperliche Qualen. Bei unserer Armut, dachte sie, wäre Arroganz die einzige Rettung. Statt in den tiefen Knicks zu versinken, den Pulchérie sie zu Hause noch dreimal hatte üben lassen, blieb sie steif stehen, als wäre sie eine hölzerne Marionette, und blickte ungerührt geradeaus. Die Gesichter ringsum verschwammen ein wenig vor ihren Augen, aber sie wusste, dass alle bei ihrem Anblick am liebsten laut losgelacht hätten.

Nach der Ankündigung des Lakaien – »Baron de Ridoué de Sancé de Monteloup« – hatte sich ein nur von ersticktem Glucksen unterbrochenes Schweigen auf den Raum herabgesenkt.

Das Gesicht der Marquise du Plessis verfärbte sich hinter ihrem Fächer tiefrot, und ihre Augen blitzten vor unterdrückter Heiterkeit. Der Marquis rettete die Situation, indem er liebenswürdig vortrat.

»Mein lieber Cousin«, rief er, »es freut uns ungemein, dass Ihr uns Eure reizende Tochter so schnell herbringt. Angélique, Ihr seid noch hübscher als bei meinem letzten Besuch. Nicht wahr? Sieht sie nicht aus wie ein Engel?«, fragte er, wobei er sich zu seiner Gemahlin umwandte.

Diese hatte sich wieder gefasst.

»Unbedingt«, stimmte sie ihm zu. »In einem anderen Kleid würde sie himmlisch aussehen. Setzt Euch auf diesen Schemel, mein Kind, damit wir Euch in Ruhe anschauen können.«

»Lieber Marquis«, sagte Armand de Sancé, dessen raue

Stimme in diesem gezierten Salon fehl am Platz klang, »ich würde gerne schnellstmöglich mit Euch über ein paar wichtige Angelegenheiten reden.«

Der Marquis zog verwundert die Augenbrauen hoch.

»Tatsächlich? Worum geht es denn?«

»Ich bedauere, aber diese Angelegenheiten lassen sich nur unter vier Augen besprechen.«

Monsieur du Plessis warf seinem Verwandten einen übertrieben resignierten Blick zu.

»Also gut! Also gut, Cousin. Lasst uns in mein Schreibzimmer gehen. Meine Damen, bitte entschuldigt uns. Bis gleich …«

Als er ihn gerade fortführen wollte, drehte sich einer der lockigen, gepuderten, sogar geschminkten jungen Herren, der im Mittelpunkt einer größeren Gruppe stand, zu ihnen um und rief den Baron an.

»Monsieur de Sancé.«

Und als dieser stehen blieb, fragte er: »Jagt Ihr immer noch mit Eurem Baumfalken?«

Alle brachen in Gelächter aus.

»Weder Baumfalke noch Falke«, gab der Baron nach einem sprachlosen Moment zurück. »Ich jage nicht, dafür habe ich keine Zeit …«

Das musste die passende Antwort gewesen sein, denn das Gelächter verklang, und man wandte sich wieder dem Gespräch zu. Angélique hatte den Scherz nicht verstanden, aber sie spürte sehr wohl, dass der Jüngling den Baron mit seiner Bemerkung hatte verspotten wollen.

Sie bemerkte, dass sich ein Kreis von Neugierigen um ihren Schemel geschart hatte. Sie fing sich wieder, und das entsetzliche Gefühl, dass ihr die Luft abgeschnürt hatte, verflog ein wenig.

Inzwischen konnte sie die Gesichter, die sie umringten, deutlich sehen. Die meisten davon waren ihr fremd. Aber gleich neben der Marquise saß eine sehr schöne Frau, die sie an ihrem weißen, wie Perlmutt schimmernden Busen erkannte.

Madame de Richeville.

Das goldbestickte Kleid der Gräfin und ihr mit Diamanten geschmückter Brusteinsatz führten ihr nur zu deutlich vor Augen, wie hässlich ihr eigenes graues Kleid war. All diese Damen glitzerten von Kopf bis Fuß. Am Gürtel trugen sie seltsamen Zierrat, kleine Spiegel, Schildpattkämme, Bonbondöschen und Uhren. Niemals würde Angélique sich so kleiden können. Niemals wäre sie fähig, andere mit solcher Herablassung zu mustern, niemals würde sie sich mit so hoher, gekünstelter Stimme unterhalten können, die klang, als würden die Damen ununterbrochen Bonbons lutschen.

»Meine Liebe«, sagte eine von ihnen, »sie hat bezauberndes Haar, aber es ist nie richtig gepflegt worden.«

»Ihre Brust ist recht flach für eine Fünfzehnjährige.«

»Aber meine Liebe, ich glaube, sie ist nicht einmal dreizehn.«

»Wollt Ihr meine Meinung hören, Henriette? Es ist zu spät, um ihr noch Schliff beizubringen.«

Bin ich etwa ein Maultier auf dem Markt, fragte sich Angélique, viel zu verblüfft, um wirklich verletzt zu sein.

»Was wollt Ihr denn?«, rief Madame de Richeville. »Sie hat grüne Augen, und grüne Augen bringen Unglück, genau wie Smaragde.«

»Es ist ein seltener Farbton«, widersprach eine andere.

»Aber reizlos. Seht nur, was dieses Mädchen für einen harten Blick hat. Nein, wirklich, ich mag grüne Augen nicht.«

Wollen sie mir jetzt auch noch meine Augen und mein Haar nehmen, dachte das junge Mädchen. Das ist doch das Einzige, was ich überhaupt besitze.

»Ach, Madame«, sagte sie unvermittelt mit lauter Stimme, »ich zweifle nicht daran, dass die blauen Augen des Abtes von

Nieul zärtlicher dreinschauen ... und Euch mehr Glück bringen«, schloss sie leiser.

Mit einem Schlag herrschte Totenstille. Vereinzelt hörte man ein Lachen, das sofort wieder erstarb.

Die Damen sahen sich verstört um, als könnten sie nicht glauben, dass solche Worte aus dem Mund dieses ungerührt dasitzenden Mädchens gekommen sein sollten. Tiefe Röte überzog das Gesicht der Gräfin de Richeville und breitete sich weiter auf ihr Dekolleté aus.

»Dich kenne ich doch!«, rief sie.

Dann biss sie sich auf die Lippen.

Die anderen musterten Angélique wie betäubt. Die Marquise, die selbst über eine äußerst spitze Zunge verfügte, erstickte erneut fast vor Lachen hinter ihrem Fächer. Aber diesmal war es ihre Nachbarin, vor der sie ihre Heiterkeit zu verbergen suchte.

»Philippe! Philippe!«, rief sie, um die Fassung wiederzugewinnen. »Wo ist mein Sohn? Monsieur de Barre, wärt Ihr so freundlich, meinen Obristen zu holen ...?«

Und als der Sechzehnjährige vor ihr stand, bat sie: »Philippe, hier ist deine Cousine. Nimm sie mit zum Tanzen. In Gesellschaft junger Leute wird sie sich besser unterhalten als bei uns.«

Ohne abzuwarten, war Angélique aufgestanden. Sie war wütend auf sich selbst, weil sie ihr Herz schlagen spürte. Der junge Edelmann starrte seine Mutter mit unverhohlener Empörung an. Wie könnt Ihr es wagen, schien er zu sagen, mich in die Arme eines so geschmacklos ausstaffierten Mädchens zu werfen?

Aber an den Mienen der Umstehenden musste er wohl ablesen, dass etwas Ungewöhnliches vor sich ging, und so bot er Angélique die Hand und murmelte widerwillig: »Dann kommt, Cousine.«

Sie legte ihre zarten Finger, von denen sie gar nicht wusste, wie hübsch sie waren, in die dargereichte Hand. Schweigend führte Philippe du Plessis sie bis zur Tür der Galerie, wo die Pagen und jungen Leute seines Alters sich nach Belieben vergnügen durften.

»Platz da! Platz da!«, rief er. »Meine Freunde, darf ich euch meine Cousine vorstellen, die Baronin vom traurigen Gewande.«

Er erntete schallendes Gelächter, und alle stürmten auf sie zu. Die Pagen trugen kurze, seltsam gebauschte Hosen, die dicht oberhalb des Knies endeten, und mit ihren langen, dürren jugendlichen Beinen sahen sie auf ihren hohen Absätzen aus wie Stelzvögel.

Im Grunde bin ich in meinem traurigen Kleid auch nicht lächerlicher als die mit ihrem Kürbis um die Hüften, dachte Angélique.

Sie hätte liebend gerne noch etwas von ihrer Selbstachtung geopfert, um ein wenig länger in Philippes Nähe zu bleiben, aber da fragte auch schon einer der Jungen: »Versteht Ihr zu tanzen, Mademoiselle?«

»Ein wenig.«

»Tatsächlich? Und welche Tänze beherrscht Ihr?«

»Die Bourrée, den Rigaudon, den Reigen …«

»Hahaha«, prusteten die jungen Burschen los. »Philippe, was für einen Vogel bringst du uns denn da? Na los, na los, meine Herren, lasst uns losen! Wer soll das Bauernmädel zum Tanz führen? Wo sind die Freunde der Bourrée? Puff! Puff …! Puff!«

Brüsk riss Angélique ihre Hand aus der von Philippe und floh.

Sie durchquerte die großen Salons voller Diener und Adliger und die mit Mosaik ausgelegte Eingangshalle, wo die Hunde auf samtenen Tüchern schliefen. Sie suchte ihren Vater, und vor allem wollte sie nicht weinen. Das alles hier war es nicht wert. Bloß eine Erinnerung, die sie aus ihrem Gedächtnis streichen musste wie einen etwas verrückten, grotesken Traum. Es bekommt der Wachtel nicht gut, ihr Dickicht zu verlassen. Da sie Tante Pulchéries Belehrungen durchaus aufmerksam gelauscht hatte, kam sie zu dem Schluss, dass sie zu Recht für den Anflug von Eitelkeit bestraft worden war, den die schmeichelhafte Bitte der Marquise du Plessis in ihr geweckt hatte.

Schließlich hörte sie aus einem kleinen abgelegenen Salon die etwas schrill klingende Stimme des Marquis.

»Aber keineswegs, keineswegs! Ihr befindet Euch im Irrtum, mein armer Freund«, sagte er in schmerzlichem Crescendo. »Ihr bildet Euch ein, für uns von Ausgaben geplagte Adlige sei es einfach, Steuerbefreiungen zu erwirken. Aber weder ich selbst noch der Prinz von Condé sind befähigt, sie Euch zu gewähren.«

»Ich bitte Euch lediglich darum, Euch für mich bei Monsieur de Trémant, dem Oberintendanten der Finanzen, zu verwenden, mit dem Ihr persönlich bekannt seid. Das Arrangement wäre auch für ihn von Vorteil. Er erlässt mir alle Steuern und Wegzölle, aber nur auf dem Gebiet des Poitou bis hin zum Ozean. Außerdem bezöge sich diese Befreiung nur auf ein Viertel meiner Maultier- und Bleiproduktion. Im Gegenzug könnte sich die königliche Militärintendanz vorbehalten, die restlichen Tiere zum gängigen Marktwert zu erwerben, während der königlichen Schatzkammer entsprechend der Kauf von Blei und Silber zum offiziellen Preis freistünde. Es ist für den Staat nie verkehrt, ein paar verlässliche Produzenten im eigenen Land zu haben, statt im Ausland kaufen zu müssen. So habe ich zum Beispiel sehr schöne kräftige Tiere mit starkem Rücken, die bestens dazu geeignet sind, Kanonen zu ziehen …«

»Eure Worte riechen nach Dung und Schweiß«, protestierte

der Marquis und hob angewidert eine Hand an die Nase. »Ich frage mich, wie sehr Ihr Eurem Adelsstand zuwiderhandelt, indem Ihr Euch in ein Unternehmen stürzt, das mich doch sehr stark – erlaubt mir, dieses Wort zu benutzen – an ein Gewerbe erinnert.«

»Gewerbe oder nicht, ich muss leben«, entgegnete Armand de Sancé mit einer Hartnäckigkeit, die Angélique wohltat.

»Und was ist mit mir?«, rief der Marquis und hob die Arme in die Höhe, »glaubt Ihr denn, ich hätte keine Schwierigkeiten? Hm? Aber Ihr sollt wissen, dass ich mir trotzdem bis an mein Lebensende jede bürgerliche Arbeit versagen werde, die meinem aristokratischen Ansehen schaden könnte.«

»Lieber Cousin, Eure Einkünfte lassen sich nicht mit den unseren vergleichen. Ich stehe wie ein Bettler vor dem König, der mir seine Hilfe verweigert, und vor den Geldverleihern von Niort, die mich bis aufs Blut aussaugen.«

»Ich weiß, ich weiß, mein guter Armand. Aber habt Ihr Euch jemals gefragt, wie ich, ein Höfling mit zwei bedeutenden königlichen Ämtern, meine Börse ausgleiche? Bestimmt nicht! Nun gut, dann will ich Euch verraten, dass meine Ausgaben unweigerlich die Einkünfte übersteigen. Mit den Erträgen meiner Güter von Plessis, den Einnahmen meiner Gemahlin in der Touraine, meinem Amt als Offizier der königlichen Kammer, das ungefähr vierzigtausend Livres ausmacht, und dem des Brigadeobristen des Poitou verfüge ich über durchschnittliche Einkünfte von hundertsechzigtausend Livres …«

»Ich wäre schon mit einem Zehntel davon zufrieden«, antwortete der Baron.

»Einen Augenblick, Cousin vom Lande. Meine Einkünfte belaufen sich auf hundertsechzigtausend Livres. Aber mit den Ausgaben meiner Gemahlin, dem Regiment meines Sohnes, meinem Stadthaus in Paris, dem Quartier in Fontainebleau, meinen Reisen mit dem Hof, den Zinsen für verschiedene

Darlehen, den Empfängen, der Kleidung, den Karossen, den Dienstboten und so weiter komme ich auf Ausgaben von über dreihunderttausend Livres.«

»Das heißt, Euch fehlen jährlich hundertvierzigtausend Livres?«

»Ihr habt es erfasst, mein lieber Cousin. Und wenn ich mir diese ermüdende Aufzählung erlaubt habe, dann nur, damit Ihr meinen Standpunkt versteht, wenn ich Euch sage, dass es mir gegenwärtig unmöglich ist, mit Monsieur de Trémant, dem Oberintendanten der Finanzen der Provinz, zu reden.«

»Aber Ihr kennt ihn doch.«

»Ich kenne ihn wohl, aber ich verkehre nicht mehr mit ihm. Ich habe Euch doch oft genug gesagt – und ich sage es Euch heute noch einmal –, dass Monsieur de Trémant im Dienst des Königs und der Regentin steht und Mazarin äußerst ergeben ist.«

»Ja, aber genau deshalb ...«

»Genau deshalb verkehren wir nicht mehr mit ihm. Wisst Ihr denn nicht, dass sich der Prinz von Condé, zu dessen Gefolgsleuten ich gehöre, mit dem Hof überworfen hat?«

»Woher sollte ich das wissen?«, entgegnete Armand de Sancé verdutzt. »Ich habe Euch erst vor wenigen Monaten gesehen, und damals hatte die Regentin keinen treueren Diener als Monsieur le Prince.«

»Ach, seitdem ist einige Zeit vergangen«, erwiderte der Marquis ungeduldig. »Ich kann Euch die Geschichte nicht in allen Einzelheiten erzählen, aber Ihr müsst wissen, dass die Königin, ihre beiden Söhne und dieser rote Teufel von Kardinal nur mit Hilfe von Monsieur de Condé in den Louvre zurückkehren konnten. Und zum Dank behandelt man diesen großen Mann auf unwürdigste Weise. Man hat ihm das Gouverneursamt in der Guyenne verweigert, seinem Bruder Conti das in der Provence und La Rochefoucauld, der der Frau und dem Sohn des Prinzen zur Flucht aus Chantilly verholfen hat, wo sie festgehalten wurden, das Gouverneursamt in Blaye. Man hat ihn sogar für eine Weile ins Gefängnis gesperrt. Ihr müsst zugeben, das ist ein starkes Stück …

Von jetzt an bleibt Monsieur le Prince gar nichts anderes mehr übrig, als sich als Gegner Mazarins und seiner Schützlinge zu betrachten. Übrigens hat Monsieur de Marcillac anlässlich der Beerdigung seines Vaters die Adligen des Poitou aufgerufen, sich der Fronde anzuschließen und Gaston d'Orléans zu unterstützen. Warum seid Ihr als Edelmann von hohem Stand seinem Aufruf eigentlich nicht gefolgt …?«

»Ich?«, rief Armand de Sancé entsetzt.

»Warum nicht …? Es ist doch eine Tatsache, dass seit längerer Zeit Zwietracht herrscht zwischen diesem jämmerlichen Hof und den Großen des Königreichs. Gewisse spanische Angebote schienen dem Prinzen recht interessant. Er ist hergekommen, um die Sache genauer zu prüfen.«

»Spanische Angebote?«, wiederholte Baron Armand.

»Ja. Unter uns, und bei unserer Ehre als Edelleute, stellt Euch vor, König Philipp IV. von Spanien ist sogar bereit, unserem großen General und Monsieur de Turenne jeweils eine Armee von zehntausend Mann zur Verfügung zu stellen.«

»Wozu das?«

»Na, um die Regentin zu stürzen, und vor allem ihren diebischen Kardinal, der zum Glück vor kurzem aus Frankreich geflohen ist!

An der Spitze dieser spanischen Armeen könnte Monsieur de Condé in Paris einmarschieren, und Gaston d'Orléans, also Monsieur, der Bruder des verstorbenen Königs Ludwig XIII., würde zum König ausgerufen. Die Monarchie wäre gerettet und endlich von Frauen, Kindern und diesem Fremden befreit, der nur Schande über sie bringt. Und wie soll ich mich in all diesen schönen Plänen verhalten, frage ich Euch? Wenn ich den Lebensstil aufrechterhalten will, den ich Euch gerade geschildert habe, darf ich mich nicht einer verlorenen Sache verschreiben. Außerdem ist Mazarin beim Volk, beim Parlament, beim Hof, eigentlich bei jedem in Frankreich verhasst. Die Königin hängt wie eine Klette an ihm und wird niemals nachgeben. Das Leben, das der Hof und der kleine König seit zwei Jahren führen, ist einfach unbeschreiblich. Wie die Zigeuner aus dem Orient: immer wieder Flucht, Rückkehr, Streitigkeiten, Kriege, es nimmt kein Ende …

Es ist einfach zu viel. Die Sache von König Ludwig XIV. ist verloren. Hinzu kommt noch, dass die Tochter von Gaston d'Orléans, Mademoiselle de Montpensier – Ihr wisst schon, dieses große Frauenzimmer mit der lauten Stimme – eine erbitterte Anhängerin der Fronde ist. Sie hat bereits vor einem Jahr an der Seite der Aufständischen gestritten. Und ihr wäre nichts lieber, als gleich wieder damit anzufangen. Meine Frau vergöttert sie, und das beruht auf Gegenseitigkeit. Aber diesmal werde ich nicht zulassen, dass Alice eine andere Seite wählt als ich. Sich einen blauen Schal um die Hüfte zu binden und eine Weizenähre an den Hut zu stecken, wäre nicht so schlimm, wenn die Trennung von Ehegatten nicht weitere Unruhe nach sich zöge. Aber Alice ist von Natur aus immer ›dagegen‹. Gegen Strumpfbänder, für seidene Degengehänge, gegen in die Stirn fallendes Haar, für eine entblößte Stirn und so weiter. Sie ist ein Original. Im Moment ist sie gegen Anna von Österreich, die Regentin, weil diese ihr gegenüber bemerkt hat, die Pastillen, die sie für ihre Mundpflege nutzt, erinnerten sie an ein Abführmittel. Nichts wird Alice je zurück an den Hof bringen. Sie behauptet, zwischen den Gebeten der Königin und den Heldentaten ihrer kleinen Prinzen würde man sich dort zu Tode langweilen. Ich werde also meiner Frau folgen, da meine Frau mir nicht zu folgen beliebt. Ich habe die Schwäche, sie äußerst reizvoll zu finden, und sie verfügt über gewisse amouröse Talente, die mir sehr gut gefallen … Alles in allem ist die Fronde ein unterhaltsames Spiel …«

»Aber … Ihr wollt damit doch nicht etwa sagen, dass auch Monsieur de Turenne …«, stammelte Armand de Sancé, inzwischen völlig verloren.

»Oh! Monsieur de Turenne! Monsieur de Turenne! Er ist genau wie alle anderen. Er mag es nicht, wenn man seine Dienste geringschätzt. Er hat für seine Familie um Sedan gebeten. Das hat man ihm verweigert. Daraufhin ist er natürlich zornig geworden. Es scheint sogar, als hätte er das Angebot des spanischen Königs bereits angenommen. Monsieur de Condé hat es nicht so eilig. Er wartet auf Nachricht von seiner Schwester, der Herzogin von Longueville, die mit der Prinzessin von Condé aufgebrochen ist, um die Normandie dazu zu bewegen, sich dem Aufstand anzuschließen, ehe er sich entscheidet. Außerdem hält sich die Herzogin von Beaufort hier auf, für deren Reize er nicht unempfänglich ist … Ausnahmsweise zeigt sich unser großer Held nicht so ungeduldig, wieder in die Schlacht zu ziehen. Aber Ihr werdet ihn entschuldigen, wenn Ihr der fraglichen Göttin begegnet … Sie hat eine Haut, mein Lieber, eine Haut …!«

Angélique, die an einem Wandbehang lehnte, sah, wie ihr Vater sein großes Taschentuch herauszog und sich die Stirn abwischte. Er wird nichts bekommen, dachte sie bedrückt. Was kümmern die schon unsere Maultiere und unser silberhaltiges Blei?

Ein unerträglicher Schmerz stieg in ihrer Brust auf. Sie wandte sich ab und trat hinaus in den Park, wo der blaue Abend herabsank. Während sie aus einem der hinteren Salons immer noch das Zwiegespräch der Geigen und Gitarren hörte, kam eine lange Reihe von Lakaien mit Leuchtern näher. Andere standen auf Schemeln und zündeten die Kerzen in Wandleuchtern an, die vor Spiegeln angebracht waren, welche ihr Licht zurückwarfen.

Wenn ich daran denke, sagte sich Angélique, während sie langsam durch die Alleen schlenderte, welche Skrupel mein armer Papa hatte, als Molines ihm sagte, er wolle in Kriegszeiten ein paar Maultiere nach Spanien verkaufen! Verrat…? Das ist all diesen Prinzen doch herzlich egal, und dabei leben sie nur von der Monarchie. Kann es sein, dass sie tatsächlich darüber nachdenken, gegen den König zu kämpfen?

Sie war um das Schloss herumgewandert und befand sich nun am Fuß jener Mauer, die sie einst so oft hinaufgeklettert war, um die Schätze in dem verwunschenen Zimmer zu betrachten. Ringsum war kein Mensch zu sehen, denn die Paare, die nicht vor den abendlichen Nebelschleiern geflohen waren, welche den nahen Herbst ankündigten, blieben lieber auf den Rasenflächen vor dem Schloss.

Ein vertrauter Instinkt bewog sie dazu, ihre Schuhe auszuziehen, und trotz ihres langen Kleids kletterte sie behände bis zum Gesims im ersten Stock hinauf. Es war inzwischen vollständig dunkel geworden. Niemand, der unten vorbeigekommen wäre, hätte sie dort sehen können, zumal sie sich in den Schatten eines kleinen Türmchens schmiegte, das den rechten Schlossflügel zierte.

Das Fenster war offen. Angélique beugte sich vor. Sie erkannte, dass der Raum zum ersten Mal bewohnt sein musste, denn im Inneren leuchtete der goldene Schein eines diskreten Öllichts, was den geheimnisvollen Anschein der herrlichen Möbel und Wandbehänge noch unterstrich. Wie Schneekristalle leuchteten die Perlmuttintarsien eines kleinen Nähschränkchens aus Ebenholz.

Als Angéliques Blick auf das hohe, damastbezogene Bett fiel, hatte sie plötzlich den Eindruck, das Gemälde des Gottes und der Göttin sei zum Leben erwacht.

Zwei nackte weiße Körper umfingen sich dort inmitten von durcheinandergeratenen, zurückgeworfenen Laken, deren Spitzenbesatz auf den Boden hinabhing. Sie waren so eng ineinander verschlungen, dass Angélique zunächst glaubte, es handele sich um eine jugendliche Balgerei, einen Ringkampf zwischen rauflustigen, unzüchtigen Pagen, bis sie schließlich erkannte, dass sie einen Mann und eine Frau vor sich hatte.

Das braune lockige Haar des Mannes verdeckte das Gesicht der Frau fast vollständig, und sein langgliedriger Körper schien sie geradezu zerquetschen zu wollen. Doch er bewegte sich sanft, gleichmäßig, von einer Art wollüstiger Hartnäckigkeit beseelt, und der flackernde Schein des Nachtlichts enthüllte das Spiel seiner herrlichen Muskeln.

Von der Frau sah Angélique im Zwielicht nur einzelne Details: ein schlankes Bein, gegen den männlichen Körper angehoben, eine zwischen den sie umschlingenden Armen hervorquellende Brust, eine zarte weiße Hand. Diese flatterte wie ein Schmetterling hin und her, streichelte gedankenverloren den Rücken des Mannes, um dann plötzlich zur Seite zu sinken und vom Bett herabzuhängen. Angélique hörte die vermischten, immer abgehackter klingenden Atemzüge, gleich dem Wind eines sengend heißen Sturms. Dann ließ eine abrupte Entspannung sie zur Ruhe kommen. Und wieder drang das lang gezogene Klagen der Frau durch die Dunkelheit, während ihre Hand auf das weiße Laken fiel wie eine abgeschnittene Blüte.

Angélique war wie bezaubert und gleichzeitig so verwirrt, dass ihr beinahe schwindlig wurde. Nachdem sie so oft das Bildnis des Olymps betrachtet, seine von Erhabenheit umwehte Frische und Kraft bewundert hatte, strahlte diese Szene, deren Bedeutung sie als kundiges Landkind natürlich erfasste, eine überwältigende Schönheit aus. Das ist also Liebe, dachte sie bei sich, während ihr ein Schauer des Erschreckens und der Lust über den Rücken lief.

Schließlich lösten sich die beiden Liebenden voneinander. Wie bleiche Grabfiguren im Dämmerlicht einer Krypta lagen sie Seite an Seite in schläfriger Seligkeit. Keiner von beiden sprach. Die Frau rührte sich schließlich als Erste. Sie streckte ihren strahlend weißen Arm aus und nahm eine Karaffe mit tiefrot schimmerndem Wein vom Konsolentischchen neben dem Bett. Sie stieß ein leises, schuldbewusstes Lachen aus.

»O Liebster, ich bin wie zerschlagen«, murmelte sie. »Wir müssen unbedingt zusammen von diesem Wein aus dem Roussillon trinken, den Euer vorausschauender Diener dort hingestellt hat. Mögt Ihr einen Schluck?«

Aus den Tiefen des Alkovens antwortete der Mann mit einem Brummen, das man als Zustimmung interpretieren konnte. Die Dame, die ihre Kräfte inzwischen wiedererlangt zu haben schien, füllte zwei Gläser, reichte eines davon ihrem Liebhaber und leerte das andere mit genießerischem Vergnügen.

Mit einem Mal kam Angélique der Gedanke, dass sie jetzt gerne an ihrer Stelle wäre, in diesem Bett, splitternackt und entspannt den wärmenden Wein aus dem Süden trinkend. Das ist die Brautsuppe der Prinzen, sagte sie sich. Ihr war gar nicht bewusst, wie unbequem sie stand. Jetzt konnte sie die Frau zur Gänze sehen, bewunderte ihre perfekten runden, von einer blasslila Knospe betonten Brüste, ihren geschmeidigen Bauch und ihre langen, übereinandergeschlagenen Beine. Auf der Konsole stand auch ein Tablett mit Obst. Die Frau wählte einen Pfirsich und biss herzhaft hinein.

»Zum Teufel mit diesen Störenfrieden!«, rief der Mann und sprang über seine Mätresse hinweg ans Fußende des Bettes.

Angélique, die das Klopfen an der Zimmertür nicht gehört hatte, glaubte, er habe sie entdeckt, und drückte sich, mehr tot als lebendig, gegen die Mauer. Als sie wieder hineinschaute, sah sie, dass der Gott einen weiten braunen, von einer silbernen

Kordel zusammengehaltenen Schlafrock angezogen hatte. Das etwa dreißigjährige Gesicht war nicht so attraktiv wie sein Körper, denn er hatte eine lange Nase und harte Augen, in denen ein Feuer loderte, das ihn ein wenig an einen Raubvogel erinnern ließ.

»Ich bin in Gesellschaft der Herzogin von Beaufort«, rief er, zur Tür gewandt.

Kapitel 11

Trotz dieser Warnung erschien ein Diener auf der Schwelle.

»Eure Hoheit möge mir verzeihen. Gerade ist ein Mönch ins Schloss gekommen und verlangt, unverzüglich von Monsieur de Condé empfangen zu werden. Der Marquis du Plessis hat es für ratsam erachtet, ihn gleich zu Eurer Hoheit zu schicken.«

»Er soll reinkommen«, knurrte der Prinz nach kurzem Schweigen.

Er trat an den Ebenholzsekretär neben dem Fenster und öffnete ein paar Schubladen.

Aus dem Hintergrund führte ein Lakai einen Mönch herein, der die Kapuze seiner Kutte über den Kopf gezogen hatte. Beim Näherkommen verneigte er sich mehrmals mit einer bemerkenswerten Geschmeidigkeit.

Als er sich wieder aufrichtete, sah Angélique sein gebräuntes Gesicht, in dem längliche, verträumte schwarze Augen leuchteten.

Die Ankunft des Mönchs schien die Frau auf dem Bett nicht im Mindesten zu verunsichern. Unbekümmert machte sie sich weiter über das herrliche Obst her. Lediglich den Ansatz ihrer Beine hatte sie mit einem leichten Schal verhüllt.

Der braunhaarige Mann stand über den Sekretär gebeugt und zog einige große, mit rotem Siegel versehene Umschläge heraus.

»Pater«, sagte er, ohne sich umzudrehen, »kommt Ihr von Monsieur Fouquet?«

»So ist es, Monseigneur.«

Dann fügte der Mönch noch einen Satz in einer singenden Sprache hinzu, von der Angélique vermutete, dass es Italienisch war. Französisch sprach er mit einem leicht lispelnden Akzent, der etwas Kindliches an sich hatte und in ihren Ohren recht hübsch klang.

»Es wäre nicht nötig gewesen, das Passwort zu nennen, Signor Exili«, entgegnete der Prinz von Condé, »ich hätte Euch auch so anhand Eurer Beschreibung und an diesem blauen Mal in Eurem Augenwinkel erkannt. Vor mir steht also der geschickteste Vertreter der schwierigen und raffinierten Kunst der Giftmischerei in ganz Europa?«

»Eure Hoheit ehrt mich. Ich habe lediglich ein paar Rezepte verfeinert, die mir meine florentinischen Vorfahren hinterlassen haben.«

»Die Italiener sind anscheinend in allen Künsten bewandert«, rief Condé. Er brach in schallendes Gelächter aus, ehe seine Züge mit einem Schlag wieder einen harten Ausdruck annahmen.

»Habt Ihr es mitgebracht?«

»Hier ist es.«

Der Kapuzinermönch zog ein kunstvoll verziertes Kästchen aus seinem weiten Ärmel. Er öffnete es, indem er auf eine der Zierleisten aus Edelholz drückte.

»Seht Ihr, Monseigneur, man braucht lediglich den Fingernagel in den Halsansatz dieser entzückenden Figur mit der Taube auf der Hand zu schieben.«

Der Deckel war aufgesprungen. Auf einem kleinen Satinkissen funkelte eine gläserne Ampulle, die mit einer smaragdfarbenen Flüssigkeit gefüllt war. Der Prinz von Condé nahm das Fläschchen vorsichtig in die Hand und hielt es ins Licht.

»Römisches Vitriol«, sagte Pater Exili leise. »Es ist eine langsam, aber sicher wirkende Mixtur. Ich habe sie ätzendem Sublimat vorgezogen, das innerhalb weniger Stunden zum Tod führen kann. Den Anweisungen von Monsieur Fouquet habe ich entnommen, dass Ihr, Monseigneur, und Eure Freunde möglichst keinen allzu konkreten Verdacht im Umfeld der betreffenden Person wecken wollt. Der Person werden die Kräfte schwinden, sie wird vielleicht auch noch eine Woche überleben, doch dann wird ihr Tod den Anschein haben, als sei sie nach dem Genuss von verdorbenem Fleisch oder einem nicht mehr ganz frischen Gericht gestorben. Es wäre also klug, an der Tafel dieser Person Muscheln, Austern oder andere Schalentiere servieren zu lassen, die zuweilen gefährliche Auswirkungen haben können. Danach wird es ein Leichtes sein, ihnen die Schuld an diesem überraschenden Dahinscheiden zuzuschreiben.«

»Ich danke Euch für Eure ausgezeichneten Ratschläge, Pater.«

Condé starrte immer noch unverwandt auf die blassgrüne Ampulle, und in seinen Augen lag ein hasserfülltes Leuchten. Dieser Anblick erfüllte Angélique mit bitterer Enttäuschung: Der auf die Erde herabgestiegene Liebesgott hatte alle Schönheit eingebüßt und machte ihr Angst.

»Beim Umgang mit dieser Substanz ist höchste Vorsicht geboten. Selbst ich muss eine gläserne Maske tragen, wenn ich sie herstelle. Sollte auch nur ein Tropfen davon auf Eure Haut gelangen, könnte er dort eine schwärende Wunde verursachen, die nach und nach die gesamte Gliedmaße zerfrisst. Wenn es Euch nicht möglich ist, die Arznei selbst in die Speisen der betreffenden Person zu träufeln, dann legt dem Diener, den Ihr mit dieser Aufgabe betraut, eindringlichst ans Herz, aufmerksam und geschickt zu Werke zu gehen.«

»Mein Lakai, der Euch hereingeführt hat, ist ein höchst vertrauenswürdiger Mann. Erfreulicherweise habe ich dafür gesorgt, dass die betreffende Person ihn nicht kennt. Ich denke, es wird mir nicht allzu schwerfallen, ihn in ihre Nähe zu bringen.«

Der Prinz warf dem Mönch, den er deutlich überragte, einen spöttischen Blick zu.

»Ich nehme an, dass ein dieser Kunst geweihtes Leben Euch nicht mit allzu vielen Skrupeln beschwert hat, Signor Exili. Trotzdem wüsste ich gerne, was Ihr sagen würdet, wenn ich Euch gestände, dass dieses Gift für einen Landsmann von Euch bestimmt ist, einen Italiener aus den Abruzzen?«

Ein Lächeln zog Exilis geschmeidige Lippen in die Länge. Wieder verneigte er sich.

»Ich betrachte nur diejenigen als Landsleute, die meine Dienste ihrem Wert entsprechend zu würdigen wissen, Monseigneur. Und im Augenblick zeigt sich Monsieur Fouquet vom Pariser Parlament mir gegenüber deutlich großzügiger als ein gewisser Italiener aus den Abruzzen, der mir ebenfalls bekannt ist.«

Erneut erschallte Condés Lachen.

»Bravo, bravissimo, Signor! Ich habe zu gerne Menschen Eures Schlages um mich.«

Behutsam legte er das Fläschchen zurück auf das Satinkissen. Für einen Moment herrschte Schweigen. Signor Exili betrachtete sein Werk mit einer Befriedigung, die nicht ganz frei war von Eitelkeit.

»Ich möchte noch hinzufügen, Monseigneur, dass dieser Trunk vollkommen geruchlos und beinahe ohne Geschmack ist. Er verdirbt die Nahrungsmittel nicht, unter die man ihn mischt. Falls die betreffende Person ihren Speisen größte Aufmerksamkeit schenkt, könnte sie allerhöchstens ihrem Küchenmeister vorwerfen, etwas zu großzügig mit den Gewürzen umgegangen zu sein.«

»Ihr seid ein wertvoller Mann«, wiederholte der Prinz, dessen Gedanken allmählich abzuschweifen schienen.

Ein wenig nervös nahm er die versiegelten Umschläge von der Ablage des Nähschränkchens.

»Und hier ist das, was ich Euch im Gegenzug für Monsieur Fouquet aushändigen soll. Dieser Umschlag enthält die Erklärung des Marquis d'Hocquincourt. Und hier sind die von Monsieur de Charost, Monsieur du Plessis, Madame du Plessis, Madame de Richeville, der Herzogin von Beaufort und Madame de Longueville. Wie Ihr seht, sind die Damen weniger faul … oder von weniger Skrupeln geplagt als die Herren. Mir fehlen noch die Briefe von Monsieur de Maupéou, dem Marquis de Créqui und einigen anderen …«

»Und der Eure, Monseigneur.«

»Das stimmt. Hier ist er. Ich bin eben erst damit fertig geworden und habe ihn noch nicht unterzeichnet.«

»Hätte Eure Hoheit die Güte, ihn mir vorzulesen, damit ich mich Punkt für Punkt vom Wortlaut überzeugen kann? Monsieur Fouquet legt großen Wert darauf, dass kein Bestandteil der Abmachung vergessen wurde.«

»Wie es Euch beliebt«, entgegnete der Prinz mit einem unmerklichen Schulterzucken.

Er nahm das Blatt in die Hand und begann laut vorzulesen: »*Ich, Louis II., Prinz von Condé, versichere Monseigneur Fouquet, dass ich niemals einem anderen folgen werde als ihm, dass ich niemals einem anderen gehorchen werde und dass ich ihm meine befestigten und unbefestigten Städte zur Verfügung stellen werde, sooft er es befiehlt. Zur Versicherung dessen übergebe ich ihm das vorliegende Schreiben, von eigener Hand verfasst und unterzeichnet, aus freiem Willen, ohne dass er mich auch nur darum gebeten hätte, da er die Güte besaß, sich allein auf mein Wort zu verlassen, welches ich ihm hiermit erneut gebe. Niedergeschrieben am …* Das Datum darf falsch sein, um mögliche Spürhunde zu verwirren. Das war so abgesprochen.«

»Unterschreibt, Monseigneur«, entgegnete Pater Exili, dessen Augen im Schatten seiner Kapuze funkelten.

Rasch, als habe er es eilig, zum Ende zu kommen, nahm Condé einen Gänsekiel vom Sekretär und schnitt ihn zu. Während er sein Schreiben unterzeichnete, hatte der Mönch die Kerze unter einem kleinen Kocher aus feuervergoldetem Silber angezündet. Darin schmolz Condé rotes Wachs und versiegelte den Umschlag mit Hilfe seines schweren Siegelrings.

»Alle übrigen Erklärungen sind nach dem gleichen Muster verfasst und unterschrieben«, schloss er. »Ich denke, Euer Herr wird zufrieden sein und uns das auch beweisen.«

»Dessen könnt Ihr gewiss sein, Monseigneur. Trotzdem kann ich das Schloss nicht ohne die anderen Erklärungen verlassen, die Ihr mir zugesichert habt.«

»Ich gehe fest davon aus, dass ich sie noch vor morgen Mittag beisammen habe.«

»Dann werde ich so lange hierbleiben.«

»Unsere Freundin, die Marquise du Plessis, wird dafür sorgen, dass Ihr gut untergebracht werdet, Signor. Ich habe sie bereits über Eure Ankunft unterrichten lassen.«

»Einstweilen wäre es wohl besser, die Briefe in die kleine Schatulle einzuschließen, die ich Euch ausgehändigt habe. Der Öffnungsmechanismus ist unsichtbar, und nirgendwo wären sie besser vor neugierigen Blicken geschützt.«

»Ihr habt recht, Signor Exili. Je länger ich Euch reden höre, umso klarer wird mir, dass die Verschwörung eine Kunst ist, die Erfahrung und Übung verlangt. Ich bin nur ein Krieger, und daraus mache ich auch keinen Hehl.«

»Ein sehr ruhmreicher Krieger«, entgegnete der Italiener mit einer Verbeugung.

»Ihr schmeichelt mir, Pater. Aber ich gestehe, dass es mir lieber wäre, wenn Monsieur Mazarin und Ihre Majestät die Königin Eure Auffassung teilten. Wie dem auch sei, ich glaube dennoch, dass die militärische Taktik, obwohl sehr viel gröber und weitgreifender, ein wenig mit Eurer raffinierten Kunst verwandt ist. Wir beide müssen stets die Absichten des Gegners voraussehen.«

»Ihr redet, als sei Machiavelli selbst Euer Lehrmeister gewesen, Monseigneur.«

»Ihr schmeichelt mir«, wiederholte der Prinz.

Aber seine Stimmung hellte sich wieder auf.

Exili zeigte ihm, wie er das Satinkissen anheben sollte, um die kompromittierenden Umschläge darunterzuschieben. Dann legte der Prinz die Schatulle in den Sekretär.

Kaum hatte sich der Italiener zurückgezogen, als Condé wie ein Kind das Kästchen wieder herausholte und es erneut öffnete.

»Zeig her«, flüsterte die Frau und streckte den Arm nach ihm aus.

Sie hatte sich mit keinem Wort in die Unterhaltung der beiden Männer eingemischt, sondern sich damit begnügt, nach und nach ihre Ringe wieder an die Finger zu stecken. Doch offensichtlich war ihr nichts von dem Gespräch entgangen.

Condé trat ans Bett, und beide beugten sich über das smaragdfarbene Fläschchen.

»Glaubst du, es ist wirklich so schrecklich, wie er sagt?«, fragte die Herzogin von Beaufort leise.

»Fouquet beteuert, dass es keinen geschickteren Apotheker gäbe als diesen Florentiner. Und an Fouquet führt nun einmal kein Weg vorbei. Er hat letzten April im Parlament die Idee einer spanischen Intervention aufgebracht. Alle waren dagegen, aber auf diese Weise ist er in Kontakt mit Seiner Allerkatholischsten Majestät gekommen. Er ist für mich der einzige Weg zu meiner Armee.«

Die Dame hatte sich wieder zurück auf die Kissen sinken lassen.

»Dann ist Monsieur Mazarin also tot«, sagte sie langsam.

»So gut wie, denn hier halte ich seinen Tod in Händen. Und dieser Tod kann ihn überall ereilen.«

»Ist das denn jetzt nach seiner Flucht noch notwendig?«

»Er wird zurückkommen. Diesen Italiener sind wir noch nicht los.«

»Dabei war er es doch, der auf der Durchreise in Le Havre die Tür zu Eurem Gefängnis geöffnet hat, oder nicht?«

»Ja! Und dieses teuflische Geschick ist ja gerade das Gefährliche an ihm. Er hat mich nur freigelassen, damit ich genügend Zeit habe zu erkennen, dass die Königin niemals auf ihn wird verzichten können, was bedeutet, dass ich niemals an seiner Stelle die Regierungsgeschäfte übernehmen werde. Also müssen wir jetzt zu radikaleren Schritten greifen. Es kann nur einen geben: ihn oder mich.«

Und wieder lachte der Prinz sein sarkastisches Lachen.

»Wenn er zurückkommt, müssen wir handeln… Und den Informationen meiner Spione nach zu urteilen, zweifle ich nicht daran, dass seine Rückkehr kurz bevorsteht.«

Die Frau blieb nachdenklich.

»Heißt es nicht, die Königinmutter nehme hin und wieder mit dem Mann, den sie so liebt, die Mahlzeiten ein?«, fragte sie gedankenverloren.

»Das heißt es«, entgegnete Condé nach kurzem Schweigen. »Aber ich kann Eurem Plan nichts abgewinnen, meine Liebste. Mir schwebt ein wirkungsvollerer Schachzug vor. Was wäre denn die Königinmutter ohne ihre Söhne? Dann bliebe der Spanierin nichts anderes übrig, als sich in ein Kloster zurückzuziehen, um sie zu beweinen…«

»Ihr wollt den König vergiften?« Die Herzogin zuckte zusammen.

Der Prinz wieherte vor Lachen. Er ging zurück zum Sekretär und legte die Schatulle hinein.

»Ach, Ihr Frauen!«, rief er. »Der König! Ihr zerfließt vor Rührung, weil er ein hübscher Junge ist, der mitten in den Wirren der Jugend steckt und Euch seit einer Weile bei Hof schmachtende Blicke zuwirft. Für Euch ist das der König. Für uns aber ist er ein gefährliches Hindernis, das der Verwirklichung unserer Pläne im Weg steht. Und seinen Bruder, den Kleinen Monsieur, diesen fehlgeleiteten Knaben, der schon jetzt Gefallen daran findet, sich wie ein Mädchen zu kleiden und sich von Männern hätscheln zu lassen, sehe ich noch viel weniger auf dem Thron als Eure königliche Unschuld. Nein, glaubt mir, mit Monsieur d'Orléans bekommen wir einen König ganz nach unserem Geschmack. Er ist reich, von schwachem Charakter und ebenso freizügig, wie sein Bruder Ludwig XIII. streng war. Was wollen wir mehr?

Meine Liebe«, sprach Condé weiter, nachdem er den Sekretär wieder verschlossen und den Schlüssel in die Tasche seines weiten Schlafrocks hatte gleiten lassen, »ich glaube, es wird allmählich Zeit, dass wir vor unseren Gastgebern erscheinen. Das Abendessen wird nicht mehr lange auf sich warten lassen. Soll ich Eure Zofe Manon rufen lassen?«

»Das wäre sehr freundlich von Euch, mein Lieber.«

Angélique, die allmählich spürte, wie ihre Glieder steif wurden, war ein Stück auf dem Gesims zurückgewichen. Ihr Vater würde sicher nach ihr suchen, aber sie konnte sich nicht dazu durchringen, ihren Beobachtungsposten zu verlassen. Im Zimmer überließen sich der Prinz und seine Mätresse den Händen ihrer Bediensteten, die sie unter reichlich Stoffrascheln und einigen Flüchen Seiner ungeduldigen Hoheit in ihre prächtigen Gewänder kleideten. Als Angélique den Blick von dem hellen Schirm des offenen Fensters abwandte, sah sie um sich herum nur finstere Nacht, und sie hörte nichts als das leise Rauschen des nahen Waldes, durch den der Wind strich.

Schließlich bemerkte sie, dass das Zimmer leer war. Das

Nachtlicht brannte noch, aber der Raum hatte seine geheimnisvolle Atmosphäre wiedergefunden.

Behutsam bewegte sich das Mädchen wieder näher ans Fenster und glitt ins Innere. Der Geruch von Schminke und verschiedenen Parfüms vermischte sich auf eigenartige Weise mit dem Duft nach feuchtem Holz, Moos und reifen Rosskastanien, der aus der Dunkelheit hereinwehte. Angélique wusste noch nicht genau, was sie tun sollte. Jemand könnte sie überraschen. Doch davor hatte sie keine Angst. Das Ganze war nichts als ein Traum. Genau wie ihre Expedition nach Amerika, die verrückte Dame von Monteloup oder die Verbrechen von Gilles de Retz …

Flink holte sie den kleinen Schlüssel zum Sekretär aus der Tasche des Schlafrocks, der auf einem Stuhl liegen geblieben war, öffnete ihn und zog die Schatulle heraus. Sie war aus Sandelholz gefertigt und verströmte einen intensiven Geruch. Nachdem Angélique den Sekretär wieder verschlossen und den Schlüssel an seinen Platz zurückgelegt hatte, huschte sie mit der Schatulle unterm Arm wieder hinaus auf das Gesims. Plötzlich verspürte sie eine diebische Freude. Sie stellte sich vor, welches Gesicht Monsieur de Condé wohl machen würde, wenn er entdeckte, dass das Gift und die kompromittierenden Briefe verschwunden waren.

Ich habe nicht wirklich gestohlen, dachte sie, ich will doch nur ein Verbrechen verhindern.

Sie wusste schon, wo sie ihre Beute verstecken würde. Die vier schlanken Ecktürmchen, mit denen der italienische Architekt das anmutige Schloss versehen hatte, dienten lediglich der Zierde, trotzdem waren sie mit winzigen Zinnen und Maschikulis versehen worden, um den wehrhaften Schmuck mittelalterlicher Bauten zu imitieren. Darüber hinaus waren sie innen hohl und wiesen Miniaturlukarnen auf.

Angélique schob die Schatulle durch die Lukarne, die ihr

am nächsten war. Und dort sollte sie erst einmal jemand suchen!

Dann glitt sie geschmeidig an der Fassade herab und gelangte wieder auf festen Boden. Da erst bemerkte sie, dass ihre nackten Füße eiskalt waren.

Nachdem sie ihre alten Schuhe wieder angezogen hatte, kehrte sie zurück ins Schloss.

Inzwischen hatten sich alle Gäste in den Salons versammelt, denn die dunkle, feuchte Nacht verlockte niemanden mehr zum Draußenbleiben.

Als Angélique die Eingangshalle betrat, stiegen ihr die köstlichsten Essensdüfte in die Nase. Sie sah eine Reihe junger livrierter Diener vorbeidefilieren, die feierlich silberne Platten vor sich hertrugen. Vor ihren Augen schwebten mit Federn verzierte Fasane und Bekassinen vorbei, ein mit Blumen bräutlich geschmücktes Spanferkel und mehrere Stücke von einem schönen Reh, die auf einem Bett aus Artischocken und Fenchel angerichtet waren. Das Klirren von Porzellan und Kristall drang aus den Sälen und Galerien, wo sich die gesamte Gesellschaft an kleinen Tischen mit Spitzendecken eingefunden hatte, die über die Räume verteilt waren. Etwa zehn Personen fanden an jedem von ihnen Platz.

Angélique, die an der Schwelle des größten Salons stehen geblieben war, erblickte den Prinzen von Condé, eingerahmt von Madame du Plessis, der Herzogin von Beaufort und der Gräfin de Richeville. Auch der Marquis du Plessis und sein Sohn Philippe saßen am Tisch des Prinzen, ebenso wie einige andere Damen und junge Herren. Die braune Kutte des Italieners Exili stand in eigenartigem Kontrast zu all den Spitzen, Bändern und mit Gold und Silber bestickten kostbaren Stoffen. Wenn der Baron de Sancé anwesend gewesen wäre, hätte er das Gegenstück zu seiner klösterlichen Nüchternheit gebildet. Aber so sehr sich Angélique auch nach ihm umschaute, sie konnte ihren Vater nirgends entdecken.

Plötzlich erkannte sie einer der Pagen, der mit einer Karaffe aus feuervergoldetem Silber vorbeikam. Es war der Gleiche, der sie wegen der Bourrée so derb verspottet hatte.

»Ach, sieh da! Die Baronin vom Traurigen Gewande!«, scherzte er. »Was wollt Ihr trinken, Nanon? Einen Becher Apfeltresterwein oder lieber gute Dickmilch?«

Sie streckte ihm die Zunge heraus, ließ ihn stehen und ging auf den Tisch des Prinzen zu.

»Gütiger Gott, was kommt denn da?«, rief die Herzogin von Beaufort.

Madame du Plessis folgte ihrem Blick, entdeckte Angélique und rief einmal mehr ihren Sohn zu Hilfe.

»Philippe! Philippe, mein Lieber, seid so gut und führt Eure Cousine de Sancé an den Tisch der Ehrenjungfern.«

Der junge Bursche hob seinen mürrischen Blick zu Angélique.

»Hier ist noch ein Schemel frei«, sagte er und deutete auf den Platz neben sich.

»Nicht hier, Philippe, nicht hier. Ihr hattet diesen Platz für Mademoiselle de Senlis reserviert.«

»Dann hätte Mademoiselle de Senlis sich eben beeilen sollen. Wenn sie kommt, wird sie sehen, dass wir einen Ersatz für sie gefunden haben … und zwar einen besseren«, schloss er mit einem kurzen ironischen Lächeln.

Seine Nachbarn lachten schallend auf.

Währenddessen setzte sich Angélique auf den ihr zugewiesenen Platz. Sie war schon zu weit gegangen, um jetzt noch einen Rückzieher machen zu können. Sie wagte nicht, nach ihrem Vater zu fragen, und das funkelnde Licht, das von den Gläsern, den Karaffen, dem silbernen Geschirr und den Diamanten der Damen zurückgeworfen wurde, blendete sie so sehr, dass ihr fast schwindlig wurde. Sie richtete sich gerade auf, schob die Brust vor und strich ihr schweres goldenes Haar zurück. Es schien ihr, als würfen ihr ein paar der Herren Blicke zu, die nicht ganz frei von Interesse waren. Quer über den Tisch hinweg musterte sie der Raubvogelblick des Prinzen von Condé mit arroganter Aufmerksamkeit.

»Teufel noch eins, was habt Ihr bloß für seltsame Verwandte, Monsieur du Plessis? Was ist das für ein graues Entchen?«

»Eine junge Cousine vom Land, Monseigneur. Ach Gott, ich verdiene Euer Mitgefühl! Statt unseren Musikern und dem charmanten Geplauder der Damen zu lauschen, musste ich mir heute Abend geschlagene zwei Stunden die Vorwürfe ihres Vaters anhören, eines Barons, von dessen Atem mir immer noch unwohl ist – oder wie es unser zynischer Dichter Argenteuil ausdrücken würde: »*Von seinem Brodem ward mir sterbensübel, als sei's ein Pesthauch oder Jauchekübel!*«

Ein lautes, schmeichlerisches Lachen schüttelte die Runde.

»Und wisst Ihr, was er von mir wollte?«, sprach der Marquis weiter, während er sich mit einer affektierten Geste die Augen trocken tupfte. »Ich wette tausend zu eins, dass Ihr es nicht erratet: Ich soll ihm zu einer Steuerbefreiung für ein paar Maultiere aus seinem Stall und auf die Produktion – lasst Euch dieses Wort bloß einmal auf der Zunge zergehen – einer Bleimine verhelfen, deren Erzeugnisse er fertig zu Barren geschmolzen unter den Beeten in seinem Gemüsegarten zu finden hofft. So etwas Unsinniges habe ich noch nie gehört.«

»Zum Teufel mit diesen Krautjunkern!«, knurrte der Prinz. »Mit ihrem bäuerlichen Gehabe machen sie unsere Wappen zum Gespött der Leute.«

»Sie sind genauso jämmerlich wie die kleinen Baumfalken, mit denen unsere Vettern vom Lande die edle Falkenjagd nachzuahmen versuchen, für die ihnen das Geld fehlt.«

Die Damen bekamen vor Lachen kaum noch Luft.

»Habt Ihr die Feder an seinem Hut gesehen?«

»Und seine Schuhe. An den Absätzen klebte sogar noch Stroh …!«

Angéliques Herz schlug so heftig, dass sie das Gefühl hatte, ihr Nachbar Philippe müsse es hören. Sie drehte sich zu ihm um und sah den kalten blauen Blick des schönen Jungen mit einem unergründlichen Ausdruck auf sich gerichtet. Ich kann nicht zulassen, dass sie meinen Vater so beleidigen, dachte sie.

Angélique musste blass geworden sein. Plötzlich erinnerte sie sich daran, wie rot Madame de Richeville geworden war, als sie ihre Stimme ein paar Stunden zuvor in einer schlagartig eisigen Stille erhoben hatte. Es gab also etwas, das diese unverschämten Leute fürchteten.

Die »Kleine de Sancé« atmete tief ein.

»Wir mögen zwar arm sein«, sagte sie mit sehr lauter, klarer Stimme, »aber zumindest versuchen wir nicht, den König zu vergiften!«

Wie beim letzten Mal erstarb das Lachen in den Gesichtern, und mit einem Schlag herrschte eine so drückende Stille, dass man an den Nachbartischen aufmerksam wurde. Nach und nach verstummten die Gespräche. Die Tafelnden hörten auf zu essen, und alle Blicke richteten sich auf den Prinzen von Condé.

»Wer … wer …«, stammelte der Marquis du Plessis. Dann verstummte er abrupt.

»Was sind das für seltsame Geschichten?«, sagte schließlich der Prinz, der sich nur mit Mühe beherrschen konnte. »Dieses junge Ding ist es nicht gewohnt, sich in Gesellschaft zu bewegen. Sie lebt immer noch in der Welt ihrer Ammenmärchen …«

Gleich wird er mich vor allen Leuten lächerlich machen. Sie

werden mich fortjagen und mir eine Tracht Prügel androhen, dachte Angélique ängstlich.

Sie beugte sich ein wenig vor und sah zum Ende des Tischs hinüber.

»Man hat mir gesagt, Signor Exili sei der beste Giftmischer im ganzen Königreich.«

Dieser weitere Stein erzeugte heftige Wellen. Ein erschrecktes Gemurmel erhob sich.

»Oh! Dieses Mädchen ist vom Teufel besessen!«, rief Madame du Plessis, die vor Wut in ihr kleines Spitzentaschentuch biss. »Das ist jetzt schon das zweite Mal, dass sie mich mit Schande überhäuft. Sitzt da wie eine Puppe mit gläsernen Augen, und dann öffnet sie plötzlich den Mund und gibt die fürchterlichsten Dinge von sich!«

»Fürchterlich! Wieso denn fürchterlich?«, widersprach der Prinz, der Angélique nicht aus den Augen ließ, leise. »Sie wären es, wenn es stimmte, was sie sagt. Aber es sind ja nur die Fantastereien eines kleinen Mädchens, das seinen Mund nicht halten kann.«

»Ich werde den Mund halten, wenn es mir passt«, erklärte Angélique unmissverständlich.

»Und wann wird es Euch passen, Mademoiselle?«

»Wenn Ihr aufhört, meinen Vater zu beleidigen, und ihm die unbedeutende Gunst gewährt, um die er gebeten hat.«

Das Gesicht von Monsieur de Condé verfärbte sich tiefrot. Der Skandal hatte seinen Höhepunkt erreicht. Im hinteren Teil der Galerie stiegen einige Leute auf ihren Stuhl.

»Zum Teufel ... zum Teufel mit ...«, stieß der Prinz hervor.

Unvermittelt sprang er auf, den Arm ausgestreckt, als befehle er seinen Truppen den Angriff auf die spanischen Gräben.

»Kommt mit!«, rief er.

Er wird mich umbringen, dachte Angélique. Und der Anblick

dieses mächtigen Mannes, der vor ihr aufragte, ließ sie vor Angst und Lust erschauern.

Trotzdem folgte sie ihm, das kleine graue Entchen hinter dem bändergeschmückten großen Vogel.

Sie bemerkte, dass sich unterhalb seiner Knie üppige, gestärkte Spitzenrüschen bauschten und dass er über der knielangen Hose eine Art kurzen Rock trug, der mit einer Vielzahl von Borten verziert war. Noch nie hatte sie einen so ausgefallen gekleideten Mann gesehen. Doch sie bewunderte seinen Gang und die Art und Weise, wie er mit seinen hohen gewölbten Absätzen auftrat.

»Hier sind wir allein«, sagte Condé schließlich und drehte sich zu ihr um. »Mademoiselle, ich möchte nicht mit Euch schimpfen, aber Ihr müsst meine Fragen beantworten.«

Die falsche Freundlichkeit in seiner Stimme erschreckte Angélique mehr, als es ein Wutausbruch getan hätte. Sie erkannte, dass sie sich in einem verlassenen Boudoir befand, allein mit diesem hohen Herrn, dessen Pläne sie durchkreuzte, und ihr wurde mit einem Mal bewusst, dass sie nun selbst in seine Intrigen verwickelt war und sich darin verfangen hatte wie in einem Spinnennetz. Sie wich zurück, stotterte ein wenig herum und spielte das dumme Landmädchen.

»Ich dachte nicht, dass es so schlimm wäre, was ich gesagt habe.«

»Warum habt Ihr an der Tafel eines Onkels, den Ihr respektiert, eine solche Beleidigung erfunden?«

Sie verstand, zu welchem Geständnis er sie bewegen wollte, zögerte und wog das Für und Wider ab. In Anbetracht dessen, was sie bereits gesagt hatte, würde er ihr nicht glauben, wenn sie behauptete, vollkommen ahnungslos zu sein.

»Ich habe das nicht erfunden … ich habe bloß wiederholt, was man mir erzählt hat«, sagte sie leise. »Dass Signor Exili ein Meister in der Kunst des Giftmischens sei … Nur das mit dem König habe ich mir ausgedacht. Das hätte ich nicht tun sollen. Aber ich war so wütend.«

Linkisch rollte sie eines ihrer Gürtelenden zusammen.

»Wer hat Euch das erzählt?«

Angélique überlegte fieberhaft.

»Ein… ein Page. Seinen Namen weiß ich nicht.«

Er brachte sie zurück zum Eingang der Salons, und sie zeigte ihm den Pagen, der sie verspottet hatte.

»Zum Teufel mit diesen jungen Burschen, die sich nicht von fremden Türen fernhalten können«, knurrte der Prinz. »Wie heißt Ihr, Mademoiselle?«

»Angélique de Sancé.«

»Hört mir gut zu, Mademoiselle de Sancé. Ihr solltet nicht einfach fremdes Gerede nachplappern, das ein Mädchen Eures Alters noch nicht verstehen kann. Das könnte Euch irgendwann teuer zu stehen kommen, Euch und Eurer Familie. Heute will ich es noch einmal gut sein lassen. Ich will sogar den Fall Eures Vaters prüfen und schauen, ob ich etwas für ihn tun kann. Aber woher soll ich wissen, dass Ihr von nun an schweigt?«

Sie hob ihren grünen Blick zu ihm.

»Ich kann ebenso gut schweigen, wenn ich bekomme, was ich wünsche, wie ich rede, wenn man mich beleidigt.«

»Teufel noch eins, wenn Ihr erst erwachsen seid, werden sich Männer aufhängen, weil sie Euch begegnet sind«, entgegnete der Prinz.

Doch dabei spielte ein vages Lächeln auf seinen Zügen. Er schien nicht den leisesten Verdacht zu hegen, dass sie mehr über die ganze Sache wissen könnte, als sie ihm gesagt hatte. Dem impulsiven und unbesonnenen Condé mangelte es an Einfühlungsvermögen und Aufmerksamkeit. Nachdem die erste Aufregung verflogen war, kam er zu dem Schluss, dass es sich hier um nichts als Flurklatsch handelte.

Er war Schmeicheleien gewohnt und empfänglich für alle weiblichen Reize, und so trug die Verwirrung dieses bereits ausgesprochen hübschen jungen Mädchens dazu bei, seinen Zorn zu beschwichtigen. Angélique hingegen bemühte sich, ihn von unten herauf voll argloser Bewunderung anzuschauen.

»Ich würde Euch gerne etwas fragen«, sagte sie, um ihre Naivität noch deutlicher herauszustreichen.

»Was denn?«

»Warum tragt Ihr einen kleinen Rock?«

»Einen kleinen Rock ...? Aber Kind, das ist eine ›Rhingrave‹. Findet Ihr sie nicht auch ungemein kleidsam? Die Rhingrave verbirgt die unschöne Hose, die höchstens einem Reiter wohl ansteht. Man kann sie mit Borten und Bändern verzieren. Und sie ist ausgesprochen bequem. Habt Ihr so etwas bei Euch auf dem Land noch nicht gesehen?«

»Nein. Und diese weiten Spitzenrüschen unter Euren Knien?«

»Die nennt man ›Canons‹. Sie betonen die Wade, die zart und gewölbt daraus hervortritt.«

»Das ist wahr«, stimmte Angélique ihm zu. »Es ist wunderschön. Ich habe noch nie so ein prächtiges Gewand gesehen!«

»Ach ja, plaudert mit Frauen über Kleider, so besänftigt Ihr die erbittertste Furie«, bemerkte der Prinz, entzückt über seinen Erfolg. »Aber jetzt muss ich zurück zu meinen Gastgebern. Versprecht Ihr mir, brav zu sein?«

»Ja, Monseigneur«, antwortete sie mit einem schmeichelnden Lächeln, bei dem ihre kleinen perlmuttschimmernden Zähne sichtbar wurden.

Der Prinz von Condé kehrte in die Salons zurück und besänftigte mit segnenden Gesten den allgemeinen Aufruhr.

»Esst, meine Freunde, esst. Es gibt keinen Grund zur Aufregung. Das vorlaute junge Ding wird sich entschuldigen.«

Von sich aus verneigte sich Angélique vor Madame du Plessis.

»Ich bitte um Verzeihung, Madame, und um die Erlaubnis, mich zurückziehen zu dürfen.«

Es gab ein wenig Gelächter, als Madame du Plessis wortlos auf die Tür deutete.

Aber vor genau dieser Tür entstand gerade neuer Aufruhr.

»Meine Tochter, wo ist meine Tochter?«, rief Baron Armand.

»Der Baron de Sancé verlangt nach seiner Tochter«, rief ein Lakai spöttisch.

Zwischen den eleganten Gästen und livrierten Dienern erinnerte der arme Landjunker an eine eingesperrte dicke schwarze Hummel. Angélique rannte zu ihm.

»Angélique«, seufzte er, »du machst mich noch wahnsinnig. Seit drei Stunden suche ich schon zwischen Sancé, dem Haus von Molines und dem Schloss alles nach dir ab. Was für ein Tag, mein Kind! Was für ein Tag!«

»Lass uns gehen, Vater, schnell, ich bitte dich«, sagte sie.

Sie waren bereits draußen auf der Freitreppe, als die Stimme des Marquis sie zurückrief.

»Einen Moment noch, Cousin. Monsieur le Prince würde gerne einen Augenblick mit Euch reden. Es geht um diese Zollvergünstigungen, von denen Ihr mir erzählt habt ...«

Der Rest verklang, als die beiden Männer wieder hineingingen.

Angélique setzte sich auf die unterste Stufe der Freitreppe und wartete auf ihren Vater. Mit einem Mal hatte sie das Gefühl, als sei sie völlig leer, ohne jeden Gedanken, ohne jeden Willen. Ein kleiner weißer Griffon kam angelaufen und schnüffelte an ihr herum. Sie streichelte ihn mechanisch.

Als Monsieur de Sancé wieder herauskam, nahm er seine Tochter beim Handgelenk.

»Ich hatte schon befürchtet, du wärst wieder verschwunden. Du hast wirklich den Teufel im Leib, Angélique. Monsieur de Condé hat mir so eigenartige Komplimente über dich gemacht, dass ich nicht wusste, ob ich mich nicht lieber dafür entschuldigen sollte, dich gezeugt zu haben.«

»Ich verstehe diese Leute einfach nicht«, sprach Monsieur de Sancé kopfschüttelnd weiter, als ihre Pferde wenig später gemächlich nebeneinander durch die Dunkelheit trotteten. »Erst hören sie mich höhnisch lächelnd an, der Marquis legt mir anhand von Zahlen dar, dass er finanziell noch schlechter dasteht als ich, man lässt mich gehen, ohne mir auch nur ein Glas Wein anzubieten, um mir die Kehle zu spülen, und dann laufen sie plötzlich hinter mir her und versprechen mir alles, was ich haben will. Der Prinz hat mir versichert, dass ich ab dem kommenden Monat von allen Zöllen befreit werden soll.«

»Umso besser, Vater«, antwortete Angélique leise.

Sie lauschte dem nächtlichen Gesang der Kröten, der ihnen verriet, dass sie sich den Sümpfen und dem alten befestigten Schloss näherten. Plötzlich spürte sie, wie ihr die Tränen kamen.

»Glaubst du, dass Madame du Plessis dich als Ehrenjungfer nehmen wird?«, fragte der Baron.

»O nein, das glaube ich nicht«, entgegnete Angélique sanft.

Vierter Teil

Im Schatten von Notre-Dame-la-Grande

Kapitel 12

Von der Reise ihrer kleinen Karawane nach Poitiers blieb Angélique nur eine eher unangenehme Erinnerung. Man hatte eigens eine alte Karosse wieder herrichten lassen, in der sie zusammen mit Hortense und Madelon Platz genommen hatte. Ein Knecht lenkte die eingespannten Maultiere. Raymond und Gontran ritten auf zwei schönen, reinrassigen Pferden, die ihr Vater ihnen geschenkt hatte. Es hieß, die Jesuiten verfügten in ihren neuen Schulen über Ställe für die Reittiere der jungen Adligen.

Zwei schwere Packpferde vervollständigten ihren Trupp. Auf einem davon ritt der alte Guillaume, der als Eskorte für seine jungen Herrschaften diente. Zu viele Gerüchte über neue Unruhen und Kriege waren in der Gegend in Umlauf. Es hieß, Monsieur de La Rochefoucauld wiegele für Monsieur de Condé das Poitou auf. Er warb Armeen und zog einen Teil der Ernten ein, um sie zu ernähren. Wer Armeen sagt, sagt auch Hunger und Armut, Räuber und Landstreicher an den großen Wegkreuzungen. Also begleitete sie der alte Guillaume, die Pike in den Steigbügel gestützt und sein altes Schwert an der Seite.

Doch die Reise verlief ruhig. Als sie durch einen Wald kamen, bemerkten sie ein paar verdächtig aussehende Gestalten, die sich zwischen die Bäume zurückzogen. Aber entweder schreckte sie die Pike des alten Söldners ab oder das ärmliche Aussehen der Kutsche.

Die Nacht verbrachten sie in einer Herberge an einer finsteren Wegkreuzung, wo man nichts anderes hörte als den

Wind, der durch die Bäume pfiff. Der Herbergswirt erklärte sich bereit, den Reisenden als Brühe bezeichnetes klares Wasser und ein paar Stück Käse zu servieren, die sie im Schein einer schlechten Talgkerze verzehrten.

»Die Wirte stecken mit den Räubern unter einer Decke«, erklärte Raymond seinen verängstigten jüngeren Schwestern. »In den Herbergen entlang den großen Straßen werden die meisten Morde verübt. Bei unserer letzten Reise haben wir in einer übernachtet, wo man kaum einen Monat zuvor einem reichen Finanzier die Kehle durchgeschnitten hatte, dessen einziger Fehler es gewesen war, allein zu reisen.«

Doch im gleichen Moment bedauerte er auch schon, sich diesen allzu profanen Gedanken hingegeben zu haben, und fügte hinzu: »Die Verbrechen der einfachen Leute sind die Folge der Unruhen unter den Großen des Reichs. Alle haben ihre Gottesfurcht verloren.«

Hin und wieder hörte man ein Pferd über die hartgefrorene Straße galoppieren. Doch nur wenige Kutschen hielten an. Die ehrenwerten Reisenden suchten lieber ein befreundetes Schloss auf, als die Nacht in einer einsamen Herberge zu verbringen, wo die geringste Gefahr darin bestand, ausgeplündert zu werden. Im Schankraum saßen nur zwei, drei Stammgäste, ein jüdischer Kaufmann und vier Postreiter, die lange Pfeifen rauchten und einen fast schwarzen Wein tranken. Als es Zeit wurde, schlafen zu gehen, fanden sie nur ein einziges Bett vor, das jedoch so groß war, dass sie alle fünf hineinpassten: die drei Mädchen am Kopf-, die beiden Jungen am Fußende. Der alte Guillaume schlief vor der Tür und der Knecht bei den Pferden im Stall.

Es folgten weitere mühselige Tage. Die drei Schwestern wurden auf den gefrorenen, von Wagenspuren zerfurchten Straßen hin und her geschüttelt wie Säcke voll Nüsse, und nach einer Weile fühlten sie sich wie gerädert. Nur selten trafen sie auf

Teilstücke der alten Römerstraße mit ihrem großen, regelmäßigen Steinpflaster. Meistens reisten sie auf lehmigen Wegen, die vom unaufhörlichen Vorüberziehen der Reiter und Kutschen aufgewühlt waren. An den Zugängen zu Brücken mussten sie manchmal stundenlang warten, bis sie völlig durchgefroren waren, da der Zolleinnehmer fast immer recht behäbig und redselig war und bei jedem Reisenden die Gelegenheit zu einem Schwätzchen nutzte. Nur die hohen Herren passierten die Brücken, ohne langsamer zu werden, und warfen dem Zöllner verächtlich eine Geldbörse vor die Füße.

Madelon weinte, starr vor Kälte und an Angélique geklammert. Hortense hingegen beschwerte sich.

»Das ist einfach inakzeptabel!«, schimpfte sie.

Alle drei waren todmüde, und unwillkürlich stießen sie einen Seufzer der Erleichterung aus, als eines Abends Poitiers vor ihnen auftauchte, dessen blassrot gedeckte Dächer sich einen Hügel emporzogen, der von einem lieblichen Flüsschen, dem Clain, umspült wurde.

Es war ein klarer Tag.

Nicht eine Wolke war zu sehen. Der Himmel über den Ziegeldächern war so heiter, dass man sich in südlichen Gefilden hätte wähnen können, und tatsächlich ist das Poitou das Tor zum Süden Frankreichs. Überall läuteten die Glocken zum Angelus.

Diese Glocken sollten während der nächsten fast fünf Jahre Angéliques Tagesablauf bestimmen. Poitiers war eine Stadt der Kirchen, Klöster und Stifte. Die Glocken regelten das Leben dieser ganzen Schar von Soutanenträgern, dieses lärmenden Heers von Schülern und ihrer flüsternden Lehrer. Priester und Absolventen begegneten sich an den Ecken der ansteigenden Straßen, in schattigen Höfen und auf den Plätzen, die sich Stufe um Stufe den Abhang hinaufzogen und so den Pilgern, die die Stadt besuchten, immer wieder eine Rast ermöglichten.

Vor der Kathedrale trennten sich die Geschwister. Das Kloster der Ursulinen lag ein Stück zur Linken über dem Clain. Das Jesuitenkolleg hingegen befand sich an der höchsten Stelle der Stadt. Mit der Unbeholfenheit der Jugend gingen sie fast wortlos auseinander, und nur Madelon umarmte weinend ihre beiden Brüder. Dann schlossen sich die Tore des Klosters hinter Angélique.

Es dauerte lange, bis sie begriff, dass dieses Gefühl des Erstickens, das sie bedrängte, damit zusammenhing, dass sie aus ihren gewohnten weiten Räumen herausgerissen worden war. Hier gab es überall Mauern, immer wieder Mauern, und Gitter vor den Fenstern. Mit ihren Mitschülerinnen kam sie nur schwer zurecht. Sie hatte bisher immer mit Jungen gespielt, kleinen Bauernlümmeln, die sie bewunderten und ihr folgten. Doch hier, zwischen jungen Damen von zumeist hoher Abkunft und gesichertem Vermögen, konnte Angéliques Platz nur in einer der letzten Reihen sein.

Außerdem musste sie sich der Tortur der engen, mit Fischbein versteiften Schnürbrust unterziehen, die die Mädchen unerbittlich zu einer geraden Haltung zwang und ihnen so ihr ganzes Leben lang das Gebaren einer hochmütigen Königin verlieh. Angélique war kräftig und besaß geschmeidige Muskeln und eine natürliche Anmut, sodass sie auf diese Zwangsjacke hätte verzichten können. Aber bei der Schnürbrust handelte es sich um eine gesellschaftliche Institution. Den Unterhaltungen der Älteren zufolge gab es keinen Zweifel daran, dass sie eine große Rolle in der Mode spielte. Es war auch die Rede vom Blankscheit, einer Art schnabelförmigem starrem Brusteinsatz, der in eine über und über bestickte und mit Schleifen und Edelsteinen geschmückte Tasche am Schnürleib geschoben wurde. Das Blankscheit diente dazu, den Busen zu stützen und ihn unter der verhüllenden Spitze so weit anzuheben, dass er stets bereit zu sein schien, aus diesem Gefängnis auszubrechen. Natürlich erzählten sich die Älteren solche Einzelheiten nur im Geheimen, obwohl es ausdrücklich zu den Aufgaben des Klosters gehörte, die jungen Mädchen auf die Ehe und ein Leben in der Gesellschaft vorzubereiten.

Angélique lernte zu tanzen, zu grüßen, Laute und Cembalo zu spielen, mit zwei oder drei Gefährtinnen Konversation über ein vorgegebenes Thema zu machen und sogar mit dem Fächer zu spielen und sich zu schminken. Zudem wurde großer Wert auf die Führung des Haushalts gelegt. Als Vorbereitung auf mögliche Schicksalsschläge, die der Himmel über sie hereinbrechen lassen könnte, mussten die Schülerinnen die niedrigsten Tätigkeiten verrichten. Abwechselnd arbeiteten sie in der Küche, wuschen Wäsche, zündeten die Lampen an und unterhielten die Flammen oder fegten und schrubbten die steinernen Bodenplatten. Schließlich vermittelte man ihnen noch ein paar intellektuelle Grundlagen: aneinandergereihte Fakten aus Geschichte und Geografie, Mythologie, Mathematik, Theologie und Latein. Mehr Aufmerksamkeit wurde der Ausbildung des Schreibstils gewidmet, da das Briefeschreiben als eine im Wesentlichen weibliche Kunst galt und der Austausch von Briefen mit ihren Freunden und Verwandten einen Großteil der Zeit einer Frau von Welt in Anspruch nahm.

Zwar war Angélique keine ungehorsame Schülerin, trotzdem gab sie ihren Lehrern wenig Anlass zur Zufriedenheit. Sie tat, was man von ihr verlangte, schien aber nicht zu verstehen, warum man sie zu so vielen stumpfsinnigen Dingen zwang. Manchmal suchte man sie vergeblich, wenn der Unterricht anfing, und entdeckte sie schließlich beim Gemüse, das in einem großen Garten hoch über kaum frequentierten Gässchen angebaut wurde, in denen sich die Wärme staute. Auf die scharfen Zurechtweisungen erwiderte sie stets, dass ihr nicht bewusst gewesen sei, etwas Unrechtes zu tun, wenn sie den Kohlköpfen beim Wachsen zusah.

Mazarin war nicht gestorben.

Auch nicht der junge König und sein Bruder.

Und auch nicht die Regentin.

Aber der Bürgerkrieg war mit Gewalt im Herzen des Königreichs losgebrochen.

Nachdem einst dank der Politik Richelieus und des verstorbenen Ludwig XIII. das französische Gebiet von den Verheerungen des Dreißigjährigen Krieges verschont geblieben war, hatte die Fronde – diese so »beschwingte« Fronde – das Land diese Versäumnisse innerhalb weniger Monate nachholen lassen.

Es gab Tausende und Abertausende von Toten.

In jenem Jahr, schrieb der Chronist, *trug im Umkreis von sechs Meilen um Paris kein einziger Baum Blüte oder Frucht.* Mit abgeschlagenen Ästen ragten die struppigen Stümpfe der Bäume in den Obstgärten auf wie eine Armee aus totem Holz…

Keine Furche brachte Ernte…

Unter dem Durchmarsch der Truppen, den erbitterten Kämpfen, den fluchtartigen Rückzügen, den Angriffen und dem galoppierenden Ansturm der Reiter wurde die vom Tod umgepflügte Erde der lieblichen Provinz Île-de-France selbst zum Grab. Und unzählige Leichen von tapferen kleinen Maultieren übersäten das Land, die die Karren und den Tross der Artillerie hinter sich herschleppten und dabei von der Kartätsche niedergemäht wurden.

Die prächtigen Wälder Sénard, Chantilly und l'Île-Adam, grüne Kronen von Paris, Rambouillet und Fontainebleau, boten ebenfalls einen apokalyptischen Anblick, finster und hoffnungslos, Zuflucht nicht nur für die ausgehungerte Bevölkerung, die alles verloren hatte, sondern auch für verängstigte Deserteure. Gleichzeitig waren sie ein Schlupfwinkel für Räuber, die sich dort sammelten und die umliegenden Schlösser und die wenigen Reisenden überfielen, die versuchten, dieser Hölle zu entfliehen. Wie das Wasser von der unaufhaltsamen Flut vorangetrieben wird, breiteten sich Leid, Not und Hunger von dieser gepeinigten zentralen Region nach Westen und Süden in bis dahin verschont gebliebene Provinzen aus. Heerscharen von Bettlern strömten in die Städte und saßen mit ausgestreckter Hand an sämtlichen Toreinfahrten.

Bald gab es in Poitiers mehr Bettelvolk als Geistliche und Schüler.

Die kleinen Zöglinge der Ursulinen teilten an bestimmten Tagen zu festgelegten Zeiten Almosen an die Armen aus, die vor dem Kloster ihre Lager aufgeschlagen hatten. Man lehrte sie, dass auch das zu ihren künftigen Aufgaben als vollendete Damen gehören würde.

Zum ersten Mal sah Angélique das hoffnungslose Elend, das zerlumpte Elend, das wahre Elend mit dem geilen, hasserfüllten Blick. Es rührte sie nicht, brachte sie nicht aus der Fassung, im Gegensatz zu ihren Gefährtinnen, von denen manche in Tränen ausbrachen oder voller Abscheu die Lippen zusammenpressten. Sie hatte das Gefühl, ein Bild wiederzuerkennen, das von jeher in ihr eingeprägt war, die Vorahnung dessen, was das Schicksal für sie bereithalten sollte. Die Nonnen beschuldigten sie, gefühllos zu sein, gleichgültig gegenüber der Not der Armen, der Stellvertreter des leidenden Christus, und behaupteten, sie habe ein kaltes Herz. Angélique verstand nicht, was man ihr vorwarf, was man von ihr erwartete. Sie reagierte auf diesen Anblick mit Verständnis, sie sah sich etwas Vertrautem gegenüber, das sie selbst betraf.

»Hast du Angst davor, dem Widerwärtigen, dem Zeichen des Teufels ins Gesicht zu sehen?«, hatte sie eines Tages eine Stimme gefragt.

Und was sie in diesen zerlumpten Gestalten sah, die sich vor der Pforte des Klosters voller Boshaftigkeit stritten, war die Krankheit, die sich nach und nach in ihren Körpern festsetzte, bis sie das Fleisch zerfraß und es in den Tod verwandelte. Dagegen gäbe es nur eine einzige Rettung, sagte man ihr: das Gebet und die Unterwerfung unter den Willen Gottes!

Allmählich verschwammen ihre Erinnerungen an eine unsichere, erst langsam aufkeimende Kunst, die sie ein Wesen aus einer anderen Welt gelehrt hatte. Ein Wesen, von dem die anderen behauptet hatten, es sei verflucht, verbannt, von allen verstoßen, und sie müsse es vergessen… Sie wagte nicht einmal mehr, seinen Namen in den Mund zu nehmen. Doch wenn sie den Armen ein Stück Brot gab, wusste sie, dass diese Geste nicht vergebens war, und das tröstete sie. Das Brot ist gut, sagte sie sich. Es war ein Heilmittel der Natur, das diesen verlassenen, verurteilten Körpern half zu überleben, und wenn sie ihnen ihre magere Ration reichte, versuchte sie, sie mit beiden Händen zu berühren, um ihnen Heilung zu schenken, jene Gabe, die die einfachen Leute von Monteloup in ihr gesehen hatten. Doch wenn ihre Gefährtinnen sie dabei beobachteten, stießen sie schrille Schreie aus und verpetzten sie bei den Nonnen…

Die Pest erwachte mühelos in diesem Bodensatz, der die Gässchen verstopfte, während der glühende Juli die Brunnen austrocknen ließ. Ratten kamen aus ihren Löchern an die Oberfläche, um in den Straßen oder den Häusern zu verenden.

Ein paar der Schülerinnen erkrankten. Eines Morgens sah Angélique Madelon nicht auf dem Pausenhof. Sie fragte nach ihr, und man sagte ihr, das Kind sei in den Krankensaal gebracht worden.

Angélique gelang es, heimlich ans Bett ihrer Schwester zu schleichen. Die Kleine bekam kaum Luft, und ihre Haut glühte. Ihr Zustand verschlimmerte sich.

»Vielleicht wird sie sterben«, sagte Hortense mit einer Mischung aus Bitterkeit und Opferbereitschaft zugleich, als wollte sie sich klaglos in das Unabänderliche fügen. Doch Angélique begehrte auf. Nein, das war unmöglich. Viele Menschen starben rings um sie herum, aber nichts konnte die unantastbare Festung einnehmen, die das alte Schloss von Monteloup um die Kinder der Familie de Sancé errichtet hatte. Madelon würde nicht sterben!

Angélique stützte den lockigen Kopf ihrer Schwester und hielt ihr einen Becher an die Lippen, der neben dem Bett stand. Die Kleine trank gierig.

Sie lassen sie verdursten, dachte sie. Sie kümmern sich nicht richtig um sie! Was ist das überhaupt für ein Tee? Ein beruhigender Kräutertee? Der ist nicht stark genug. Ich kenne Heilpflanzen, die den Kranken zum Schwitzen bringen und die Krankheit aus seiner Haut treiben. Holunderblüten, Klettenblätter… Davon sollte sie trinken. Einen guten starken Tee, den ich ihr selbst aufbrühen würde.

»Angélique«, murmelte Madelon, die die Augen geöffnet hatte.

»Ja, Liebes?«

»Erzähl mir etwas.«

Angélique suchte in ihren Erinnerungen.

»Was denn? Die Geschichte von Gilles de Retz und…«

»Nein, nein! Die macht mir Angst. Jedes Mal, wenn ich die Augen schließe, sehe ich Kinder, die an den Mauern aufgehängt sind.«

»Was denn sonst?«

Das Einzige, was Angélique einfiel, waren furchteinflößende Geschichten von Räubern, Gespenstern oder bösen Kobolden.

»Das ist mir egal«, seufzte Madelon, »Hauptsache, du erzählst. Du hast so eine schöne Stimme. Niemand hat eine Stimme wie du. Ich möchte sie gerne hören…«

Angélique begann ihr von den kleinen Kindern von Monteloup zu erzählen, von Marie-Agnès, Albert und dem Nesthäkchen Jean-Marie. Anfangs lächelte Madelon, doch dann schien sie erneut in ihrer Benommenheit zu versinken.

Angélique verließ sie bald wieder. Es war Zeit für den Geschichtsunterricht, aber das war ihr egal.

Eine Viertelstunde später war sie draußen im Gemüsegarten. Sie nahm eine Leiter, lehnte sie an die Mauer und sprang leichtfüßig hinab in die schmale Straße. Die Mauer war recht hoch, aber Angélique hatte nichts von ihrer früheren Gelenkigkeit verloren.

Sie lief über das runde Kopfsteinpflaster durch Straßen, in denen die brütend heiße Luft stand. Vor den Hauswänden lagen Gestalten, die zu schlafen schienen. Wolken von gefräßigen Fliegen schwirrten um sie herum, und Angélique erkannte bald, dass es Leichen waren. Da begriff sie, vor welch grauenvoller Realität die Mauern des Ursulinenklosters ihre kleinen Schülerinnen bewahrten.

Nach und nach glaubte sie in den Nebel jener finsteren Vorhölle einzutauchen, in der die Seelen des Fegefeuers umherirren sollten, oder gar in die Flammen der Hölle selbst, denn hier und da entdeckte sie hell lodernde Feuer, die sie sich nicht erklären konnte. Sie begegnete seltsamen schwarzen Gestalten, die paarweise durch die Straßen gingen. Die einen trugen eine Maske mit einem gekrümmten Vogelschnabel, die anderen einen löchrigen Trichter vor dem Gesicht. Es waren Ärzte, die in Begleitung ihrer Gehilfen die Häuser aufsuchten. Der Gehilfe trug eine Art Gießkanne, aus deren Löchern Schwaden eines heilsamen Räucherwerks aufstiegen.

Angélique ging schneller. Sie hustete, der Rauch raubte ihr den Atem, aber nichts konnte sie aufhalten. Instinktiv wandte sie sich den höher gelegenen Bereichen der Stadt zu, wo die Luft besser sein würde.

Tapfer stieg sie die immer steiler ansteigenden Treppen hinauf, überquerte Plätze mit ausgetrockneten Brunnen, wo reglose Gestalten lagen. Die einzige Bewegung dazwischen bildete ein Ballett weiß gekleideter und mit weißen Kapuzen verhüllter Gespenster, die langsam von einem zum anderen gingen, sich über die Liegenden beugten und schließlich die Toten, die sie fanden, auf eine Bahre hoben. Eines der Gespenster setzte sich mit einer brennenden Wachskerze in der Hand psalmodierend an die Spitze des Zuges. Es waren die Mitglieder der Lazarus-Bruderschaft, die bei Epidemien die Toten fortbrachten und begruben. Sie übernahmen diese letzten und gefährlichen Aufgaben, wenn die eigentlichen Totengräber der Sprengel geflohen ... oder tot waren.

An dem Punkt, an dem die Stadt angelangt war, kam es nicht mehr in Frage, die Toten zu beerdigen. An den Kreuzungen hatte man Scheiterhaufen errichtet, auf die die Prozessionen und Leichenzüge zustrebten. Erst hatte man die Lumpen und die verseuchten Gegenstände verbrannt. Nun legte man die Leichen darauf, manche davon dürrer als die Zweige, die sie aufzehren sollten. Kohlenbecken lieferten die Glut für Weihrauchfässchen und Räucherapparate, die duftende Rauchschwaden verteilten, welche je nach Überzeugung derjenigen, die sie schwangen, vor Ansteckung oder dem schädlichen Einfluss von Dämonen schützen sollten. Wenigstens halfen diese Gerüche, die stark an religiöse oder antike Zeremonien erinnerten, ein wenig gegen den ekelerregenden Verwesungsgestank.

Die Steigung war inzwischen nicht mehr ganz so steil. In den Straßen lagen weniger Leichen, die Atmosphäre wurde heiterer. Angélique überquerte einen belebten Platz, wo Seminaristen eifrig diskutierten, ohne sich um den nahen Tod zu kümmern. Die Häuser standen nicht mehr so nah beieinander. Endlich erreichte sie das offene Land.

Es war kaum zu glauben!

Der Himmel war blau. Die Sonne schien.

Im Unterholz war nicht der leiseste Pesthauch zu spüren. Die Winde, die über die Höhen hinwegstrichen, hatten die letzten Reste von Rauch und widerlichem Gestank fortgeweht.

Jenseits des Todes, der in den Tiefen der Stadt umging, hatten der verheißungsvolle Frühling, der reiche Sommer triumphiert, getreu der ewigen Wiederkehr, die das strenge Gesetz der Jahreszeiten ihnen auferlegte.

Angélique rannte los und atmete in tiefen Zügen ein. Ihre Hoffnung kannte keine Grenzen. Sie musste lange laufen, ehe sie einen Bach fand, an dem die Holunderblüten wuchsen, die sie suchte. Ringsum entdeckte sie noch weitere Pflanzen, die ihre Arznei vervollständigen würden. Nachdem sie ihr Schultertuch aus schwarzem Taft gefüllt hatte, kehrte sie um und wandte der Dämmerung, die endlich ein wenig Kühlung brachte, den Rücken zu.

Sie wagte kaum zu glauben, dass ihr der Himmel so gnädig gewesen war, und rannte voller Freude zurück in Richtung Stadt, tauchte erneut ein in die stinkenden, verrauchten Straßen, wurde ungeduldig, wenn sie von Leichenzügen oder den Totengräberbruderschaften aufgehalten wurde, die psalmodierend ihre Bahren trugen und um die sie einen Bogen schlagen oder zwischen denen sie sich hindurchzwängen musste, um weiterzukommen. Je steiler die Straßen abfielen, desto schneller lief sie. Am liebsten wäre sie geflogen.

Wie berauscht von ihrem Lauf verirrte sie sich.

Mehrmals musste sie stehen bleiben und nach dem Weg fragen, um das Kloster der Ursulinen wiederzufinden.

In diesen Tagen des Grauens und der Verzweiflung begegnete man in den Straßen von Poitiers so vielen seltsamen Gestalten, dass sich niemand über das junge Mädchen mit dem wehenden goldblonden Haar im grauen Kleid einer Klosterschülerin wunderte.

Aber manche, die sahen, wie sie die steilen Straßen hinabeilte, zwischen den kranken Schatten hindurchschlüpfte, mit einem Satz über die Glutbäche sprang, die der unvermittelt aufgekommene Abendwind aus den Kohlenbecken und Scheiterhaufen an den Straßenecken riss, die diese zierliche Gestalt, vom strahlenden Glanz ihres lichten Haars umgeben, aus dem dichten, ekelerregenden Qualm hervorkommen sahen, sprachen von einem Engel, den der Himmel gesandt habe, um die Lebenden und die Toten zu trösten.

Sie versuchte so angestrengt, die Straßen wiederzuerkennen, dass ihre Augen brannten. Plötzlich entdeckte sie den Platz, an dem die Klosterpforte lag, und im Halbdunkel sah sie die massigen Mauern, hinter denen Madelon auf sie wartete.

Mit einem Arm presste sie ihren Vorrat an sich, während sie mit dem anderen mit aller Kraft die Glocke schüttelte und unbekümmert so laut läutete, dass das Echo im ganzen Gebäude widerhallte. Nachdem sie eine scheinbar endlose Weile gewartet hatte, öffnete sich der schwere Türflügel einen Spalt, und an der bestürzten Miene der Pförtnerin erkannte sie, dass man ihre Flucht bemerkt hatte und sie bereits erwartete. Die Nonne sagte ihr, dass man nach ihr gesucht habe und dass die Damen äußerst ungehalten seien.

»Schwester! Bitte, lasst mich vorbei. Ich bringe Heilpflanzen für Madelon.«

Sie schob die Nonne zur Seite und rannte durch die Gänge.

Plötzlich sah sie die Oberin auf sich zukommen. Es war eine noch junge Frau aus einer herzoglichen Familie.

Groß und streng blieb sie stehen und musterte Angélique mit zornigem Blick.

Angélique hielt inne.

»Mutter Oberin! Mutter Oberin! Lasst mich durch. Ich habe Heilpflanzen geholt, um meine Schwester Madelon wieder gesund zu machen.«

Die Hände in ihre weiten Ärmel geschoben, stand die Oberin immer noch reglos wie eine steinerne Statue da und versperrte ihr den Weg.

»Mademoiselle de Sancé, Euer Betragen ist unerhört«, sagte sie schließlich.

»Mutter Oberin, ich habe Pflanzen geholt, damit meine Schwester wieder gesund wird.«

»Gott hat Euch bestraft, meine Tochter.«

»Es ist mir völlig egal, ob Gott mich bestraft!«, rief Angélique mit vor Hitze und Erschöpfung hochrotem Gesicht. »Aber ich will ihr den Tee selbst kochen.«

»Meine Tochter, es ist zu spät, um noch irgendetwas zu wollen. Eure Schwester ist tot.«

Angélique weinte nicht, als sie vor dem kleinen bleichen, wie ausgedörrt wirkenden reglosen Leichnam stand. Sie ärgerte sich sogar über Hortense, die eindrucksvolle Tränen vergoss. Warum heulte diese lange Bohnenstange überhaupt? Sie hatte Madelon nie geliebt. Sie liebte nur sich selbst.

»Ach, meine Kleinen«, sagte eine alte Nonne sanft, »das ist das Gesetz Gottes. Viele Kinder sterben. Ich habe gehört, Eure Mutter hat elf Kinder zur Welt gebracht und nur ein Einziges davon verloren. Mit diesem hier sind es jetzt zwei. Das ist nicht viel. Ich kenne eine Dame, die fünfzehn Kinder geboren und sieben wieder verloren hat. Seht ihr, so ist das nun einmal. Gott gibt die Kinder, und Gott nimmt sie auch wieder. So viele Kinder sterben. Das ist Gottes Gesetz …!«

Nach Madelons Tod verstärkte sich Angéliques ungezügeltes Betragen, und sie wurde sogar ungehorsam.

Sie tat nur noch, was ihr gefiel, und verschwand stundenlang in irgendwelchen versteckten Winkeln des weitläufigen Gebäudes.

Seit sie fortgelaufen war, hatte man ihr verboten, sowohl den Ziergarten als auch den Gemüsegarten noch einmal zu betreten. Trotzdem fand sie immer wieder eine Möglichkeit, sich heimlich dorthin zu schleichen. Man dachte daran, sie nach Hause zurückzuschicken, aber trotz der Schwierigkeiten, mit denen er aufgrund des Bürgerkriegs zu kämpfen hatte, zahlte der Baron de Sancé das Kostgeld für seine beiden Töchter immer sehr regelmäßig, was man nicht von allen Zöglingen behaupten konnte.

Darüber hinaus versprach Hortense eine der besten Schülerinnen ihres Jahrgangs zu werden. Der Älteren zuliebe behielten die Nonnen also auch die Jüngere, aber sie hörten auf, sich um sie zu kümmern.

Kapitel 13

Die Fronde ging weiter, Schlacht um Schlacht, Gefecht um Gefecht, wie eine gewaltige, ruckhaft mit dem Schwanz schlagende Schlange, die niemals zur Ruhe kommen würde. Vor den Mauern von Paris standen sich zwei große Generäle mit gleichen Kräften gegenüber: Condé an der Spitze der Adelsfronde und Turenne, der sich schließlich doch wieder in den Dienst des Königs gestellt hatte. Bei der Auseinandersetzung, die als das Gefecht vor der Porte Saint-Antoine bekannt werden sollte, versetzten die beiden Armeen einander so furchtbare Schläge, dass man hätte glauben können, sie würden sich gegenseitig vernichten.

Mademoiselle de Montpensier, die Tochter des Kronprätendenten Gaston d'Orléans, hatte den Befehl erteilt, die Kanonen der Bastille auf die Truppen ihres Cousins, des Königs, abzufeuern, woraufhin diese zurückwichen. Dadurch konnte das Tor für die aufständische Armee des Adels geöffnet werden, und die Soldaten retteten sich blutüberströmt in die sichere Stadt. Der König und Turenne zogen sich nach Pontoise zurück.

Doch die Ruhe war nur von kurzer Dauer.

Erbost darüber, dass Condés Männer ihre Ratsherren niedergemetzelt und das Rathaus in Brand gesteckt hatten, weil der Prinz der Ansicht war, die Stadtväter hätten ihm einen allzu lauen Empfang bereitet, begleiteten die Pariser schon wenige Wochen darauf mit Schmährufen den Auszug des Prinzen und seiner spanischen und deutschen Truppen, die die Stadt durch die Porte Saint-Antoine verließen, um nach Flandern zu ziehen, während am entgegengesetzten Ende der Stadt der junge König bejubelt wurde, der, mit vierzehn Jahren endlich mündig, selbst die Herrschaft übernommen hatte und durch die Porte Saint-Honoré in seine Hauptstadt einzog. Der wegen Hochverrats zum Tode verurteilte Held von Rocroi hatte sich in die Niederlande zurückgezogen und sich dort in den Dienst des spanischen Königs gestellt.

Noch lange sollten alle möglichen Armeen über französischen Boden wirbeln.

Als Erstes begaben sich die königlichen Truppen und der Hof in die Guyenne, um die Einwohner von Bordeaux zur Räson zu bringen, dann zogen sie weiter nach Poitiers, wo der Hof sich für eine Weile niederließ.

So saß Angélique, die gerade fünfzehn Jahre alt geworden war, an einem Januartag wieder einmal auf der Mauer des Gemüsegartens, wärmte sich in der milden Wintersonne und beobachtete das Treiben unten in der Gasse, wo immer wieder seltsame Gestalten in erstaunlicher Kleidung vorüberkamen.

Von oben herab lauschte sie dem Murmeln der aufgescheuchten Stadt, deren Erregung sich bis in dieses abgelegene Viertel ausgebreitet hatte.

Die Flüche der Kutscher, deren Karossen in den verwinkelten Gässchen stecken blieben, vermischten sich mit dem Gelächter und Gezänk der Pagen und Dienerinnen und dem Wiehern der Pferde. Über diesem ganzen Stimmengewirr schwebte der dunkle Klang der Glocken. Inzwischen kannte Angélique alle Glockenspiele, das von Saint-Hilaire, das von Sainte-Radegonde, die große Glocke von Notre-Dame-la-Grande und die tieftönenden Glocken im Turm von Saint-Porchaire.

Plötzlich tauchte am Fuß der Mauer ein Reigen von Pagen auf, die in ihren Gewändern aus Satin und Seide wie ein Schwarm exotischer Vögel vorbeiflatterten.

Einer von ihnen blieb stehen, um das Band an seinem Schuh neu zu binden. Als er sich wieder aufrichtete, hob er den Kopf und erblickte Angélique, die ihn von der Mauerkrone aus beobachtete.

Galant fegte der Page grüßend mit seinem Hut durch den Staub.

»Guten Tag, Mademoiselle. Ihr seht nicht aus, als hättet Ihr da oben viel Spaß.«

Er ähnelte den Pagen, die sie im Schloss des Marquis du Plessis gesehen hatte. Er trug die gleiche kurze bauschige Hose, ein Erbe des sechzehnten Jahrhunderts, die seine Beine so lang und dürr wirken ließ wie die eines Reihers.

Abgesehen davon sah er mit seinem fröhlichen, sonnengebräunten Gesicht und dem schönen lockigen, kastanienbraunen Haar recht hübsch aus. Sie fragte ihn, wie alt er sei, und er antwortete: sechzehn Jahre.

»Aber macht Euch keine Sorgen, Mademoiselle«, fügte er hinzu. »Ich weiß schon, wie man den Damen den Hof macht.«

Er warf ihr zärtliche Blicke zu, und unvermittelt streckte er den Arm nach ihr aus.

»Kommt doch zu mir runter.«

Ein angenehmes Gefühl durchströmte Angélique. Ihr war, als öffnete sich das triste graue Gefängnis, in dem ihr Herz verkümmerte. Dieses attraktive, zu ihr aufgerichtete Lachen verhieß ihr etwas Süßes, Köstliches, nach dem sie hungerte wie nach einer langen Fastenzeit.

»Kommt«, flüsterte er. »Wenn Ihr wollt, bringe ich Euch zum Palast der Herzöge von Aquitanien, wo der Hof abgestiegen ist, und zeige Euch den König.«

Sie zögerte nur kurz und raffte ihren wollenen schwarzen Kapuzenumhang zusammen.

»Achtung, ich springe!«, rief sie.

Er fing sie beinahe in seinen Armen auf. Sie brachen in fröhliches Gelächter aus. Rasch legte er einen Arm um ihre Taille und zog sie mit sich.

»Was werden die Nonnen aus Eurem Kloster dazu sagen?«

»Sie sind meine verrückten Einfälle gewohnt.«

»Und wie wollt Ihr wieder hineinkommen?«

»Ich läute an der Pforte und bitte um Almosen.«

Er prustete los.

Angélique berauschte sich an dem Trubel, von dem sie mit einem Mal umgeben war. Zwischen den hohen Damen und Herren, deren prächtiger Aufzug die Provinzler begeisterte, wanderten Händler umher. Bei einem von ihnen kaufte der Page zwei Spieße mit frittierten Froschschenkeln. Da er sein ganzes Leben in Paris verbracht hatte, fand er dieses Gericht ausgesprochen merkwürdig. Die beiden jungen Leute aßen mit großem Appetit. Der Page erzählte Angélique, dass er Henri de Roguier hieße und zum Gefolge des Königs gehörte. Dieser sei ein lustiger Geselle und entwische hin und wieder den ernsten Herren seines Rates, um mit seinen Freunden ein wenig auf der Gitarre herumzuzupfen. Die Nichten von Kardinal Mazarin, diese reizenden italienischen Püppchen, hielten sich immer noch am Hof auf, obwohl ihr Onkel gezwungen gewesen war, sich vorübergehend ins Exil zurückzuziehen.

Unter solchen Plaudereien führte der junge Bursche Angélique unauffällig in weniger belebte Viertel. Sie bemerkte es, sagte jedoch nichts. Ihr plötzlich erwachter Körper wartete auf etwas, das die Hand des Pagen an ihrer Taille versprach.

Er blieb stehen und schob sie sanft in einen Türwinkel. Dann begann er sie leidenschaftlich zu küssen.

»Du bist so hübsch … Deine Wangen sind wie Gänseblümchen und deine Augen grün wie Frösche … Die Frösche deiner Heimat … Beweg dich nicht, ich will nur dein Mieder aufschnüren ... Lass mich nur gewähren, ich weiß, wie das geht ... Oh! Ich habe noch nie so süße weiße Brüste gesehen ... Und fest wie Äpfel ... Du gefällst mir, meine Schöne ...«

Sie ließ ihn reden, liebkosen. Sie lehnte den Kopf ein wenig nach hinten gegen den bemoosten Stein, und ihre Augen blickten hinauf zum blauen Himmel, den sie am Rand des ausgezackten Dachs erkennen konnte.

Der Page war verstummt; er atmete schneller. Unruhig sah er sich mehrmals ärgerlich um. Die Straße war recht ruhig. Trotzdem herrschte ein ständiges Kommen und Gehen. Sogar eine Horde Schüler kam vorbei, die lautstark »Uuh! Uuh!« riefen, als sie das junge Paar im Schatten der Mauer entdeckten. Der Bursche trat einen Schritt zurück und stampfte mit dem Fuß auf.

»Oh! Das macht mich wahnsinnig! Die Häuser in diesem verfluchten Nest sind brechend voll. Sogar die hohen Herren müssen ihre Mätressen in Vorzimmern empfangen. Sag mir, wo können wir denn hingehen, um ein wenig Ruhe zu haben?«

»Es ist doch gut hier«, murmelte sie.

Aber er war nicht zufrieden. Er warf einen Blick in den kleinen Geldbeutel, den er am Gürtel trug, und seine Miene hellte sich auf.

»Komm mit! Ich habe eine Idee! Wir werden schon einen passenden Salon für uns finden.«

Er nahm ihre Hand, und sie liefen durch die Straßen, bis sie den Platz vor Notre-Dame-la-Grande erreichten. Angélique sah die Stadt zum ersten Mal wirklich. Bewundernd betrachtete sie die Kirchenfassade, die kunstvoll wie eine indische Schatulle gearbeitet war und von zwei Glockentürmen mit pinienzapfenförmigem Dach flankiert wurde. Es hatte fast den Anschein, als wäre der Stein selbst unter dem magischen Meißel der Steinmetzen erblüht.

Der junge Henri forderte seine Begleiterin auf, unter dem Portalvorbau auf ihn zu warten. Kurz darauf kam er höchst zufrieden mit einem Schlüssel in der Hand wieder zurück.

»Der Küster hat mir für eine Weile die Kanzel vermietet.«

»Die Kanzel«, wiederholte Angélique verblüfft.

»Pah! Das ist nicht das erste Mal, dass er armen Liebespaaren diesen Dienst erweist.«

Er hatte den Arm wieder um ihre Taille gelegt und stieg die Stufen zum Kirchenvorraum hinab, der ein wenig abgesenkt lag.

Angélique war überrascht, wie finster und kühl es in dem gewölbten Raum war. Die Kirchen des Poitou sind die dunkelsten in ganz Frankreich. In den Schatten dieser massiven, auf gewaltigen Pfeilern ruhenden Bauwerke verbergen sich alte Wandmalereien, deren lebhafte Farben sich erst nach und nach den überraschten Besuchern offenbaren. Schweigend gingen die beiden Heranwachsenden weiter.

»Mir ist kalt«, murmelte Angélique und zog ihren Umhang fester um sich.

Schützend legte er einen Arm um ihre Schultern, aber seine Erregung war verflogen, und er wirkte eingeschüchtert.

Er öffnete die erste Tür zur monumentalen Kanzel, dann stieg er die Stufen hinauf und betrat die Rotunde, von der herab der Priester predigte. Ohne nachzudenken, setzte Angélique einen Fuß vor den anderen und folgte ihm.

Die beiden ließen sich auf dem mit einem Samtteppich bedeckten Boden nieder. Die Kirche und die von Weihrauchduft erfüllte tiefe Dunkelheit schienen die Unternehmungslust des Jungen gedämpft zu haben. Wieder legte er einen Arm um Angéliques Schultern und küsste sie sanft auf die Schläfe.

»Du bist so schön, meine kleine Geliebte«, sagte er und seufzte. »Du bist mir viel lieber als all die hohen Damen, die mich necken und ihr Spiel mit mir treiben. Das macht mir nicht immer Freude, aber ich muss ihnen gefällig sein. Wenn du wüsstest …«

Wieder seufzte er. Sein Gesicht hatte seine ganze Kindlichkeit wiedergefunden.

»Schau her, ich will dir etwas Wunderschönes zeigen, etwas Außergewöhnliches«, sagte er und kramte in dem Beutel an seinem Gürtel.

Dann zog er ein kleines, leicht verschmutztes weißes Leinentuch mit schmalem Spitzenbesatz heraus.

»Ein Taschentuch«, sagte Angélique.

»Ja. Das Taschentuch des Königs. Er hat es heute Morgen fallen lassen. Ich habe es aufgehoben und als Glücksbringer behalten.«

Nachdenklich betrachtete er es eine Weile.

»Soll ich es dir als Liebespfand geben?«

»O ja!«, rief Angélique und streckte eilig die Hand danach aus.

Dabei schlug ihr Arm gegen die hölzerne Brüstung, und das Echo hallte laut unter den Gewölben wieder. Überrascht und ein wenig ängstlich erstarrten sie.

»Ich glaube, da kommt jemand«, flüsterte Angélique.

»Ich habe vergessen, die Kanzeltür unten an der Treppe zu schließen«, gestand der Junge mit betretener Miene.

Dann schwiegen sie und lauschten dem Klang sich nähernder Schritte. Jemand kam die Stufen zu ihrem Zufluchtsort herauf, und schließlich tauchte über ihnen der von einer schwarzen Kalotte bedeckte Kopf eines alten Priesters auf.

»Was macht ihr da, meine Kinder?«, wollte er wissen.

Der schlagfertige Page hatte seine Geschichte schon bereit.

»Ich wollte meine Schwester besuchen, die in Poitiers in der Klosterschule lebt, aber ich wusste nicht, wo ich sie treffen sollte. Unsere Eltern …«

»Sprich nicht so laut im Haus des Herrn«, schnitt ihm der

Priester das Wort ab. »Steh auf, deine Schwester auch, und kommt mit.«

Er führte sie in die Sakristei und setzte sich auf einen Schemel. Dann musterte er, die Hände auf die Knie gestützt, erst den Jungen und dann das Mädchen. Das weiße Haar, das unter seiner Kalotte hervorschaute, rahmte ein Gesicht ein, das sich trotz seines Alters eine kräftige Farbe bewahrt hatte. Er hatte eine dicke Nase, kleine lebhafte Augen und einen kurzen weißen Bart. Henri de Roguier wirkte mit einem Mal bestürzt und verstummte in ungeheuchelter Verlegenheit.

»Ist er dein Liebhaber?«, fragte der Priester Angélique unvermittelt und deutete mit dem Kinn auf den jungen Burschen.

Das Gesicht des jungen Mädchens verfärbte sich tiefrot, doch bevor sie antworten konnte, rief der Page offen und freimütig: »Ich hätte schon gewollt, Monsieur, aber sie ist nicht so eine.«

»Umso besser, meine Tochter. Wenn du eine schöne Perlenkette hättest, würdest du sie dann in den Hof voller Mist werfen, wo die Schweine mit ihren rotzigen Schnauzen danach schnappen? Hm? Antworte, meine Kleine. Würdest du das tun?«

»Nein. Das würde ich nicht.«

»Du darfst keine Perlen vor die Säue werfen. Du darfst deine kostbare Jungfräulichkeit, die allein der Ehe vorbehalten sein soll, nicht verschwenden. Und nun zu dir, du Lümmel«, fuhr er leise fort und wandte sich an den Jungen, »wie bist du auf den frevlerischen Gedanken gekommen, deine Liebste zu einem Stelldichein ausgerechnet in die Kanzel unserer Kirche zu führen?«

»Wohin hätte ich sie denn sonst bringen sollen?«, protestierte der Page missmutig. »Die Straßen in dieser Stadt sind enger als Wandschränke, nirgendwo kann man sich in Ruhe unterhalten. Ich wusste, dass der Küster von Notre-Dame-la-Grande manchmal die Kanzel und die Beichtstühle vermietet, damit man sich dort ungestört das eine oder andere Geheimnis zuflüstern kann. Wisst Ihr, Monsieur Vincent, in diesen Provinzstädten gibt es viele junge Mädchen, die von einem mürrischen Vater und einer zänkischen Mutter viel zu streng bewacht werden und die niemals auch nur ein liebes Wort hören würden, wenn …«

»Das sind ja interessante Neuigkeiten, mein Sohn!«

»Die Kanzel kostet dreißig Livres und die Beichtstühle zwanzig. Glaubt mir, Monsieur Vincent, für meine Börse ist das viel.«

»Das glaube ich dir gerne«, entgegnete Monsieur Vincent, »aber in der Waage, in der der Teufel und der Engel auf dem Vorplatz von Notre-Dame-la-Grande die Sünden abwiegen, wiegt es noch viel schwerer.«

Seine bis dahin gelassenen Züge hatten sich verhärtet. Er streckte die Hand aus.

»Gib mir den Schlüssel, den man dir anvertraut hat.«

Und als der junge Bursche ihn ihm ausgehändigt hatte, fuhr er fort: »Du wirst beichten, nicht wahr? Ich erwarte dich morgen Abend in dieser Kirche. Dann werde ich dir die Absolution erteilen. Ich weiß nur zu gut, in welchem Umfeld du lebst, armer kleiner Page! Und für dich ist es besser, wenn du versuchst, bei einem Mädchen deines Alters den Mann zu spielen, als selbst das Spielzeug reifer Damen zu sein, die dich in ihre Alkoven zerren, um dich vom rechten Weg abzubringen … Ja, ich sehe, du errötest. Du schämst dich vor diesem frischen, unschuldigen Mädchen für deine unnatürlichen Liebeleien.«

Der Junge ließ den Kopf hängen, seine ganze Selbstsicherheit war verflogen.

»Monsieur Vincent de Paul«, stammelte er schließlich, »bitte erzählt Ihrer Majestät der Königin nichts von diesem Vorfall. Wenn sie mich zu meinem Vater zurückschickt, wird er mich nirgendwo mehr unterbringen können. Ich habe sieben Schwestern, die eine Mitgift brauchen, und ich bin der vierte Sohn der Familie. Die besondere Gunst, in den Dienst des Königs aufgenommen zu werden, habe ich nur Monsieur de Lorraine zu verdanken, der mich … dem ich gefallen habe«, schloss er verlegen. »Er hat das Amt für mich gekauft. Wenn ich fortgejagt werde, wird er bestimmt den Kaufpreis von meinem Vater zurückverlangen, und das ist unmöglich.«

Der alte Priester sah ihn ernst an.

»Ich werde deinen Namen nicht nennen. Aber es kann nicht schaden, wenn ich der Königin einmal mehr in Erinnerung rufe, von welcher Verworfenheit sie umgeben ist. Ach je! Diese Frau ist fromm und mildtätig, aber was soll sie gegen diese ganze Verkommenheit ausrichten? Seelen kann man durch Verordnungen nicht ändern …«

Er verstummte, als sich die Sakristeitür öffnete.

Ein junger Mann mit langem lockigem Haar und in äußerst elegantem schwarzem Aufzug kam herein.

Monsieur Vincent richtete sich auf und bedachte ihn mit einem strengen Blick.

»Monsieur, ich will davon ausgehen, dass Ihr nicht wisst, welche Geschäfte Euer Küster betreibt. Er hat von diesem jungen Mann hier gerade dreißig Livres dafür bekommen, dass er ihm die Möglichkeit verschafft hat, seine Liebste in der Kanzel Eurer Kirche zu treffen. Es wäre an der Zeit, dass Ihr Eure Geistlichen etwas besser im Auge behaltet.«

Um Zeit zu gewinnen schloss der Vikar die Tür mit äußerster Sorgfalt hinter sich. Doch als er sich umdrehte, konnte selbst das Halbdunkel im Raum nicht darüber hinwegtäuschen, wie verlegen er war.

»Außerdem stelle ich fest, dass Ihr eine Perücke und weltliche Kleidung tragt«, sprach Monsieur Vincent auf sein Schweigen hin weiter. »So etwas ist Priestern verboten. Ich sehe mich gezwungen, den Kommendatar Eurer Pfarrei darüber zu informieren, was hier vor sich geht.«

Nur mit Mühe unterdrückte der Geistliche ein Schulterzucken.

»Das wird ihm herzlich gleichgültig sein, Monsieur Vincent. Mein Kommendatar ist ein Pariser Kanonikus. Er hat das Amt vor drei Jahren dem früheren Pfarrer abgekauft, der sich auf seine Ländereien zurückgezogen hat. Seitdem ist er noch nicht ein Mal hier gewesen, und da er in einem Haus des Domkapitels an der Apsis von Notre-Dame in Paris lebt, wette ich, dass Notre-Dame-la-Grande in Poitiers ihm recht unbedeutend erscheinen muss.«

»Ach, es ist entsetzlich!«, rief daraufhin Monsieur Vincent. »Dieser verdammenswerte Handel mit Pfründen und Pfarreien, die verschachert werden wie Esel und Pferde auf dem Markt, wird die Kirche noch in den Untergang reißen. Und wer wird in diesem Land mittlerweile zu Bischöfen ernannt? Kriegsherren von lasterhaftem Lebenswandel, die mitunter nicht einmal die Weihen empfangen haben, aber genügend Vermögen besitzen, um eine Diözese zu erwerben, und sich dann erdreisten, den Ornat der Diener Gottes anzulegen …! Möge der Herr uns helfen, solche Institutionen umzustürzen!«

»Meine Pfarrei ist nicht vernachlässigt«, wagte der Vikar, glücklich darüber, dass der Zorn des alten Mannes nicht länger ihm galt, einzuwenden. »Ich kümmere mich darum und verwende meine ganze Sorge auf sie. Erweist uns die große Ehre, Monsieur Vincent, heute Abend an unserer Anbetung des Allerheiligsten Sakraments teilzunehmen. Dann werdet Ihr sehen, dass die Kirche mit Gläubigen gefüllt ist. Dank des Eifers seiner Priester ist Poitiers von der Häresie verschont geblieben. Hier ist es anders als in Niort, Châtellerault und …«

Der Greis warf ihm einen finsteren Blick zu.

»Die Laster der Priester waren überhaupt erst der Auslöser für diese Häresien!«, rief er unwirsch.

Er stand auf, legte je eine Hand auf die Schultern der beiden jungen Leute und führte sie hinaus. Trotz seines hohen Alters und seines gekrümmten Rückens wirkte er voller Kraft und Leben.

Der Abend senkte sich auf den Platz vor der poitevinischen Kirche herab, und das bleiche Licht des Winters erweckte die steinernen Blumen zum Leben.

»Meine Schäfchen«, sagte Monsieur Vincent, »meine kleinen Kinder des guten Gottes, ihr habt versucht, von der unreifen Frucht der Liebe zu kosten. Darum sind eure Zähne gereizt und eure Herzen voller Kummer. Lasst erst in der Sonne des Lebens reifen, was seit jeher dazu bestimmt ist, aufzublühen. Auf der Suche nach Liebe darf man nicht in die Irre gehen, denn dann kann es geschehen, dass man sie niemals findet. Welch grausamere Strafe kann man sich für Ungeduld und Schwäche denken, als sein Leben lang dazu verdammt zu sein, nur in bittere, geschmacklose Früchte zu beißen!

Geht nun beide dorthin zurück, wo ihr hingehört. Du, mein Junge, zu deinem Dienst, den du gewissenhaft verrichten sollst. Und du, Mädchen, zu deinen Nonnen und deinen frommen Arbeiten. Und wenn die Sonne wieder aufgeht, vergesst nicht, zu Gott, unser aller Vater, zu beten.«

Damit ließ er sie gehen. Sein Blick folgte ihren anmutigen Silhouetten, bis sie sich an der Ecke des Platzes trennten.

Angélique sah sich erst wieder um, als sie die Klosterpforte erreicht hatte. Tiefer Friede erfüllte sie. Aber auf ihrer Schulter spürte sie immer noch die Erinnerung an eine warme alte Hand.

Monsieur Vincent, dachte sie, war das der große Monsieur Vincent? Den der Marquis du Plessis das Gewissen des Königreichs nennt? Der die Adligen zwingt, den Armen die Suppe zu reichen? Der jeden Tag von der Königin und dem König empfangen wird? Er wirkt so schlicht und sanft!

Ehe sie den Türklopfer hob, warf sie noch einen Blick auf die Stadt, die sich allmählich in Dunkelheit hüllte.

»Monsieur Vincent, segnet mich«, bat sie leise.

Kapitel 14

Gehorsam akzeptierte Angélique die Strafen, die ihr für dieses erneute Weglaufen auferlegt wurden. Von diesem Tag an veränderte sich ihr ungezähmtes Betragen. Sie widmete sich mit Eifer ihren Studien und war liebenswürdig zu ihren Mitschülerinnen. Sie schien sich endlich an den strengen Geist des Klosters gewöhnt zu haben.

Im September verließ ihre Schwester Hortense das Kloster. Eine entfernte Tante rief sie als Gesellschafterin zu sich nach Niort. In Wahrheit wünschte die Dame, die selbst von äußerst niederem Adel war und einen reichen Magistraten von dunkler Herkunft geheiratet hatte, dass ihr Sohn durch die Verbindung mit einem großen Namen ihrem Wappen ein wenig mehr Glanz verlieh. Der Vater hatte seinem Sohn gerade das Amt eines königlichen Prokurators in Paris gekauft, und zwischen all den Adligen sollte er unbedingt wie unter seinesgleichen auftreten können. Für beide Seiten war dies eine unverhoffte Gelegenheit. Und schon bald darauf wurde die Hochzeit gefeiert.

Unterdessen war der junge König Ludwig XIV. mit seiner Armee kreuz und quer durch sein gesamtes Reich gezogen. Er hatte die aufsässigen Einwohner von Bordeaux in ihre Schranken verwiesen und auch die Provinzen im Westen – das Poitou, Maine und die Normandie – wieder zur Vernunft gebracht. Anschließend war er nach Osten in die Champagne gereist, um sich nach der alten Tradition der französischen Könige in Reims krönen zu lassen.

Reims!

Hinter dem wogenden Meer der Weinberge lag Reims, die geheiligte Metropole, Mutterstadt, Zwillingsschwester Roms, wenn man der Legende Glauben schenkt, die besagt, dass sie von Remus gegründet worden sei, den Romulus nicht getötet, sondern nur vertrieben habe.

Unter den Gewölben der herrlichen gotischen Kathedrale und im farbigen Glanz, der durch die Scheiben perlte, stand der sechzehnjährige König nach einer tiefen Verneigung wieder aufrecht. Bis auf ein weit ausgeschnittenes, seidenes Hemd legte er alle Kleider ab.

Daraufhin salbte ihn der Erzbischof mit einer geheimnisvollen, leicht orangeroten und stark duftenden Substanz, dem heiligen Chrisam, das eine weiße Taube in jenen fernen, barbarischen Zeiten vom Himmel auf die Erde gebracht hatte, als der große Heilige Remigius an genau dieser Stelle den heidnischen König Clovis getauft und ihn dadurch zum *allerchristlichsten König* und Frankreich zur *ältesten Tochter der Kirche* gemacht hatte. Nachdem der Erzbischof mit Hilfe einer goldenen Nadel eine winzige Dosis dieses wundersamen Balsams aus seiner gläsernen Ampulle entnommen und es mit anderen erlesenen Ölen vermischt hatte, wurde der König am ganzen Körper damit gesalbt: am Kopf, an der Brust, zwischen den Schultern, an den Ellbogen, den Händen, den Beinen und an den Füßen.

Dann nahm der König die verschiedenen Attribute seiner Herrschaft, die sogenannten *Regalien*, entgegen. Man überreichte ihm die blau emaillierten goldenen Sporen, das Schwert mit dem juwelenbesetzten Griff und die dazugehörige Scheide, das Szepter sowie einen sechs Fuß hohen Stab aus Edelholz, der mit einer kleinen Statue von Karl dem Großen gekrönt war, der seinerseits Zepter und Weltkugel in der Hand hielt; dazu die »Gerechtigkeitshand«, jenen eine Elle langen Stab aus reinem Gold, auf dem eine Hand mit zwei gestreckten Fingern befestigt war, ein Symbol für Strafe oder Schutz, das angeblich aus einem Narwalzahn geschnitzt sein sollte. Reinheit. Beständigkeit. Die Wahl eines äußerst seltenen Materials für die Rechtsprechung des Königs.

Alles ist Symbol. Und Juwel der Kunst und der Schönheit!

Der an seinen linken Ringfinger gesteckte Ring, der ihn mit seinem Volk verbindet. Die Schließe des schweren, hermelinbesetzten und mit goldenen Lilien geschmückten blauen Mantels. Der Kelch, aus dem er das Abendmahl empfangen soll.

Schließlich setzte man ihm die schwere Krönungskrone auf das lockige Haar. Sie war aus vier Goldplatten zusammengesetzt, die an der Basis durch goldene Lilien verbunden waren. Von diesen gingen zwölf Stege aus Edelsteinen, Diamanten und Perlen aus, welche an der Spitze zusammentrafen. Darüber erhob sich eine Lilie aus Gold und ein aus Edelsteinen gebildetes Kreuz. Außerdem überreichte man ihm eine leichtere Krone aus ziseliertem Gold, seine persönliche Krone, die er tragen würde, um sich dem Volk zu zeigen und an den prunkvollen Zeremonien und Feiern teilzunehmen.

Danach begab er sich in einer feierlichen Prozession zum zwischen Reims und Laon gelegenen Dorf Corbény, wo die Reliquien des heiligen Markulf, des großen Wundertäters, wachen. Und dort erhielt er »obendrein« noch die Gabe, Skrofeln zu heilen.

Schöner als je zuvor zog König Ludwig XIV. unter den enthusiastischen Beifallsrufen seiner gerührten Untertanen in Paris ein.

Nur der Prinz von Condé blieb rebellisch und sollte noch lange Jahre an der Spitze der spanischen Armeen gegen die französischen Truppen und Turenne kämpfen. Aber die Fronde war zu Ende. Mazarin blieb der große Sieger in einem entsetzlichen, wahnwitzigen Bürgerkrieg. Man sah seine rote Robe wieder in den Gängen des Louvre, aber es gab keine »Mazarinaden« mehr. Alle waren am Ende ihrer Kräfte.

Angélique wusste, dass das Dorf Monteloup beinahe vollständig zerstört worden war. Im Schloss hatten sogar Offiziere Quartier genommen, doch eine Anweisung, die, wie man vermutete, vom Prinzen von Condé persönlich gekommen war, hatte sie dazu bewogen, es dem Baron und seiner Familie gegenüber nicht an Höflichkeit mangeln zu lassen, und so behielt man sie in nicht allzu schlechter Erinnerung. Im Gegenzug hatten die Truppen aber kurzerhand die Hälfte der Maultiere mitgenommen. Trotzdem wurde Angéliques Kostgeld immer pünktlich geschickt, was zeigte, dass es Molines gelungen war, den Baron trotz aller Widrigkeiten weiter zu unterstützen.

Kurz vor Angéliques siebzehntem Geburtstag erfuhr sie, dass ihre Mutter gestorben war. Sie betete viel in der Kapelle, weinte aber nicht.

Es fiel ihr schwer zu begreifen, dass sie die Gestalt in dem grauen Kleid und dem schwarzen Kopftuch, auf dem im Sommer ein aus der Mode gekommener Strohhut saß, nie mehr vorbeigehen sehen würde. Als Hüterin der Obst- und Gemüsegärten hatte Madame de Sancé ihren Birnbäumen und Kohlköpfen vielleicht mehr Sorge und Zärtlichkeit gewidmet als ihren zahlreichen Kindern. Aber sie hatte ihnen ein wertvolles Erbe hinterlassen.

Während die begüterten adligen Damen in ihren Parks Labyrinthe und Wasserspiele anlegten, hatte sie ihren Ehrgeiz auf einen handfesteren Bereich gerichtet. Ihr Obst und Gemüse war das schönste in der ganzen Umgebung, und dank ihr waren Angélique und ihre Geschwister nicht mit Brei und Wild gemästet worden, sondern hatten eine gesunde Kost mit viel Salat und Früchtekompott genossen, die ihnen allen eine frische Farbe und eine robuste Gesundheit beschert hatte.

Das sind Wohltaten, die man in ihrem Alter kaum zu würdigen weiß. Madame de Sancé hatte eine sanfte Stimme gehabt, aber nur wenig gesprochen. Sie hatte ihre Kinder inmitten der anstrengenden Aufgaben des Lebens erzogen, doch diese hatten sie nur selten gesehen, und aufgrund ihrer Bescheidenheit waren sie sich ihrer oft gar nicht bewusst geworden. All das Gute, das sie für sie tat, war ihnen selbstverständlich erschienen.

Aber als Angélique abends in ihrem schmalen Bett lag, kam ihr unvermittelt der Gedanke, dass es diese stille, heimlich seufzende Frau gewesen war, die sie unter ihrem Herzen getragen hatte.

Diese Vorstellung berührte sie, und sie legte eine Hand auf ihren jungen, straffen Bauch. War es denn möglich, dass aus einem so beengten Raum ein Kind voller Leben geboren werden konnte? Elf Kinder hintereinander, manchmal sogar noch mehr? Und die Kinder gingen fort, erst in die Arme der Amme, dann hinaus in die Welt, nach Amerika, in eine Ehe oder in den Tod. Sie dachte an ihre Schwester Madelon, dieses eigenartige, blasse Wesen. Seit sie den Schoß ihrer Mutter verlassen hatte, hatte sie nur Schrecken und Angst gekannt. Die Geschichten der Amme ließen sie erschauern. Sie hatte in einer Fantasiewelt gelebt, die sehr viel furchterregender war als die Realität, und niemand hatte ihr geholfen.

Wenn ich einmal ein Kind habe, dachte Angélique, dann werde ich es nicht fern von mir sterben lassen. Ich werde es lieben! Oh, wie ich es lieben werde, und ich werde es den ganzen Tag in den Armen halten!

Aus diesem Anlass sah Angélique auch ihre beiden Brüder Raymond und Denis wieder, die sie besuchten, um ihr die Nachricht vom Tod ihrer Mutter zu bringen. Das junge Mädchen empfing sie im Sprechzimmer hinter einem kalten Gitter, wie es die Ordensregel der Ursulinen vorschrieb.

Denis besuchte inzwischen ebenfalls das Jesuitenkolleg. Mit zunehmendem Alter glich er immer mehr Josselin, sodass sie einen Moment lang glaubte, ihren ältesten Bruder wiederzusehen, so, wie sie ihn in Erinnerung hatte, in seiner schwarzen Schulkluft und dem Tintenfässchen am Gürtel. Sie war so aufgewühlt von dieser Ähnlichkeit, dass sie dem Geistlichen, der ihren Bruder begleitete, nach einem flüchtigen Gruß keine Aufmerksamkeit mehr schenkte und dieser ihr erst seinen Namen nennen musste.

»Ich bin Raymond, Angélique, erkennst du mich nicht mehr?«

Sie schaute ihn eingeschüchtert an. In ihrem, verglichen mit vielen anderen, sehr strengen Kloster begegneten die Nonnen Priestern mit einer frömmlerischen Unterwürfigkeit, die nicht ganz frei war von instinktiver weiblicher Unterordnung unter den Mann. Zu hören, wie einer von ihnen sie duzte, verwirrte sie. Nun war sie es, die die Augen niederschlug, während Raymond sie anlächelte. Mit viel Taktgefühl unterrichtete er sie über das Unglück, das sie alle getroffen hatte, und sprach in einfachen Worten von dem Gehorsam, den die Menschen Gott schuldeten. Irgendetwas hatte sich verändert in seinem langen, schmalen Gesicht mit dem dunklen Teint und den hellen, glühenden Augen.

Er erzählte ihr auch, dass ihr Vater sehr enttäuscht darüber gewesen sei, dass sich seine religiöse Berufung während der vergangenen Jahre, die er bei den Jesuiten verbracht hatte, bestätigt hatte. Nach Josselins Fortgang hatte er zweifellos gehofft, dass Raymond die Rolle des ältesten Sohnes einnehmen würde. Aber der junge Mann hatte das Erbe des Titels zugunsten seiner jüngeren Brüder ausgeschlagen. Er würde seine Studien fortsetzen und die Gelübde ablegen. Auch Gontran hatte den armen Baron Armand enttäuscht. Nach Abschluss seiner Schulzeit hatte er weder in die Armee eintreten noch studieren wollen. Stattdessen war er nach Paris gegangen, um dort irgendeinen Beruf zu erlernen. Also musste er auf Denis warten, der inzwischen dreizehn Jahre alt war, um den Namen de Sancé wieder in jenem militärischen Glanz erstrahlen zu sehen, der in den Familien des höheren Adels Tradition hatte.

Während der Jesuit redete, betrachtete er seine Schwester, dieses junge Mädchen, das sein rosiges Gesicht an die kalten Gitterstäbe presste, um ihn besser hören zu können, und dessen seltsame Augen im Halbdunkel des Sprechzimmers wie klares Meerwasser wirkten. Ein Hauch von Mitleid schlich sich in seine Stimme, als er sie fragte: »Und du, Angélique, was soll aus dir werden? Was wäre dir am liebsten?«

Sie schüttelte ihr schweres goldfunkelndes Haar und antwortete gleichgültig, sie wisse es nicht.

Eines Tages wurde Angélique de Sancé erneut ins Sprechzimmer gerufen.

Dort wartete der alte Guillaume auf sie, das Haar kaum weißer als früher. Seine unvermeidliche Pike hatte er an die Wand gelehnt.

Er sagte ihr, dass er gekommen sei, um sie zurück nach Monteloup zu holen. Die Ursulinen lächelten und freuten sich für sie, als sie sie auf der Schwelle des Klosters zum Abschied umarmten. Denn in ihren Augen war diese Rückkehr zu ihrer Familie ein Zeichen dafür, dass ihre Eltern einen Ehemann für sie gefunden hatten.

Kapitel 15

Baron de Sancé betrachtete seine Tochter mit unverhohlener Zufriedenheit.

»Diese Nonnen haben ja eine vollendete junge Dame aus dir gemacht, mein kleiner Wildfang.«

»Vollendet? Das muss sich erst noch zeigen«, widersprach Angélique und schüttelte, genau wie früher, schwungvoll ihr lockiges Haar.

In der vom süßlichen Geruch der Sümpfe erfüllten Luft von Monteloup fand sie zu ihrer alten Unabhängigkeit zurück. Sie richtete sich auf wie eine verkümmerte Blume unter einem sanften Regenschauer.

Doch die väterliche Eitelkeit des Barons gab sich nicht geschlagen.

»Auf jeden Fall bist du noch hübscher, als ich gehofft hatte. Dein Teint ist zwar etwas dunkler, als es deine Augen und dein Haar erforderten, aber ich finde, der Kontrast ist recht reizvoll. Mir ist überhaupt aufgefallen, dass die meisten meiner Kinder den gleichen Hautton haben. Ich fürchte, das ist womöglich das letzte Überbleibsel eines Tropfens arabischen Blutes, den fast alle Leute im Poitou in sich tragen. Hast du deinen kleinen Bruder Jean-Marie gesehen? Man könnte ihn für einen richtigen Mauren halten!«

Unvermittelt fügte er hinzu: »Graf de Peyrac de Morens d'Irristu hat um deine Hand angehalten.«

»Um meine Hand?«, entgegnete Angélique. »Aber ich kenne ihn doch gar nicht!«

»Das macht nichts. Molines kennt ihn, und das ist das Wichtigste. Er hat mir versichert, dass ich mir keine schmeichelhaftere Verbindung für eine meiner Töchter wünschen könnte.«

Baron Armand strahlte vor Freude. Mit der Spitze seines Gehstocks köpfte er ein paar Primeln, die am Hang neben dem Hohlweg wuchsen, durch den er an diesem milden Aprilmorgen mit seiner Tochter spazierte.

Angélique war am vergangenen Abend zusammen mit Guillaume und ihrem Bruder Denis in Monteloup eingetroffen. Als sie sich darüber gewundert hatte, dass der Junge nicht in der Schule war, hatte er ihr erzählt, dass er Sonderurlaub bekommen habe, um bei ihrer Hochzeit dabei zu sein.

Sie musste sich eingestehen, dass das Wiedersehen mit Monteloup nicht so freudig gewesen war, wie sie es sich erhofft hatte. Alles war ihr anders erschienen, weniger lebendig als früher, obwohl inzwischen viel mehr Leute im Schloss ein und aus gingen. Es waren Knechte und Mägde für die neuen Ställe und Scheunen, aber sie kannte niemanden von ihnen.

Nach dem Tod ihrer Mutter hatte es sie beinahe überrascht, ihre beiden Tanten im Schloss vorzufinden. Pulchérie hatte sich kaum verändert. Sie zitterte vor Freude, aber sie war so mager geworden, dass Angélique, die inzwischen genauso groß war wie sie, fast fürchtete, sie zu zerbrechen, als sie sie mit ihrer jugendlichen Kraft umarmte. Tante Jeanne hingegen saß immer noch in der gleichen Ecke des großen Salons hinter ihrem Stickrahmen und stach mit grimmiger Entschlossenheit ununterbrochen mit der Nadel durch den Stoff.

Als Kind, das durch die Umgebung tollte und dessen Gedanken mit tausend Vorhaben ausgefüllt waren, hatte Angélique kaum auf das verbitterte Grummeln und die unfreundlichen Bemerkungen ihrer Tante geachtet. Die dicke, schlecht gelaunte Frau gehörte einfach zur Einrichtung. Doch in der aufgewühlten, wehmütigen Stimmung ihrer Rückkehr empfand

Angélique die ungeheure Boshaftigkeit, die Tante Jeanne in einen einzigen über den Rand ihrer Stickerei geworfenen Blick legen konnte, umso deutlicher. Im Gegenzug ein freundliches Wort an sie zu richten verlangte eine Überwindung, zu der Angélique nicht bereit war. Nach der unumgänglichen Begrüßung und einer flüchtigen Verneigung zog sie sich zurück und ließ sie mit ihrer Nadel und ihrer Wolle in der Ecke sitzen.

Denis' Andeutungen über ihre geplante Hochzeit hatten sie verwirrt. Sie erkannte das Schloss wieder, aber es wirkte leer. Und das lag nicht nur am Verlust ihrer Mutter.

Ihre Brüder …? Die Jüngeren waren größer geworden, und sie verwechselte sie miteinander. Der »kleine« Denis, wie sie ihn früher alle genannt hatten, war inzwischen fünfzehn Jahre alt.

»Wo ist Gontran?«, fragte sie Marie-Agnès unvermittelt.

Das kleine Mädchen wunderte sich.

Für sie gehörte Gontran zweifellos zu den »Großen«, die weit fort lebten und bei den Ursulinen oder den Jesuiten die Schule besuchten. Sie kannte sie kaum. Aber sie war ein aufgewecktes Kind und wollte ihrer bewunderten älteren Schwester gefallen.

Während Angélique darauf wartete, dass die Kleine zurückkam, fiel ihr wieder ein, dass ihr Bruder Raymond, als er gekommen war, um ihr vom Tod ihrer Mutter zu berichten, auch erwähnt hatte, dass Gontran nach Paris gegangen war, um dort einen Beruf zu erlernen.

Im Laufschritt kehrte Marie-Agnès zurück.

»Er ist weggegangen!«, erklärte sie. »Aber keiner weiß, wohin.«

Das schien zu bestätigen, dass er nichts mehr hatte von sich hören lassen.

Als sie an diesem Morgen mit ihrem Vater spazieren ging, mied sie das Thema Gontran, denn sie ahnte, dass es ihm Kummer bereiten würde. Außerdem hatten sie etwas anderes zu besprechen. Was ist das bloß für eine Geschichte mit dieser Heirat, fragte sie sich.

Sie nahm die Sache noch nicht wirklich ernst, doch allmählich begann der bestimmte Ton des Barons sie zu verunsichern. Er hatte sich während der vergangenen Jahre nicht sehr verändert. Nur ein paar graue Fäden mischten sich in seinen Schnurrbart und das kleine Haarbüschel, das er nach der Mode der Zeit Ludwigs XIII. unter der Lippe trug. Angélique, die erwartet hatte, ihn nach dem Tod seiner Frau gramgebeugt und unsicher anzutreffen, wunderte sich, ihn so schwungvoll und lächelnd vorzufinden.

Da sie gerade aus dem Hohlweg auf eine Wiese gelangten, die sanft zu den trockengelegten Sümpfen hin abfiel, versuchte sie, von dem Thema abzulenken, das womöglich zu einem Konflikt zwischen ihnen führen könnte, nachdem sie sich doch gerade erst wiedergefunden hatten.

»Ihr habt mir geschrieben, dass Ihr während dieser schrecklichen Fronde durch Beschlagnahmungen und Plünderungen viel Vieh verloren habt?«

»Ja, Molines und ich haben fast die Hälfte unserer Tiere eingebüßt, und ohne ihn hätte ich all unsere Ländereien verkaufen müssen und säße trotzdem im Gefängnis, weil ich meine Schulden nicht zahlen könnte.«

»Schuldet Ihr ihm denn noch viel?«, fragte sie besorgt.

»Ach je! Von den vierzigtausend Livres, die er mir damals geliehen hat, habe ich ihm in fünf Jahren harter Arbeit nur fünftausend zurückzahlen können, und selbst die hat er zunächst abgewiesen und behauptet, er hätte mir das Geld als meinen Anteil am Gewinn überlassen. Ich musste erst wütend werden, um ihn dazu zu bringen, es anzunehmen.«

Angélique wandte ein, dass es ein Fehler gewesen sei, auf diese Großzügigkeit zu pochen, wenn doch der Verwalter selbst der Auffassung gewesen sei, ihr Vater brauche ihm das Geld nicht zurückzugeben.

»Wenn Molines Euch dieses Geschäft vorgeschlagen hat, dann nur, weil er selbst genug Profit daraus zieht. Er ist kein Mensch, der anderen Geschenke macht. Aber er ist ein rechtschaffener Mann, und wenn er Euch diese vierzigtausend Livres erlässt, dann ist er wohl der Ansicht, dass Eure Mühe und die Gefälligkeiten, die Ihr ihm erwiesen habt, diesen Betrag wert sind.«

»In Wahrheit läuft unser bescheidener Maultier- und Bleihandel mit Spanien eher schlecht als recht, obwohl er bis zum Ozean von allen Steuern befreit ist. Aber in den Jahren, in denen keine Plünderer kommen und wir die restlichen Tiere an den Staat verkaufen können, verdienen wir genug, um die Ausgaben zu decken … Das stimmt schon.«

Er warf Angélique einen verblüfften Blick zu.

»Aber was redet Ihr so unumwunden daher, mein Kind! Ich frage mich, ob sich eine so praktische, geradezu rohe Sprache für ein eben erst aus dem Kloster heimgekehrtes junges Mädchen ziemt?«

Angélique lachte.

»Wie man hört, sind es in Paris die Frauen, die Politik, Religion, Literatur und sogar die Wissenschaften in die Hand nehmen. Man nennt sie die Preziösen. Zusammen mit Schöngeistern und Gelehrten versammeln sie sich jeden Tag bei einer von ihnen. Die Hausherrin liegt auf ihrem Bett, und ihre Gäste drängen sich in ihrem Alkoven, während sie diskutieren. Ich frage mich, ob ich nicht nach Paris gehen und einen Alkoven schaffen soll, in dem über Handel und Geschäfte debattiert wird.«

»Wie schrecklich!«, rief der Baron aufrichtig entsetzt. »Angélique, solche Flausen haben Euch doch bestimmt nicht die Ursulinen in den Kopf gesetzt?«

»Sie behaupteten, ich sei sehr gut in Mathematik und Logik. Zu gut sogar ... Im Gegenzug waren sie äußerst bekümmert darüber, dass sie es nicht geschafft haben, aus mir eine so vorbildliche und ... heuchlerische fromme Seele zu machen, wie meine Schwester Hortense eine ist. Sie hegten große Hoffnungen, Hortense würde in ihren Orden eintreten. Aber die Anziehungskraft des Prokurators war offensichtlich stärker.«

»Mein Kind, Ihr habt keinen Grund zur Eifersucht, denn ebendieser Molines, über den Ihr so streng urteilt, hat für Euch einen Ehemann gefunden, der unbestreitbar um vieles besser ist als der von Hortense.«

Ungeduldig stampfte das junge Mädchen mit dem Fuß auf.

»Molines übertreibt wirklich! Wenn man Euch so reden hört, könnte man fast glauben, ich wäre seine Tochter und nicht Eure, da er sich so sehr um meine Zukunft sorgt!«

»Und Ihr solltet Euch nicht darüber beklagen, kleiner Sturkopf«, entgegnete ihr Vater lächelnd. »Hört mir lieber erst einmal zu. Graf Joffrey de Peyrac stammt von den alten Grafen von Toulouse ab, deren Ahnen angeblich noch weiter zurückreichen als die unseres Königs Ludwig XIV. Darüber hinaus ist er der wohlhabendste und einflussreichste Mann im gesamten Languedoc.«

»Das mag ja durchaus sein, Vater, aber ich kann doch nicht einfach einen Mann heiraten, den ich nicht kenne und den Ihr selbst noch nie im Leben gesehen habt.«

»Warum denn nicht?«, fragte der Baron verwundert. »Alle vornehmen jungen Mädchen heiraten auf diese Weise. Es bleibt weder ihnen noch dem Zufall überlassen, über Verbindungen zu entscheiden, die für ihre Familien von Vorteil sind, Allianzen, in die sie nicht nur ihre Zukunft, sondern auch ihren Namen einbringen.

»Ist er ... ist er jung?«, erkundigte sich das junge Mädchen zögerlich.

»Jung? Jung?«, brummte der Baron verdrossen. »Was für eine müßige Frage für einen so praktisch veranlagten Menschen. Nun ja, Euer zukünftiger Gemahl ist zwölf Jahre älter als Ihr. Aber bei einem Mann sind dreißig Jahre das Alter von Kraft und Leidenschaft. Der Himmel kann Euch viele Kinder schenken. Ihr werdet einen Palast in Toulouse haben, Schlösser in Albi und im Béarn, prächtige Karossen, prunkvolle Kleider …«

Monsieur de Sancé fiel nichts mehr ein, und er verstummte.

»In meinen Augen jedenfalls«, fügte er schließlich hinzu, »ist dieser Antrag eines Mannes, der Euch ja ebenfalls noch nie zu Gesicht bekommen hat, ein unverhoffter, außerordentlicher Glücksfall …«

Schweigend gingen sie ein paar Schritte weiter.

»Das ist es ja gerade«, sagte Angélique leise. »Dieser Glücksfall erscheint mir einfach zu außergewöhnlich. Könnt Ihr mir verraten, Vater, warum dieser Graf, der alles hat, was er braucht, um eine reiche Erbin zur Frau zu nehmen, sich ausgerechnet im tiefsten Poitou ein Mädchen ohne Mitgift sucht?«

»Ohne Mitgift?«, wiederholte Armand de Sancé, und seine Züge hellten sich auf. »Komm mit zurück ins Schloss, Angélique, und zieh dich zum Ausgehen an. Wir nehmen die Pferde. Ich will dir etwas zeigen.«

Im Hof des Schlosses holte ein Knecht auf Weisung des Barons zwei Pferde aus dem Stall und zäumte sie rasch auf. Neugierig geworden fragte das junge Mädchen nicht mehr weiter. Während sie aufsaß, dachte sie bei sich, dass sie schließlich dazu bestimmt war, zu heiraten, und dass die meisten ihrer Schulkameradinnen Männer heirateten, die von ihren Eltern ausgesucht wurden. Warum war ihr diese Aussicht bloß so zuwider? Der Mann, den man für sie vorgesehen hatte, war kein Greis. Und sie würde reich sein …

Plötzlich bemerkte Angélique, dass ein angenehmes Gefühl ihren Körper durchströmte, aber es dauerte ein paar Augenblicke, ehe sie den Grund dafür erkannte. Die Hand des Knechts, der ihr dabei geholfen hatte, sich im Damensitz aufs Pferd zu setzen, war auf ihren Knöchel geglitten und streichelte sie zärtlich mit einer Geste, die man beim besten Willen nicht als Unachtsamkeit hätte missverstehen können.

Der Baron war ins Schloss gegangen, um seine Stiefel zu wechseln und einen sauberen Kragen umzulegen.

Angélique zuckte zusammen, und das Pferd wich ein paar Schritte zur Seite.

»Was fällt dir ein, du Bauerntölpel?«

Sie spürte, wie sie rot wurde, und war wütend auf sich selbst, denn sie musste sich eingestehen, dass sie bei dieser flüchtigen Liebkosung einen wohligen Schauer gespürt hatte.

Der Knecht, ein breitschultriger Hüne, hob den Kopf. Braune Locken fielen ihm in die vertrauten dunklen, verschmitzt funkelnden Augen.

»Nicolas!«, rief Angélique, während die Freude darüber, ihren alten Spielgefährten wiederzusehen, und die Verwirrung über die Berührung, die er sich herausgenommen hatte, in ihr um die Vorherrschaft stritten.

»Ah! Du hast Nicolas wiedererkannt«, sagte der Baron de Sancé, der mit großen Schritten näher kam. »Er ist der schlimmste Teufel weit und breit, niemand wird mit ihm fertig. Ihn interessieren weder die Feldarbeit noch die Maultiere. Ein Faulpelz und Schürzenjäger, das ist aus deinem früheren Kameraden geworden, Angélique!«

Der junge Mann schien sich nicht im Mindesten für die Einschätzung seines Herrn zu schämen. Er musterte Angélique immer noch mit einer fast schon unverschämten Dreistigkeit, und sein Lachen ließ seine weißen Zähne aufblitzen. Unter seinem offenen Hemd sah sie seine kräftige schwarze Brust.

»He, Junge! Nimm dir ein Maultier und komm mit«, befahl ihm der Baron, der nichts bemerkte.

»Sehr wohl, Monsieur.«

Die drei Reiter überquerten die Zugbrücke und bogen in den Weg ein, der links an Monteloup vorbeiführte.

»Wohin reiten wir, Vater?«

»Zur alten Bleimine.«

»Zu diesen eingestürzten Öfen in der Nähe der Abtei von Nieul …?«

»Ganz genau.«

Angélique erinnerte sich an das Kloster der liederlichen Mönche, an diesen irrwitzigen Ausflug in ihrer Kindheit, als sie nach Amerika hatte auswandern wollen, und an die Erklärungen von Bruder Anselme zu Blei, Silber und den Arbeiten, die im Mittelalter in der Mine durchgeführt worden waren.

»Ich verstehe nicht, was diese Stück Brachland …«

»Ganz einfach, dieses Stück Land, das längst nicht mehr brachliegt und inzwischen den Namen Argentières trägt, ist deine Mitgift. Du weißt doch sicher noch, dass Molines mich gebeten hatte, die alten Schürfrechte meiner Familie zu erneuern und eine Steuerbefreiung für ein Viertel der Erzeugnisse zu erwirken. Nachdem das geschafft war, hat er sächsische Arbeiter kommen lassen. Als ich gesehen habe, welche Bedeutung er diesem bis dahin vernachlässigten Stück Land beimaß, habe ich ihm eines Tages gesagt, dass ich es zu deiner Mitgift machen wolle. Ich glaube, von dem Moment an ist in seinem fruchtbaren Geist der Gedanke an eine Heirat mit dem Grafen de Peyrac aufgekeimt, denn tatsächlich hatte dieser Toulouser Edelmann den Wunsch geäußert, die Mine zu erwerben. Ich habe nie so recht verstanden, welche Art von Geschäften er mit Molines macht. Ich glaube, an ihn gehen die Maultiere und Metalle, die wir nach Spanien verschiffen, was beweist, dass viel mehr Adlige Handel treiben, als man vermuten würde. Andererseits hätte ich angenommen, dass der Graf de Peyrac über genügend Besitz und Ländereien verfügt, um sich nicht mit solch bürgerlichem Treiben beschäftigen zu müssen. Aber vielleicht ist das für ihn nur eine Art Zeitvertreib. Es heißt, er sei ein sehr ungewöhnlicher Mann.«

»Wenn ich richtig verstanden habe«, entgegnete Angélique langsam, »dann wusstet Ihr also, dass der Graf die Mine kaufen wollte, und Ihr habt Molines zu verstehen gegeben, dass er in dem Fall auch die Tochter dazunehmen müsse.«

»Wie bizarr du das wieder darstellst, Angélique! Ich finde, es war eine ausgezeichnete Idee von mir, die Mine zu deiner Mitgift zu machen. Der Wunsch, unsere Töchter angemessen zu verheiraten, war mir und deiner armen Mutter immer ein großes Anliegen. Außerdem verkauft man bei uns seinen Grundbesitz nicht. Trotz größter Schwierigkeiten ist es uns immer gelungen, das Erbe unserer Väter unangetastet zu lassen, auch wenn du Plessis mehr als einmal nach meinen trockengelegten Weiden in den Sümpfen geschielt hat. Und meine Tochter nicht nur ehrenhaft, sondern dazu noch wohlhabend zu verheiraten, erfüllt mich mit Befriedigung. Das Land bleibt in der Familie. Es geht nicht an einen Fremden, sondern an einen neuen Zweig, eine neue Verbindung.«

Angélique ritt schräg hinter ihrem Vater, sodass dieser ihr Gesicht nicht sehen konnte. Das junge Mädchen biss sich in hilfloser Wut auf die Lippen. Sie konnte ihrem Vater umso weniger erklären, wie sehr sie sich durch die Art und Weise, wie dieser Antrag zustande gekommen war, gedemütigt fühlte, als dieser davon überzeugt war, äußerst geschickt das Glück seiner Tochter eingefädelt zu haben. Trotzdem gab sie sich noch nicht geschlagen.

»Wenn ich mich recht erinnere, habt Ihr Molines die Mine doch für die Dauer von zehn Jahren verpachtet. Davon sind noch ungefähr vier Jahre übrig. Wie könnt Ihr sie dann einfach als meine Mitgift weitergeben?«

»Molines ist nicht nur einverstanden, er wird die Mine auch für Monsieur de Peyrac weiter ausbeuten. Die Arbeiten wurden schon vor drei Jahren aufgenommen, wie du gleich sehen wirst. Wir sind fast da.«

Nach einer Stunde Trab hatten sie ihr Ziel erreicht.

Bei ihrem ersten Besuch hatte Angélique geglaubt, der schwarze Steinbruch und seine protestantischen Dörfer lägen am Ende der Welt. Doch jetzt erschien er ihr ganz nah, ein Eindruck, der durch eine gut unterhaltene Straße bestätigt wurde. Für die Arbeiter war ein kleiner Weiler gebaut worden.

Vater und Tochter saßen ab, und Nicolas kam heran, um ihnen die Zügel abzunehmen.

Der trostlose Ort, den Angélique noch genau vor Augen hatte, sah völlig verändert aus.

Durch Kanäle wurde fließendes Wasser herangeleitet, das mehrere aufrecht stehende Steinmühlen antrieb. Mit dumpfem Stampfen zertrümmerten diese mit Hilfe von gusseisernen Stößeln Steinbrocken, während die größeren Felsblöcke von Arbeitern per Hand mit schweren Hämmern zerkleinert wurden.

Zwei Schmelzöfen, deren Flammen von riesigen Blasebälgen angefacht wurden, glühten rötlich. Daneben türmten sich Berge schwarzer Holzkohle, und der Rest des Geländes war mit Steinhaufen bedeckt. Arbeiter schaufelten den Gesteinssand aus den Mühlen in hölzerne Rinnen, durch die Wasser geleitet wurde. Andere harkten ihn entgegen der Fließrichtung. Angélique bemerkte ein etwas zurückliegendes, recht großes Gebäude, dessen Türen mit Gittern, Eisenstangen und schweren Vorhängeschlössern gesichert waren. Zwei mit Musketen bewaffnete Männer bewachten es.

»Das ist das Lager mit den Blei- und Silberbarren«, erklärte der Baron.

Voller Stolz fügte er hinzu, dass er Molines in den kommenden Tagen bitten werde, Angélique ihren Vorrat zu zeigen.

Dann führte er sie in den angrenzenden Steinbruch. Riesige, jeweils etwa zwei Klafter hohe Stufen bildeten inzwischen eine Art römisches Amphitheater. Hier und da verschwanden schwarze Stollen im Fels, aus denen von Eseln gezogene kleine Karren hervorkamen.

»Mittlerweile leben hier zehn sächsische Familien, Bergleute, Schmelzer und Steinbrecher. Sie und Molines haben den Erzabbau wieder aufgenommen.«

»Und wie viel Gewinn erzielt die Mine im Jahr?«, wollte Angélique wissen.

»Ach je, diese Frage habe ich mir noch nie gestellt …«, gestand Armand de Sancé ein wenig verwirrt. »Weißt du, Molines zahlt mir regelmäßig den Pachtzins. Er hat die Kosten für die gesamte Anlage übernommen. Über das Languedoc hat er von Schmugglern Ofenziegel aus England und bestimmt auch aus Spanien herschaffen lassen.«

»Und das wahrscheinlich unter Mithilfe des Mannes, den Ihr als meinen Gemahl vorgesehen habt?«

»Möglicherweise. Es heißt, der Graf beschäftige sich mit den verschiedensten Dingen. Er ist übrigens auch ein Gelehrter und hat die Konstruktionszeichnung für diese Dampfmaschine angefertigt.«

Der Baron führte seine Tochter zu einem der niedrigen Stollen im Berghang. Er zeigte ihr eine Art riesigen eisernen Kessel, unter dem ein Feuer brannte und aus dem zwei große, mit Stoffbinden umwickelte Rohre in einen Schacht hinabführten. Daraus schoss in regelmäßigen Abständen ein Wasserstrahl an die Oberfläche.

»Das ist eine der ersten Dampfmaschinen, die bisher auf der Welt gebaut wurden. Sie dient dazu, das Wasser aus den Stollen zu pumpen. Eine Erfindung, die der Graf de Peyrac bei einem seiner Aufenthalte in England weiterentwickelt hat. Du siehst, als eine Frau, die sich den Preziösen anschließen möchte, bekommst du mit ihm einen Mann, der ebenso gelehrt und schöngeistig ist wie ich ungebildet und langsam«, fügte er mit kläglicher Miene hinzu. »Ach, guten Tag, Fritz Hauer.«

Einer der Arbeiter, der neben der Maschine stand, zog seine Mütze ab und verbeugte sich tief. Sein Gesicht wirkte blau verfärbt von dem Gesteinsstaub, der sich im Laufe eines langen Bergmannslebens in seine Haut eingefressen hatte. An einer Hand fehlten ihm zwei Finger. Er war gedrungen und bucklig, sodass es schien, als seien seine Arme zu lang geraten. Fransiges Haar fiel ihm über die kleinen, blitzenden Augen.

»Ich finde, er erinnert ein wenig an Vulkan, den Gott der Schmiede«, sagte Monsieur de Sancé. »Offenbar gibt es niemanden, der das Innere der Erde besser kennt als dieser Sachse. Vielleicht sieht er auch deswegen so merkwürdig aus. Ich habe diese Bergbauangelegenheiten nie so ganz durchschaut, und ich bin mir nicht sicher, ob daran nicht sogar ein wenig Hexerei beteiligt ist. Es heißt, Fritz Hauer kenne ein geheimes Verfahren, um Blei in Gold zu verwandeln. Das wäre wirklich außerordentlich. Jedenfalls arbeitet er schon seit mehreren Jahren für den Grafen de Peyrac, der ihn zu uns geschickt hat, um hier Argentières aufzubauen.«

Graf de Peyrac! Immer wieder dieser Graf de Peyrac, dachte Angélique gereizt.

»Vielleicht ist er ja deshalb so reich, Euer Graf de Peyrac«, sagte sie laut. »Er verwandelt das Blei, das Fritz Hauer ihm schickt, in Gold. Und mich dann wahrscheinlich eines Tages in einen Frosch …«

»Ihr bekümmert mich wirklich, mein Kind. Was soll dieser spöttische Ton? Es hat ja fast den Anschein, als versuchte ich Euch mit allen Mitteln ins Unglück zu stürzen. An diesem

Vorhaben gibt es nichts, was Euer Misstrauen rechtfertigen könnte. Ich hatte freudige Rufe erwartet, und jetzt höre ich von Euch nur sarkastische Bemerkungen.«

»Ihr habt recht, Vater, verzeiht mir«, antwortete Angélique kleinlaut. Sie schämte sich für die Enttäuschung, die sie in den aufrichtigen Zügen des einfachen Landadligen las. »Die Nonnen haben oft gesagt, ich wäre nicht wie die anderen und hätte eine seltsame Art zu reagieren. Ich will Euch nicht verhehlen, dass mich dieser Antrag ganz und gar nicht freut. Im Gegenteil, er ist mir ausgesprochen unangenehm. Aber lasst mir Zeit, darüber nachzudenken und mich an diese Vorstellung zu gewöhnen ...«

Sie spürte, wie in ihr die alte Nachsicht wieder erwachte, die sie ihrem Vater gegenüber stets empfunden hatte. Er wirkte so zuversichtlich und wie üblich erleichtert, alle weiteren Erklärungen Molines überlassen zu können.

Aber sie selbst fühlte sich zunehmend unwohl und verwirrt.

Unterdessen waren sie zu ihren Pferden zurückgekehrt. Angélique saß hastig auf, um der allzu eifrigen Hilfe von Nicolas zu entgehen, doch sie konnte nicht verhindern, dass die gebräunte Hand des Knechts über die ihre strich, als er ihr die Zügel reichte.

Das ist sehr unangenehm, dachte sie verärgert. Ich muss ihn unbedingt zurechtweisen.

Ihre Rückkehr nach Monteloup war enttäuschend.

Aber was hatte sie sich nach all den Jahren in der Klosterschule, in denen sie nie wirklich glücklich gewesen war, denn erhofft? Am Vortag hatte die Amme sie zur Begrüßung nicht so herzlich in die Arme geschlossen, wie sie erwartet hatte. Ihre Miene war ihr noch leidvoller erschienen als früher, wenn sie sich anschickte, eine ihrer furchterregenden Geschichten zu erzählen. Doch dann hatte sie verstanden, dass Fantine Lozier sie schon lange nicht mehr zu »ihren« Kindern zählte.

Und natürlich war auch ihre Mutter nicht mehr da. War es die Abwesenheit der Baronin, die das Licht der Heimkehr für sie hatte verlöschen lassen…? Angélique wollte gerade ihrem Vater folgen, als sie plötzlich ihr Pferd zurückhielt.

An den Rändern der Hohlwege blühte der Weißdorn. Der liebliche Duft erinnerte sie an ihre Kindheit und besänftigte ihren Ärger ein wenig.

»Vater«, sagte sie unvermittelt, »wenn ich Euch recht verstehe, wünscht Ihr, dass ich in Bezug auf den Grafen de Peyrac rasch eine Entscheidung treffe. Mir ist gerade etwas eingefallen. Würdet Ihr mir erlauben, Molines zu besuchen? Ich möchte gerne mit ihm über das Ganze reden.«

Der Baron warf einen Blick auf die Sonne, um abzuschätzen, wie spät es war.

»Du hast noch eine Stunde bis Mittag. Ich glaube, es wäre ihm eine Freude, dich an seiner Tafel begrüßen zu dürfen. Geh nur, mein Kind. Nicolas wird dich begleiten.«

Angélique wollte diese Eskorte schon ablehnen, aber da sie nicht den Anschein erwecken wollte, dem Bauern auch nur die geringste Bedeutung beizumessen, winkte sie ihrem Vater zum Abschied fröhlich zu und galoppierte los. Der Knecht, der lediglich auf einem Maultier ritt, fiel bald zurück. Angélique ließ die Zügel locker, damit das Pferd so schnell laufen konnte, wie es wollte, was in den Hohlwegen unter dem frischen Blättergewirr nicht gerade ungefährlich war.

Sie musste sich darauf konzentrieren, nicht aus dem Sattel zu rutschen, und verbannte jeden Gedanken aus ihrem Kopf. Während ihres Galopps drang lediglich hin und wieder ein Schwall vom Duft des schneegleichen Weißdorns oder das gelegentliche Aufblitzen weißer und malvenfarbener Primeln in ihr Bewusstsein, die in Büscheln an den Seitenhhängen verstreut wuchsen, als habe eine aufmerksame Gastgeberin sie dort verteilt… Vielleicht ja die immer gegenwärtige, treue Fee des Frühlings?

Warum köpfte ihr Vater vor lauter Freude darüber, einen Ehemann für sie gefunden zu haben, unschuldige Primeln?

Als Angélique eine halbe Stunde später am Tor von Schloss Plessis vorbeikam, beugte sie sich vor, um am Ende der Kastanienallee einen Blick auf die weiße Erscheinung zu erhaschen.

Philippe, dachte sie. Und wunderte sich, dass ihr dieser Name in den Sinn kam, um ihre Melancholie noch zu steigern. Außerdem hatte sie nicht vergessen, dass die strahlenden Schlossherren sie und ihren Vater an diesem Ort wegen ihrer Schlichtheit und Armut mit ihrem spöttischen Gelächter gedemütigt hatten, obwohl sie doch mit ihnen verwandt waren. Über den Wipfeln des dicht bewachsenen Parks blitzten die weißen Türmchen des Schlosses auf und waren gleich wieder verschwunden.

Hinter einer Wegbiegung tauchte das Haus des hugenottischen Verwalters auf. Aus roten Ziegeln erbaut, mit weißen Steinen eingefasst und mit Schiefer gedeckt, stand es fest und bescheiden da.

Maître Molines erschien auf der Schwelle. Erleichtert stellte Angélique fest, dass er sich überhaupt nicht verändert hatte.

Sie zügelte ihr schwer atmendes Pferd und sprang ab. Ein Diener rannte herbei, um ihr die Zügel abzunehmen und das Tier in den Stall zu bringen.

Als der Verwalter sie nach einer tiefen Verbeugung ins Innere des Hauses führte, wo ein erholsames Halbdunkel herrschte, erkannte Angélique am schwachen Kuchenduft und der Regsamkeit und den leisen Stimmen in der großen Küche, dass Madame Molines ebenfalls zu Hause war und sicher gerade wie gewöhnlich ihre Küchenmädchen zur Seite schob, um ihren großen Obstkuchen selbst in den Ofen zu schieben. »Diese jungen Dinger schaffen es einfach nicht, ihn in den Ofen zu stecken, ohne dabei den ganzen Obstsaft ins Feuer laufen zu lassen«, sagte sie immer.

Wenigstens hier fand sie ein paar Bilder der Vergangenheit wieder. Auf dem mit Bienenwachs polierten, glänzenden Holztisch standen zwei Kristallgläser und eine Karaffe mit dunklem rubinrot funkelndem Wein. Auf einem Steingutteller waren ein paar kleine Kuchen angerichtet.

»Meine Frau hat sich daran erinnert, dass Ihr sie gerne esst«, erklärte Molines.

Er blieb stehen, und zwar in der respektvollen Haltung, mit der er stets dem Baron de Sancé begegnete. Inzwischen gebührte sie auch ihr, denn sie war kein Kind mehr, und als Bürgerlicher war es seine Pflicht, sie ihrem adligen Stand entsprechend zu behandeln.

Aber auch Angélique setzte sich nicht hin, nachdem die ersten Begrüßungen ausgetauscht waren. In Erwartung ihres Gesprächs verschwendete sie keinen Gedanken an die Unterrichtsstunden, in denen man sie gelehrt hatte, wann sie sich »ihrem Rang gemäß« hinsetzen oder aufstehen müsse. Sie fragte sich, ob sie in Gegenwart des Verwalters des Marquis du Plessis-Bellière immer das Gefühl behalten würde, zehn Jahre alt zu sein…? Eine komische Vorstellung, die ein Lächeln auf ihre Lippen lockte.

Maître Molines griff nach der Karaffe und schenkte Wein in die beiden Gläser ein.

»Wein aus unseren Weinbergen… Aber ich möchte Euch empfehlen, noch ein wenig zu warten, ehe Ihr davon trinkt, Mademoiselle Angélique. Er ist sehr kühl, und Ihr seid bei dieser Hitze über die Maßen schnell galoppiert.«

»Ich wollte eben so schnell wie möglich mit Euch reden, Monsieur Molines.«

Molines verneigte sich tief, eine Hand auf sein Herz gelegt.

»Ich fühle mich sehr geehrt.«

Sie hörte, wie draußen Nicolas auf seinem Maultier angetrabt kam. Mit einem Mal ärgerte sie sich darüber, genau wie über Molines' übertriebene Verbeugungen. Es war offensichtlich, dass er ihren Besuch erwartet hatte und dass dieser im Voraus mit ihrem Vater abgesprochen worden sein musste. Und das bedeutete, dass seine Argumente wohl bedacht und überzeugend sein würden. Es lag ein harter Kampf vor ihr. Aber Angélique wusste ebenfalls, was sie wollte ... oder besser gesagt, was sie nicht wollte.

Sie nahm sich vor, sich in ihrer eigenen Heimat nicht einschüchtern zu lassen, weder durch die Veränderungen ringsum noch durch die in ihrem Inneren ... Denn sie war älter geworden. Sie war kein Kind mehr. Und wenn es nötig sein würde, mit jemandem die Klingen zu kreuzen, war sie dazu bereit.

Beide schwiegen. Angélique ließ ihren Blick durch den Raum schweifen, um wieder festen Fuß in der Gegenwart zu fassen.

Er hatte sie in das kleine Arbeitszimmer geführt, in dem er vor einigen Jahren auch ihren Vater empfangen hatte. Dort hatte der Maultierhandel seinen Anfang genommen, und plötzlich erinnerte sich das junge Mädchen an die zweideutige Antwort, die der Verwalter dem praktisch denkenden Kind damals auf seine Frage gegeben hatte:

»Und was bekomme ich?«

»Euch werden wir einen Ehemann geben.«

Hatte er damals schon eine Verbindung mit diesem seltsamen Grafen aus Toulouse im Sinn gehabt? Das war durchaus möglich, denn Molines war ein weitblickender Mann, der tausend Vorhaben miteinander verknüpfte. Tatsächlich war ihr der Verwalter des benachbarten Schlosses nicht unsympathisch. Seine etwas verschlagene Art hing mit seiner untergeordneten Stellung zusammen. Ein Diener, der wusste, dass er klüger war als seine Herren.

Für die Familie des verarmten Barons war sein Angebot einst ein wahrer Glücksfall gewesen, doch Angélique wusste, dass der Verwalter mit seiner großzügigen Unterstützung lediglich persönliche Interessen verfolgt hatte. Und das war ihr nur recht, denn es befreite sie von der demütigenden Vorstellung, ihm etwas zu schulden und ihm zu Dank verpflichtet zu sein. Trotzdem wunderte sie sich über die aufrichtige Sympathie, die ihr dieser berechnende Hugenotte einflößte.

Es liegt wohl daran, dass er dabei ist, etwas Neues und vielleicht auch Beständiges zu schaffen, dachte sie unvermittelt. Doch es fiel ihr schwer, sich damit abzufinden, dass sie in seinen Planungen auf der gleichen Stufe stehen sollte wie eine Eselin oder ein Bleibarren.

»Monsieur Molines«, sagte sie freiheraus, »mein Vater hat mir von einer Heirat mit einem gewissen Grafen de Peyrac erzählt, die Ihr für mich arrangiert haben sollt. In Anbetracht des großen Einflusses, den Ihr im Laufe der vergangenen Jahre auf meinen Vater genommen habt, zweifle ich nicht daran, dass Ihr ebenso großen Wert auf diese Verbindung legt wie er, und das wiederum bedeutet, ich würde bei Euren geschäftlichen Aktivitäten eine bestimmte Rolle spielen. Ich wüsste gerne, welche das sein soll.«

Ein kühles Lächeln kräuselte die schmalen Lippen ihres Gegenübers.

»Ich danke dem Himmel dafür, dass ich Euch genau so wiedersehe, wie Ihr zu werden verspracht, als man Euch hierzulande noch die kleine Fee der Sümpfe nannte. Denn ich habe dem Grafen de Peyrac eine ebenso schöne wie kluge Frau versprochen.«

»Das war eine gewagte Zusage. Ich hätte hässlich und strohdumm werden können, und das hätte Eurem Ruf als Kuppler sehr geschadet!«

»Ich gebe nie Zusagen auf bloße Vermutungen hin. Bekannte aus Poitiers haben mir mehrmals von Euch berichtet, und ich selbst hatte Gelegenheit, Euch im vergangenen Jahr bei einer Prozession zu sehen.«

»Ihr habt mich überwachen lassen«, rief Angélique wütend, »als wäre ich eine Melone, die unter einer schützenden Strohdecke vor sich hin reift!«

Gleichzeitig erschien ihr dieses Bild so komisch, dass sie vor Lachen losprustete und ihr Zorn verflog. Im Grunde war es ihr lieber, zu wissen, woran sie war, als wie ein naives junges Ding in die Falle zu tappen.

»Setzt Euch doch, Mademoiselle Angélique«, entgegnete daraufhin Molines. »Und trinkt einen Schluck Wein.«

Er selbst nahm ihr gegenüber Platz.

»Wenn ich versuchen würde, in der Sprache Eurer Welt zu reden«, sagte er ernst, »könnte ich mich hinter traditionellen Überlegungen verschanzen: Ein junges, sehr junges Mädchen sogar, braucht nicht zu wissen, warum seine Eltern diesen oder jenen Ehemann auswählen. Frauen haben mit Blei und Silber, Handel und Zöllen nichts zu schaffen, vor allem adlige Damen nicht... Und mit Viehzucht noch viel weniger. Aber ich glaube, Euch zu kennen, Angélique, und ich werde nicht so mit Euch reden. Ich bitte Euch... Trinkt doch einen Schluck.«

Aber Angélique hatte keine Lust, mit ihm auf gutes Einvernehmen zu trinken. Glaubte er etwa, er könne sie mit einem »Schluck Wein« und ein paar Kuchen dazu bringen, seine Planungen gutzuheißen?

»Ihr habt mich überwachen lassen!«, wiederholte sie ungehalten.

Auf Molines' Zügen lag immer noch der gleiche rätselhafte Ausdruck. Er antwortete mit einem unmerklichen Schulterzucken, das diese Tatsache als unerheblich abtat.

»Das war vollkommen bedeutungslos«, sagte er, »aber... es ist besser so.«

Und sein Blick wurde weicher, als er das junge gerötete Gesicht betrachtete, dessen Züge ihre vollkommene Ebenmäßigkeit weder im Zorn noch im Ernst einbüßten. Er bemerkte die Lebhaftigkeit und Intelligenz in ihren Augen, die eine so ungewöhnliche Farbe besaßen. Das waren nicht nur, eingerahmt von ihrem lichten, etwas zerzausten Haar, die »hübschen Augen« eines heranwachsenden Mädchens an der Schwelle zu einer wunderschönen Frau. Sie verhießen mehr. Als er gesehen hatte, wie sie heranstürmte, ihr Pferd aus vollem Galopp heraus zum Stehen brachte, absprang und die Zügel dem herbeigelaufenen Diener zuwarf, hatte er gedacht: Sie ist noch ein Kind. Doch nun begann er sein Urteil zu überdenken.

Natürlich loderte in ihr noch immer das alte Ungestüm, doch inzwischen wurde es durch die raffinierten Rituale ihrer klösterlichen Erziehung beherrscht und gemäßigt. Die Jahre bei den Ursulinen hatten ihr gutgetan. Ihre Gesten und ihre Haltung hatten die Anmut, den Charme und den würdevollen Ernst gewonnen, die erforderlich waren, um in jeder Gesellschaft verkehren zu können. Aber ihre Persönlichkeit war lebendig und frei geblieben.

Er beschloss, offen zu ihr zu sein.

Verwundert erkannte Angélique, dass es auch für ihn ein wichtiger Moment war. Allmählich verdrängte die Neugier darauf, was er ihr zu sagen hatte, die Enttäuschung und den Ärger, die sie seit dem Vortag quälten. Sie war nicht schockiert über den vertraulicheren Ton, den ihre Unterhaltung annahm.

»Warum glaubt Ihr, mit mir anders reden zu können als mit meinem Vater?«

»Ich weiß nicht genau, wie ich das ausdrücken soll, Mademoiselle. Ich bin kein Philosoph, und meine Ausbildung besteht im Wesentlichen aus langjähriger Arbeit. Verzeiht mir meine Offenheit. Aber ich will Euch eines sagen. Die Menschen aus Eurer Welt werden niemals verstehen, was mich antreibt – es ist die Arbeit.«

»Die Bauern arbeiten noch sehr viel mehr, wie mir scheint.«

»Sie schinden sich, das ist nicht das Gleiche. Sie sind dumm, ungebildet und haben keine Ahnung davon, was in ihrem Interesse ist. Darin ähneln sie den Adligen, die im Gegensatz zu ihnen nicht einmal etwas produzieren. Adlige sind nutzlose Kreaturen, die zu nichts anderem zu gebrauchen sind, als zerstörerische Kriege zu führen. Euer Vater fängt an, etwas zu tun, aber, entschuldigt, Mademoiselle, das Wesen der Arbeit wird er nie verstehen! Für ihn wird sie immer gleichbedeutend sein mit dem Verlust seiner Ehre ...«

»Ihr glaubt also, dass er nie Erfolg haben wird?«, fragte sie bestürzt und mit kummervollem Herzen. »Aber ich dachte, seine Geschäfte liefen gut, und der Beweis dafür wäre, dass Ihr Euch daran beteiligt habt.«

»Der erste Beweis dafür wäre, wenn wir mehrere Hundert Maultiere pro Jahr verkauften, und der zweite und entscheidende Beweis wäre ein deutlicher und jährlich steigender Gewinn. Nur daran erkennt man ein gut gehendes Geschäft.«

»Aber ist es nicht das, was wir eines Tages erreichen werden?«

»Nein, denn eine Viehzucht, selbst eine bedeutende Zucht mit finanziellen Rücklagen für schwierige Zeiten, Krankheiten etwa oder Kriege, bleibt trotzdem immer nur eine Viehzucht. Und das ist, genau wie die Landwirtschaft, ein sehr langwieriges und kaum lohnendes Unterfangen. Weder Äcker noch Vieh haben die Menschen jemals reich gemacht. Denkt nur an die riesigen Herden der Hirten in der Bibel, deren Leben trotzdem karg war.«

»Wenn Ihr tatsächlich von dem überzeugt seid, was Ihr sagt, Monsieur Molines, dann verstehe ich nicht, warum Ihr Euch dennoch in ein so langwieriges und kaum lohnendes Geschäft gestürzt habt.«

»Genau das, Mademoiselle, ist der Grund, warum Euer Vater und ich Euch brauchen.«

»Ich kann Eure Stuten doch auch nicht dazu bringen, ihre Fohlen doppelt so schnell auszutragen.«

»Aber Ihr könnt uns helfen, die Einkünfte zu verdoppeln.«

»Ich wüsste beim besten Willen nicht, wie.«

»Das werdet Ihr gleich verstehen. Der entscheidende Faktor bei einem einträglichen Geschäft ist Schnelligkeit, und da wir die Gesetze Gottes nun einmal nicht ändern können, müssen wir wohl oder übel die Schwäche des menschlichen Geistes ausnutzen. Die Maultiere bilden nur die Fassade unseres eigentlichen Handels. Sie decken die laufenden Kosten und verschaffen uns beste Beziehungen zur Militärintendanz, der wir Leder und Tiere verkaufen.

Vor allem aber bieten sie uns die Möglichkeit, schwer beladene Wagenzüge auf die Straßen zu schicken, ohne dafür Zölle und Wegegeld zahlen zu müssen. So transportieren unsere Maultiere Blei und Silber nach England, und auf dem Rückweg bringen sie säckeweise schwarze Schlacke zurück, die wir als ›Fluss‹ bezeichnen und die für die Arbeiten in der Mine benötigt wird. In Wahrheit aber handelt es sich um getarntes Gold und Silber, das über London aus Spanien hergeschafft wird.«

»Ich kann Euch nicht mehr folgen, Molines. Warum schickt Ihr Silber nach London, um anschließend wieder Silber hierher zurückzuholen?«

»Weil ich doppelt oder dreimal so viel davon zurückhole. Und was das Gold betrifft, Graf Joffrey de Peyrac besitzt im Languedoc ein Goldvorkommen. Wenn die Mine von Argentières erst einmal ihm gehört, werden die Tauschgeschäfte, die ich für ihn mit diesen beiden Edelmetallen betreibe, vollkommen unverdächtig erscheinen, da sowohl das Gold als auch das Silber offiziell aus den beiden Minen in seinem Besitz stammt. Und das ist unser eigentliches Geschäft.

Denn Ihr müsst wissen, dass die Menge an Gold und Silber, die wir hier in Frankreich fördern, kaum der Rede wert ist. Im Gegenzug können wir jedoch unbehelligt von den Steuerbehörden oder Zolleinnehmern große Mengen an spanischem Gold und Silber einführen. Die Barren, die ich den Geldwechslern vorlege, reden nicht. Sie können nicht beichten, dass sie weder aus Argentières noch aus dem Languedoc kommen, sondern nach einem Umweg über London in Wahrheit aus Spanien stammen. So können wir der königlichen Schatzkammer einen legalen Gewinn angeben und gleichzeitig unter dem Deckmantel der Erzförderung große Mengen an Edelmetallen heranschaffen, ohne Arbeitskraft oder Zölle zu bezahlen oder uns durch allzu aufwändige Installationen in den Ruin zu stürzen. Denn niemand kann auch nur ahnen, wie viel wir hier in Wahrheit fördern, und somit ist man gezwungen, sich auf die Zahlen zu verlassen, die wir vorlegen.«

»Aber wenn dieser Schmuggel auffliegt, könnte er Euch auf die Galeeren bringen!«

»Warum denn? Wir schlagen keine falschen Münzen. Und wir haben auch nicht die Absicht, es jemals zu tun. Im Gegenteil, wir versorgen die königliche Schatzkammer regelmäßig mit dem, was sie am nötigsten braucht: Geld. In Form von gutem, reinem Gold und Silber, das sie prüft, mit ihrem Siegel versieht und anschließend zu Münzen schlagen lässt. Aber im Schutz unserer winzigen inländischen Produktion können wir, sobald die Minen von Argentières und aus dem Languedoc unter einem Namen vereint sind, raschen Gewinn aus dem spanischen Edelmetall ziehen. Dieses Land quillt über von Gold und Silber aus Amerika, es hat darüber jede Lust an der Arbeit verloren und lebt nur noch vom Tausch seiner Rohstoffe mit anderen Nationen. Die Londoner Banken dienen ihm dabei als Vermittler. Spanien ist gleichzeitig das reichste, aber auch das ärmste Land der Welt. Frankreich hingegen bereichert dieser Handel, den wir aufgrund einer falschen Wirtschaftspolitik nicht offen betreiben können, beinahe gegen seinen Willen. Und uns selbst natürlich auch, denn die Investitionen fließen schneller und in deutlich höherem Maße zurück als beim Verkauf einer Stute, die elf Monate lang trächtig ist und höchsten zehn Prozent des eingesetzten Kapitals einbringen kann.«

Angélique war unwillkürlich fasziniert von diesen raffinierten Machenschaften.

»Und was ist mit dem Blei? Dient es lediglich als Tarnung, oder kann es ebenfalls wirtschaftlich genutzt werden?«

»Der Handel mit Blei ist äußerst lohnend. Man benötigt es sowohl für den Krieg als auch für die Jagd. In den letzten Jahren ist sein Wert sogar noch gestiegen, seit die Königinmutter florentinische Baumeister hat kommen lassen, die in all ihren Schlössern Bäder einbauen, wie sie auch schon ihre Schwiegermutter, Maria de Medici, besaß. Ihr habt im Schloss Plessis bestimmt bereits ein Exemplar eines solchen Raums mit seiner römischen Badewanne und den ganzen Rohrleitungen aus Blei gesehen.«

»Und weiß Euer Herr, der Marquis, über Euer Treiben Bescheid?«

Molines lächelte nachsichtig und verdrehte die Augen.

»Ach, der Marquis! Er hat den gewaltigen Fehler begangen, den Prinzen von Condé bei seiner Rebellion gegen den König zu unterstützen. Ich glaube, inzwischen hat er sich vom Prinzen losgesagt, der in Abwesenheit zum Tode verurteilt wurde und immer noch gelegentlich gegen die königlichen Truppen in die Schlacht zieht. Monsieur du Plessis bemüht sich gegenwärtig, die Gunst des Königs wiederzuerlangen. Ich sehe ihn kaum. Ich kümmere mich um seinen Besitz, und er weiß, dass ich ihm mit knapper Not die gleiche Strafe wie Monsieur de La Rochefoucauld erspart habe, dessen Schloss auf Befehl der Königinmutter zerstört wurde. Wie dem auch sei, was ich in Argentières mache, hat nicht das Geringste mit ihm zu tun. Das betrifft nur Euch und das ererbte Lehnsrecht Eurer Familie. Außerdem waren in früheren Zeiten die Sancé de Monteloups die Lehnsherren der du Plessis und nicht umgekehrt.«

Diese Worte verschafften Angélique eine flüchtige Genugtuung.

»Und was ist mit meinem Vater? Wie viel weiß er über Euren Gold- und Silberschmuggel?«

»Ich war der Ansicht, dass allein schon der Gedanke, dass spanisches Metall über seine Ländereien transportiert wird, ihm unangenehm wäre. Ist es da nicht besser, ihn weiterhin glauben zu lassen, die bescheidenen Gewinne, die sein Überleben sichern, seien die Frucht ehrlicher, althergebrachter Arbeit?«

Die leicht herablassende Ironie in der Stimme des Verwalters kränkte Angélique.

»Und wie komme ich zu der Ehre, über Eure Geschäfte informiert zu werden, die zehn Meilen gegen den Wind nach den Galeeren riechen?«, fragte sie trocken.

»Von den Galeeren kann überhaupt keine Rede sein. Sollte es jemals Schwierigkeiten mit den Schergen des Steueramtes geben, würden ein paar Goldmünzen die Angelegenheit schon wieder in Ordnung bringen. Genießen Mazarin und Fouquet nicht ein höheres Ansehen als die Prinzen von Geblüt und der König selbst? Der Grund dafür ist ihr gewaltiges Vermögen. Und was Euch angeht, so weiß ich, dass Ihr Euch so lange gegen das Joch sträuben werdet, wie Ihr nicht wisst, weshalb Ihr darin eingespannt werden sollt. Im Grunde ist es ganz einfach. Der Graf de Peyrac braucht Argentières. Und Euer Vater wird sein Land nur abgeben, wenn er gleichzeitig eine seiner Töchter unter die Haube bringt. Ihr wisst, wie stur er ist. Er wird niemals ein Stück seines Erbes verkaufen, außer er kann damit das Ziel erreichen, das ihm am meisten am Herzen liegt: für Euch einen Ehemann zu finden. Und auch der Graf de Peyrac, der eine Frau von altem Adel zu heiraten wünscht, sieht in dieser Kombination durchaus Vorzüge.«

»Und was wäre, wenn ich das nicht so sehen würde?«

»Das hätte ernste Konsequenzen. Ihr wollt doch sicher nicht, dass Euer Vater ins Gefängnis kommt, weil er seine Schulden nicht zurückzahlen kann. Euer Schloss würde in noch größere Schwierigkeiten zurückfallen als je zuvor. Und dann Eure jüngeren Geschwister, die auf Monteloup leben ... Der Kleinste ist gerade erst sieben oder acht Jahre alt, wenn ich mich recht erinnere. Ihre Erziehung wäre genauso bedroht, wie es die Eure war. Und ich werde leider nicht in der Lage sein, für sie noch einmal das gleiche Darlehen aufzubringen, das ich damals zur Verfügung hatte. Und wie würde Eure eigene Zukunft ohne eine Mitgift aussehen? Ihr würdet wie Eure Tanten in Armut alt werden. Aber warum zwingt Ihr mich, dieses finstere Bild zu zeichnen?«, fügte er in honigsüßem Ton hinzu, als er die zornfunkelnden Augen des jungen Mädchens sah. »Ich hatte gedacht, Ihr wärt von anderem Schlag als diese Adligen, die sich auf nichts als ihr Wappen verlassen und von den Almosen des Königs leben ... Schwierigkeiten lösen sich nicht einfach so in Luft auf, Mademoiselle. Man muss die Dinge schon selbst in die Hand nehmen und versuchen, seine Probleme zu überwinden. Darum habe ich auch ganz offen mit Euch geredet. Jetzt wisst Ihr, worauf es Eure Anstrengungen zu richten gilt.«

Kein Appell hätte Angélique direkter treffen können. Noch nie hatte jemand auf eine Art und Weise zu ihr gesprochen, die so sehr ihrem Charakter entsprach. Sie richtete sich auf, als hätte sie ein Peitschenhieb getroffen. Vor ihrem geistigen

Auge sah sie das verfallene Schloss Monteloup, ihre jüngeren Geschwister, die draußen im Dreck spielten, ihre Mutter mit ihren rotgefrorenen Fingern und ihren Vater, der an seinem kleinen Schreibtisch saß und mit Hingabe eine Bittschrift an den König verfasste, der niemals geantwortet hatte… Doch sie hatte den Kampf noch nicht aufgegeben. Sie wollte nicht einsehen, dass so viele kluge Bemühungen ohne Erfolg bleiben sollten. Es war Molines nicht gelungen, all ihre Zweifel auszuräumen. Sie musste ihm sagen, was sie empfand. Es war schwierig, aber sie war der Meinung, dass es keinen Grund gäbe, dass immer nur sie und ihr Vater gedemütigt werden sollten. Molines hätte ihrem Vater dieses Geschäft nicht vorgeschlagen, wenn er nicht davon überzeugt gewesen wäre, dass es ihm selbst, wenn schon keine Reichtümer, so doch zumindest einen erheblichen Gewinn bringen würde.

»Monsieur Molines«, erklärte sie, wobei sei ihre Worte sorgsam abwog, »Ihr sollt wissen, dass ich mir sehr wohl darüber im Klaren bin, was wir Euch zu verdanken haben. Mit Hilfe der Vorschüsse, die Ihr meinem Vater vor einigen Jahren so großzügig gewährt habt, konnten meine Geschwister und ich die Schule in Poitiers besuchen. Aber ich kann mir vorstellen, dass dieses Geschäft, das Ihr als erfahrener Mann in Verbindung mit den Privilegien meines Vaters und durch den Abbau des Erzes auf seinem Land aufbauen konntet, auch Euch einen gewissen Profit eingebracht hat…«

Wieder lächelte Molines sein schmales Lächeln, aber diesmal war es aufrichtig. Er wirkte zufrieden. Als Anhänger der reformierten Religion war er fest von seinem eigenen Wert überzeugt. Und so störte ihn die leise Unverschämtheit in Angéliques Worten nicht.

»So ist es«, antwortete er. »Aber wie jedes Geschäft war auch dieses nicht ohne Risiken… die ich im Voraus eingehen musste.«

»Welche denn?«

»Nun, zum Beispiel dieses, dass Ihr zu gegebener Zeit nicht bereit sein würdet, die Rolle auszufüllen, die man Euch für die Zukunft zugedacht hatte.«

Angélique zuckte zusammen und starrte ihn überrascht an. Sie hatte die Folgen ihrer Entscheidung noch nicht vollständig bedacht.

Mit sanfter Stimme fuhr der Verwalter fort.

»Was wäre, wenn ... habt Ihr mich gefragt. Und ich habe es Euch gesagt. Euer Vater käme vielleicht ins Gefängnis, weil er seine Schulden nicht mehr bezahlen kann ... und möglicherweise wäre meine eigene Lage auch nicht viel besser. Es genügt schon sehr wenig, damit unser ganzes schönes Gebäude einstürzt, denn bereits jetzt steht es nur aufrecht, weil sich Monsieur de Peyrac darauf verlässt, in absehbarer Zeit die Mine von Argentières zu bekommen. Und er ist kein Mann, der sich über den Tisch ziehen lässt.«

Diesmal gab es keinen Ausweg mehr.

Die Falle schloss sich um sie ... Weil sie kapitulierte.

Wem würde sie jemals die Gründe für ihr Aufbegehren und ihre Angst erklären können? Wer würde verstehen, welches Opfer man damit von ihr verlangte? Wusste sie selbst es überhaupt?

Molines sah ungerührt zu, wie sie mit sich rang.

Sie dachte, sie würde ihn hassen, aber sie konnte ihm keine Vorwürfe machen, genauso wenig wie ihrem Vater. Er hatte ihr die Wahrheit gesagt. In Anbetracht der zahllosen Hindernisse, die die beiden Männer im Laufe der Jahre überwunden hatten, musste sie anerkennen, dass es ein perfekt geplantes Geschäft war. Und selbst wenn es auf den ersten Blick wie Betrug erscheinen mochte, war es letztendlich doch ehrlich, da es allen nur Vorteile brachte.

Und mit einem Mal wurde ihr klar, dass nun alles auf sie

ankam. Von ihr hing es ab, ob ihr mutiger, rechtschaffener Vater endlich den Erfolg seiner Bemühungen sehen würde und Monteloup für alle Zeiten gerettet wäre. Und was noch viel unfassbarer war, von ihr allein hing es ab, ob der raffinierte, weitblickende Molines bei diesem Wagnis, das er mit der Maultierzucht und der Wiederinbetriebnahme der aufgegebenen Mine eingegangen war, gewinnen oder verlieren würde…

Der hugenottische Verwalter hatte sie damals aus dem Elend gerettet. Jetzt war der Moment gekommen, diese Schuld abzuzahlen.

Angélique stand auf.

»Einverstanden, Monsieur Molines«, sagte sie mit tonloser Stimme. »Ich werde den Grafen de Peyrac heiraten.«

Kapitel 16

Am liebsten wäre Angélique gleich wieder aufs Pferd gestiegen. Aber aus Höflichkeit gegenüber ihrem Gastgeber und auch weil sie das Bedürfnis verspürte, erst wieder ein wenig zu Kräften zu kommen, war sie der Versuchung erlegen, doch ein paar von den kleinen Kuchen zu essen und »einen Schluck Wein« zu trinken.

Daraufhin war natürlich Madame Molines herbeigeeilt und hatte sie eingeladen, mit ihnen zu Mittag zu essen, auch wenn es dafür schon etwas spät geworden war. Vertraut, mütterlich und umweht von den köstlichen Düften ihres wunderbar gelungenen Obstkuchens, verbreitete Madame Molines eine wohlwollende, tröstliche Atmosphäre. Sie wischte sich eine Träne aus dem Augenwinkel, als sie den Tod der Baronin de Sancé erwähnte, der sie ebenso wie alle anderen in der Umgebung sehr getroffen hatte. Angélique war gerührt, und im Stillen wunderte sie sich, denn hieß es nicht allgemein, die Anhänger der reformierten Religion seien kühl und herzlos? Doch diese beiden Menschen hier standen ihr wegen des Interesses, das sie ihrer Familie schon immer entgegengebracht hatten, nahe. Und so kam ihr spontan eine Frage über die Lippen.

»Monsieur Molines, könnt Ihr mir vielleicht sagen, was aus meinem Bruder Gontran geworden ist?«

»Leider nicht, Mademoiselle. Er ist vor fast vier Jahren fortgegangen. Er weigerte sich, in den Dienst des Königs zu treten, obwohl die Einkünfte Eures Vaters ihm damals ermöglicht hätten, ihn mit einer vielleicht bescheidenen, aber ausreichenden militärischen Ausrüstung zu versorgen. Danach wäre es an ihm selbst gewesen, sich durch Eifer und Tapferkeit Anerkennung zu verdienen. Aber er wollte nichts davon hören. Er sagte, er wolle Maler werden.«

»Maler?! Ein Handwerker …?!«

»Ja! Und dieser Wunsch hat Euren Eltern damals großen Kummer bereitet.«

So war nach ihrem ältesten Bruder Josselin also auch Gontran fortgegangen, ohne sich von den Bindungen seiner Herkunft aufhalten zu lassen. Während Molines sprach, durchlief Angélique ein flüchtiger Schauer. Unwillkürlich kam ihr der Gedanke, dass sich ihre beiden Brüder durch diesen Bruch mit ihrer Familie zu einem verhängnisvollen Schicksal verdammt hatten.

Das Herz wurde ihr noch schwerer.

Sie ritt über duftende Wege zurück nach Monteloup, doch sie war so tief in Gedanken versunken, dass sie nichts um sich herum wahrnahm. Nicolas folgte ihr auf seinem Maultier, aber sie achtete nicht auf den jungen Knecht. Im Gegenzug versuchte sie jedoch, sich nicht allzu sehr mit der unbestimmten Angst zu befassen, die sich immer noch in ihr regte. Ihre Entscheidung war gefallen. Was auch geschehen mochte, sie würde sie nicht zurücknehmen. Also war es das Beste, nach vorn zu schauen und unbarmherzig alles zurückzuweisen, was ihren Entschluss ins Wanken bringen könnte.

»Mademoiselle! Mademoiselle Angélique!«, hörte sie plötzlich eine männliche Stimme.

Mechanisch zog sie an den Zügeln, und das Pferd, das schon seit ein paar Minuten nur noch im Schritt ging, blieb stehen.

Als Angélique sich umdrehte, sah sie, dass Nicolas abgesessen war und sie zu sich heranwinkte.

»Was ist denn los?«, fragte sie.

»Steigt ab, ich will Euch etwas zeigen«, flüsterte er geheimnisvoll.

Nachdem der Knecht die Zügel der beiden Tiere um den Stamm einer jungen Birke geschlungen hatte, ging er Angélique voraus in ein dicht belaubtes kleines Wäldchen. Sie folgte ihm. Das frühlingshafte Licht, das durch die frischen jungen Blätter fiel, hatte die Farbe von Angelikablüten. Im dichten Gebüsch sang ein Vogel.

Mit gesenktem Kopf ging Nicolas voraus und blickte sich suchend um. Schließlich kniete er nieder, und als er wieder aufstand, lagen auf seinen geöffneten Handflächen duftende rote Beeren.

»Die ersten Erdbeeren«, sagte er leise, während sein verschmitztes Lächeln ein Funkeln in seinen braunen Augen aufleuchten ließ.

»O Nicolas, lass das«, protestierte Angélique.

Doch vor Rührung traten ihr plötzlich Tränen in die Augen, denn mit dieser Geste gab er ihr den ganzen Zauber ihrer Kindheit zurück, den Zauber von Monteloup, der Streifzüge durch die Wälder, der vom Weißdorn berauschten Träume, der Kühle auf den Kanälen, wohin Valentin sie mitnahm, und der Bäche, in denen sie mit Nicolas Krebse fing. Monteloup, das keinem anderen Ort auf der Welt glich, weil sich dort das süßliche Geheimnis der Sümpfe mit dem herben Mysterium der Wälder verband…

»Weißt du noch«, fragte er leise, »wie wir dich immer genannt haben? Marquise der Engel.«

»Du bist töricht«, antwortete sie mit bebender Stimme. »Das solltest du nicht, Nicolas.«

Doch schon nahm sie mit vertrauter Geste einzeln die winzigen, köstlichen Beeren von seinen ausgestreckten Händen. Nicolas stand ganz dicht vor ihr, genau wie früher, aber inzwischen war der magere, flinke Junge mit dem Eichhörnchengesicht viel größer als sie, und aus dem Ausschnitt seines geöffneten Hemds stieg ihr der bäuerliche Geruch seines gebräunten, mit schwarzem Haar bedecken Männerkörpers in die Nase. Sie sah die kräftige Brust, und dieser Anblick verwirrte sie so sehr, dass sie nicht mehr den Kopf zu heben wagte, zu gewiss war sie sich des dreisten, glühenden Blicks, auf den sie treffen würde. Sie naschte weiter voller Genuss von den Erdbeeren, und dieser Augenblick bedeutete ihr unendlich viel.

Ein letztes Mal Monteloup, sagte sie sich. Ein letztes Mal koste ich es aus! Das Beste, was es in meinem Leben je gegeben hat, liegt hier in Nicolas' braunen Händen.

Der lauwarme Duft der Erdbeeren hatte etwas Tröstliches. Während sie eine nach der anderen aus seinen Händen aufnahm, begann Angélique die Anspannung dieses Morgens zu vergessen, die Worte ihres Vaters, die den Spaziergang mit ihm verdorben hatten, auf den sie sich so gefreut hatte, und auch die erbitterte, harte Unterredung mit dem hugenottischen Verwalter, der hinter seiner umgänglichen Fassade so zielstrebig und unbeirrbar war.

Sie entspannte sich.

Hier war endlich Monteloup, mit allem, was ihm an Sanftem und Vertrautem geblieben war, das sie so nötig brauchte.

Nicolas schien zu erraten, was in ihr vorging. Es war Angélique nicht unangenehm, dass er sie durchschaute, dass er ihre Schwäche erkannte, diesen Taumel, der sie zu ihm hindrängte. Er war Monteloup mit seinem Geschmack, seinen Sehnsüchten und seinen Geheimnissen. Sie schwankte.

Molines hatte eine Last auf ihre Schultern gelegt, deren Gewicht ihre Jugend noch nicht zu tragen vermochte. Noch war es nicht zu spät, um sie abzulehnen, und in diesem kurzen, benommenen Augenblick fühlte sie sich plötzlich frei, als wäre alles von ihr abgefallen.

Und wenn gar nichts geschehen war? Wenn sie gar keine schmerzliche Entscheidung getroffen hatte? Bleiben! Wieder in Monteloup leben!

Es wäre so einfach, erneut dem Lauf der grünen, beinahe reglosen Gewässer zu folgen oder dem gewundenen Weg, der sich durch Moos und Wurzeln in den tiefen Wald hineinschlängelte! Sich in Monteloup verlieren! Sich seinen endlosen Entdeckungen überlassen, genau wie dem Verlauf des Wassers unter dem dichten Blätterdach ... Und hatte sie nicht inmitten dieser üppig wuchernden Natur eine Aufgabe zu erfüllen, eine Mission, deren Ruf nie verklungen war?

Nicolas' berauschende Gegenwart steigerte diesen Bann noch, der sie allmählich einhüllte und die Einwilligung, die Molines ihr abgerungen hatte, zunichtemachte. Es lagen keine Erdbeeren mehr in Nicolas' Händen, aber sie rührte sich nicht.

In dem geheimnisvollen Ton, in den er verfallen war, um sie zu verführen – und sie dachte bei sich, dass er sie tatsächlich gut kannte, dieser Hirtenjunge und Gefährte ihrer Kindheit –, wisperte er ihr die Neuigkeit zu, die fähig war, sie für alle Zeiten hier zu halten.

»Es gibt eine neue Hexe in der Höhle am Abhang. Sie ist anders als die Erste, aber die Leute haben sie wieder Mélusine genannt.«

Angélique zuckte zusammen, und sie spürte den Schmerz wie ein großes Messer, das sich unvermittelt in ihre Herzgegend bohrte.

Sie gewann die Gewalt über sich zurück. Es war ein Fehler gewesen, sie an Mélusine zu erinnern.

Mélusine, die wegen der Dummheit der Menschen in ihrem eigenen Wald am Ast einer Eiche aufgehängt worden war. Sie hatte das Gefühl, die Hexe würde sie rufen, während sie ihr gleichzeitig verbot, zurückzukehren.

Das Urteil war gesprochen. Eine ferne Stimme rief ihr vom äußersten Rand des Waldes her zu: »Geh fort!«

Sie sah Nicolas unverwandt ins Gesicht, und vor Enttäuschung nahmen seine Züge einen brutalen Ausdruck an.

Nein! Monteloup konnte nicht wiederauferstehen. Die Bande waren damals zerschnitten worden. Und sie selbst hatte gerade eben bei Molines noch einmal so entschieden. Sie schloss die Augen und lehnte den Kopf nach hinten gegen einen Baumstamm.

»Hör zu, Nicolas …«

»Was denn?«, antwortete er.

Sie spürte seinen warmen, nach Apfelwein riechenden Atem auf ihrer Wange. Er stand so dicht neben ihr, beinahe an sie gedrängt, dass er sie vollständig mit seiner fordernden Männlichkeit einhüllte. Doch er berührte sie nicht, und als sie ihn anschaute, entdeckte sie, dass er die Hände hinter dem Rücken verschränkt hatte, um der Versuchung zu widerstehen, sie zu packen und in die Arme zu schließen. Sein Blick traf sie wie ein Schlag, ohne jedes Lächeln, verdunkelt von einem unzweideutigen Flehen. Noch nie hatte Angélique ein so starkes männliches Verlangen geweckt, noch nie hatte sie ein deutlicheres Bekenntnis zu den Begierden gehört, die ihre Schönheit weckte. Die Laune des jungen Pagen in Poitiers war nur ein Spiel gewesen, eine prickelnde Erfahrung junger Tiere, die ihre Krallen erprobten.

Das hier war etwas anderes, es war machtvoll und hart, alt wie die Welt, wie der Boden, wie das Gewitter. Das junge Mädchen bekam Angst. Wäre sie erfahrener gewesen, hätte sie einem solchen Ruf nicht widerstehen können. Ihr Körper geriet in Erregung, ihre Beine zitterten, aber sie wich zurück wie das Reh vor dem Jäger.

Das Unbekannte dessen, was sie erwartete, und die unterdrückte Gewalt des Bauern erschreckten sie.

»Schau mich nicht so an, Nicolas«, sagte sie und versuchte, ihre Stimme fest klingen zu lassen, »ich will dir sagen …«

»Ich weiß, was du mir sagen willst«, fiel er ihr mit dumpfer Stimme ins Wort. »Ich sehe es in deinen Augen und in der Art, wie du den Kopf hochträgst.

Du bist Mademoiselle de Sancé, und ich bin ein Knecht. Und jetzt ist es vorbei damit, dass wir einander ins Gesicht sehen. Ich muss den Kopf senken! Sehr wohl, Mademoiselle; ja, Mademoiselle. Und dein Blick wird mich streifen, ohne mich zu sehen … Nicht mehr als ein Holzscheit, weniger wert als ein Hund. Es gibt Marquisen, die sich in ihren Schlössern von ihrem Lakaien waschen lassen, denn es hat ja nichts zu bedeuten, wenn man sich vor einem Lakaien nackt zeigt. Ein Lakai, das ist kein Mann, das ist bloß ein Möbelstück, das man benutzt. Und so willst du mich von jetzt an behandeln?«

»Sei still.«

»Ja, ich werde still sein.«

Er atmete heftig, aber mit geschlossenem Mund wie ein krankes Tier.

»Aber eines muss ich dir noch sagen, bevor ich still bin«, sprach er weiter. »In meinem Leben hat es immer nur dich gegeben. Ich habe es erst begriffen, als du weggegangen bist, und ein paar Tage lang bin ich fast verrückt geworden. Es stimmt, dass ich faul bin, ein Schürzenjäger, und dass ich die Feldarbeit und das Vieh nicht ausstehen kann. Ich bin wie etwas, das nicht an seinem Platz ist und immer ziellos umherwandern wird, ohne ihn zu finden. Mein einziger Platz warst du. Als du zurückgekommen bist, konnte ich es kaum erwarten, herauszufinden, ob du immer noch mir gehörtest oder ob ich dich verloren hatte. Ja, ich bin dreist und unverschämt. Ja, wenn du gewollt hättest, hätte ich dich genommen, hier auf dem Moos in diesem Wäldchen, das nur uns beiden gehört, genau wie früher!«, rief er.

Die Vögel im Laub waren vor Schreck verstummt.

»Das ist doch Unsinn, mein armer Nicolas«, sagte Angélique zärtlich.

»Rede nicht so mit mir«, entgegnete der junge Mann und erbleichte unter seiner Bräune.

Sie schüttelte ihr langes Haar, das ihr immer noch offen über die Schultern fiel, und verspürte einen leichten Zorn.

»Wie soll ich denn sonst mit dir reden?«, fragte sie. »Ob ich will oder nicht, ich bin nicht mehr frei, die galanten Worte eines Hirten anzuhören. Ich muss bald den Grafen de Peyrac heiraten.«

»Den Grafen de Peyrac!«, wiederholte Nicolas wie vor den Kopf geschlagen.

Er trat ein paar Schritte zurück und musterte sie schweigend.

»Dann stimmt es also, was man sich erzählt?«, flüsterte er. »Den Grafen de Peyrac. Ihr ...! Ihr! Ihr werdet wirklich diesen Mann heiraten?«

»Ja.«

Sie wollte ihn nicht fragen. Sie hatte Ja gesagt, das genügte. Sie würde auch weiterhin blindlings Ja sagen, bis zum Schluss.

Sie ging den schmalen Pfad zurück zur Straße, und ihre Reitgerte hieb nervös die zarten Triebe entlang des Weges ab.

Das Pferd und das Maultier weideten einträchtig nebeneinander am Waldrand. Nicolas band sie los. Mit gesenktem Blick half er Angélique in den Sattel. Doch unvermittelt griff sie nach seiner rauen Hand.

»Sag, Nicolas, kennst du ihn?«

Er sah zu ihr auf, und sie bemerkte ein höhnisches Funkeln in seinen Augen.

»Ja, ich habe ihn gesehen. Er ist öfter hier gewesen. Dieser Mann ist so hässlich, dass die Mädchen die Flucht ergreifen, wenn er auf seinem schwarzen Pferd vorbeireitet. Er hinkt wie der Leibhaftige, und er ist genauso böse … Es heißt, in seinem Schloss in Toulouse lockt er die Frauen mit Liebestränken und seltsamen Liedern. Diejenigen, die ihm folgen, sieht man nie wieder, oder sie werden verrückt. Ha! Ha! Was für ein schöner Gemahl, Mademoiselle de Sancé!«

»Er hinkt?«, wiederholte Angélique, deren Hände eiskalt wurden.

»Ja, ein Hinkefuß! Hinkefuß! Fragt, wen Ihr wollt, alle werden Euch antworten: Das ist der Große Hinkefuß aus dem Languedoc.«

Er begann zu lachen und ging zu seinem Maultier hinüber, wobei er ein starkes Hinken nachahmte.

Angélique peitschte ihr Pferd und trieb es ungestüm voran. Durch die Weißdornbüsche hindurch floh sie vor der hämischen Stimme, die ihr unerbittlich nachrief: »Er hinkt! Er hinkt …«

Als sie den Schlosshof von Monteloup erreichte, überquerte unmittelbar hinter ihr ein weiterer Reiter die alte Zugbrücke. An seinem schweißüberströmten, staubbedeckten Gesicht und der lederverstärkten Kniehose erkannte man gleich, dass es sich um einen Boten handelte.

Zunächst verstand niemand, was er wollte, denn sein Akzent war so eigenartig, dass es eine ganze Weile dauerte, ehe sie erkannten, dass er Französisch sprach. Als Monsieur de Sancé eilig herbeigelaufen kam, überreichte er ihm einen Brief, den er aus seiner kleinen eisernen Büchse zog.

»Mein Gott, Monsieur d'Andijos trifft morgen ein«, rief der Baron aufgeregt.

»Wer ist denn das nun schon wieder?«, fragte Angélique.

»Das ist ein Freund des Grafen. Monsieur d'Andijos heiratet dich …«

»Was, der auch?«

»…durch Prokuration, Angélique. Lass mich doch meine Sätze zu Ende bringen, Kind. Potz Sapperment, wie dein Großvater zu sagen pflegte, ich frage mich, was diese Nonnen dir beigebracht haben, wenn sie dich nicht einmal den Respekt gelehrt haben, den du deinem Vater schuldest. Graf de Peyrac schickt seinen besten Freund, um ihn bei der ersten Hochzeitszeremonie hier in der Kapelle von Monteloup zu vertreten. Die zweite Segnung werdet ihr in Toulouse erhalten. Aber an der kann deine Familie leider nicht teilnehmen. Der Marquis d'Andijos wird dich auf deiner Reise ins Languedoc begleiten. Diese Leute aus dem Süden verlieren keine Zeit. Ich wusste, dass sie unterwegs waren, aber so schnell hätte ich sie nicht erwartet.«

»Ich sehe schon, es war höchste Zeit, dass ich einwillige«, murmelte Angélique verbittert.

Am darauffolgenden Tag füllte sich der Schlosshof kurz vor Mittag mit dem Quietschen der Räder prächtiger Kutschen, Pferdewiehern, lauten Rufen und lebhaftem Stimmengewirr. Der Süden hatte Monteloup erreicht.

Der Marquis d'Andijos, ein sehr dunkelhäutiger Mann mit schmalem Schnurrbart und glühenden Augen, trug eine Rhingrave aus gelber und orangefarbener Seide, die gnädig die Leibesfülle des Lebemannes verhüllte. Er stellte ihnen seine Begleiter vor, von denen zwei bei der Trauung als Zeugen dienen sollten: der Graf de Carbon-Dorgerac und der kleine Baron Cerbalaud.

Im Hof hatte die Familie de Sancé Zinnbecher und Krüge mit Wein aus Chaillé aufgestellt. Die Ankömmlinge kamen fast um vor Durst. Aber nachdem der Marquis d'Andijos einen Schluck getrunken hatte, drehte er sich um und spuckte auf den Boden.

»Beim heiligen Paulinus, Baron, Eure Poitou-Weine empören meine Zunge! Was Ihr mir da eingeschenkt habt, ist ein saurer Krätzer übelster Sorte. He, Gascogner, bringt die Fässer!«

Seine unumwundene Art, sein singender Akzent und der Knoblauchgeruch in seinem Atem begeisterten den Baron. Er hatte noch Zeiten erlebt, in denen selbst unter Prinzen offen geredet und freimütiger Umgang gepflegt wurde. So hatte man damals, als der Baron seinen Dienst bei König Ludwig XIII. ableistete, im Louvre beobachten können, wie der Herrscher, schockiert über das unzüchtige Dekolleté einer jungen Dame, nach einem Glas Rotwein gegriffen und es in das »Weihwasserbecken des Teufels« geschüttet hatte, wie er es nannte. Während das klatschnasse arme Mädchen in Ohnmacht sank, hatte Pater Wassaut, der Jesuit und Hauskaplan der Königin, mit ernster Miene angemerkt, dass »dieser Busen sicher einen Schluck Wein wert« gewesen sei, was bewies, dass sogar Jesuiten über einen trockenen Humor verfügen konnten.

»Die Geschichte kennen wir schon auswendig!«, flüsterte die kleine Marie-Agnès und stieß Angélique mit dem Ellbogen an.

Aber ihrer Schwester fehlte die Kraft zu lächeln. Seit dem Vortag hatte sie zusammen mit Tante Pulchérie und der Amme so hart gearbeitet, um das alte Schloss in einen vorzeigbaren Zustand zu versetzen, dass sie jetzt völlig erschöpft war und ihre Glieder schmerzten.

Und das war auch besser so. Angélique konnte nicht einmal mehr denken. Sie hatte ihr elegantestes Kleid aus Poitiers angezogen, auch dieses grau, wenngleich mit ein paar blauen Schleifen auf dem Mieder verziert. Ein kleines graues Entchen zwischen all den schillernden, bändergeschmückten Herren. Sie wusste nicht, dass ihr heißes Gesicht, das fest und zart wie eine gerade erst ausgereifte Frucht aus dem großen gestärkten

Spitzenkragen hervorschaute, eine strahlende Zierde bildete. Die Blicke der drei Herren wanderten immer wieder zu ihr zurück und zeigten eine Bewunderung, die zu verbergen ihnen ihr Temperament nicht gestattete. Sie begannen ihr zahlreiche Komplimente zu machen, von denen sie nur die Hälfte verstand, zum einen weil sie so schnell sprachen, aber auch wegen ihres unglaublichen Akzents, der selbst das banalste Wort in einem Strahl von Sonnenlicht aufsteigen ließ.

Muss ich diese Art zu reden von jetzt an etwa mein ganzes Leben hören, fragte sie sich genervt.

Unterdessen rollten die Lakaien große Fässer herbei, die auf Böcke gehoben und unverzüglich angestochen wurden. Kaum war das Loch geschlagen, schob man einen hölzernen Zapfhahn hinein, doch der erste Strahl ließ auf der Erde große hellrot und golden schimmernde Pfützen zurück.

»Saint-Emilion«, verkündete der Graf de Carbon-Dorgerac, der aus Bordeaux stammte, »Sauterne, Médoc…«

Er erklärte, dass die Fässer, um dem Nektar der Götter die Stöße einer langen Reise zu ersparen, in Bordeaux auf ein Schiff verladen und sicher vertäut in dessen Laderaum an die Mündung der Sèvre-Niortaise gebracht worden seien. Von Marcus, einem hübschen Hafen, aus waren die flachen Kähne der Sümpfe, die mit einer Stange vorwärtsgestoßen wurden, den gewundenen Fluss hinaufgefahren, zwischen den kleinen Inseln und den Ufern des »Grünen Venedig« hindurch, wo sie auf Wohnsitze und Schlösser trafen, deren Füße von Wasser umspült wurden und deren Stirn dem grünen Laub zugewandt war. Den gastfreundlichen Bewohnern hatte man ein paar Pfänder aus dem Reich der Sonne dagelassen, die den wässrigen Charme ihrer Jahreszeiten mit neuem Licht erfüllen würden. In Niort angekommen und dem Ziel ihrer Reise nicht mehr fern, waren die Begleiter der Fässer aus Bordeaux mit der berittenen, von Monsieur d'Andijos angeführten Gruppe aus dem Languedoc zusammengetroffen. Weitschweifig und unter schwungvollen Gesten übernahm dieser das Wort und berichtete, dass sie gleich an der Anlegestelle von Niort ein Lager gemietet hätten, welches von einem angemessen entlohnten und ebenfalls mit etwas Wein bedachten Wächter beaufsichtigt wurde, um dort einen Teil der Fässer unterzubringen. Aus diesem Lager würde der Baron de Sancé das ganze nächste Jahr hindurch seine Vorräte an fürstlichen Weinen auffüllen können, um in ihrer tröstenden Gesellschaft die nötige Kraft und den Mut zu schöpfen, die ihm helfen sollten, die Trauer über den Verlust seiner Tochter zu ertragen, die in ein fernes Land entführt worden sei.

So hatte es der Graf de Peyrac beschlossen, denn er war darauf bedacht, seinem zukünftigen Schwiegervater in dieser schweren Zeit beizustehen, und kannte kein besseres Heilmittel gegen den Kummer als ein paar anständige Zechgelage mit einem ausgezeichneten Wein. Und nachdem sie selbst nun die Braut gesehen und verstanden hatten, wie groß das Opfer war, das man von den Ihren verlangte, freuten sie sich ganz besonders, dass die sinnreichen Vorkehrungen von Monsieur de Peyrac es ihnen erlaubten, diese Familie in den tröstlichen Händen des Gottes Bacchus zurückzulassen!

Trunken von seinen Worten, noch bevor sie es von der Wirkung des Rebensafts waren, kosteten die Bewohner von Schloss Monteloup eher skeptisch die verschiedenen ihnen angekündigten Weine.

Doch schon bald wurden Denis und die drei Jüngsten zu ausgelassen. Der berauschende Duft stieg allen zu Kopf. Angélique sah, wie ihr Vater lachte und das aus der Mode gekommene Wams öffnete, ohne sich um seine verschlissene Wäsche zu kümmern. Und auch die Herren aus dem Süden hakten bereits ihre kurzen, ärmellosen Westen auf. Einer von ihnen nahm die Perücke ab, um sich die Stirn abzuwischen. Die ganze Gesellschaft versammelte sich im großen Saal. Auf der Decke, die Angélique und Pulchérie notdürftig über den Tisch gebreitet hatten, blitzten mit einem Mal prächtige große Gläser, die von geschickten Händen flink aus großen, mit Stroh gefüllten Truhen hervorgezaubert worden waren. Der darin eingeschenkte und immer wieder nachgeschenkte Wein schillerte wie erlesenste Kostbarkeiten: Gold, Rubin und warmer Bernstein.

»Trinkt! Trinkt!«, drängten Stimmen.

Angélique ließ Kuchen und kleine Pasteten auftragen, die sie am Vortag zusammen mit ihrer Tante gebacken hatte. Sie sah, wie ihre Gäste sich freudig darauf stürzten. So sehr um das Wohl der kostbaren Weine besorgt, die sie der zukünftigen Braut mitbringen sollten, hatten sie, nachdem sie im Morgengrauen in Niort aufgebrochen waren, offensichtlich ganz vergessen, sich unterwegs zu stärken.

Und ununterbrochen wurden neue Truhen hereingetragen, die von den erstaunlichsten Dingen überquollen. Für die Kinder gab es Beutel mit gläsernen Murmeln, Federhüte, mit kleinen Glöckchen geschmücktes Zaumzeug für ihre Lieblingspferde und ein herrliches Schwert mit damaszierter Scheide und einem Wehrgehänge aus kostbarem Leder und blauen Satinbändern für Denis, der es hingerissen in die Hand nahm und so feierlich vor sich hielt, als wäre es eine Wachskerze.

Unter galanten Worten legte der herzliche Andijos mehrreihige Ketten um den fetten Nacken von Tante Jeanne und den knochigen Hals der guten Pulchérie. Diese bestanden, wie er verkündete, aus Pyrenäengestein, malvenfarben schillerndem Kristall und kostbaren Granaten. Als sich Tante Jeanne in dem Spiegel, den ihr ein Page vors Gesicht hielt, so edel geschmückt sah wie die Regentin höchstpersönlich, konnte sie ein Lächeln nicht unterdrücken.

Inmitten dieser Flut von Geschenken, die sich die Familie

de Sancé in ihren kühnsten Träumen niemals auszumalen gewagt hätte, verhinderte die Traurigkeit, die sich in Angéliques Herz zusammenballte wie ein Nebel, dass das junge Mädchen an der allgemeinen Begeisterung teilnahm. Doch sie hatte es mit einem starken Gegner zu tun. Jemand hob ein Glas an ihre Lippen, und das Vergessen übermannte sie. Um sie herum veränderte sich Monteloup.

In der Küche bewirtete Fantine Lozier mit einer dicken Suppe, Aufschnitt und Wildbret das »Gesinde«, wie sie leicht verächtlich sagte, aber schon bald brach sich angesichts der lautstarken Herzlichkeit der Fremden ihr eigenes mitteilsames Naturell Bahn.

Von einem der Karren waren zwei Geiger und ein Flötenspieler gestiegen. Ohne lange zu fragen, ließen sie sich in einer Ecke des Schlosshofs nieder und begannen entschlossen, ein Ständchen zu spielen.

Marie-Agnès klammerte sich an den Arm ihrer älteren Schwester.

»Komm schon, Angélique!«, rief sie ihr mit schriller Stimme ins Ohr. »Komm mit nach oben in dein Zimmer, es ist so wundervoll …«

Angélique ließ sich von ihr mitziehen.

In den großen Raum, den sie so lange mit Hortense und Madelon geteilt hatte, waren riesige Truhen aus Eisen und gekochtem Leder gebracht worden. Diener und Mägde hatten sie geöffnet und breiteten ihren Inhalt auf dem Fußboden und ein paar wackligen Sesseln aus. Auf dem riesigen Bett erblickte Angélique ein Kleid aus grünem Taft, das genau die gleiche Farbe hatte wie ihre Augen. Das mit Fischbein versteifte Mieder war mit einer herrlich zarten Spitze verziert, und der Brusteinsatz war über und über mit zu Blüten zusammengefügten Diamanten und Smaragden bestickt. Das gleiche Blütenmuster setzte sich auch auf dem bestickten Samt des tiefschwarzen

Manteaus fort. Diamantspangen hielten ihn zu beiden Seiten des Rocks zurück.

»Das ist Euer Hochzeitskleid«, erklärte der Marquis d'Andijos, der den beiden jungen Mädchen gefolgt war. »Der Graf de Peyrac hat eigens Stoffe aus Lyon kommen lassen und darunter lange nach einer Farbe gesucht, die zu Euren Augen passt.«

»Aber er hat sie doch noch nie gesehen«, widersprach sie.

»Monsieur Molines hat sie ihm genau beschrieben. Stellt Euch das Meer vor, hat er gesagt, wie man es vom Ufer aus sieht, wenn die Sonne bis zum Sand in seine Tiefen hinabtaucht.«

»Dieser Teufelskerl!«, rief der Baron. »Ihr wollt mir doch wohl nicht einreden, dass er so poetisch sein kann! Ich vermute eher, Marquis, dass Ihr ein wenig zur Wahrheit hinzudichtet, um das Lächeln in den Augen einer jungen Braut zu sehen, die sich durch eine solche Aufmerksamkeit ihres Gemahls geschmeichelt fühlt.«

»Und das hier! Und das hier! Sieh nur, Angélique!«, rief Marie-Agnès immer wieder, und ihr schmales kluges Gesicht strahlte vor Aufregung.

Zusammen mit ihren beiden jüngeren Brüdern Albert und Jean-Marie griff sie nach zarten Wäschestücken und öffnete Schachteln, in denen bunte Bänder und Spitzenbesätze oder Fächer aus Pergament und Federn schlummerten. Sie entdeckten ein entzückendes, mit grünem Samt bezogenes und mit weißem Damast ausgekleidetes Reisenecessaire mit Beschlägen aus vergoldetem Silber. Es enthielt zwei Bürsten, ein goldenes Etui mit drei Kämmen, zwei kleine italienische Spiegel, ein kleines Kissen für die Haarnadeln, zwei Hauben und ein Nachtkleid aus feinstem Leinen, einen elfenbeinernen Kerzenhalter und einen grünen Satinbeutel mit sechs Kerzen aus blütenweißem Wachs. Außerdem gab es noch weitere schlichtere, aber ausgesprochen elegante Kleider, Handschuhe, Gürtel, eine kleine goldene Uhr und eine Vielzahl von Dingen, von denen sich Angélique nicht einmal vorstellen konnte, wozu sie dienen mochten, wie etwa ein Perlmuttdöschen, in dem auf gummiertem Taft eine Auswahl an Schönheitspflästerchen aus schwarzem Samt klebten.

»Es gehört zum guten Ton«, erklärte der Graf de Carbon, »diesen kleinen Leberfleck irgendwo in Eurem Gesicht anzubringen.«

»Mein Teint ist nicht blass genug, dass es nötig wäre, ihn hervorzuheben«, antwortete sie und verschloss die Dose wieder.

Überglücklich schwankte sie zwischen kindlicher Freude und dem Entzücken einer jungen Frau mit einem instinktiven Sinn für Schmuck und ihre eigene Schönheit.

»Und sträubt sich Euer Teint auch gegen den Glanz dieses Schmucks?«, wollte der Marquis d'Andijos wissen.

Er öffnete ein flaches Schmuckkästchen, und in dem Zimmer, in dem sich Dienerinnen, Lakaien und Stallknechte drängten, erschallte ein allgemeiner Aufschrei, gefolgt von bewunderndem Gemurmel.

Auf dem weißen Satin funkelte eine dreifache Perlenreihe in reinstem, leicht golden schimmerndem Glanz. Nichts konnte für eine junge Braut besser geeignet sein. Ohrringe vervollständigten das Ensemble, zusammen mit zwei Reihen kleinerer Perlen, die Angélique zunächst für Armbänder hielt.

»Das ist ein Haarschmuck«, erklärte der Marquis d'Andijos, der sich trotz seiner Leibesfülle und seines soldatischen Auftretens bestens mit allen Feinheiten der Eleganz auszukennen schien. »Damit steckt Ihr Euer Haar hoch. Allerdings muss ich bekennen, dass ich Euch nicht genau sagen könnte, wie das gehen soll.«

»Ich werde Euch frisieren, Madame«, mischte sich da eine große, kräftig gebaute Dienerin ein und trat näher.

Obwohl sie jünger war als Fantine Lozier, ähnelte sie der Amme auf eigenartige Weise. Das gleiche sarazenische Feuer lange zurückliegender Invasionen hatte ihnen die Haut verbrannt. Und beide musterten einander bereits feindselig aus den gleichen dunklen Augen.

»Das ist Marguerite, die Milchschwester des Grafen de Peyrac. Sie hat bei hohen Damen von Toulouse in Diensten gestanden und ihre Herrschaften für eine längere Zeit nach Paris begleitet. Sie wird von jetzt an Eure Kammerfrau sein.«

Geschickt hob die Dienerin Angéliques schweres goldbraunes Haar hoch und fing es in dem Perlenflechtwerk ein. Dann löste sie mit unerbittlicher Hand die kleinen bescheidenen Steine von ihren Ohren, die der Baron seiner Tochter zur Erstkommunion geschenkt hatte, und befestigte stattdessen die prunkvollen Juwelen. Schließlich war die Perlenkette an der Reihe.

»Ah! Jetzt müsste nur noch der Busen weiter entblößt sein«, rief der kleine Baron Cerbalaud, dessen schwarze, wie Waldbrombeeren nach einem Regenschauer glänzende Augen die anmutigen Rundungen des jungen Mädchens zu erahnen suchten.

Ungeniert verpasste ihm der Marquis d'Andijos mit seinem Stock einen Schlag auf den Kopf.

»Ein wenig Anstand, Baron!«

Ein Page stürzte mit einem Spiegel herbei, und Angélique erblickte sich in ihrem neuen Glanz. Alles an ihr schien zu funkeln, bis hin zu ihrer glatten, lediglich an den Schläfen ein wenig rosig angehauchten Haut. Eine plötzliche Freude erfasste sie und stieg hinauf zu ihren Lippen, die sich zu einem charmanten Lächeln öffneten.

Ich bin schön, dachte sie. Doch im gleichen Augenblick verschwamm erneut alles vor ihren Augen, und aus den Tiefen des Spiegels glaubte sie das schreckliche Hohngelächter zu hören:

»Er hinkt! Er hinkt! Und ist hässlicher als der Teufel! Haha! Was für ein schöner Gemahl, Mademoiselle de Sancé!«

Die Trauung durch Prokuration sollte drei Tage später stattfinden. Nach einer schlichten abendlichen Segnung in der Schlosskapelle würde ein großes Bankett zu Ehren der Jungvermählten abgehalten werden, zu dem Verwandte, die Honoratioren des Ortes, die benachbarten Schlossherren sowie von weiter her angereiste Gäste geladen waren.

Aber schon jetzt begann man in der gesamten Umgebung zu feiern. Die Festlichkeiten sollten mehrere Tage andauern und würden sich unweigerlich bis weit nach der Abreise der Braut hinziehen. In Monteloup würden Böller und Feuerwerkskörper gezündet werden. Von den Schlossmauern bis hin zu den ersten Weiden wurden Tische aufgestellt. Darauf standen Krüge mit Trauben- und Apfelwein und alle Arten von Fleisch und Obst, an denen sich die Bauern nacheinander gütlich taten, während sie sich an den Gascognern und Toulousern erfreuten, deren Tamburine, Lauten, Geigen und Nachtigallenstimmen die Dorfmusikanten mit ihren Drehleiern und Schalmeien verspotteten. Doch diese ließen sich dadurch nicht davon abhalten, an verschiedenen Straßenkreuzungen ihre Podeste aufzubauen, zu denen die Tänzer strömten, um wie entfesselt Reigen und Bourrée zu tanzen.

Am letzten Abend vor der Abreise der Braut in das ferne Languedoc wurde im Schlosshof das Festmahl für die Honoratioren und die Schlossherren der Umgebung abgehalten. Auch Monsieur Molines kam mit seiner Frau und seiner Tochter.

In dem großen Zimmer, in dem sie so oft nachts dem Quietschen der Wetterfahnen des alten Schlosses gelauscht hatte, wartete Angélique auf die Amme, die ihr dabei helfen sollte, sich für die Zeremonie fertig anzukleiden.

Man hatte einen großen Spiegel heraufgeschleppt, in dem sie sich ganz sehen konnte.

»Solche Spiegel findet man nur in den Gemächern eines Königs!«, hatte der Baron ehrfürchtig gemurmelt.

Der Tag neigte sich dem Ende zu, und ein kupferfarbenes Leuchten kündigte den nahen Abend an. Ausgiebig hatte die Amme liebevoll ihr herrliches Haar gebürstet. »Wunderschönes Haar!«, hatten alle immer wieder voller Bewunderung gesagt.

Angélique packte es mit beiden Händen, hob es hoch und bauschte es, bis es ihren Kopf wie ein Heiligenschein umspielte, dessen Licht auch auf ihr Gesicht ausstrahlte. Ihre Züge erschienen ihr wie ein Gemälde, das in sakralem Halbdunkel der Bewunderung der Massen dargeboten wurde.

Es war dieses Gesicht, das Nicolas vor einigen Tagen auf dem schmalen Waldweg voller Begehren betrachtet hatte. Auch er war schön. Ungeduldig schüttelte Angélique bei dieser Erinnerung den Kopf, und ihr Haar fiel wie ein goldener Umhang über ihre Schultern. Sie war schön, das sagte man ihr oft genug. Und weil sie schön war, konnte sie ihre Familie retten. Erneut erfüllte sie dieser Gedanke mit Stolz. Stolz, in den sich leise Furcht mischte. Aber auch eine gewisse Freude, weil sie sie liebte. Doch das alles beherrschende Gefühl war ein Aufbegehren … und es war so stark, dass sie am liebsten geflohen wäre.

Fantine kam mit einer Flut von Seide in allen nur erdenklichen Grüntönen über dem Arm herein.

»Hier ist das Kleid für deine Eheschließung!«

Die Amme hatte schon immer einen Sinn für das passende Wort gehabt! Eheschließung! Das entsprach ganz genau dieser Zeremonie, die nur dazu diente, offizielle Verbindungen zu schließen und die Unterzeichnung von Verträgen zu sichern. Die Segnung zweier unechter Brautleute wäre schnell vorüber, vollzogen durch den Dorfpfarrer, vor nicht mehr Publikum als der Familie und den Zeugen. Doch wenn Angélique sich danach hinsetzte, um beim Bankett den Ehrenplatz einzunehmen, wäre sie die Gräfin de Peyrac.

Fantine reichte ihr das türkisfarbene Mieder und befestigte den juwelenbesetzten Brusteinsatz.

»Du bist so schön! Oh, wie schön du bist, mein Liebes!«, seufzte sie bekümmert. »Dein Busen ist so fest, dass er dieses ganze Fischbein gar nicht braucht. Pass auf, dass ihn der Brusteinsatz nicht zu sehr zusammendrückt. Lass deine Brüste schön frei.«

»Ist das Dekolleté auch nicht zu tief, Nounou?«

»Eine hohe Dame muss ihre Brüste zeigen. Oh, wie schön du bist! Und für wen bloß, Gott im Himmel!«, fügte sie mit erstickter Stimme hinzu.

Angélique sah, dass der herzlichen Poitevinerin Tränen über die Wangen liefen.

»Nicht weinen, Nounou, dann verlässt mich noch der letzte Mut.«

»Den wirst du brauchen, mein armes Ding! Halt den Kopf ein wenig tiefer, damit ich dir die Halskette umlegen kann. Die Perlen in deinen Haaren überlassen wir Margot, von diesem Gewickel verstehe ich nichts! Ach, mein armes Mädchen, das ist alles so schrecklich! Wenn ich nur daran denke, dass diese elende Bohnenstange, die hundert Schritt gegen den Wind nach Knoblauch und Teufel riecht, dich am Vorabend deiner Hochzeit baden und enthaaren wird! Ach je, wie furchtbar!«

Sie kniete nieder, um die Schleppe des Manteaus zu richten, und Angélique hörte sie schluchzen.

Eine solche Verzweiflung hatte sie bei ihrer Amme nicht erwartet. Fantine Lozier hatte sich in der Vergangenheit immer gefreut, wenn irgendwo eine schöne Hochzeit angekündigt wurde, und die Angst, die Angéliques Herz umklammert hielt, wurde durch diese Reaktion nur umso größer.

»Verzeih mir, mein Kind«, murmelte Fantine Lozier immer noch kniend, »dass ich dich nicht davor beschützen konnte, obwohl ich dich mit meiner Milch genährt habe. Aber ich habe in den letzten Tagen so viel über diesen Mann gehört, dass ich nachts kaum noch ein Auge zutun kann.«

»Was erzählt man denn über ihn?«

Die Amme richtete sich auf. Ihr dunkler, starrer Blick war wieder der einer Prophetin.

»Gold! Sein ganzes Schloss ist angefüllt mit Gold …!«

»Gold zu besitzen ist doch keine Sünde, Nounou. Sieh nur die vielen Geschenke, die er mir geschickt hat. Sie sind so herrlich.«

»Täusch dich nicht, mein Kind. Dieses Gold ist verflucht. Er erschafft es mit seinen Destillierkolben und seinen Zaubertränken. Henrico, dieser Page, der so hübsch auf dem Tamburin spielt, hat mir erzählt, dass es in seinem blutroten Palast in Toulouse ein Gebäude gibt, das niemand betreten darf. Der Eingang wird von einem Mann bewacht, der genauso schwarz ist wie der Boden meiner großen Kessel. Als dieser Wächter eines Tages kurz fortgegangen war, hat Henrico durch den Türspalt einen großen Raum voller Glaskugeln, Destillierkolben und Schläuchen gesehen. Überall pfiff und brodelte es! Und plötzlich gab es eine Flamme, und es hallte wie ein Donnerschlag. Daraufhin ist er weggelaufen.«

»Dieser Junge hat eine blühende Fantasie, das heißt es doch von allen Leuten aus dem Süden.«

»Nein, nein! In seiner Stimme lag aufrichtiges Entsetzen, das kann nicht täuschen. O dieser Graf de Peyrac hat einen Pakt mit dem Leibhaftigen geschlossen, um zu Macht und Reichtum zu gelangen. Ein Gilles de Retz, das ist er, ein Gilles de Retz, der nicht einmal aus dem Poitou stammt!«

»Rede keinen Unsinn«, versetzte Angélique scharf. »Niemand hat je behauptet, er würde kleine Kinder fressen.«

»Er lockt Frauen mit seltsamen Zaubern zu sich«, flüsterte die Amme. »In seinem Palast werden Orgien gefeiert. Anscheinend hat ihn der Erzbischof von Toulouse öffentlich von der Kanzel herab verdammt und behauptet, bei ihm habe der Teufel seine Finger im Spiel. Dieser Heide von einem Knecht, der mir gestern in meiner Küche davon erzählte, hat dabei gelacht wie ein Irrer. Außerdem hat er noch gesagt, dass der Graf de Peyrac nach dieser Predigt seinen Leuten befohlen habe, die Pagen und Träger des Erzbischofs zu verprügeln. Bis in die Kathedrale hinein sollen sie gekämpft haben. Glaubst du etwa, hier bei uns würde man so ein schändliches Verhalten erleben? Und woher hat er denn das ganze Gold? Seine Eltern haben ihm nur Schulden und mit Hypotheken belastete Ländereien hinterlassen. Außerdem hofiert er weder den König noch die Prinzen.

Als Monsieur d'Orléans, der auch der Gouverneur des Languedoc ist, Toulouse besucht hat, soll der Graf sich geweigert haben, vor ihm das Knie zu beugen, weil ihn das angeblich zu sehr anstrengen würde, und als Monsieur, ohne wütend zu werden, anmerkte, dass er an höchster Stelle bedeutende Wohltaten für ihn erwirken könne, hat der Graf de Peyrac geantwortet, dass …«

Fantine verstummte und steckte geschäftig ein paar Nadeln in den bereits perfekt sitzenden Rock.

»Was hat er da geantwortet?«

»Dass … dass Monsieur ihm selbst mit seinem langen Arm nicht zu einem weniger kurzen Bein verhelfen könne. So eine Unverschämtheit!«

Angélique betrachtete sich in dem kleinen runden Spiegel aus ihrem Reisenecessaire und strich mit dem Finger ihre von Marguerite sorgfältig gezupften Augenbrauen glatt.

»Dann stimmt es also, dass er hinkt?«, sagte sie und bemühte sich, ihrer Stimme einen gleichmütigen Klang zu geben.

»Ja, das stimmt. Leider! Mein armes Kleines! Ach, Jesus! Und du bist so schön!«

»Sei still, Nounou. Ich habe genug von deinem Geseufze. Ruf Margot, damit sie mich frisiert.«

Aber Fantine war noch nicht alle Neuigkeiten losgeworden, die sie in den letzten Tagen gesammelt hatte.

»Ich kann nicht anders«, entgegnete sie mit Nachdruck. »Ich muss dich warnen. Sie erzählen, ganz oben in seinem Palast gäbe es ein Zimmer, das niemand außer ihm betreten darf. Er hat eigens einen goldenen Schlüssel dafür schmieden lassen.«

»Und hinter dieser Tür liegen die Leichen seiner früheren Ehefrauen, die er umgebracht hat, genau wie in der Legende?«

»Wer weiß?«, seufzte Fantine traurig.

»Denk doch einmal nach! Graf de Peyrac war noch nie verheiratet. Ich werde seine erste Gemahlin sein.«

»Was weiß man denn schon …?!«

Fantine nickte mehrmals.

Alles, was aus dieser Richtung kam, erschien ihr wie von einem dichten Nebel verdeckt, dessen Schleier man niemals vollständig würde lüften können.

»Sie erzählen davon! Sie erzählen davon! Auf jeden Fall kennt dort jeder die Geschichte von dem großen Vogt, der edle Damen mit Hilfe eines mit ihm verbündeten Dämons umbrachte.«

Angélique, die sich bemühte, nur mit einem halben Ohr hinzuhören, schrie vor Schreck auf.

»Er …?«

»Nein! Aber einer seiner Vorfahren. Und das ist noch gar nicht so lange her …«

»Genug jetzt, Nounou«, rief Angélique zornig. »Genug! Es ist zu spät, um mich vor diesem schrecklichen Gerede zu warnen! Ruf Margot! Und sprich nicht mehr so über den Grafen de Peyrac, wie du es gerade getan hast. Vergiss nicht, dass er bald mein Gemahl sein wird.«

Als es dunkel wurde, erleuchteten brennende Fackeln den Hof wie am helllichten Tag.

Auf der Freitreppe hatten sich die Musikanten aus dem Süden zusammengefunden und begleiteten mit schwungvollen Melodien die immer lauter anschwellenden Unterhaltungen.

Wie in einem bösen Traum hatte Angélique ihren Platz an der Seite des Marquis d'Andijos eingenommen. Obwohl sie sich immer wieder zur Ordnung rief, hatten die Worte der Amme, die sie in ihrer Kindheit als eine Art Orakel betrachtet hatte, sie erschüttert. Und jetzt war es geschehen! Sie war verheiratet! Natürlich war Fantine Lozier immer noch die Gleiche wie früher. Aus verschiedenen Versionen einer Geschichte würde sie stets die tragischste wählen. Aber die Gerüchte, von denen sie ihr erzählt hatte, passten zu den beunruhigenden Worten von Nicolas. Hinter diesen düsteren Visionen verblassten die besänftigenden, vernünftigen Worte des Verwalters Molines. Ihm war es bei dieser ganzen Angelegenheit nur darum gegangen, sich ein gutes Geschäft zu sichern. Und ihr hatte die Erleichterung darüber, ihre Familie vor dem Elend bewahren zu können, die nötige Kraft geschenkt, in diesen Handel einzuwilligen. Aber auch das verblasste. Übrig blieb nur die Angst.

Er war da, der Sieur Molines, mit seiner Frau und seiner Tochter.

Plötzlich bemerkte Angélique, dass sie die meisten Gäste, die sich an den Tischen versammelt hatten und so freudig ihre Vermählung zu feiern schienen, gar nicht kannte oder nicht mehr wiedererkannte. Unvermittelt bat sie, man möge die Dorfmusikanten holen, die den Bauern auf einer großen Wiese vor den Toren des Schlosses zum Tanz aufspielten. Ihre Ohren waren diese etwas gezierte, zu Höflingen und spitzentragenden Herren passende Musik nicht gewohnt. Einmal noch wollte sie die schrillen Sackpfeifen und den kühnen Klang der Schalmei hören, die das dumpfe Stampfen der Holzschuhe begleiteten.

Doch ihre Bitte verklang ungehört, sei es, weil sie ihre Stimme nicht so gebieterisch zu erheben vermochte, wie sie es gerne gewollt hätte, oder weil in dem ganzen Stimmengewirr niemand den Grund dafür verstand.

Der Himmel war sternenklar, wenn auch von einem leichten Dunstschleier verhangen, der den Mond mit einem goldenen Hof umgab. Ununterbrochen wurden Speisen und edle Weine hereingetragen. Jemand stellte einen Korb mit runden, noch warmen Brötchen vor Angélique und verharrte so lange, bis die junge Frau den Blick hob, um zu schauen, wer es war. Sie sah einen großen, recht massigen Mann in einem teuren Gewand von jener hellgrauen Farbe, wie sie die Müller trugen. Da ihn das Mehl kaum etwas kostete, war sein Haar genauso üppig gepudert wie das der Schlossherren. Sein großer Kragen und die Hosenmanschetten waren aus feiner Wäsche.

»Hier kommt Valentin, der Sohn des Müllers, um der Braut seine Aufwartung zu machen«, verkündete Baron Armand.

»Valentin«, sagte Angélique lächelnd, »ich habe dich seit meiner Rückkehr noch nicht gesehen. Fährst du immer noch mit deinem Kahn hinaus, um Angelika für die Mönche von Nieul zu pflücken?«

Der junge Mann verneigte sich tief, sagte jedoch kein Wort. Er wartete, bis sie ein Brötchen aus dem Korb genommen hatte, dann nahm er ihn wieder hoch und reichte ihn weiter herum. Schließlich verlor er sich in der Menge und der Dunkelheit.

Wenn die Leute still wären, könnte ich jetzt die Kröten in den Sümpfen hören, dachte Angélique. Wenn ich in ein paar Jahren zurückkomme, sind sie vielleicht nicht mehr da, weil das Wasser vor den Arbeiten zurückgewichen ist.

»Ihr müsst unbedingt hiervon probieren«, erklang plötzlich die Stimme des Marquis d'Andijos dicht neben ihrem Ohr.

Er hielt ihr ein wenig verlockend aussehendes Gericht hin, von dem jedoch ein köstlicher Duft aufstieg.

»Das ist ein Ragout aus grünen Trüffeln, Madame. Sie kommen ganz frisch aus dem Périgord. Ihr müsst wissen, dass die Trüffeln eine göttliche Speise sind und über magische Kräfte verfügen. Es gibt kein begehrteres Gericht, um den Körper einer jungen Braut darauf vorzubereiten, die Huldigungen ihres Gemahls zu empfangen. Sie wärmen den Schoß, beleben das Blut und lassen die Haut für Liebkosungen empfänglich werden.«

»Nun, dann wüsste ich keinen Grund, warum ich heute Abend schon davon essen sollte«, entgegnete Angélique kühl und schob die silberne Schüssel von sich. »Wie Ihr wisst, werde ich meinem Gemahl erst in ein paar Wochen begegnen …«

»Aber darauf müsst Ihr Euch vorbereiten, Madame. Glaubt mir, die Trüffel ist die beste Freundin einer Vermählung. Wenn Ihr erst eine Weile von diesem köstlichen Pilz gegessen habt, seid Ihr an Eurem Hochzeitsabend die Zärtlichkeit selbst.«

»In meiner Heimat«, sagte Angélique, während sie ihn mit einem leisen Lächeln ansah, »stopft man vor Weihnachten die Gänse mit Fenchel, damit ihr Fleisch in der Nacht, in der sie gebraten und gegessen werden, besonders gut schmeckt …«

Der schon halb betrunkene Marquis brach in Gelächter aus.

»Ach, könnte ich nur derjenige sein, der Euch kleines Gänschen anknabbert!«, rief er und beugte sich so dicht zu ihr herüber, dass sein Schnurrbart ihre Wange berührte. »Gott verdamme mich«, fügte er hinzu, während er eine Hand auf sein Herz legte und sich wieder aufrecht hinsetzte, »wenn ich mich noch weiter zu solch unschicklichen Worten hinreißen lasse. Aber ich bin nicht allein schuldig, denn ich wurde betrogen. Als mein Freund Joffrey de Peyrac mich bat, Euch gegenüber die Verpflichtungen und den äußeren Anschein eines Ehemannes zu übernehmen, ohne jedoch die entzückenden Rechte dieses Standes genießen zu dürfen, ließ ich ihn schwören, dass Ihr bucklig wärt und schielt, aber ich muss erkennen, dass es ihm wieder einmal nichts ausgemacht hat, mir die schlimmsten Qualen zu bereiten. Wollt Ihr wirklich nichts von diesen Trüffeln?«

»Nein danke.«

»Dann esse ich sie eben selbst«, entgegnete er mit einer kläglichen Grimasse, die die junge Frau unter anderen Umständen sicher aufgeheitert hätte, »auch wenn ich nur ein falscher Bräutigam bin und Junggeselle obendrein. Aber ich hoffe, dass die Natur mir gnädig sein wird und in dieser freudigen Nacht noch eine Dame oder ein Mädchen in meine Arme führt, das weniger grausam ist als Ihr.«

Sie zwang sich, über seine Albernheiten zu lächeln.

Die Fackeln und Leuchter strahlten eine unerträgliche Hitze aus.

Kein Lüftchen regte sich. Es wurde gegessen und getrunken. Der Geruch von Wein und Saucen hing schwer in der Luft. Angélique strich mit einem Finger über ihre Schläfen und stellte fest, dass sie feucht waren. Was habe ich bloß, fragte sie sich. Ich habe das Gefühl, als würde ich gleich platzen und sie voller Hass anschreien. Warum nur …? Vater ist glücklich. Er vermählt mich beinahe fürstlich. Meine Tanten freuen sich auch. Graf de Peyrac hat ihnen Ketten aus Pyrenäengestein und allen möglichen Zierrat geschickt. Meine Geschwister werden eine gute Erziehung bekommen. Und ich? Warum sollte ich mich beklagen? Im Kloster hat man uns immer vor romantischen Träumereien gewarnt. Ein reicher Ehemann von hohem Stand, ist das nicht das höchste Ziel für ein adliges Mädchen?

Ein Zittern erfasste sie, fast wie ein erschöpftes Pferd. Dabei war sie überhaupt nicht müde. Es war eine nervöse Reaktion, ein körperliches Aufbegehren ihres innersten Wesens, das gerade in dem Moment dem Druck nachgab, als sie es am wenigsten erwartete.

Habe ich Angst? Das waren doch bloß Nounous übliche Geschichten, die am liebsten überall den Teufel sehen würde. Warum sollte ich ihr glauben? Sie hat schon immer übertrieben. Weder Molines noch mein Vater haben mir verschwiegen, dass der Graf de Peyrac ein Gelehrter ist. Aber das bedeutet doch noch lange nicht, dass in seinem Palast Gott weiß welche teuflischen Orgien gefeiert werden. Wenn Nounou wirklich glauben würde, dass ich einem solchen Menschen in die Hände fallen könnte, würde sie mich nicht gehen lassen. Nein, davor habe ich keine Angst. Daran glaube ich nicht.

Neben ihr hob der Marquis d'Andijos, der seine Serviette unters Kinn gebunden hatte, mit der einen Hand eine saftige Trüffel in die Höhe und mit der anderen sein Glas Bordeaux-Wein.

»O göttliche Trüffel«, deklamierte er mit leicht heiserer Stimme, die von einem gelegentlichen zufriedenen Schluckauf unterbrochen wurde, »du Segen der Liebenden! Lass das fröhliche Feuer der Liebe durch meine Adern rinnen! Dann werde ich meinen Schatz liebkosen, bis der Morgen graut…!«

Das ist es, dachte Angélique unvermittelt, das ist es, was ich nicht will, was ich niemals ertragen werde.

Und vor ihrem geistigen Auge sah sie den schrecklichen, missgestalteten Grafen, dem sie ausgeliefert sein würde. In den stillen Nächten des fernen Languedoc würde dieser unbekannte Mann jedes Recht über sie haben. Mochte sie auch rufen, schreien, flehen. Niemand würde kommen. Er hatte sie gekauft. Sie war verkauft worden. Und so würde es bis ans Ende ihres Lebens bleiben!

Das denken sie doch alle, auch wenn sie es nicht laut sagen. Höchstens in den Küchen flüstern es sich die Knechte und Mägde zu. Darum sehe ich auch in den Augen der Musikanten dieses Mitleid. In den Augen des hübschen Henrico mit seinem lockigen Haar, der sich so gut aufs Tamburinspielen versteht. Aber ihre Heuchelei ist stärker als das Mitgefühl. Ein einziger Mensch wird geopfert, und so viele andere sind zufrieden! Gold und Wein fließen in Strömen. Kümmert es irgendjemanden, was zwischen ihrem Herrn und mir vorgehen wird? Oh, er wird mich niemals anfassen, das schwöre ich …

Sie stand auf, denn mit einem Mal loderte in ihr ein fürchterlicher Zorn. Vor Mühe, sich zu beherrschen, wurde ihr beinahe übel. Als sie, umgeben vom lärmenden Getöse der Tafelnden, das sogar die laute Musik übertönte, dastand, glaubte sie, sie würde jeden Moment anfangen zu schreien, zu brüllen und sie alle mit Verwünschungen zu überhäufen. Aber es war zu spät! Es hatte keinen Sinn mehr! Die Gäste würden in ihrem Ausbruch vielleicht nur ein Überschäumen ihrer Freude sehen, mit dem sie das Signal für den Tanz und die Farandole geben würde!

Da bemerkte sie den Sackpfeifer und den Schalmeibläser, die endlich gekommen waren und auf der Freitreppe mit den fremden Musikanten plauderten, die gerade eine Pause machten, um etwas zu trinken. Zu spät! Zu spät! Es würde ihr nichts mehr nutzen, noch einmal die bäuerlichen Melodien ihrer Kindheit zu hören. Sie saß in der Falle! Das Urteil war gesprochen!

Plötzlich wusste sie, was sie tun musste, um sich für die Entscheidung zu rächen, zu der man sie gezwungen hatte, und wenigstens in ihren eigenen Augen der demütigenden Rolle des Opfers zu entfliehen. Dieser Gilles de Retz des Südens sollte sie nicht als Erster bekommen.

Langsam entfernte sie sich von ihrem Tisch, doch im allgemeinen Trubel achtete niemand auf sie. Sie wünschte sich nichts sehnlicher, als sich vor dem Grafen einem jungen, hübschen Mann hinzugeben.

Als sie den Haushofmeister erblickte, einen gewissen Clément Tonnel, den ihr Vater in Niort eingestellt hatte, fragte sie ihn, wo der Knecht Nicolas sei.

»Er ist in den Scheunen und füllt die Flaschen, Madame.«

Die junge Frau ging weiter. Sie setzte mechanisch einen Fuß vor den anderen. Seit dem Vorfall in dem kleinen Wäldchen hatte Nicolas nicht ein einziges Mal mehr den Blick zu ihr erhoben, sondern begnügte sich damit, seine Lakaienpflichten mit einer Sorgfalt zu verrichten, in die sich ein Hauch Gleichgültigkeit mischte. Sie fand ihn in einem Lagerraum, wo er den Wein aus den Fässern in die Krüge und Karaffen füllte, die die jungen Knechte und Pagen pausenlos zu ihm brachten. Er trug eine butterblumengelbe Livree mit tressenbesetzten Aufschlägen, die Monsieur de Sancé eigens zu diesem Anlass geliehen hatte. Der junge Bauer wirkte in diesen abgelegten Kleidern keineswegs ungelenk, ganz im Gegenteil, er machte eine ausgesprochen stattliche Figur. Als er Angélique bemerkte, richtete er sich auf und verneigte sich tief vor ihr, wie es der Haushofmeister Tonnel in den vergangenen achtundvierzig Stunden mit allen Bediensteten des Schlosses geübt hatte.

»Ich habe dich gesucht, Nicolas.«

»Gräfin ...«

Sie warf einen Blick auf die Kleinmägde, die wartend mit ihren Krügen in der Hand dastanden.

»Sag einem Jungen, er soll kurz deine Arbeit übernehmen, und komm mit.«

Draußen strich sie sich erneut mit der Hand über die Stirn. Erregung erfasste sie und stieg ihr, zusammen mit dem berauschenden Geruch der Weinpfützen auf dem Boden, zu Kopf. Sie stieß die Tür zu einer angrenzenden Scheune auf. Auch dort hing noch der schwere Weingeruch in der Luft. Zu Beginn des Abends waren die Krüge hier aufgefüllt worden. Aber jetzt waren die Fässer leer und die Scheune verlassen.

Angélique legte ihre Hände auf Nicolas' starke Brust. Unvermittelt wurde sie von trockenem Schluchzen geschüttelt und sank gegen ihn.

»Nicolas«, stöhnte sie, »du bist doch mein Freund, sag mir, dass es nicht wahr ist. Sie werden mich nicht mitnehmen, sie werden mich ihm nicht einfach geben. Ich habe Angst, Nicolas. Halt mich fest, halt mich ganz fest!«

»Gräfin …«

»Sei still!«, rief sie. »Sei du nicht auch noch gemein zu mir.«

Mit heiserer, keuchender Stimme, die sie kaum als ihre eigene erkannte, fügte sie hinzu: »Halt mich fest! Halt mich ganz fest! Das ist alles, worum ich dich bitte.«

Er schien zu zögern, doch dann schlossen sich seine starken Arme um ihre zierliche Taille.

In der Scheune war es dunkel. Die Wärme des Heus erzeugte eine Art bebender Anspannung wie kurz vor einem Gewitter. Halb von Sinnen und betrunken, rieb Angélique ihre Stirn an Nicolas' Schulter. Wieder fühlte sie sich von seinem wilden Verlangen eingehüllt, doch diesmal gab sie nach.

»Oh! Du fühlst dich so gut an«, seufzte sie. »Du bist mein einziger Freund. Ich möchte, dass du mich liebst … Ein einziges Mal möchte ich von einem jungen, schönen Mann geliebt werden. Verstehst du?«

Sie schlang die Arme um seinen starken Nacken und zwang ihn, sein Gesicht zu ihr herunterzubeugen. Er hatte getrunken, und sein Atem roch nach Wein.

Er stöhnte.

»Marquise der Engel ...«

»Liebe mich«, wisperte sie, die Lippen an seinen Mund gedrängt. »Nur ein einziges Mal. Danach gehe ich fort. Willst du nicht? Liebst du mich nicht mehr?«

Er antwortete mit einem dumpfen Grollen, hob sie hoch, trug sie schwankend durch das Dunkel und ließ sich mit ihr zusammen auf das Heu fallen.

Angélique fühlte sich seltsam klar und gleichzeitig von allen menschlichen Belangen losgelöst. Sie war in eine andere Welt eingetreten und schwebte über dem, was bis dahin ihr Leben gewesen war. Wie benommen von der absoluten Dunkelheit, von der Hitze, dem in der Scheune eingeschlossenen Geruch und von der Neuartigkeit dieser gleichzeitig brutalen und geschickten Liebkosungen, bemühte sie sich vor allem, ihr Schamgefühl zu unterdrücken. Von ganzem Herzen wünschte sie sich, dass es geschah, und zwar schnell, denn sie konnten jederzeit überrascht werden. Mit zusammengebissenen Zähnen sagte sie sich immer wieder, dass der andere sie nicht als Erster nehmen würde. Das wäre ihre Antwort auf das Gold, das glaubte, alles kaufen zu können. Sie wollte, sie wollte wirklich, dass es geschah. Doch mehrmals musste sie sich zusammenreißen, um diesen schweren Körper, von dem eine plötzliche Raserei Besitz ergriffen hatte, nicht von sich zu stoßen.

Jäh flammte das Licht einer Laterne durch die Scheune, und von der Tür her erklang der entsetzte Aufschrei einer Frau.

Mit einem Satz warf sich Nicolas zur Seite. Angélique sah, wie eine massige Gestalt auf den Knecht zustürzte. Sie erkannte den alten Guillaume und klammerte sich mit aller Kraft an ihn, als er an ihr vorbeistürmte. Nicolas war bereits flink ins Gebälk hinaufgeklettert und hatte eine Dachluke geöffnet. Sie hörte ihn draußen vom Dach springen und davonlaufen.

Die Frau an der Tür schrie immer noch wie am Spieß. Es war Tante Jeanne. In der einen Hand hielt sie eine Karaffe, die andere hatte sie auf ihren mächtigen bebenden Busen gelegt.

Angélique ließ Guillaume los und stürzte auf sie zu. Sie bohrte ihr die Fingernägel in den Arm, als wären es Krallen.

»Seid Ihr wohl endlich still, verrückte Alte? Wollt Ihr unbedingt einen Skandal verursachen? Wollt Ihr, dass der Marquis d'Andijos seine Sachen zusammenpackt und mit seinen Geschenken und seinen Versprechungen wieder abreist? Dann ist es vorbei mit Euren Pyrenäensteinen und Euren kleinen Leckereien. Seid bloß still, oder ich schlage Euch die Faust in Euren zahnlosen alten Mund.«

Aus den benachbarten Scheunen kamen neugierige Bauern und Bedienstete heran. Angélique sah die Amme und dann ihren Vater, der trotz eifrigen Zechens und eines unsteten Gangs als guter Hausherr noch über den ordentlichen Ablauf des Festgelages wachte.

»Seid Ihr das, Jeanne? Ihr kreischt ja, als würdet Ihr vom Teufel persönlich gekitzelt.«

»Gekitzelt?«, rief die alte Jungfer, der allmählich die Puste ausging. »O Armand, ich sterbe.«

»Warum das denn, meine Gute?«

»Ich bin hergekommen, um ein wenig Wein zu holen. Und hier in der Scheune habe ich gesehen … habe ich gesehen …«

»Tante Jeanne hat ein Tier gesehen«, fiel Angélique ihr ins Wort. »Sie weiß nicht, ob es eine Schlange war oder ein Marder, aber wirklich, Tante, das ist doch kein Grund, so außer sich zu geraten. Es wäre besser, Ihr würdet wieder zurück an Euren Tisch gehen, jemand wird Euch neuen Wein bringen.«

»Genau, genau«, stimmte ihr der Baron mit schleppender Stimme zu. »Wenn Ihr schon einmal versucht, Euch nützlich zu machen, müsst Ihr gleich wieder alles aufscheuchen, Jeanne.«

Sie hat nicht versucht, sich nützlich zu machen, dachte Angélique. Sie hat mich belauert und ist mir gefolgt. Sie lebt schon so lange im Schloss und sitzt hinter ihrer Stickerei wie eine Spinne in ihrem Netz, dass sie uns alle besser kennt als wir uns selbst. Sie spürt, was in uns vorgeht, sie durchschaut uns. Sie ist mir nachgegangen. Und sie hat den alten Guillaume gebeten, ihr dabei zu leuchten.

Ihre Finger gruben sich immer noch in den gallertartigen Unterarm der dicken Frau.

»Habt Ihr mich verstanden?«, flüsterte sie. »Kein Wort zu irgendjemandem, bevor ich abgereist bin, sonst vergifte ich Euch mit besonderen Kräutern, das schwöre ich Euch.«

Tante Jeanne stieß ein letztes Glucksen aus und verdrehte die Augen. Aber mehr noch als Angéliques Drohung hatte der Hinweis auf die Kette ihren Widerstand gebrochen. Mit zusammengekniffenen Lippen folgte sie schweigend ihrem Bruder.

Eine grobe Hand hielt Angélique zurück. Unsanft zupfte der alte Guillaume ihr die Heuhalme aus dem Haar und vom Kleid. Sie sah zu ihm auf und versuchte, in seiner Miene zu lesen.

»Guillaume«, sagte sie leise, »ich möchte, dass du verstehst …«

»Ich brauche nichts zu verstehen, Madame«, antwortete er auf Deutsch und in einem herablassenden Ton, der sie wie ein Schlag ins Gesicht traf. »Was ich gesehen habe, genügt mir.«

Er knurrte eine Verwünschung und schwang die Faust in die Dunkelheit.

Angélique hob den Kopf und kehrte zu den Feiernden zurück. Während sie sich an ihren Platz setzte, sah sie sich nach dem Marquis d'Andijos um und entdeckte ihn schließlich fest schlafend unter seinem Schemel. Der Tisch glich einem Tablett voller Kirchenkerzen, wenn das letzte Wachs zerläuft. Einige Gäste waren schon gegangen oder schliefen. Aber auf den Wiesen wurde immer noch getanzt.

Steif und ohne ein Lächeln saß Angélique bei ihrem Hochzeitsmahl. Die verzweifelte Wut über ihre unvollendete Rache schmerzte sie bis in die Fingerspitzen.

In ihrem Herzen stritten Zorn und Scham um die Vorherrschaft.

Sie hatte den alten Guillaume verloren.

Monteloup wies sie ab.

Ihr blieb nichts anderes übrig, als zu ihrem hinkenden Gemahl zu reisen.

Anmerkungen der Übersetzerin

1 Seit dem 16. Jahrhundert war »Monsieur« der offizielle Titel des jüngeren Bruders des französischen Königs.
2 Parlament (frz. *Parlement*): Bezeichnung für die obersten Gerichtshöfe in Paris und den einzelnen Provinzen.
3 Heinrich IV.
4 *fronde* (frz.): Steinschleuder der Pariser Straßenjungen.
5 Als Erster Prinz von Geblüt trug das Oberhaupt des Hauses Condé den Titel »Monsieur le Prince«. Den Titel »Herzog von Enghien« trug traditionell der älteste Sohn des Prinzen.

Nachwort

Auszug aus der bislang unveröffentlichten Biografie über Anne und Serge Golon von Nadia Goloubinoff

Welch erstaunliches Debüt für einen französischen Roman! Nachdem Anne Golon den ersten Band von *Angélique* geschrieben hatte, schickte die Agentur Opera Mundi vier mit Kohlepapier getippte Durchschläge des Manuskripts zu Verlegern in Frankreich, Deutschland, Italien und in den Vereinigten Staaten.

Die französischen Verleger brauchten so lange, um sich zu entscheiden – oder besser gesagt, um das Manuskript von möglichen Konkurrenten fernzuhalten –, dass der sofort überzeugte deutsche Verleger Lothar Blanvalet genügend Zeit hatte, den Roman *Angélique* übersetzen und drucken zu lassen und ihn schließlich 1956 als Erster groß herauszubringen.

Das Buch wurde gleich nach seinem Erscheinen ein phänomenaler Erfolg. Obwohl der rührige Verleger Blanvalet in seiner bisherigen Laufbahn bereits einige Erfolge hatte feiern können, musste er zugeben, dass er noch nie eine solche Begeisterung für ein Buch erlebt hatte, dessen Autorin bis dahin noch vollkommen unbekannt gewesen war.

Während in Deutschland die Bücher regelrecht aus den Regalen der Buchhändler gerissen wurden, weshalb hastig nachgedruckt werden musste, gelangte die Nachricht von diesem Triumph auch nach Frankreich, wo die Verleger bissig reagierten, beleidigt darüber, dass ihr deutscher Kollege ihnen die Erstveröffentlichung vor der Nase weggeschnappt hatte. Das warf kein besonders gutes Licht auf sie! Die Geschichte sorgte für einige Aufregung in der Pariser Verlagswelt, wo zwei Verleger dabei beobachtet wurden, wie sie in einem Restaurant über dieses Thema heftig aneinandergerieten.

In der deutschen Branchenpresse wurde Lothar Blanvalets Schachzug denn auch gebührend kommentiert: »Diese Romanserie hatte Blanvalet entdeckt. Noch vor dem Erscheinen der französischen Originalausgabe hatte er 1956 mit Anne Golon – die ihn liebevoll ›den Geburtshelfer von Angélique‹ nennt – einen Vertrag geschlossen. Noch vor der französischen Ausgabe brachte er die deutsche Fassung auf den Markt die es in der Originalausgabe in 48 Auflagen auf 171 900 Exemplaren brachte. Doch die stolzen Zahlen erreichte der Roman erst durch die Lizenzen. Die deutschen Lizenzen der ersten *Angélique* erreichten eine Gesamtauflage von 679 000 Exemplaren im Hardcover, zu denen noch die 100 000 Exemplare im Taschenbuch zu zählen sind… Damit kam die Mutter der *Angélique-Serie* recht nah an die Millionengrenze mit bisher insgesamt 950 000 Exemplaren.«[1]

Während ganz allmählich auch die französische Ausgabe des ersten Bandes vorbereitet wurde, verlangten die Deutschen bereits nach der Fortsetzung, und Anne Golon arbeitete an *Angélique und der König*.

Sie und ihr Mann Serge nagten damals fast am Hungertuch. Das Geld aus Deutschland kam nicht bei ihnen an, sondern wurde von der Agentur Opera Mundi zurückgehalten. Die Golons hatten keine Wiege für ihr zweites Kind, kaum genug Geld, um das tägliche Überleben zu sichern, und die Gerichtsvollzieher fanden bei ihren Besuchen nichts, was sich mitzunehmen lohnte.

Fast zwei Jahre später, kurz vor dem Erscheinen von *Angélique* in Frankreich, berichtete ein französischer Zeitungsartikel über diese Zeit: »Bei Anne Golon stand jeden Moment ein freudiges Ereignis ins Haus. Nachdem ein Drittel des Buches geschrieben war, suchte das Ehepaar Golon einige der wichtigsten Verleger Frankreichs auf. Sofort setzte ein wildes Gerangel ein.

Während die Verleger noch stritten, riss ein Literaturagent Serge Golon die ersten Blätter des Buches aus der Hand und schickte sie nach Deutschland. Drei Monate später erschien *Angélique* auf der anderen Seite des Rheins, wo täglich dreitausend Exemplare davon verkauft wurden. Buchhändler und Kritiker überschlugen sich vor Begeisterung …«[2]

Anne Golon erhielt ein Telegramm ihres Verlegers Lothar Blanvalet: »Ihr Buch ist der erste Bestseller in Deutschland. In hundert Jahren wird man Golon lesen wie heute Dumas.«

Aber Anne und Serge Golon hatten sich schon zu lange unter größten Mühen durchschlagen müssen, um über den neuen Ruhm außer sich zu geraten. Ihre schlichte Antwort lautete: »Sehr empfänglich für Meinung der Nachwelt – stopp – haben zwei Kinder zu ernähren – stopp – schicken Sie Geld …«

Und so stand Lothar Blanvalet noch im gleichen Jahr eines Abends ohne Vorwarnung vor der Tür des kleinen Häuschens in Villejuif, wo Anne Golon mit ihrer Familie lebte.

In der einen Hand schwenkte er ein Exemplar von *Angélique*, als sei es eine Trophäe, in der anderen hielt er eine Flasche Champagner. Er sei entzückt, rief er, endlich die Frau kennenzulernen, die dieses Meisterwerk geschrieben habe, diesen Bestseller, dieses beispiellose verlegerische Wunder, das es in der gesamten deutschen Literaturgeschichte seit dem neunzehnten Jahrhundert nicht gegeben habe!

Serge Golon, der fließend deutsch sprach, diente als Übersetzer. Der deutsche Verleger beschrieb die Auslagen der Buchhandlungen, die alle mit *Angélique*-Exemplaren dekoriert waren. Er entrollte Plakate in verschiedenen Größen, die er in ganz Deutschland hatte aushängen lassen. Darauf sah man das Buch und ein Foto von Anne Golon, auf dem sie fast wie ein Stummfilmstar aussah. Das Ganze wurde vervollständigt durch eine kurze, etwas fantasievolle Biografie, die Anne und Serge Golon als Goldsucher zu Pferde durch Afrika reiten ließ. Trotzdem kam der Bericht – mit Ausnahme der Pferde – der Wahrheit recht nahe.

Während des Essens gestand Lothar Blanvalet, dass er »gezwungen« gewesen sei, einige Passagen aus dem ersten Kapitel zu streichen, in denen die Amme den Kindern von den Verbrechen des Gilles de Retz erzählt. »Das ist zu schrecklich«, erklärte er, »zu hart, verstehen Sie? Für solche Details sind die Deutschen zu empfindlich.«

»Ja, sie sind recht zartbesaitet…«, entgegnete Anne trocken.

Schließlich waren seit Kriegsende erst acht Jahre vergangen.

Aber der gute Lothar Blanvalet überhörte die Ironie in den Worten seiner *Lieblingsautorin* und fuhr fort, dass er noch eine weitere störende Passage habe kürzen müssen, nämlich die, in der das ausschweifende Leben der Mönche in der Abtei geschildert wird, weil die Kirche daran hätte Anstoß nehmen können. Anne Golon war gerührt über so viel Feingefühl. Außerdem wirkte die Begeisterung von Monsieur Blanvalet ansteckend.

An jenem Abend wurde in Villejuif gefeiert.

Alle tranken fröhlich, und auch das deutsche Au-pair-Mädchen war mit von der Partie. Nachdem dieses sich, ein wenig angeheitert, mit dem Buch unter dem Arm nach oben zurückgezogen hatte, folgte ihr Lothar Blanvalet und nahm sie beiseite.

»Ich flehe Sie an, liebes Fräulein«, beschwor er sie, »nein, ich erteile Ihnen ganz persönlich den Auftrag: Kümmern Sie sich gut um die Kinder, machen Sie Ihre Arbeit gut, damit Madame schreiben kann. Madame Golon darf niemals aufhören zu schreiben. Niemals!«

Das junge Au-pair-Mädchen, das bis zu diesem Tag geglaubt hatte, ein ganz normales Mädchen in einer ganz normalen Familie zu sein, fühlte sich durch diesen Auftrag selbst in einen Roman versetzt und versprach es ihm feierlich. Dann schlug sie das Buch auf… und wurde den Rest des Abends und die Nacht hindurch nicht mehr gesehen. Sie war in *Angélique* eingetaucht…

Quellennachweis:
[1] aus *Buchmarkt* Nr. 11/November 1975.
[2] aus *Paris-Presse* vom 29. März 1957.